Prooi

Van dezelfde auteur

Duivelspiek
Feniks
13 uur
Onzichtbaar
7 dagen
Spoor
Orion
Cobra
Proteus
Icarus
Koorts

Deon Meyer

Prooi

Vertaald uit het Afrikaans door
Martine Vosmaer en Karina van Santen

A.W. Bruna Uitgevers

Oorspronkelijke titel
Prooi
© Deon Meyer 2018
Vertaling
Martine Vosmaer en Karina van Santen
Omslagbeeld
© Christian Kober (Landschap)
© Dave Wall (Man in straat)
© Deon Meyer (Trein)
© Deon Meyer (Skyline Bordeaux)
Omslagontwerp
Studio Jan de Boer
© 2019 A.W. Bruna Uitgevers, Amsterdam, en Martine Vosmaer en Karina van Santen

ISBN 978 94 005 0839 2
NUR 305

Voor Marianne

Met liefde

Het is prettig om gedurende een lange tijd op iets te jagen wat je graag wilt hebben, al is het je te snel af, te slim af, en lukt het je uiteindelijk niet, maar er is altijd de jacht en het besef wanneer je daarbuiten bent dat vroeg of laat het tij zal keren en je de kans zult krijgen waar je naar op zoek bent. Maar het is niet prettig een beperkte tijd te hebben waarin je je koedoe moet raken of misschien nooit zult raken, of niet eens te zien krijgt. Dat is niet hoe jagen hoort te zijn.

– Ernest Hemingway, *De groene heuvels van Afrika*

Deel I

1

Augustus. Daniel Darret. Bordeaux.

Daniel Darrets vreemde relatie met madame Lecompte begint met geweld. En zal zo eindigen ook.

In de vochtige hitte van de augustusnacht kan hij weer eens niet slapen. Het raam van zijn kamer staat wagenwijd open, maar de Place Camille Pelletan lijkt wel een oven, benauwd en geen zuchtje wind. Om halfeen 's nachts wordt hij opgejaagd door de demonen uit zijn verleden. Hij trekt een korte broek, een T-shirt en zijn zwarte Nikes aan en neemt de drie trappen naar beneden. Op het pleintje zit de kat op het dak van de oude, vuile Renault van de buren. Ze kijkt hem samenzweerderig aan; *wij twee rusteloze nachtdieren.*

Die stomme kat. Wackett. Ooit zonder enige reden zo gedoopt door het driejarige kind van de buren.

Hij loopt zijn gebruikelijke route langs La Flèche Saint-Michel. Het plein voor de basiliek, overdag een krioelende markt, is nu helemaal verlaten. Hij steekt de tramrails en de vierbaansweg over tot aan het water, want hij is op zoek naar de koele bries van de rivier. Dan slaat hij af naar het noorden, en loopt stevig door over de promenade aan de linkeroever. Links van hem broeit het oude centrum van Bordeaux in de nachtelijke stilte als een sluimerend dier.

In het Skatepark Colbert gaat een eenzame tiener op een skateboard heen en weer en heen en weer, de wieltjes over de betonnen ramps en houten platforms zijn minutenlang het enige geluid van de nacht. Hij vraagt zich af waarom die jongen op dit uur van de nacht wakker is.

Hij steekt de Garonne over via de nieuwe brug, de Pont Jacques Chaban-Delmas, een wonder van ingenieurskunst, en slaat op de rechteroever af naar het zuiden. Vanaf de donkere rivier komt een zuchtje wind dat zijn gezicht verkoelt, heel even maar.

Zijn gedachten zijn bij de werkdag die voor hem ligt, zijn kleine en onbetekenende verantwoordelijkheden terwijl monsieur en madame Lefèvre hun zomervakantie in Arcachon doorbrengen. Hij is zich aanvankelijk niet eens bewust van de lange vrouw in de schaduw van het Parc aux Angéliques.

Pas als ze een geluid maakt, wordt zijn aandacht getrokken, want hij hoort de angst in haar stem. Hij ziet haar en de schimmen tussen de bomen, en loopt instinctief die kant op.

Ze zijn met z'n vijven – ze jagen haar op, jagen op haar. Ze zijn snel en soepel en sterk, eentje heeft een honkbalknuppel. Hij hoort hun hoongelach, de opgewonden uitroepen als het blaffen van een roedel hyena's. Twee van hen zijn bijna bij haar. Ze zijn zo op haar gefocust dat geen van hen Daniel opmerkt.

Eentje roept: 'Giraf!' Daniel begrijpt wel waarom, want de lange vrouw galoppeert onbeholpen als een giraf. Hij hoort de anderen bulderen van het lachen. De voorste man versnelt, bukt zich en geeft een klap tegen haar enkel zodat ze onelegant en geluidloos in het gras valt.

Dan grijpt de man haar haar vast.

'*Non!*' roept Daniel onwillekeurig. Het is een reflex en het volgende moment voorziet hij de onmiddellijke toekomst, dringt de wet van oorzaak en gevolg van wat er nu gaat gebeuren tot hem door. En hij weet dat het voor hem een groot risico betekent. Nu en later.

Ze kijken om en zien hem. Eentje haalt een mes tevoorschijn; het lemmet glimt even in een lichtvlek van de lantaarns aan de Quai des Queyries. De man met de honkbalknuppel heeft brede schouders en gespierde armen vol zwarte slangentattoos. De wapens bewijzen dat ze niet toevallig hier zijn. Hij herinnert zich de sensatieberichten in de media en de frustratie van de politie over de overvallers op de kaden die het in de kleine uurtjes op dronken uitgaanspubliek gemunt hebben.

Ze vormen een halve cirkel; jonge mannen van nauwelijks twintig, vol zelfvertrouwen. Hij weet dat ze op die leeftijd door ego en groepsdruk worden opgehitst, ze zullen nu allemaal tegelijk op hem afstormen. Hij voelt de last van zijn leeftijd, zijn lichaam dat het geweld dat eraan komt vergeten is.

Een van hen brult een strijdkreet. Het is een primitieve klank die hen tot actie aanzet.

Hij voelt de adrenaline. Hij slaat de grootste, de man met de slangenarmen, eerst. Zijn timing is slecht en hij raakt hem zonder kracht of effect. De messentrekker steekt naar hem, flitsend; Daniel is te laat om zich terug te trekken en het mes snijdt over zijn ribbenkast. Een vuist raakt hem in zijn hals, nog een op zijn jukbeen – harde klappen waar hij van trilt, wankelt.

Vannacht zal hij hier creperen.

Slangenarm tilt de honkbalknuppel hoog op en heel even maken de anderen ruimte voor de klap. Daniel zet wanhopig een stap naar voren en beukt hem met zijn vuist tegen zijn slaap, hard en fel. De klap maakt een misselijkmakend, hol geluid als een watermeloen die valt. Slangenarm zakt in elkaar. Een ander raapt de honkbalknuppel op. Daniel draait op de bal van zijn voet, grijpt met zijn rechterhand naar de messentrekker, maar hij is te langzaam en het mes snijdt diep in zijn handpalm. Hij grijpt weer, krijgt met zijn linkerhand de pols van de man te pakken, rukt hem met geweld naar zich toe en slaat hem met de rechterhand vol op zijn neus, een stoot omhoog en naar voren. De messentrekker wankelt en zakt neer, jankend van de pijn. Daniel voelt de warmte van het bloed dat uit zijn handpalm stroomt en uit de wond op zijn ribben langs zijn zij sijpelt.

Twee van hen springen tegelijk op zijn rug. Hij stormt naar achteren zodat hij met zijn volle gewicht tegen een boom knalt. Hij hoort de ribben van de man breken, voelt hoe de arm om zijn nek verslapt. Maar de ander slaat Daniel van achter met een vuist tegen zijn oor. Nog een klap raakt hem in zijn nek. De vijfde man, zijn bebaarde gezicht vertrokken van haat en woede, stormt met de honkbalknuppel op hem af.

Daniel draait zich om en wil de man die aan zijn nek hangt als schild gebruiken. Het lukt niet. De knuppel raakt Daniel op de dikke spieren van zijn rechterschouder voor hij afschampt en pijnlijk zijn oor raakt. Nu stroomt het bloed ook langs zijn nek. Het maakt een woede in hem los die de roest en barrières en jaren wegvaagt. Hij grijpt de knuppel stevig vast, draait hem uit de handen van de man; hij ziet de ogen van zijn aanvaller, nu wild en bang door die kracht en snelheid. Daniel slaat hem met de knuppel tegen zijn hoofd. De man stort neer. Hij zwaait de knuppel naar achteren en raakt de laatste, die aan zijn rug hangt, tegen zijn keel, zodat de wurgende arm om zijn hals loslaat. Daniel draait zich om. De man probeert hem met zijn onderarm af te weren, maar Daniel zwaait met de knuppel en breekt het spaakbeen en de ellepijp. Een scherpe hoge gil in de nacht.

Voetstappen achter hem. Hij ziet net op tijd de messentrekker, zijn gezicht vol bloed, het wit van zijn ogen wild en groot; het mes komt van onderaf naar boven. In één beweging springt Daniel naar achteren en haalt uit. De punt van de knuppel raakt de hand met het mes, het wapen vliegt door de lucht en valt in het gras. Hij stapt naar voren, beukt met de knuppel de man in zijn buik en draait zich om. Maar niemand wil meer vechten.

Hij moet maken dat hij wegkomt, want dit blijft niet zonder gevolgen. Een paar van hen zijn zwaargewond.

Hij loopt naar de vrouw toe. Ze zit voor zich uit te staren. Hij ziet dat ze ouder is dan hij had gedacht. Haar gezicht heeft een vreemde vorm, en een vreemde uitdrukking. Angst en fascinatie zijn versteend in haar eigenaardige gelaatstrekken.

'Kom,' zegt hij tegen haar en hij steekt zijn rechterhand uit om haar overeind te helpen, maar beseft dat er bloed uit stroomt. Hij pakt de honkbalknuppel over en reikt haar zijn linkerhand. Hij weet niet of ze die aan zal pakken, want hij is een grote zwarte man met bloed aan zijn handen en hoofd en kleren, 's nachts in een donker park.

Ze pakt zijn hand en hij trekt haar overeind. Ze blijft verdwaasd staan.

'We moeten hier weg,' zegt hij dringend.

Ze knikt. Hij loodst haar aan haar arm mee. Ze lopen door de schaduwen tot in het licht van de Rue de Sem.

Hij kijkt om. Ze worden niet gevolgd.

Hij slingert de honkbalknuppel ver de stroming van de brede rivier in.

Bij de Pont de Pierre zegt hij tegen haar: 'Blijf gewoon doorlopen.' Hij geeft haar een duwtje in haar rug. Ze knikt en loopt door. Hij wil over het hek springen en de trap naar het water nemen zodat hij tenminste het bloed van zijn gezicht kan wassen voordat hij naar huis gaat. Maar hij ziet dat ze blijft staan en terugkomt.

'*Merci*,' zegt ze zacht.

2

Augustus. Bennie Griessel. Bellville.

Het beroepsleven van een politieman of -vrouw draait om een map met drie flappen die je om kunt vouwen tot precies twee centimeter breder en langer dan een A4'tje.

Het legendarische *docket*.

Het is esthetisch gezien geen mooi document.

Het docket is van dun, goedkoop karton gemaakt, in een lichtbruine kleur die vaak smalend wordt vergeleken met een onwelriekend nevenproduct van baby's.

Op de voorkant, helemaal bovenaan, staat het wapen van de SAPD, de Suid Afrikaanse Polisiediens. En direct eronder, in de vetste, grootste letter van het hele document, staat CASE DOCKET/SAAKDOSSIER, de officiële volledige titel. Toch hebben rechercheurs, officieren van justitie en rechters het bijna altijd alleen over het 'docket', ongeacht welke van de elf officiële talen van het land ze thuis spreken.

Het heeft drie flappen en zes bladzijden, die allemaal van boven tot onder vol staan met woorden en zinnen en afkortingen, vakjes en stippellijnen in zwarte inkt die voor het onervaren of onwetende oog intimiderend en chaotisch kunnen lijken (en een laatste overheidsbastion zijn voor tweetaligheid in Engels en Afrikaans). Maar voor de mensen die het dagelijks gebruiken is het docket een meesterstuk van efficiëntie. Het heeft zich door de jaren heen evolutionair ontwikkeld tot de volmaakte gids voor en reisgenoot bij een zaak – van het eerste bezoek aan de plaats delict tot de uiteindelijke veroordeling. De zes kartonnen bladzijden bevatten op zich belangrijke informatie, maar ze dienen ook als een uitstekend, verrassend duurzaam omhulsel voor de vaak tientallen, soms honderden documenten die de zaak tijdens zijn levensduur zal verzamelen. Het docket is tegelijkertijd pakhuis en encyclopedie, bronnenlijst, recherchebijbel en thriller.

Als je tenminste weet hoe je het moet lezen, en het natuurlijk door een zorgvuldige, kundige agent wordt opgesteld en bijgehouden.

Wanneer luitenant-kolonel Mbali Kaleni op dinsdag aan het eind van de ochtendbriefing vlak voor acht uur kapitein Bennie Griessel een docket geeft, weten hij en zijn collega Vaughn Cupido in één oogopslag twee belangrijke dingen:

1. Dit is niet hun eigen docket dat terugkomt nadat Kaleni het met haar pijnlijke nauwgezetheid heeft uitgevlooid. Want in het allereerste vakje bovenaan links staat Beaufort-Wes als het oorspronkelijke politiebureau, en de naam van de eerste rechercheur is 'Serg. A. Verwey'.

2. Dit is een hete aardappel. Want ze hebben onmiddellijk gekeken naar het midden van de voorpagina, onder *Misdaadcode.* Op dit specifieke dossier staan de cijfers waar het hart van iedere rechercheur iets sneller van gaat kloppen:

31984.

De administratieve code voor moord in het hele rechtssysteem.

'Ik wil dat jij en kapitein Cupido je uitsluitend op deze zaak richten,' zegt kolonel Kaleni, met de nadruk op 'uitsluitend'. Ze is chef van de eenheid Ernstige Delicten van het Direktoraat vir Prioriteits-Misdaadondersoeke – beter bekend als de Valken. Haar voornaam betekent 'bloem' in het Zoeloe, haar moedertaal.

Griessel en Cupido weten onmiddellijk dat hun beroepsleven de komende tijd om dit specifieke dossier zal draaien. En ze zijn daar niet zo happig op. Onder meer omdat dit een zaak is die ze geërfd hebben. Het betekent dat die waarschijnlijk gepaard gaat met gebreken en allerlei soorten bagage, zoals gekonkel tussen afdelingen en professionele jaloezie.

Bovendien is het onderzoek minstens acht dagen oud, volgens het zaaknummer (dat in het bovenste, middelste vakje van het voorblad is ingevuld). En *Datum en tijdstip misdrijf* (tweede grote vak op het voorblad, links) is bijna drie weken geleden. De eerste tweeënzeventig uur, de essentiële periode die het onderzoek van een moordzaak maakt of breekt, zijn allang verstreken.

Daarom kreunt Vaughn Cupido en zegt: 'Waarom krijgen wij altijd de coldcasekliekjes, kolonel? De hopeloze gevalletjes?'

'Omdat jullie de besten zijn, kapitein,' zegt Mbali Kaleni. Ze is langzaam en frustrerend trouw aan de regels, en drijft daarmee de wat vrijzinniger Cupido vaak tot razernij. Maar ze weet hoe ze het beste uit haar mensen moet halen: 'En dat heeft deze zaak nodig. Omdat het om internationaal toerisme gaat, schijnen er wat bevoegdheid betreft grijze gebieden te zijn, en de plaatselijke wetshandhaving is tot nu toe niet indrukwekkend geweest. Daarom heeft de provinciale korpschef ons gevraagd in te springen, en hij vroeg specifiek om jou en Bennie. Hij zei: als iemand het kan oplossen dan zijn jullie het wel.'

'*Damn straight*, kolonel,' zegt Cupido tevreden, zich niet bewust van haar slimme manipulatie.

'Daar komt bij dat het slachtoffer een voormalig lid van de politie is,' zegt Kaleni. 'Het is het Johnson Johnson-docket.'

Ze wacht tot er bij hen een lichtje opgaat, maar zoals de meeste leden van het team Ernstige Delicten hebben deze twee rechercheurs de afgelopen maand dag en nacht gewerkt om een reeks moorden onder nachtclubuitsmijters in de stad op te lossen. Ze staren haar aan.

'Die man die op de luxetrein verdween,' zegt ze alsof ze dat horen te weten. 'Het is uitgebreid in het nieuws geweest.'

'Johnson Johnson? Zo heet hij? *For real*?' vraagt Cupido.

'Ja.'

Griessel schudt zijn hoofd. 'Sorry kolonel, hebben we niet van gehoord.'

'Oké. Het staat allemaal in het docket,' zegt ze.

***

Maar niet alles staat in het docket.

In Griessels kantoor spreiden ze de inhoud ervan over zijn dienstbureau uit en beginnen het te bestuderen.

Zoals met alle SAPD-dossiers, bestaat de inhoud uit drie onderdelen: A, B, en C.

Deel A bevat de verhoren, verslagen, verklaringen en het fotoalbum. In het Johnson-docket is die informatie minimaal. Er is een bladzijde met aantekeningen in een slordig handschrift, over een telefonisch onderhoud met een mevrouw Robyn Johnson, een voorlopig verslag van een forensisch inspecteur van de SAPD in George en een paar vage foto's van een man in een zwart pak en wit overhemd die naast een spoorlijn ligt. De foto's laten een lijk zien dat al in staat van ontbinding verkeert. Het gezicht is vervormd door een ernstige hoofdwond. De laarzen van de SAPD-leden in uniform die rond het lichaam staan, zijn ook op de foto te zien.

'*Jissis*,' zegt Bennie Griessel terwijl hij naar de foto wijst. Want dat betekent slecht beheer van de plaats delict en eindeloze problemen voor de officier van justitie, als de zaak voor de rechtbank komt.

'Ja. Boertjes van buut'n. Wat had je dan verwacht?' vraagt Vaughn Cupido retorisch.

In deel B van het dossier wordt de correspondentie bewaard die met andere afdelingen van de SAPD of externe instanties zoals banken of werkgevers is gevoerd. Dit deel bevat alleen een kopie van een artikel 205-dagvaarding die de rechercheur van Beaufort-Wes heeft gebruikt om informatie over een mobiele telefoon van Vodacom te krijgen.

Deel C is het onderzoeksdagboek op het SAPD5-formulier. Ook dat is broddelwerk. De laatste notitie meldt dat het lijk pas twee dagen geleden van Beaufort-Wes naar het politiemortuarium in Soutrivier is verplaatst. Er is nog geen lijkschouwing gedaan. Het lichaam is officieel nog niet geïdentificeerd als dat van Johnson Johnson.

Griessel zucht.

Cupido staat op. 'Benna, laten we proberen chocola te maken van die shit,' zegt hij en hij veegt het whiteboard aan de muur schoon.

Griessel werkt de notities in het docket stuk voor stuk af, terwijl Cupido met een blauwe stift een tijdlijn met schematische bijzonderheden op het bord maakt.

Tegen de lunch zijn ze nog bezig. Ze laten afhaal van de Voortrekkerweg komen. Griessel bestelt een jalapeño-mayoburger met friet van Steers, zijn nieuwe favoriete tent. Hij kan eten wat hij wil, want hij rijdt met zijn mountainbike minstens 140 kilometer per week tegen de hellingen van Kloofnek op. Hij weegt zeven kilo minder dan een jaar geleden.

De inhoud van Cupido's keurige kledingkast zit op het ogenblik onaangenaam strak. Want Vaughn wil het hart veroveren van zijn nieuwe liefde, de mooie Desiree Coetzee uit Stellenbosch, en zij houdt van koken en uit eten gaan. Maar hij heeft last van de vetrolletjes. Heel erg. Daarom volgt hij stiekem hetzelfde dieet dat hij zo enthousiast bespotte toen kolonel Mbali Kaleni er indertijd mee begon – het beroemde *banting*-dieet van professor Tim Noakes. Hij heeft het alleen aan Griessel bekend, uit schaamte voor zijn uitgesproken mening daarover in het verleden.

Cupido bestelt twee visfilets van Catch of the Day, zonder friet, en een Coke Zero. Ze eten en werken, tot ze tegen drie uur min of meer doorhebben hoe de zaak in elkaar zit:

Johnson Johnson (34) was volgens een notitie in het docket 'consulent persoonsbeveiliging'.

Zeventien dagen geleden, op zaterdag 5 augustus, is hij samen met een klant op een luxetrein van Rovos Rail in de Kaap gestapt. De klant voor wie hij als lijfwacht werkte, was een Nederlandse toerist, ene Thilini Scherpenzeel. De trein was op weg naar Pretoria.

'Thilini Scherpenzeel,' proefde Cupido de naam in zijn mond. 'Dat is nog eens een naam, pappie, *elegance* tot en met. Ik wil wedden dat het een hotte chick is.'

Johnson is voor het laatst gezien toen hij die zaterdagavond, nadat hij met mevrouw Scherpenzeel in de trein had gegeten, haar tot de deur van haar coupé had begeleid. Een woordvoerder van Rovos heeft later bevestigd dat Johnson niet in de trein zat toen die maandag in Pretoria aankwam. Zijn cliënte en het personeel van de trein waren ervan uitgegaan dat hij de trein zaterdagnacht vrijwillig had verlaten, want zijn koffer leek ook weg te zijn. Die is pas maandag gevonden toen de trein zijn bestemming Pretoria had bereikt – ver weggeduwd onder het opklapbed.

Die maandagmiddag is Johnson door zijn ex-vrouw, Robyn, als vermist opgegeven. Ze heeft de verdwijning aan het eind van de avond gemeld bij het politiebureau in Brackenfell, de noordelijke voorstad van Kaapstad waar zij en Johnson gescheiden woonden.

Alle pogingen om Johnson op te sporen zijn vruchteloos geweest.

Een week later, op maandag 14 augustus, was het lijk van een man naast de belangrijkste spoorlijn in de buurt van Drie Susters in de Karoo gevonden. De doodsoorzaak was zo te zien een zware schedelfractuur. Een forensisch onderzoeker van de SAPD in George had een dag later bloed, weefsel, botsplinters en haren gevonden op de stalen paal van een hoogspanningsmast, een paar meter van het lichaam verwijderd, op een hoogte die erop wees dat de overledene ertegenaan was geklapt toen hij uit de trein was gesprongen of gegooid.

In de binnenzak van zijn jasje zat een kapotte telefoon. Zijn lichaam is te zien op de foto's in het dossier.

Op woensdag 16 augustus heeft de rechercheur in Beaufort-Wes die met het onderzoek was belast, sergeant Aubrey Verwey, door het IMEI-nummer van de kapotte telefoon te checken, vastgesteld dat de overledene mogelijk de verdwenen Johnson Johnson is.

Dit is zo ongeveer alle informatie waar ze over beschikken.

Cupido legt de blauwe stift neer en doet een stap naar achteren. 'Een jurisdictienachtmerrie,' zegt hij. 'Brackenfell, Pretoria, Drie Susters, Beaufort-Wes, en niemand weet waar deze *dude* dood is gegaan. We kunnen vanaf *ground zero* beginnen.'

Ground zero is een plek in de Karoo naast de spoorrails niet ver van Drie Susters. Daarom belt Cupido Beaufort-Wes, praat met sergeant Aubrey Verwey en maakt een afspraak om de volgende dag daarheen te rijden om de plek te zien waar het lichaam van Johnson Johnson gevonden is.

Griessel begint de verspreide foto's en documenten bij elkaar te harken en terug te leggen in de geelbruine map. 'Kom, laten we met de ex gaan praten,' zegt hij.

'En we moeten ook bij Thilini Scherpenzeel op bezoek,' zegt Cupido hoopvol, '*sooner or later*.'

'Was jij niet de man die zo gek is op ene Desiree Coetzee uit Stellenbosch?' vraagt Griessel.

'Dat ben ik,' zegt Cupido. 'Mijn belangstelling voor miss Scherpenzeel is *purely professional*.'

'Natuurlijk,' zegt Griessel.

Het is even na drieën 's middags. Ze lopen de kamer uit, het schemerdonker van de gang in, want een paar tl-buizen doen het niet.

3

Augustus. Daniel Darret. Bordeaux.

Na het gevecht bij de rivier is hij nog dagenlang van slag.

En dankbaar dat zijn werkgevers met vakantie zijn, want zijn gezicht is verkleurd en opgezwollen, en zijn hand zit dik in het verband.

Hij is onthutst over het risico. Hij woont in de multiculturele wijk Saint-Michel; er staat een moskee niet ver van zijn huis. Het is algemeen bekend dat de Franse DGSI, de Direction Générale de la Sécurité Intérieure, hier alom aanwezig is. Zijn levensstijl en connecties zullen er allang voor hebben gezorgd dat ze hem als onschadelijk beschouwen, maar zijn foto zal ergens in een database zitten. En de politie in deze stad is efficiënt, met hun uitgebreide systeem van bewakingscamera's. Het zal niet onmogelijk zijn hem aan het gevecht te koppelen en vervolgens op te sporen. Zelfs al kan hij zelfverdediging aanvoeren, en al is er een getuige die dat kan bevestigen, het zijn de scherpere aandacht en belangstelling die hij niet wil. Die hij zich niet kan veroorloven.

Hij is onthutst hoeveel schade vijf jonge amateurs bij hem hebben kunnen aanrichten, hoe zijn leeftijd hem heeft verzwakt en vertraagd.

Hij is onthutst omdat hij weer over zijn schouder moet kijken, omdat hij de Place Camille Pelletan onder het raam van zijn appartement nu weer in de gaten moet houden, zijn oren moet spitsen als hij een sirene hoort, en vanbinnen verstijft als hij een uniform ziet.

Hij wil dat leven niet meer.

De kranten brengen het verhaal, van de vijf die in het park aan de overkant van de rivier in een 'bloedige bendeoorlog' betrokken waren. Twee van hen worden gezocht voor andere misdrijven.

Er is geen klop aan zijn deur, geen agent die achterdochtig naar hem kijkt.

Het waait over. De zwelling op zijn gezicht neemt af.

Maar niets is meer zoals het was.

En dan ziet madame Lecompte hem.

4

Augustus. Bennie Griessel. Brackenfell.

Ze zetten de auto op het parkeerterrein van het Fairbridge-winkelcentrum in Brackenfell en lopen dan naar de grote dierenwinkel die achterin, vlak bij het treinspoor, staat.

Ze lopen naast elkaar, Bennie Griessel en Vaughn Cupido. Griessel met zijn warrige haar, altijd een knipbeurt achter, en zijn donkere, amandelvormige ogen die wel als 'Slavisch' zijn beschreven. Hij staat al meer dan tweehonderdveertig dagen droog, maar de strijd met de fles heeft diepe sporen op zijn gezicht achtergelaten, zodat hij tien jaar ouder lijkt dan zijn officiële zesenveertig. En de flamboyante Vaughn Cupido, een kop groter, negenendertig jaar, in zijn elegante winterjas. Hij zegt al maandenlang: 'De *big four-oh*, pappie, hij komt eraan. En je weet wat ze zeggen, *when forty hits, you have to hit back...*'

Hij heeft nog niet verteld hoe hij van plan is terug te slaan.

De dierenwinkel ziet eruit als een soort miniboerderij met een erf. Op het grote bord staat ROBYN'S ARK. Ze moeten eerst het hekje door, daarna door de tuin waar kippen en hazen en eenden scharrelen, voordat ze bij de winkeldeur komen. Binnen ruikt het naar vogelpoep en hondenvoer en kattenpis. Een kakofonie van papegaaien, kanaries, vinken en puppy's vult de ruimte. Een hele muur is bedekt met aquaria, met daarin de enige vorm van leven op die plek die geen hoorbare geluiden maakt.

Er komt een vrouw op hen af. Ze is ergens in de dertig en mollig. Haar make-up en kapsel zijn wat overdadig, de oorbellen groot, de nagels lang en donker gelakt.

'Ik ben Robyn,' zegt ze. 'U bent van de SAPD, toch?'

'De Valken,' zegt Cupido.

'Ik ken mensen bij de politie, ik ben een hele tijd met eentje getrouwd geweest,' zegt ze. 'Het werd tijd dat de Valken werden ingeschakeld.'

Ze stellen zich voor en vragen of ze met haar over Johnson Johnson kunnen praten.

'Natuurlijk. Maar het is J.J.,' zegt ze. 'Iedereen noemde hem J.J. Kom verder, dan praten we in mijn kantoor.'

'Onze oprechte deelneming,' zegt Cupido. 'Het moet een flinke klap zijn geweest.'

Ze staat bij de deur te wachten tot ze binnen zijn, en zegt dan: 'Ja, het is zwaar. Vooral voor de kids. Maar het is nu al drie weken geleden, ik kan er nu beter mee omgaan. Ik wist het eigenlijk wel, toen J.J. niet kwam opdagen die avond, toen wist ik het eigenlijk al. Dus ik had tijd om te rouwen...'

En ze doet de deur achter hen dicht.

***

Ze zitten aan haar bureau. Ze steekt een dunne sigaret op. De rechercheurs halen notitieboekjes en pennen tevoorschijn.

Aan de muur hangen posters van dieren – honden, katten, eenden – met grappige uitdrukkingen en humoristische onderschriften erbij. De kleurige ordners in de kast achter het bureau geven de kamer een vrolijke uitstraling. Op het bureau staat een ingelijste foto van twee meisjes, parmantige paardenstaarten die om hun mooie gezichtjes dansen. Griessel vindt het een beetje ongemakkelijk om hier over de dood te praten.

'Neem me niet kwalijk, mevrouw, maar we willen helemaal van voren af aan beginnen,' zegt Cupido. 'Een frisse blik op het hele onderzoek.'

'We zullen vragen moeten stellen die u misschien al beantwoord hebt,' zegt Griessel.

'Dat is oké, kom maar op,' zegt ze en ze neemt een gretige trek van de sigaret.

'Meneer Johnson heeft lang bij de politie gezeten,' zegt Griessel.

Ze knikt en tikt de as met een lange nagel af. 'Vanaf zijn achttiende, twee jaar voordat we trouwden. Toen was hij Flying Squad op het bureau van Hermanus, daarna werd hij rechercheur in Bellville, daarna zat hij vijf jaar bij de VIP Beveiligingsdienst in Pretoria voordat hij freelancer werd. Consulent persoonsbeveiliging.'

'Wat hield dat consulentenwerk precies in?' vraagt Griessel.

'J.J.... Hij had grootse plannen om bij alle vijfsterrenhotels bekend te zijn, zodat ze contact met hem op zouden nemen om toeristen voor te lichten hoe ze veilig kunnen reizen in Zuid-Afrika. En dan was hij ook nog beschikbaar als ze hem als bodyguard wilden inhuren. Maar het is niet zo makkelijk om bij de grote hotels binnen te komen. J.J. zei dat ze een *closed system* zijn, ze vinden het niet leuk als er geld naar buiten stroomt. Toen kreeg hij hier en daar bij van die kleinere touroperators de kans om voorlichting te geven, en hij reed heel vaak *shotgun* voor ze, zo noemde hij dat. Dan reed hij mee in het busje met de toeristen, gewoon om ze gerust te stellen. Pas de laatste maanden begonnen de bodyguardjobs binnen te komen. Maar niet officieel van de hotels,' zegt ze.

'Heette hij echt Johnson Johnson? Precies zo?' vraagt Cupido, die iets met namen heeft.

'Precies zo. Door zijn moeder zo gedoopt. Ze heeft haar leven lang gezegd dat die dubbelslag hem iets plechtstatigs en waardigs gaf. *Bless her soul.* Maar iedereen noemde hem J.J.'

'Hoe lang heeft hij freelance gewerkt?' vraagt Griessel.

'Bijna twee jaar.'

'Alleen?'

'Ja. Hij heeft een keer een aanbod gekregen van Body Armour, die beveiligingsdienst in de Kaap, maar J.J. zei dat hij geen twintig procent van zijn inkomen aan iemand anders ging geven, hij wilde het eerst op eigen houtje proberen te redden. De eerste tien, elf maanden was het geen vetpot voor hem, maar hij is nooit opgehouden met marketen en netwerken. Is overal zijn visitekaartje gaan uitdelen. En dan bedoel ik ook echt overal. En toen begonnen de opdrachten langzaam binnen te druppelen, en zo'n beetje vanaf januari begon het beter te gaan. Maar hij heeft geen enkele keer de alimentatie voor de kids overgeslagen, laat ik je dat vertellen. Die twee meiden,' ze wijst naar de foto's op het bureau, 'waren alles voor hem.'

'Wanneer zijn jullie gescheiden?'

'Toen hij in Pretoria zat, drie jaar geleden. Ik was hier gebleven. Met de winkel, snap je, ik had geen keus, ik ben de enige eigenaar... Maar een huwelijk op afstand werkte gewoon niet voor ons. J.J... Laat ik het zo zeggen, zoals de meeste mannen was hij niet goed in 's avonds alleen zijn... Maar weet je, het is ons gelukt om het hele scheidingsgedoe op een volwassen en beschaafde manier af te handelen. Vanwege de kids. J.J. heeft een flat gehuurd een eindje verderop in de straat, dus de kids gingen heel vaak bij hem slapen. En we waren goede vrienden...'

'Zijn huisadres hier was in Springbokpark, Olympusstraat,' zegt Griessel.

'Dat klopt.'

'En hebt u de sleutels daarvan?'

Ze trekt een la open, haalt er een bos sleutels uit en legt die op het bureau. 'Alsjeblieft, maak er geen rotzooi van. Ik moet het huis voor het eind van de maand opleveren.'

'Natuurlijk,' zegt Griessel.

'We willen graag horen, mevrouw, hoe het precies is gegaan vanaf het moment dat hij met de trein is vertrokken,' zegt Cupido.

'U hebt hem zaterdag 5 augustus voor het laatst gezien?' vraagt Griessel.

'Geef ons zoveel details als u zich kunt herinneren.'

'Ik snap het,' zegt ze, en ze knikt en neemt weer een trek van haar sigaret alsof dat haar kracht geeft.

***

Robyn Johnson vertelt dat haar ex-man die zaterdagochtend zijn twee dochters vlak na negen uur bij de dierenwinkel had afgezet, omdat ze die nacht bij hem in zijn flat hadden doorgebracht, zoals meestal op vrijdag. Ze zijn respectievelijk vier en zes jaar, en gingen onmiddellijk zeuren dat ze met hun vader mee wilden want: 'Papa gaat met een deftige trein mee, mammie, en waarom mogen wij niet mee?'

'Toen vroeg ik wat hij moest doen in de trein. En hij zei alleen dat een of andere Hollandse tante hem had ingehuurd, het uitdelen van zijn visitekaartje had hem weer een opdracht opgeleverd. De maître d' van het Cape Grace Hotel had hem aanbevolen. En die vrouw ging naar Pretoria met Rovos Rail, en dat is super-de-luxe, en hij kreeg een eigen coupé en alles. En ze betaalde hem ook nog goed voor zijn diensten.'

'Heeft hij verder niets verteld over deze klant? Waarom ze beschermd moest worden?'

'Nee, verder niets. Hij was heel strikt wat betreft de vertrouwelijkheid van de relatie met de klant. Ik respecteerde dat, dus heb ik niet aangedrongen.'

'Hij was cool? Geen *worries*?' vraagt Cupido.

'Die dag?'

'Die tijd, zo daaromheen?'

'J.J. was altijd wel cool, hij zei dat het geen zin had je zorgen te maken, dat dat alleen maar energie kost die je beter kunt gebruiken om problemen op te lossen.'

'Oké,' zegt Cupido, 'en toen?'

'Toen zei hij tegen me: "*Jewel*," – hij noemde me altijd Jewel omdat mijn naam Robyn is hè – "ik vlieg maandag om één uur terug, dan ben ik om drie uur in Kaapstad, en kom ik om vier uur de kids ophalen." Nu zijn er een paar dingen van J.J. die je moet begrijpen. *Number one*: hij is nooit te laat. Niet als het over die twee meiden gaat. Never nooit. *Number two*: als er iets onverwachts gebeurt wat ervoor zorgt dat hij te laat is, dan belt hij. Altijd. *Number three*: elke avond belt hij zijn twee meiden. Afhankelijk van zijn rooster, ergens tussen zes en acht, maar hij belt elke avond, tenzij hij tegen me zegt: "Jewel, vanavond zit ik vast, geef de meiden een zoen van me." Die man had zo zijn fouten, maar hij was een fantastische vader, die twee meiden waren zijn leven.'

'*Point taken*,' zegt Cupido.

Griessel knikt en schrijft iets in zijn notitieboekje.

'*Right*. Toen belde hij die zaterdagavond, en ik hoorde hem tegen de meiden zeggen dat hij nu in Matjiesfontein was, de trein was daar gestopt, en hij vertelde hoe chic die trein was, hoe ze high tea hadden gehad, nou vraag ik je, en hij stuurde hun foto's via WhatsApp...'

'Hoe laat belde hij?' vraagt Griessel.

'Even na zessen.'

Griessel maakt een aantekening.

'Hebt u die foto's nog?' vraagt Cupido.

'Ja. Mijn telefoon ligt binnen...'

'We kunnen later kijken, dank u. Er zijn geen foto's van de Hollandse vrouw?'

'Dat zou hij nooit doen. Daar was hij te discreet voor. Er waren alleen foto's van zijn coupé, die beeldige houten lambrisering, en van de taart die ze met de high tea hadden gehad, J.J. was een zoetekauw...

En van de historische gebouwen van Matjiesfontein, en van de buitenkant van de trein...'

'Oké.'

'Ga rustig verder,' zegt Griessel.

'Dus, die zondagavond belde hij niet. Toen begon ik me een klein beetje zorgen te maken, wat zou er aan de hand zijn? Want hij belde altijd. Altijd. Maar dan zeg je tegen jezelf, hij is aan het werk, misschien komt het gewoon niet uit. En dan vraag je je af, daar kun je niets aan doen, hoe oud is die Hollandse tante eigenlijk, hoe ziet ze eruit, want J.J. is J.J., als je begrijpt wat ik bedoel... Hoe dan ook, ik liet het verder zitten. Tot die maandag. De hele dag hoorde ik niets van hem, dat is prima, maar toen werd het drie uur en hij meldde zich niet en toen werd het vier uur en hij meldde zich niet, en toen heb ik hem gebeld want, zoals ik al zei, hij was nooit te laat als het om het ophalen van de meiden ging. Maar zijn telefoon ging gelijk over naar voicemail, en ik dacht, oké, misschien zit hij nog in het vliegtuig, misschien heeft hij vertraging, en ik liet een bericht achter: "Bel me, J.J., ik maak me zorgen om je." Tegen zessen wist ik dat er iets mis was. Toen heb ik Rovos gebeld. En die mensen waren heel aardig, je moet je voorstellen, ze mogen niet zomaar informatie over passagiers geven, maar ze hebben alles uit de kast gehaald om te helpen, ik denk dat ze de angst in mijn stem hoorden. Ze zeiden dat er ergens zaterdagnacht of zondagochtend een passagier uit de trein was gestapt, ze konden me geen details geven, maar misschien moest ik het maar gaan aangeven. Toen ben ik naar het politiebureau gegaan, daar zit een officier die samen met J.J. in Bellville heeft gewerkt – Neville Bandjies, ze deden weleens een braai samen – en we hebben een formulier voor persoonsvermissing ingevuld. Maar toen wist ik al, die avond, toen wist ik al dat er iets heel ergs was gebeurd, want Johnson Johnson hield te veel van zijn twee meiden om zomaar te verdwijnen.'

5

Augustus. Daniel Darret. Bordeaux.

Het is toeval.

Daniel Darret op dat moment bij de voordeur met zijn sleutel in de hand, en de vrouw die de hoek om komt.

De Place Camille Pelletan is klein, eigenlijk wordt de Rue Marengo alleen iets breder waar hij de Rue Saint-François kruist – als een soort pijpenkop aan het eind van de steel. Het is er niet veel drukker dan in de andere straten in dat deel van de wijk Saint-Michel. Er zijn altijd wel mensen op weg naar de basiliek of de Marché des Capucins. Op zaterdag meer.

Zijn nieuwe waakzaamheid heeft geen nut, want het is alleen de opzettelijke timing van het noodlot: zij die de hoek om komt, hij die daar staat. Hij kijkt op, want hij hoort haar hakken op de kasseien. En ze kijkt naar hem. Een ogenblik van herkenning. En dan, precies op het moment dat het lijkt of zij beschaamd wil glimlachen, kijkt Daniel weg, doet de deur open, gaat naar binnen en trekt hem haastig achter zich dicht.

Hij leunt tegen de deur. Hij vloekt.

De kat, Wackett, geeft hem halverwege de trap naar boven antwoord.

6

Augustus. Bennie Griessel. Brackenfell.

Robyn Johnson vertelt dat toen anderhalve week later het telefoontje kwam van sergeant Aubrey Verwey uit Beaufort-Wes, de schok niet zo groot was. 'Het was in zekere zin een opluchting. Dan vraag je je niet meer af of het zo is of niet. Maar dan is er de woede: wie heeft het gedaan? En waarom? Ik bedoel, J.J. was gewoon zo'n aardige... En hóé? Hoe is J.J. daar naast het spoor beland? Een hoop woede en haat tegen de anonieme mensen die dat hebben gedaan. Die beesten, die schoften. Hij was een goed mens. Hij had zijn fouten, maar hebben we die niet allemaal? Maar hier vanbinnen, hier was hij een goede man...'

Ze schudt geïrriteerd haar hoofd, alsof ze de negatieve emoties wil afschudden. 'Jullie moeten ze pakken,' zegt ze zachter nu. 'Alsjeblieft, jullie moeten ze pakken.'

Ze drukt met een bevende hand de sigaret uit, haar ogen zijn vochtig.

'We zijn de Valken,' zegt Cupido. 'Dat is wat we doen.'

Griessel gunt haar een ogenblik, dan vraagt hij: 'Mevrouw, hoe was meneer Johnsons, eh, gezondheid?'

'Zijn gezondheid. Hij was in topconditie, waarom vraagt u naar zijn gezondheid?'

'Zijn stemming. Was hij vrolijk?'

'Ik zei toch al dat J.J. niet van het zorgelijke soort was.'

'Mevrouw, we begrijpen dat dit soort vragen niet prettig voor u zijn,' zegt Cupido. 'Maar we moeten alle mogelijkheden bekijken. Dus, feit is, het is eigenlijk onmogelijk dat mister Johnson per ongeluk uit die trein is gevallen. Er kunnen twee dingen zijn gebeurd. Hij is gesprongen of hij werd geduwd. Als mijn collega naar de gezondheid van uw ex-man vraagt, dan willen we weten of hij misschien aan een depressie leed. Het is een andere manier om de pijnlijke vraag te stellen: is hij gesprongen?'

'Oké. Sorry. Ik snap het. Nee. Never. Niet J.J. Hij... Er waren tijden dat ik dacht dat hij misschien te zorgeloos was. Als je hem met zijn twee meiden zag...'

'Mevrouw, de andere mogelijkheid...' zegt Griessel. 'De grote vraag die we gewoonlijk bij dit soort onderzoeken stellen is of er iemand was die hem kwaad wilde doen.'

Ze denkt eerst na en schudt dan haar hoofd. 'J.J. was aardig. Dat was zijn probleem. Hij was gewoon zo aardig.'

'Maar hij was een politieman. Een rechercheur. Heeft hij het ooit gehad over iemand die hem bedreigde, iemand die hij gearresteerd had?'

Ze denkt na, en dan schudt ze haar hoofd. 'Hij zat al twee jaar niet meer bij de politie.'

'Dat begrijpen we, maar toch, heeft hij er nooit iets over gezegd?'

'Niet dat ik weet.'

'Geen connecties met *gangs*?' vraagt Cupido.

'J.J. komt uit Ashton. Daar zitten geen gangs.'

Er zitten wel degelijk gangs in Ashton, maar ze merken dat ze het verhoor wil beëindigen.

'Oké. Hij is in magere tijden niet ergens geld gaan lenen?' vraagt Cupido.

'U bedoelt bij een *loan shark*?'

'*That's right.*'

'Nee. Hij wist dat hij het aan mij kon vragen. En nu we het er toch over hebben, hij is bij mij geld komen lenen, aan het begin van het jaar. En zo rond juni had hij alles weer terugbetaald. En hij had het druk, de laatste vier maanden of zo. Hij verdiende lekker.'

'Hoe deed hij zijn administratie? Had hij iemand die zijn rekeningen verstuurde? Zijn boeken bijhield?'

'Nee, hij regelde alles zelf.'

'Wat voor systeem gebruikte hij?' vraagt Cupido.

'Hoe bedoelt u systeem?'

'Hield hij files bij van de betalingen van zijn klanten?' Cupido wijst naar de kast achter haar met de veelkleurige ordners.

'Nee, hij deed alles op z'n laptop.'

'Waar is die laptop nu?'

'Ik... Die ligt normaal gesproken in zijn flat, achter slot en grendel in de buffetkast. Of hij neemt hem mee in zijn koffer. Ik heb er niet aan gedacht te kijken...'

'Geen worries, wij gaan wel kijken,' zegt Cupido.

Griessel stopt zijn pen en notitieboekje in zijn jaszak. Ze staan op.

'Mevrouw Johnson, wat denkt u dat er in die trein is gebeurd?' vraagt Griessel.

'Als u zou moeten raden,' zegt Cupido.

Ze kijkt omhoog naar het plafond. Ze tikt met haar lange nagels op het bureau. Ze staat langzaam op. Vanuit de winkel, alsof hij weet dat dit een goede timing is, roept een papegaai luid en duidelijk: 'Fok jou, Fanus.'

Het doorbreekt de vage spanning in het kantoor.

'Die vogel,' zegt ze. 'Hoe ga ik die ooit verkopen met zijn brutale snavel?'

Ze glimlachen.

'Jullie moeten begrijpen dat ik met heel mijn hart van J.J. hield,' zegt Robyn Johnson.

'Waarvan akte.'

'Eerst dacht ik dat het een overval was, want iedereen steelt maar in dit land. Van de president tot helemaal onderaan. Ik wilde dat het zoiets was. Toeval. Pure pech.'

Ze blijven beiden stil.

'Maar toen dacht ik, op die trein vol chique, rijke mensen, waarom zouden ze J.J. beroven? En dan kom je eigenlijk op het punt dat je moet toegeven dat hij echt een zwak voor vrouwen had.'

Ze knikken begripvol.

'Het enige wat ik kan bedenken is dat J.J. met de vrouw van een andere man heeft gerotzooid in die trein. Een man die dat niet pikte.'

***

Op het parkeerterrein kijkt Cupido op zijn horloge en zegt dat ze de volgende dag al om zes uur naar Beaufort-Wes moeten. En hij gaat vanavond bij Desiree eten en mag niet te laat komen, want het is een doordeweekse dag en Donovan moet naar school, ze is streng met haar gozertje.

Daarom rijden ze terug naar het kantoor van de Valken aan de

Markstraat in Bellville en spreken af voor de volgende ochtend. 'Het is jouw beurt om *road music* mee te nemen, Benna,' zegt Cupido. Zijn jaspanden wapperen achter hem aan in de gang, en hij gaat op weg naar Stellenbosch.

Griessel maakt aantekeningen in afdeling C van het docket en dan groet hij iedereen door de open kantoordeuren op weg naar zijn auto.

Wanneer hij in de zak van zijn jasje naar zijn sleutels voelt, vindt hij de sleutelbos van het huis van Johnson Johnson. Hij besluit om dat nu te doorzoeken. Alexa Barnard, de vrouw in zijn leven, zit in Johannesburg voor vergaderingen met de muziekmensen van de platenmaatschappij. Hij heeft geen zin om thuis naar allerlei rotzooi op tv te gaan zitten kijken.

Hij gaat op weg naar Brackenfell.

***

Het appartement van Johnson bevindt zich in een wooncomplex niet ver van de Sorgvry-appartementen van de politie waar kolonel Mbali tot een paar jaar geleden nog woonde.

Griessel parkeert op de plek van nummer 5, pakt zijn 'moordtas', de tas met alles wat hij nodig heeft op de plaats delict, en loopt naar de voordeur met hetzelfde nummer. Hij doet de tas open, haalt de forensische handschoenen en de kleine Canon Powershot eruit, doet het veiligheidshek en de voordeur open, pakt de tas weer op en gaat naar binnen.

Trekt de deur achter zich dicht. Blijft even staan.

Hij zal nooit gewend raken aan het doorzoeken van het huis van een moordslachtoffer. Er hangt een verschrikkelijke stilte, alsof de ruimte weet dat de eigenaar niet meer terugkomt, het ongemakkelijke gevoel dat je toch nog iemands privacy schendt, almaar de spanning dat je iets over het hoofd ziet, een bewijsstuk kunt verpesten omdat je niet weet wat je zoekt.

Hij begint met de woonkamer-eetkamer-keuken, een open ruimte met een bank, twee stoelen, een salontafel met een stel dvd-doosjes van kinderfilms. En een tv en blu-rayspeler op een standaard.

Geen schilderijen, geen eettafel, alleen een lange buffetkast tegen de muur en de ontbijthoek met drie krukken in de keuken. Hij neemt overal foto's van voordat hij met het doorzoeken begint.

Hij vindt de sleutel van de twee deurtjes van de buffetkast aan de bos in zijn zak.

Aan de linkerkant staan borden en glazen en bekers en een paar schalen. En drank. Een bodempje Klipdrift, een halve fles Three Ships, een paar kleine flesjes mousserende wijn en twee flessen rode wijn, nog dicht.

Een ogenblik kijkt hij zijn demonen in de ogen. Griessel doet het deurtje weer dicht.

Aan de rechterkant een warboel van kabels en opladers, een oud ADSL-modem, het doosje van een LG-telefoon en opengescheurde enveloppen van rekeningen van de gemeente en de telefoon, kwitanties en een USB-stick.

Geen laptop.

Hij stopt de USB-stick in een plastic bewijszakje, doorzoekt vervolgens de kasten in de keuken en de koelkast, en de twee slaapkamers. De ene is de kamer van de kinderen. Daar zit niets van belang in de kasten of laden.

In de kamer van Johnson is het bed opgemaakt, de ingebouwde kledingkasten zijn redelijk netjes. Een mooie oude ladekast voor het bed. In de bovenste la persoonlijke documenten – onder meer een ID, een rijbewijs dat vorig jaar verlopen is, de echtscheidingspapieren. Foto's van de kinderen. En een foto van het gezin toen het nog compleet was. Ze zitten op een bank – niet de bank die hier in de woonkamer staat. Johnson in het midden, omringd door Robyn en de kinderen.

Hij was een slanke man. Sportief. Aantrekkelijk. Met een zelfverzekerde glimlach, een uitdrukking die zegt: kijk, dit zijn de leuke dingen die het leven me gegeven heeft.

Terwijl hij alles stelselmatig doorzoekt en vastlegt met de Canon, denkt Griessel aan de foto's.

Soms liegen ze.

De foto van Johnsons gezin is zo'n drie jaar oud. Stond indertijd misschien op Robyns bureau. Of hing aan de muur waar hij in Pretoria woonde. Er spreekt geluk en harmonie uit, de belofte van een sprookje.

En kijk waar ze nu zijn.

Hij denkt niet dat hij zulke foto's heeft. Toen hij en Anna, zijn ex, deze leeftijd hadden, werkte hij dag en nacht bij het oude Moord-en-

Roof. Werkte en zoop. Zijn leven was een waas van zware criminaliteit en drank. De weinige foto's die er zijn, heeft hij met een compact camera genomen wanneer ze in april met vakantie gingen. Tien dagen nuchter in Langebaan of Hermanus aan zee, zijn hoofd bij het werk, zijn hart bij de alcohol. Alleen Anna en zijn dochter Carla en zijn zoon Fritz staan op de foto's. De kinderen uitbundig, gelukkig. En in de ogen van Anna – misschien verbeeldt hij het zich achteraf – iets van angst voor het monster in haar man, de posttraumatische stress die niemand indertijd echt in de gaten had.

Het waren foto's die hun toekomst veel beter voorspelden. Want hij was afwezig.

Carla is nu eenentwintig. Ze is begonnen als pr-medewerker op een wijnlandgoed. Ze heeft theaterwetenschap gestudeerd, maar kon geen werk krijgen in de theaterwereld. Fritz is negentien en tweedejaars bij de AFDA, de Kaapse filmschool die Griessel zich eigenlijk niet kan veroorloven. En Anna is getrouwd met een advocaat. Wanneer Anna en hij elkaar nu en dan zien, lijkt het altijd of ze opgelucht is dat ze van hem af is. En of ze zich een beetje schaamt voor zijn stijlloze kleren en deemoedige houding.

En dat snapt hij.

Want hij is nog steeds alleen maar een politieman, een herstellende alcoholist, nauwelijks acht maanden droog, en zijn grootste wens is om die andere herstellende alcoholist in zijn leven ten huwelijk te vragen. De ring voor Alexa Barnard is gekocht, opgeborgen in de bovenste lade op zijn werk.

Hij blijft zichzelf wijsmaken dat hij haar nog niet heeft gevraagd omdat hij het speciaal wil maken. Een verhaal dat zij trots en blij zal kunnen doorvertellen.

Maar de waarheid is: hij is bang.

Bennie Griessel zucht. Hij rondt af, doet de deur weer op slot en rijdt weg.

Hij heeft niets gevonden.

7

Augustus. Daniel Darret. Bordeaux.

Daniels leven was doelbewust simpel vóór madame Lecompte en het geweld van die nacht.

Hij werkt als knecht bij meubelrestaurateur Henry Lefèvre in de wijk Chartrons. De oude man met zijn dikke zilverwitte haar en snor is een geniale tovenaar met hout die kostbare stukken uit de zeventiende en achttiende eeuw zo perfect kan restaureren dat de grootste kenners van antieke meubels in Europa niet kunnen zien waar iets gerepareerd is.

Maar Lefèvre lijdt aan het syndroom van Asperger. Zijn stoornis ligt op het sociale vlak van het autismespectrum. Hij maakt geen oogcontact en heeft geen besef van of empathie met de gevoelens en bedoelingen van een ander. Daarom is het heel moeilijk om met hem samen te werken. Collega's hebben gauw het gevoel dat hij hen beledigt, vernedert of negeert, al is dat niet zijn bedoeling. 'Hij heeft gewoon geen filter, en hij denkt dat iedereen zo is,' zei zijn vrouw, Sandrine Lefèvre, tegen Daniel toen ze hem aannam. 'Medewerkers houden het een week of twee vol, monsieur Darret, al betalen wij meer dan het normale salaris. Als u teergevoelig bent, moet u het tegen me zeggen. Dan kunt u beter een andere betrekking zoeken.'

Zij drijft de aangrenzende antiekwinkel – Madame Lefèvre, Antiquités-Brocante – waar onder meer het handwerk van haar man wordt verkocht. Het is een heel slimme vrouw.

Daniel heeft indertijd tegen haar gezegd dat hij waarschijnlijk wel om zou kunnen gaan met de asperger. En toen heeft ze hem de betrekking gegeven – hoofdzakelijk omdat hij groot en sterk is, en het salaris zonder morren aanvaardde. En omdat zij net zo wanhopig was als hij.

Het heeft hem maanden gekost om te wennen aan het vreemde gedrag van de oude man. Uiteindelijk is er tussen hen een onuitgesproken, amorfe en vreemde band ontstaan. Die louter bestaat uit de stilte van de werkplaats, uit het ritme wanneer ze met z'n tweeën aan het werk zijn en uit de zeldzame, vluchtige flitsen in Lefèvres ogen die een zachtere, inschikkelijkere taal spreken.

En hij wordt verliefd op de methode-Lefèvre om kapotte dingen heel te maken.

***

Daniel staat doordeweeks elke dag om zes uur op, drinkt sterke koffie, eet zijn havermout, geeft de kat te eten, ruimt zijn tweekamerappartement op, wast en scheert zich, en loopt om zeven uur naar La Boulangerie in de Rue des Faures. Hij begroet de bakkers bij hun naam en zij hem. Hij koopt twee croissants en twee *chocolatines*. De laatste twee eet hij lopend naar zijn werk op, omdat ze net uit de oven komen en nog warm zijn. De croissants stopt hij in de kleine rugzak, want die zijn voor tien uur bij de thee.

Hij is altijd als eerste in de werkplaats. Hij opent de deur en snuift de lucht op van meubelwas en vernis, lijm, schaafsel en zaagsel, de stapels planken en de vreemde, mysterieuze muskusgeur van de oude, versleten stukken. Elke ochtend is de blend van het aroma net iets anders, bepaald door wat *le génie* de avond daarvoor heeft gebeiteld, gezaagd, geschaafd of opgewreven.

Zijn gewone dagtaak, wanneer de Lefèvres er zijn: hij stoft en veegt, legt en hangt gereedschap precies zoals Lefèvre het wil hebben, en hij herschikt planken en meubels, controleert de voorraden, vult aan en stelt een lijst van bestellingen op. Om negen uur komt Madame, dan overleggen ze, hij markeert de verkochte goederen, brengt ze naar de dienstingang waar de bestelbus ze kort voor tien uur komt ophalen. Dan eet hij zijn croissants bij de thee, en wanneer le génie komt, werken ze op aanwijzingen van Lefèvre tot Madame de lunch brengt. Die ze afzonderlijk eten, ieder op zijn eigen houten krat, aan weerskanten van de werkplaats.

En hij neemt alles in zich op wat Henry Lefèvre met het hout en de meubels doet.

Ergens na drie uur komt Madame hem stilletjes wenken en helpt hij haar met het verplaatsen van meubels in de winkel, bezorgt kleinere voorwerpen of helpt met het vervoer van meubelstukken met het bestelbusje. Hij werkt soms aan zijn eigen project, wanneer het schema het toelaat. Na vijf uur gaat hij naar huis, zonder monsieur te groeten, want tegen die tijd is de meubelmaker volledig opgegaan in zijn eigen wereld.

Het is een lange werkdag, fysiek een uitdaging want hij is feitelijk de hele tijd in de weer en moet zware meubelstukken tillen, verplaatsen en bezorgen, en meestal in z'n eentje. Juist daarom vindt hij het ook zo prettig. Het houdt hem in vorm en peigert hem af, zodat hij 's avonds soms de energie niet heeft om te verlangen of te treuren of zich te herinneren.

***

's Avonds na zijn werk kijkt hij televisie. Voetbal. Of films. Nieuws. Of hij leest op zijn tweedehandstablet over de gebeurtenissen in zijn geboorteland.

Op zaterdag maakt hij zijn appartement van boven tot onder schoon. Daarna gaat hij naar de markt voor zijn wekelijkse boodschappen: kaas en ham, plakken paté, droge worst en fruit, en ook vis voor Wackett; en voor een glas wijn en een praatje met Mamadou Ali, de man die voor de bloemist werkt en meestal *Ali du Mali* wordt genoemd, Ali uit Mali.

Hij heeft niet echt andere vrienden, mensen weten niet veel van hem.

Op zondag wast hij zijn motor in de kleine garage die hij huurt in de Rue Permentade, en dan gaat hij er in zijn eentje met de BMW op uit. Naar Saint-Émilion voor de lunch. Of naar Arcachon, of Bayonne, of nu en dan helemaal naar San Sebastián over de Spaanse grens, of naar de bochtige wegen en het schitterende landschap van de Périgord. Hij komt voor het donker terug, stalt de motor en gaat naar huis. Want maandagochtend moet hij weer aan het werk.

Dit was min of meer zijn leven, vóór de vrouw en het geweld in de nacht.

***

Meer dan een week nadat ze hem bij zijn voordeur zag, die dinsdagmiddag, staat ze hem op te wachten. De girafvrouw. Naast de grote bloembak voor de ingang van zijn oude appartementengebouw.

8

Augustus. Bennie Griessel. Drie Susters.

‘Precies hier,’ zegt rechercheur-sergeant Aubrey Verwey en hij wijst naar een droge sloot tussen het struikgewas links van het spoor. ‘Precies hier hebben ze hem gevonden. Zijn hersens puilden eruit, en hij lag er al acht dagen. Je kunt het je voorstellen. Geen fijne aanblik.’

‘Bedoel je die spoorwegman?’ vraagt Cupido met groeiend ongeduld. Want hij is chagrijnig, al vanaf vanochtend vroeg, toen ze om zes uur uit Bellville vertrokken.

Griessel heeft onderweg naar Beaufort-Wes – om Verwey op te halen – Cupido verteld dat hij het huis van Johnson heeft doorzocht. Maar hij kon zien dat zijn collega met zijn gedachten elders was. Eerst dacht hij nog dat het kwam door het vroege tijdstip.

Nu staan ze naast het spoor in de weidsheid van de Groot Karoo, negen kilometer voorbij het benzinestation in Drie Susters. Ze moesten vanaf het met een ketting afgesloten hek bij de N1 twintig minuten lang over de stoffige dienstweg lopen, want de man van Transnet is niet komen opdagen met de sleutel van het slot op het hek. En ondanks de blauwe hemel is de augustuswind bitterkoud. Cupido en Griessel hebben geen van beiden warme kleren bij zich. ‘Het is een fokking woestijn, allemachtig, je verwacht een beetje warmte,’ had Cupido verontwaardigd tegen Griessel gezegd toen ze uit de auto stapten.

‘Ja, de baaninspecteur van Transnet,’ zegt Verwey nu. Hij is jong. Zijn moderne haarstijl is ingewikkeld, vol gleuven en strepen en vlakken.

‘Dezelfde die ons de sleutel moest brengen?’ vraagt Griessel.

‘Dat is correct.’ Alsof hij bij een kruisverhoor in de rechtbank is.

Cupido schudt langzaam zijn hoofd, zucht luid en zegt: ‘Oké, even weer vanaf het begin.’

'Kapitein?'

'Vertel ons het hele verhaal, sergeant. Hoe heeft zich dit allemaal ontwikkeld voor de SAPD in Beaufort-Wes?'

'Dat staat allemaal in het docket...'

'Ik weet dat het in het docket staat, maar het docket is op z'n zachtst gezegd niet echt een masterpiece van details en welsprekendheid.'

'Mijn docket is professioneel,' zegt Verwey gekwetst. 'Precies volgens het boekje.'

Griessel komt tussenbeide voordat Cupido kan reageren. Het dossier is inderdaad geen toonbeeld van alomvattende efficiëntie, maar hij ziet in dat dit niet het juiste moment is om daarover te beginnen. 'Je weet hoe het is,' zegt hij tegen Verwey. 'Een docket is een opsomming. We zijn op zoek naar het grotere plaatje.'

Verwey heeft in de gaten dat hij gepaaid wordt. Hij trekt zijn schouders naar achteren, werpt Cupido een verontwaardigde blik toe en zegt: 'Mijn docket is professioneel.'

Griessel knikt. Cupido houdt gelukkig zijn mond.

Verwey staart over de vlakte: 'Die man van Transnet... Chungu, zo heet hij, die heeft hem hier gevonden.'

Griessel knikt weer, ter aanmoediging.

'Chungu inspecteert de sporen tussen Beaufort en Hutchinson, dat is zijn gebied. Hij reed hier langs de dienstweg en toen rook hij iets, er stonk iets naar verrotting, en hij zei, dat is hier niet zo ongewoon, de treinen raken heel vaak een koedoe of zoiets, zelfs af en toe een ezel. Dus hij keek goed, maar zag niets, want Johnson lag half in de sloot. Toen is Chungu gestopt waar het het ergst stonk, en uit zijn *railway*-pick-up gestapt en hij liep zo'n beetje die kant uit, en toen zag hij Johnson liggen. Eigenlijk zag hij eerst het wit van het overhemd. En toen de vliegen en de maden en de gebrijzeling, en de stank was niet te harden, hij hield het niet meer. Toen is hij in de auto gestapt en heeft een stukje gereden en toen heeft hij bureau Beaufort gebeld.'

'Gebrijzeling?' vraagt Cupido.

'Dat is correct. Dat betekent hartstikke kapot. Johnson Johnsons hoofd. Totaal gebrijzeld.'

'*I see*,' zegt Cupido. 'Die Chungu, heeft die een vaste routine met zijn inspecties?'

'Hoe bedoel je?'

'Hij heeft het lijk op een maandag gevonden, *right*?'

'Right.'

'Nou, controleert hij elke maandag dit stuk spoor?'

'O. Oké, ik snap wat je bedoelt...'

'En?'

'Dat zal ik hem moeten vragen.'

'Toen heeft hij bureau Beaufort-Wes gebeld en zij hebben de twee agenten gestuurd,' moedigt Griessel hem aan.

'Dat is staande procedure,' zegt sergeant Verwey.

'Dat twee agenten op de plaats delict komen kotsen?' vraagt Cupido. 'Dat alle platte petten van de hele Karoo alles komen vertrappen?'

'De plaats delict was in de trein. Ze hebben Johnson hier alleen maar eruit gegooid,' zegt Verwey. 'Dat is geen *rocky science*.'

'Rocky science?' vraagt Cupido.

'Dat is correct. Rocky science. Dat betekent dat het niet zo ingewikkeld is.'

'Ik zie het helemaal voor me,' zegt Cupido en op dat moment weet Bennie zeker dat er iets groots is wat zijn collega dwarszit. Want onder normale omstandigheden zou er een geamuseerde toon doorklinken in Vaughns stem. Hij zou zijdelings naar Griessel hebben gekeken, ze zouden een lach hebben onderdrukt die ze later, tijdens het terugrijden, zouden delen. Maar vandaag zijn er geen normale omstandigheden. Iets heeft Cupido boos gemaakt, misschien gisteravond, misschien heel vroeg vanochtend, een broeiende, groeiende woede, ingehouden als stoom in een pan. Bennie kent Vaughn, hij weet dat het geen zin heeft iets te vragen voordat Cupido klaar is om iets te zeggen. En hij weet dat het misschien kan losbarsten voordat hij het vraagt, daarom wil hij alleen maar voorkomen dat het hier en nu gebeurt.

'En toen?' dringt Griessel snel aan.

Rechercheur-sergeant Aubrey Verwey van de SAPD in Beaufort-Wes is zich totaal niet bewust van deze onderstromen. Hij gaat rechtop staan voor zijn moment in de schijnwerpers en hij vertelt. Over de twee uniformen in de politiepick-up die eindelijk hun misselijkheid genoeg onder controle hadden om het lijk naast het spoor van dichterbij te bekijken. En toen, op basis van de kwaliteit van het zwarte pak en het witte overhemd de conclusie hadden getrokken dat het 'niet zomaar een pipo uit de buurt was'.

'Pipo uit de buurt,' herhaalt Cupido grimmig.

'Inderdaad,' zegt Verwey. 'En toen hebben ze een rechercheur opgeroepen.'

De bureauchef van Beaufort-Wes stuurde sergeant Aubrey Verwey. Toen hij op de plaats delict kwam, waren er ook politieauto's van het kleine SAPD-bureau in Hutchinson, en twee uit Victoria-Wes, want in de Karoo werkt de tamtam van de lange arm heel doeltreffend. Maar niemand had een vermoeden dat het het lijk van Johnson Johnson was dat daar lag, want geen van hen had de berichten in de media van de vorige week gezien.

Verwey zegt nadrukkelijk dat hij de nieuwsgierige vertrappers van de plaats delict heeft uitgescholden, hij heeft tegen de mannen uit Victoria-Wes gezegd dat hij 'geen fok voelt' voor hun argument dat ze hier net over de grens met Noord-Kaap staan en het dus eigenlijk onder hun jurisdictie valt. Rechercheur-sergeant Aubrey Verwey is erbij gehaald, en daarom is dit de zaak van rechercheur-sergeant Aubrey Verwey. En als hij het aan de twee Valken vertelt, legt hij veel nadruk op het woord 'rechercheur'.

En toen had Verwey een zakdoek voor zijn neus gebonden, maar dat hielp totaal niet. En hij had plastic handschoenen aangetrokken, geel afzetlint gespannen en tegen iedereen gezegd dat ze achter het lint moesten blijven. En hij had foto's genomen met zijn Samsung-telefoon, want de hele cameratas van de politiefotograaf in Beaufort-Wes was vijf maanden geleden gestolen. Uit het politiebureau. En nog niet vervangen, dus zijn mobiel, dat was het enige wat hij kon doen. En toen was hij gaan voelen in de jaszakken van het slachtoffer en had de mobiel gevonden, helemaal in gruzelementen. De telefoon moest gebroken zijn toen Johnson Johnson de stalen paal naast het spoor raakte, of misschien had hij een steen op de grond geraakt op het moment dat hij uit de trein viel. 'Onder gerede twijfel. Totaal onder gerede twijfel.'

Het was het enige wat in de zakken van Johnson Johnson zat. De mobiel. Een LG G5.

'Dus heb ik hem getagd en gebagd,' zegt Verwey.

'En toen heb ik zelf het bloed en de hersens op die elektrieke pylon gevonden, daarzo, kijk, daar kunnen jullie het nog zien. De CSI-man uit George kwam pas de volgende dag hier aansjouwen, ik heb gezegd dat hij dat moest analyseren. Toen heb ik mijn chef gebeld en hij heeft het naar hogerop gerapporteerd, en de woordvoerder van de politie in de Kaap heeft het aan de media gemeld, dat daar een John Doe naast het spoor ge... een John Doe is hoe je een vent noemt die dood is, maar hij is dan nog niet ge-ID't...'

'We leren elke dag weer wat bij,' zegt Vaughn Cupido en hij slaat zijn ogen op naar de elektrieke pylon.

Griessel haalt alleen maar diep adem.

'En toen belde die journalist van *Die Burger* en ze vroeg, maar is dat niet Johnson Johnson? Toen hoorde ik voor het eerst van die man. Maar toen zei ik, *no comment*, want het slachtoffer was nog niet ge-ID't. Pas toen ik de simkaart van de LG-telefoon processeerde, toen was het onder gerede twijfel dat het Johnson Johnson was. Totaal onder gerede twijfel.'

***

Ze rijden terug naar Beaufort-Wes. Cupido rijdt, Aubrey Verwey zit achterin. Verwey praat veel, vooral over zaken die hij met slim speurwerk heeft opgelost: handelaars in *tik*, inbraken, veedieven en twee plaatselijke moorden in de familiekring.

Ze vermoeden dat hij een agenda heeft. Als ze Beaufort-Wes binnenrijden, zegt hij: 'Oké, dus wat moet ik doen om een Valk te worden?'

Vaughn Cupido maakt een geluid van een hond die een schop krijgt, maar zo zacht dat alleen Bennie het hoort.

Griessel zegt: 'Gewoon blijven doen wat je nu doet.'

'Maar jullie gaan een goed woordje voor me doen, toch?'

'We zullen het proberen.' Dichter bij de waarheid kan hij niet komen.

Ze zetten hem af bij het politiebureau in Birdstraat. 'Ogenblikje, de belgeschiedenis van Vodacom is binnengekomen, ik pak hem even,' zegt Verwey en hij rent naar het gebouw.

Cupido laat zijn hoofd zakken en bonkt er een paar keer mee tegen het stuur.

Griessel grinnikt.

Verwey komt terug met de envelop. 'Dit is de belgeschiedenis van Johnson Johnsons mobiel, die kwam binnen nadat ik jullie het docket had gestuurd.'

Ze groeten en als ze wegrijden roept Verwey: 'Doe een goed woordje voor me!' Hij blijft op de stoep staan zwaaien tot ze om de hoek verdwijnen.

Griessel heeft een beetje medelijden met hem. Op deze plek vast te zitten...

Ze tanken bij een benzinestation. Griessel koopt pasteitjes en frisdrank en dan rijden ze in doodse stilte over de N1 terug naar de Kaap.

Langs de toegang van het Groot Karoo Nasionale Park. Iets meer dan een kilometer verderop, bij een picknickplek met miezerige boompjes en betonnen tafeltjes en stoelen slaat Vaughn zonder waarschuwing af. Hij stopt, stapt uit en laat het portier gewoon openstaan. Hij loopt een eindje weg. Er zijn geen andere auto's of mensen. Hij blijft staan en draait zich om.

'Jissis, Benna,' zegt hij. Het zijn woede en wanhoop, alles ineen.

9

Nu komt het, weet Griessel, en dat is goed.

'Dat daar,' zegt Vaughn Cupido en hij wijst in de richting van Beaufort-Wes. 'Dat is de toekomst van de SAPD.'

Het is alsof de volledige impact van die opmerking te veel voor hem is, want zijn lichaam beeft. 'Dat is de toekomst van de Valken, dat is de toekomst van dit land. Die "rocky science". Dat "gebrijzel". Nou vraag ik je. Ge-fokken-brijzel.'

Hij loopt weer naar de Ford. 'Fok, Benna, die lui kunnen niet eens fatsoenlijk praten; hoe willen ze dan schrijven? Geen wonder dat dat docket een soepzooi was. Hoe willen ze een moordonderzoek doen? "De plaats delict was niet hier, die was in de trein", dus al die petten kunnen komen kotsen zoveel ze willen. Nee, o *jirre*, Benna, dit wordt anarchie, we gaan met z'n allen naar de kloten.'

Hij maakt een gebaar met zijn handen dat moedeloosheid uitdrukt. 'Heb je dat haar gezien? Hij heeft meer tijd besteed aan dat kapsel dan aan deze zaak. En dan gaat hij aan jou en mij uit lopen leggen wat een John Doe is. Jissis...'

Cupido kijkt uit over de weidse vlakte.

'Wat is er gebeurd, Vaughn?' Want Griessel weet dat rechercheur-sergeant Aubrey Verwey gewoon de trigger was. Iets anders heeft het humeurgeweer van zijn collega geladen. En het moet erg zijn, want vierhonderdvierenveertig kilometer, van Bellville tot Beaufort-Wes, zitten broeden is voor Vaughn Cupido eigenlijk ongehoord.

Cupido haalt diep adem. Weer een machteloze zwaai van de handen, en dan komt hij bij het portier staan: 'Gisteravond, toen ik bij Desiree was...' begint hij.

Hij zucht lang en diep.

'Haar gozertje was er, Donovan. En die heeft dat nieuwe vriendje, Brantley. Wat voor naam is dat, Benna, Brantley? Nou vraag ik je. *What were they thinking*? Geen wonder dat die kiddo zo'n zogenaamd geinige wijsneus wordt. Hoe dan ook, Brantley was echt hondsbrutaal en vroeg: "Meneer, zit u bij de Valken?" En ik zei: "Yebo, ja, ik ben kapitein bij de Valken, kerel." En toen zei hij: "Mijn papa zegt dat jullie omgekocht zijn." En ik zei: "Hoe bedoel je omgekocht?" En hij: "Ja, die Indiase boeven die de president zo omgekocht hebben... Mijn papa zegt dat de Valken ook omgekocht zijn, allemaal zijn ze nu omgekocht, die Indiërs die hebben jullie in hun zak, jullie worden rijk van de enveloppen onder de tafel en de mensen worden arm van al dat omkopen." Jissis, Benna, je weet hoe ik over de Valken denk. Het is mijn leven. Het is mijn trots. Maar het is niks. Die Brantley stond me gewoon af te zeiken voor de neus van Donovan. Dat gozertje van wie ik al maanden het vertrouwen probeer te winnen, dat gozertje met wie ik een band probeer te krijgen, want ik ben serieus over Desiree, en ik weet dat de weg van een echte relatie via het kind gaat... En dan staat die Brantley een beetje met dat omkoopgedoe te zwaaien, en ik zag dat Donovan naar me keek zo van: ik wist wel dat er iets mis was met die gast.'

'Ai,' zegt Griessel.

'Dus ik zat daar en ik dacht, ik kan zeggen, nee hoor, wij zijn niet omgekocht, wij Kaapse Valken, onze eenheid Ernstige Delicten, wij zijn nog schoon, al is er wel stront aan de knikker in Durban, en geen hond weet wat *the hell* er in Joburg allemaal aan de gang is, maar wij, Benna... wij werken ons het schompes. Vijf jaar geleden waren we met honderdtweeënveertig dappere gozers, nu zijn we nog maar met dertig man, maar fok weet, wij zijn schoon en wij werken. Dag en nacht. En ik zat daar en dacht, ik kan niet eens Donovan mee naar mijn werk nemen om te laten zien dat we schoon zijn, de afdeling Openbare Werken is te fokking beroerd om onze plees en liften en lampen en vloeren te komen fixen. Dus wat moest ik doen, Benna? Wat moest ik doen? En dan kom je hier en krijg je dat achterlijke blaaskaakje van een rechercheur-sergeant Aubrey Verwey, de toekomst van de SAPD, met zijn "Oké, dus wat moet ik doen om een Valk te worden". Ambitie zat, maar ervoor werken ho maar. En dan bedenk ik dat alles naar de klote gaat, en dan wil ik iemand in elkaar tremmen tot hij luistert, Benna. Please, fix de dijken, iemand moet de dijken fixen, want waarom voel ik me als dat mannetje met al zijn vingers in de gaten van de dijk, want er is alweer een ander lek, en nog een, en ik heb geen vingers meer over. Ik raak Donovan kwijt, en ik raak Desiree kwijt, en ik raak mijn trots kwijt. En dan? Wat heb ik dan nog over, Benna?'

Cupido schudt zijn hoofd en loopt het veld weer in. Bij het hek blijft hij staan, handen op de heupen, in het niets starend.

Eindelijk komt hij terug en stapt in.

'Ik kan je één ding beloven: dat je míj dan nog over hebt. Maar de afdeling Persoonlijke Werken heeft mij ook een beetje verwaarloosd. Mijn lift is allang naar de kloten,' zegt Griessel.

'Ha!' Er klinkt een bijna onmerkbaar lachje door in het geluid dat Cupido maakt, maar het geeft wat lucht.

'Het enige wat ik van dit land heb geleerd, Vaughn...' zegt Griessel. 'Het gaat nooit zo slecht als je denkt dat het zal gaan. En het gaat nooit zo goed als je zou willen dat het ging. Er is een tijd geweest dat ik ook bijna de moed had opgegeven. Toen het leek of alles... Het wiel draait. Het komt goed, Vaughn. Op een gegeven moment. Niet zo goed dat we in de straten dansen. Maar het zal beter worden.'

Dit is het beste wat hij nu te bieden heeft.

Cupido draait de contactsleutel om. De motor van de Everest slaat aan.

'*I hope you're right*.'

Twintig kilometer later zegt hij: 'Geef me die *meat pie*. En waar is die muziek die je had meegenomen?'

Griessel geeft hem een pasteitje en een blikje frisdrank aan, pakt dan het oude album van David Kramer, *Jis Jis Jis*, en stopt de cd in de speler.

Voordat ze bij Leeu-Gamka zijn, zijn ze allebei aan het zingen. In de buurt van Laingsburg lacht Vaughn voor het eerst die dag om de tekst van 'Tjoepstil'.

Even buiten het dorp zegt hij: 'Dat was een goeie, Benna. "Afdeling Persoonlijke Werken",' en hij lacht zachtjes.

Na Touwsrivier belt Griessel het Kaapse kantoor van Rovos Rail om het telefoonnummer van Thilini Scherpenzeel te achterhalen.

***

Ze verbinden hem door met Brenda Strydom, het hoofd Communicatie van de spoorwegmaatschappij. Ze zegt dat ze in de media heeft gelezen dat de zaak nu is overgedragen aan de Valken. Als er iets is wat ze kunnen doen...

'We willen graag morgen met u komen praten.'

'Natuurlijk. U moet echter wel begrijpen dat niet al ons treinpersoneel hier morgen aanwezig kan zijn.'

'Dat begrijp ik,' zegt Griessel.

'Maar we hebben een lijst opgesteld met contactgegevens van iedereen die op de rit van 5 tot 7 augustus zat. U kunt te allen tijde contact met hen opnemen. We zullen de hospitalitymedewerker van die trein ook direct naar de Kaap laten vliegen als u hem persoonlijk wilt spreken. Hij is stand-by gezet.'

'Heel erg bedankt. We kunnen nog niet zeggen of het nodig zal zijn. Maar we zouden wel graag mevrouw Scherpenzeel zo snel mogelijk willen ondervragen.'

'Ze heeft er al in toegestemd dat wij haar contactgegevens aan u beschikbaar stellen. Hier is haar nummer...'

'Ogenblikje,' zegt hij terwijl hij de telefoon tegen zijn schouder klemt en een notitieboekje en pen pakt.

Wanneer ze het voorleest, zegt hij: 'Dat is een buitenlands nummer.'

'Ja. Ze is allang weer terug naar Nederland. We hebben de rechercheur laten weten...'

'Sergeant Verwey?'

'Nee, dat was... ogenblik... Hier heb ik het, een adjudant-officier Bandjies.'

'Uit Brackenfell.' Degene die Robyn Johnson geholpen heeft toen ze J.J. als vermist heeft opgegeven.

'Inderdaad. Hij heeft na de verdwijning contact met ons opgenomen. We hebben hem laten weten dat mevrouw Scherpenzeel weer naar huis is. Hij zei dat het geen probleem was.'

Dat was voordat het lijk van Johnson Johnson gevonden was, dus kan Griessel Bandjies geen ongelijk geven. 'Dank u,' zegt hij.

'Mevrouw Scherpenzeel heeft alleen gevraagd of u 's ochtends tussen negen en twaalf wilt bellen. Zij gaat 's middags gewoonlijk rusten.'

Hoe oud is ze dan? denkt hij. Hij vraagt het.

'Eenennegentig,' zegt Strydom.

Cupido zit naar het gesprek te luisteren onder het rijden. 'Hoe oud, Benna? Negenentwintig, toch?' fluistert hij.

'Ik begrijp het,' zegt Griessel tegen Strydom.

'En nog zo actief,' zegt ze. 'Heel bezig en bij de tijd. Ongelooflijke vrouw. U weet dat ze de weduwe is van Joop Scherpenzeel?'

'Wie?'

'De miljardair. De man die de Sonnenborgh-brouwerij heeft opgericht. In Utrecht.'

'Nee, dat wist ik niet.'

'Bijzondere vrouw,' zegt Brenda Strydom. 'Echt een bijzondere vrouw.'

***

Als hij het gesprek beëindigt, wil Cupido weten hoe oud Scherpenzeel is.

Griessel vertelt het hem.

'Het is gewoon mijn dag niet, Benna. Het is gewoon mijn dag niet.'

'Maar ze is nog zo actief, Vaughn. Heel bezig en bij de tijd. Weduwe van een miljardair.'

'Je bent het zonnetje in huis.'

10

Augustus. Daniel Darret. Bordeaux.

Hij herkent haar niet onmiddellijk. Aanvankelijk is hij zich alleen bewust van de vreemdheid van de gestalte op deze plek: ze is elegant, met zorg gekleed en opgemaakt, onder een zwierige zonnehoed. Maar ze staat er ongemakkelijk bij, met haar armen over elkaar, alsof ze weet dat het duidelijk is dat ze niet thuishoort in de minder verfijnde omgeving van de wijk Saint-Michel.

Dan weet hij wie het is: de girafvrouw. Hij kijkt instinctief naar links en rechts, want het is onlogisch dat ze alleen is – ze is hier en ze heeft problemen met zich meegebracht.

Maar er is niemand anders, alleen Wackett op de drempel, en zijn eerste gedachte is: wat wil ze van me?

'Neem me niet kwalijk,' zegt ze. Hij beseft dat ze de frons op zijn gezicht kan zien, zijn ontevreden lichaamstaal.

Ze komt op hem af met die vreemde, lange passen, heel verlegen, en ze steekt hem iets toe. Een dubbelgevouwen envelop. 'Ik ben geen bedreiging voor u,' zegt ze, en haar stem is vol, zoals je van een lange vrouw verwacht, een vrouw die bijna net zo lang is als hij.

Ze wacht tot hij het briefje aanpakt. Hij wil het niet. Hij wil haar niet hier, had geen contact meer met haar willen hebben. Ze vormt een risico, want ze weet iets van hem wat hij verborgen houdt.

'Alstublieft,' zegt ze.

Als ze een mooie vrouw was geweest, of sensueel of geraffineerd of vol zelfvertrouwen, dan had hij zich misschien gewoon omgedraaid en was weggelopen. Maar juist omdat ze zo *maladroit* is – zo onhandig en verlegen en *ordinaire* en lang en hoekig – is hij zo ruimhartig om de envelop aan te nemen.

Ze zegt alleen 'Merci', draait zich dan om en begint weg te lopen, met haar hakken die klikklakken op de kasseien die eeuwen geleden de ballast voor Britse schepen waren. En hij staat daar, nu is hij de verlegen partij, met een schuldig geweten omdat hij haar heeft behandeld zoals Lefèvre zou doen. Om de een of andere reden kijkt hij op en ziet hoe Wackett wegloopt van de deur met een verwijtende blik op haar snuit.

***

Hij maakt de brief pas open als hij in zijn kleine keuken staat. Het is fraai papier. Haar handschrift is beeldschoon, sierlijke krullen en slingers als iets uit de middeleeuwen. Er is een adres. Rue Montesquieu. Hij kent de straat. Die ligt in de zogenaamde gouden driehoek, waar je de dure winkels en grote appartementen van de rijken vindt.

Er staan een dag en een tijd onderaan: donderdagavond, zeven uur. Er is de vage geur van parfum.

Hij vloekt, eerst in het Frans en dan in zijn moedertaal. Want hij weet dat hij zal moeten gaan.

Helemaal onderaan staat: Élodie Lecompte. Het is een elegante naam.

Hij stopt de brief terug in de envelop en gooit hem geïrriteerd in het groen aardewerken bakje dat op de schoorsteenmantel van zijn kleine ongebruikte kachel staat.

***

Het achttiende-eeuwse gebouw is van smetteloos gerestaureerde kalksteen, statig en mooi. Er zijn maar drie bellen naast de grote deur aan de straat, wat betekent dat haar appartement een hele verdieping beslaat.

Hij belt aan bij de bovenste. Het is zestien minuten over zeven, want hij wil duidelijk maken dat hij hier onder protest is, gedwongen door de omstandigheden. Geen zin in problemen, niet geïntimideerd door haar rijkdom of haar onmiskenbare sociale status. Dat spreekt ook uit zijn kleren: wit T-shirt, schone spijkerbroek, zwarte Nikes.

De deur zoemt elektronisch open. Hij loopt naar boven over de brede kalkstenen trap, drie verdiepingen. Als hij zijn hand opsteekt om op de mooie houten deur te kloppen gaat die open. Ze is blootsvoets, in een zwarte lange broek en witte blouse, verlegen weer. Hij begroet haar, ze groet terug. Ze gebaart dat hij moet binnenkomen en doet de deur achter hem dicht.

'Dank dat u gekomen bent,' zegt ze en ze leidt hem door de hal waar een groot schilderij hangt van een lange, elegante, cartooneske vrouw met een roodbruine hoofddoek en een lange mantel vol feeën en vlinders, kunst vol speelsheid.

Hij staart ernaar.

'Sniege,' zegt ze.

'Pardon?'

'Sniege Navickaite. De schilderes. Ze komt uit Bordeaux.'

'O,' zegt hij. En hij krijgt medelijden, want het schilderij is in zekere zin een andere weergave van Élodie Lecompte, met een knipoog, een mooiere, soepelere interpretatie, vol zelfvertrouwen en stijl. Hij vraagt zich af of ze zich ervan bewust was toen ze dit kocht. Een soort parodie van haarzelf.

Het plafond is hoog, de zitkamer groot, de muren hangen vol kunst. Hij weet er niet veel van, al ziet hij wel dat er verschillende stijlen zijn uit verschillende perioden. Maar antieke, dure, goede meubels herkent hij onmiddellijk en die ziet hij hier. Diepe, rijke kleuren in het zachte licht van de namiddag dat door het hoge grote raam valt.

Ze vraagt hem te gaan zitten en kijkt hem nauwelijks aan terwijl ze vraagt of hij iets wil drinken. Wijn misschien? Rood? Wit?

'Rode wijn, graag.'

Ze knikt alsof die keuze haar goedkeuring kan wegdragen. Ze loopt naar een fraaie drankkast waar flessen en glazen op het blad klaarstaan. Hij kiest een stoel tegenover haar, verguld notenhout met katoenen bekleding; hij denkt dat die het werk is van Jean-Baptiste-Claude Sené uit het einde van de achttiende eeuw. Hij vraagt zich af of Lefèvre er ooit aan heeft gewerkt, want hij ziet er volmaakt uit. Hij vraagt zich af wat zij wil, deze eigenaardige vrouw die zich een Sené kan veroorloven. Wil ze hem bedanken, hem een vergoeding bieden? Of is het een behoefte aan iets sensuelers; de ervaring met de grote zwarte man? Dit zijn de enige logische conclusies die hij heeft kunnen trekken sinds ze het briefje is komen brengen.

Ze ontkurkt een fles en schenkt in; hij staat op om het glas te pakken.

'Hoe heet u?' vraagt ze en ze gaat tegenover hem zitten.

'Daniel. Zeg maar je.'

'Daniel, ik heb Spaanse ham en meloen. En een baguette en kaas. Het is zo warm, ik dacht niet... Ik ben geen echte kok...' Ze klinkt plechtig en formeel. Beschaamd. 'Als je wat wilt eten, tenminste,' zegt ze. 'Ik... als je hier niet wilt zijn, kun je opstaan en weglopen. Dan zul je nooit meer iets van me horen. Je hoeft nergens bang voor te zijn.'

'Waarom zou ik ergens bang voor moeten zijn?'

'De manier... die nacht... Je had veel haast om... Ik denk dat je... neem me niet kwalijk, maar ik denk dat je een illegale immigrant bent. Of misschien, de politie... Ik... het maakt voor mij niet uit. Ik wil je niet chanteren.'

'Ik heb al mijn papieren. Een paspoort...' Een interpretatie van de waarheid.

Ze knikt verontschuldigend.

'En geen strafblad.'

'*Bien sûr*.'

Hij kijkt naar haar. Ze zit gespannen op het puntje van de stoel, in afwachting van zijn antwoord.

'Is dit wat je van me wilt? Dat ik iets met je eet?'

'Nee.'

Ze neemt een slokje uit het glas. Hij proeft zijn wijn. Die is heel lekker.

Hij wacht.

Ze staat op. Dat is een heel proces, als een ingewikkeld stuk speelgoed dat zich openvouwt. Ze loopt naar een van de grote deuren. 'Kom kijken...'

Hij aarzelt, maar er is nog steeds iets onschuldigs, iets kinderlijks aan haar.

Hij zet zijn glas neer, staat op en volgt haar. Ze loopt naar de volgende kamer, blijft staan en kijkt hem aan.

Het namiddaglicht valt door de grote ramen. In het midden staat een ezel met een groot doek, wit en leeg. Aan de muren hangen schilderijen van mensen. Hyperrealistisch.

'Ik wil je schilderen,' zegt ze. Bijna onhoorbaar alsof ze bang is voor zijn antwoord.

Hij kijkt weer naar de mensen aan de muren. Wit en zwart en bruin, mannen en vrouwen, hier en daar een kind. In moderne, gewone kleren. Mooie mensen. Sommigen zitten op een stoel of staan ernaast. Anderen staan alleen.

'Is dat jouw werk?' vraagt hij.
'Ja.'
'Het is verbluffend.' Hij zoekt naar het juiste woord. '*Magique. Sublime.*'
'Dank je.'
Ze wacht op een antwoord.
'Hoeveel tijd kost het? Hoe lang moet ik komen... poseren?'
'O, nee, als ik alleen een paar foto's mag nemen voordat het donker wordt. Dan kun je gewoon zo nu en dan komen kijken, als je wilt.'
Opluchting.
'*D'accord*,' zegt hij.

11

Augustus. Bennie Griessel. Worcester.

Als ze voorbij De Doorns zijn, bekijkt Griessel de informatie die Vodacom heeft gestuurd over het mobiele nummer van Johnson Johnson. Het zijn de gewone twee lijsten met oproepen, gemaakt in de laatste drie maanden voor zijn dood, de een ingedeeld op datum, de andere op nummer.

'*Anything*?' vraagt Cupido als ze achter een zware vrachtwagen tegen een helling op kruipen.

Bennie haalt zijn notitieboekje tevoorschijn en controleert wat het mobiele nummer van Robyn Johnson is voordat hij antwoordt: 'Zijn ex... De telefoontjes waar ze het over had, toen hij de kinderen belde uit de trein die zaterdagavond 5 augustus...'

'Ja?'

'Die zijn er allemaal. Maar hij heeft nog iemand anders gebeld, later die avond om 21.07 uur...'

'Van wie is dat nummer?'

'Weet ik niet...'

Griessel pakt zijn telefoon, tikt het nummer in en belt. De telefoon gaat twee keer over, dan neemt een man op. 'Ja?'

'Hallo,' zegt Griessel, 'met wie spreek ik?'

'Met wie wil je spreken?' Geïrriteerd.

'U spreekt met Bennie Griessel. Ik ben kapitein bij de Zuid-Afrikaanse politie, en bezig met het onderzoek naar de dood van de heer Johnson Johnson...'

De verbinding wordt verbroken. Griessel kijkt naar het scherm van zijn telefoon. 'Er is hier geen bereik,' zegt hij en hij wijst naar de bergen die aan weerskanten van de weg oprijzen.

'Wie was het?'

'Weet ik nog niet... een man. Ik ga hem zo weer bellen.' Hij houdt de streepjes op het schermpje van zijn telefoon in de gaten.

'Zo, Benna, wanneer ga je de grote vraag stellen?'

Cupido weet dat Griessel Alexa Barnard ten huwelijk wil vragen. Ze hebben het al vaak gehad over zijn worsteling met de juiste plek, tijd en woorden.

'Ik dacht zondag.'

'Zondag aanstaande?'

'Ja.' Hij heeft een hol gevoel in zijn maag, en dat komt niet van het benzinestationpasteitje.

'Dapper, Benna. Dapper. En waar, als ik zo vrij mag zijn?'

'Oké. Ik zat te denken, Alexa houdt van lekker eten...'

'Check.'

'En ze houdt van een goede sfeer.'

'Check.'

'En ze houdt van mooie plekken...'

'Check.'

'Toen heb ik gekeken naar de beste restaurants, de top tien...'

'Cool.'

'En toen dacht ik, restaurant Overture. Dat staat op nummer zes in de top tien, het is in de buurt van Stellenbosch. Ik heb op de website gekeken. Het uitzicht is fantastisch, het ziet er romantisch uit...'

'Ik vroeg me al af wanneer je het woord "romantisch" ging gebruiken.'

'En ik kan het me min of meer veroorloven.'

'Check. Maar je weet dat het op een *wine farm* is, hè? En dat jullie allebei alcoholist zijn... Ik zeg het maar even.'

Griessel zucht. 'Ja, dat heb ik gezien. Het punt is dat het niet uitmaakt waar ik haar mee naartoe neem, er zal altijd alcohol in de buurt zijn.'

'Behalve, ik noem maar wat, *sunset on the beach* bij Cape Point. Picknickmandje, deken op het zand, *sea breeze* in haar haar... Chicks zijn gek op dat soort dingen. Dat is wat ik van plan ben, als de dag komt dat ik Desiree moet vragen, als zij en dat gozertje tegen die tijd nog een corrupte Valk willen hebben.'

'Ik heb gedacht aan het strand. Kampsbaai, Clifton... Maar je weet hoe het weer is in de Kaap... Die sea breeze waait jou en je dekentje recht naar Robbeneiland. En ik zie de hele tijd voor me hoe de ring uit mijn vingers glipt en in het zand valt, en fok weet dat ik geen geld heb voor nog eentje. Ik moet nog veertien maanden aan deze afbetalen.'

'Goed punt.'

'Denk je dat Overture zal werken?' vraagt Griessel.

'*Sounds great.* Wil je dat ik het bij Desiree navraag? Zij kent al die fancy plekken daar in Stellenbosch.'

'Graag.'

Ze rijden de pas uit en de vallei van de Breederivier opent zich voor hen. Griessel kijkt weer naar het scherm van zijn telefoon. Hij heeft weer bereik.

Hij belt.

'Het nummer dat u hebt gebeld is momenteel niet bereikbaar. Probeer het alstublieft nogmaals op een later tijdstip.'

Hij probeert het nog zeven keer voordat ze terug zijn in Bellville. Het nummer blijft in gesprek.

***

Ze zijn na zevenen terug op kantoor. Ze werken het dossier bij.

Cupido belt naar Stellenbosch en rapporteert dan aan Griessel: 'Desiree denkt dat Overture *pure class* is, je kunt haar daar prima mee naartoe nemen. En ze zei: "*Good choice*".'

'Dank je, Vaughn.'

'Ga je het tegen haar zeggen? Vanavond? Van Overture?'

Hij aarzelt en dan zegt hij: 'Ja.'

Cupido en hij horen allebei de toon waarop hij het zegt. Vaughn pakt hem bij zijn schouders. '*Good luck*, Benna.'

Cupido groet en rijdt weg; Griessel blijft alleen achter.

Hij trekt de lade open waarin hij de ring bewaart, helemaal achterin, in het mooie zwarte doosje. Hij haalt het uit de la. Maakt het open. Daar is hij, fonkelend en mooi.

Jissis.

Hij bergt hem zorgvuldig weer op. Doet de la dicht. Hij zoekt het nummer van restaurant Overture. Vindt het. Staart ernaar.

Het is een grote stap.

Ze zijn nu bijna vijf jaar 'bij elkaar'; hij weet niet altijd wat die woorden betekenen. Ze wonen al drie jaar samen, in haar huis in Tamboerskloof.

Hij heeft haar destijds ontmoet toen hij het onderzoek leidde naar de moord op haar man. Ze was een verdachte, een wrak. Ze was een verbleekte ster, de vroeger beroemde zangeres Xandra, ooit de lieveling van de natie. Op de radio wordt nog vaak haar hit 'Soetwater' uit die tijd gespeeld:

'n Glasie vol sonlig, 'n soet kelkie klein.
Skink Soetwater.
'n Mondjie vol liefde, 'n slukkie vol pyn.
Drink Soetwater

Met die sensuele stem van haar, en die zwoele podiumpersoonlijkheid, en al die fantastische kansen, alles weggedronken vanwege podiumangst en twijfel aan zichzelf en een man die voortdurend met andere vrouwen aan het rotzooien was. Tot er niets meer van haar carrière of haarzelf over was. En toen werd haar man doodgeschoten en erfde ze de platenmaatschappij en moest ze een nieuwe start maken. Griessel is verliefd op haar geworden omdat ze aards en eerlijk en geschonden en dapper was, vanwege haar naïviteit en vrijgevigheid, haar mededogen, haar humor, haar vermogen om om zichzelf te lachen. Hij is van haar gaan houden vanwege haar eenvoud en de eenvoudige manier waarop ze van hem houdt. Gewoon zomaar. En ze bewondert hem en respecteert hem. Hem. Bennie Griessel, de voormalige dronkenlap, die het op zijn zesenveertigste niet verder dan tot kapitein bij de politie heeft geschopt, door de drank. Zij verheft hem, maakt ophef over hem, haar 'topspeurder', haar 'koningsvalk', haar held.

Hij speelt een beetje basgitaar, in een viermansband die Roest heet en waarmee hij van tijd tot tijd op huwelijken en partijen optreedt. Soms zit hij 's avonds te repeteren bij een cd die hij afspeelt. Dan komt ze erbij zitten, zingt mee en zegt: 'Je hebt zoveel talent, Bennie.' Terwijl hij heel goed weet dat hij niet meer dan middelmatig is op de gitaar.

Hij kan het niet ontkennen, hij houdt ook van haar vanwege de sensualiteit die nog steeds achter de littekens van haar leven schuilgaat.

Maar fok, het is wel een grote stap.

Want hij heeft een zootje van zijn eerste huwelijk gemaakt. Want zijn sponsor bij AA, dokter Barkhuizen, heeft al tegen hem gezegd dat twee alcoholisten bij elkaar een garantie voor problemen is. Want Alexa is schatrijk, en hij had niet eens de twintigduizend rand die de ring hem heeft gekost. Hij moest het bij de bank gaan lenen, want financieel zit hij aan de grond dankzij een politiesalaris en een zoon op de filmacademie en jaren van te veel geld aan alcohol verspillen en te veel alimentatie aan zijn ex betalen.

Hij kijkt naar het nummer van restaurant Overture. Het is een grote stap.

Hij heeft haar zo weinig te bieden. Maar hij kan haar een huwelijksaanzoekavond geven om nooit te vergeten, een avond waar ze vol trots over kan vertellen. Een avond die haar waardig is.

Hij haalt diep adem.

Hij belt.

***

Ze wonen samen in haar huis, Brownlowstraat 47, tegen de flank van Seinheuwel. Het is een mooi victoriaans huis met twee verdiepingen. En op de eerste verdieping een balkon vanwaar je over de hele stad uitkijkt.

Griessel zet de auto in de garage en gaat door de keukendeur naar binnen. Alexa staat aan het fornuis met haar schort met de tekst: JE ROERT ME! Hij heeft het zelf bedacht en voor haar laten maken. Hij heeft het haar vorig jaar op Valentijnsdag gegeven. Ze vond het geweldig.

Koken is niet een van haar sterkste punten. Ze is een uitstekende zakenvrouw. En wanneer ze nu en dan weer eens zingt, krijgt ze staande ovaties. Haar pianospel is nog steeds heel goed. Maar ze heeft geen gevoel voor koken, al is het een zelfverklaarde 'passie'. Haar aandacht in de keuken wordt te gemakkelijk afgeleid wanneer er een sms of een telefoontje binnenkomt, zodat ze niet meer weet welke ingrediënten van het recept al in de pan zitten. En haar smaak is onbetrouwbaar. Ze kan met gesloten ogen heel zorgvuldig een gerecht proeven en het dan opgewonden 'volmaakt' noemen. Maar wanneer ze het opdient en begint te eten, zal ze fronsend zeggen: 'Er klopt iets niet. Proef jij dat ook?'

Dan liegt hij en zegt: 'Nee, hoezo? Het is lekker.' Want als dit het grootste offer is dat hij moet brengen in hun relatie, denkt hij, dan doet hij dat maar.

Nu moet hij weer liegen. Over volgende week zondag, want het restaurant zat het komende weekend al vol. Hij zal haar bij Overture moeten zien te krijgen zonder dat ze van zijn plannen weet.

Het is koud buiten, maar in de keuken is het aangenaam. Haar gezicht klaart op als ze hem ziet. 'Bennie,' zegt ze met oprechte vreugde, 'je bent vast bekaf.'

Hij kust en omhelst haar. 'Dat valt wel mee.'

'Hoe was de Karoo?'

'Vaughn zegt dat er geen sodeflikker groeit, maar ik hou van de... openheid.'

Ze lacht en zegt: 'Ik maak tomatenstoof.'

'Het ruikt lekker.' Dat is min of meer waar.

'En jij moet het proeven! We kunnen eten wanneer jij klaar bent.'

'Ik ga snel mijn handen wassen.' Hij blijft in de deuropening staan en draait zich om. Hij moet het haar vragen. Nu.

Ze kijkt hem aan, haar ogen staan zacht.

Hij draait zich om en gaat naar de slaapkamer om te douchen, vier minuten, meer niet, want in de Kaap geldt een strikt waterrantsoen; er heerst de grootste droogte sinds mensenheugenis. Ze hebben het over Dag Zero, wanneer de reservoirs leeg zullen zijn. Waterarmageddon.

Maar dat is niet waar hij zich zorgen over maakt.

Hij maakt zich zorgen over zijn eetafspraak met Alexa.

Het is echt een grote stap.

12

Augustus. Daniel Darret. Bordeaux.

Zes dagen na het eten en de fotosessie bij Élodie Lecompte gaat hij terug, gedreven door nieuwsgierigheid. Naar 'zijn' schilderij, en naar haar. Om zeven uur 's avonds belt hij met een licht ongemakkelijk gevoel bij haar aan. Is hij hier omdat hij ijdel is? Of zoekt hij alleen zichzelf?

Hij hoort het raam boven op de derde verdieping opengaan. Hij kijkt omhoog. Ze wilde eerst zien wie het is, ze leunt naar buiten en zwaait. Glimlacht. Het raam gaat dicht. De deur zoemt en hij gaat naar binnen.

Boven bij de deur ziet hij dat ze deze keer informeler gekleed is, een spijkerbroek en een olijfgroen T-shirt. En weer is ze blootsvoets.

'Ik ben blij dat je gekomen bent,' zegt ze, en ze biedt hem wijn aan.

Hij slaat het af, hij wilde alleen even naar het schilderij komen kijken. Hij ziet teleurstelling in haar ogen, maar ze knikt en zegt: '*Bien sûr.*' Natuurlijk. En hij vraagt zich weer af wie zij is, wat haar geschiedenis is. En dan de aura van eenzaamheid die om haar heen hangt. Die eerste avond heeft ze zo weinig over zichzelf verteld, ze was alleen bezig met de camera en de foto's.

Hij volgt haar naar haar atelier.

Het schilderij van hem staat op de ezel, het is groot, twee meter hoog. De omtrek van zijn lichaam is getekend, zijn gezicht is al af. Het is vreemd om te zien hoe ze hem heeft vastgelegd. Er zit leven in. Zijn leven. En zijn verlangen. Hij verbaast zich over haar talent.

'*Ça vous plaît?*' vraagt ze.

'*Oui,*' zegt hij zacht.

'*Vraiment?*'

Hoe kan ze daaraan twijfelen?

'*C'est... formidable.*'

Ze glimlacht op een manier die hij niet eerder heeft gezien, met oprechte vreugde.

'Dan moet je een glas met me drinken. Champagne.'

Hij kan het aanbod niet afslaan.

Ze gaan in de salon zitten. 'Wanneer ben je begonnen met schilderen?' vraagt hij.

'Na de dood van mijn man,' zegt ze. 'Ik schilderde hem, steeds opnieuw, tot ik hem terug had.'

'Wat deed je man?'

'Hij was paleontoloog. Hij was een bijzondere man. Ik mis hem nog elke dag.'

Ze staat plotseling op. 'Een moment, alsjeblieft,' zegt ze en ze gaat haastig de kamer uit, geluidloos op haar blote voeten. Ze komt even later terug met een foto in een lijst, steekt die hem toe.

Het was geen mooie man, haar overleden man. Lang en pijnlijk mager, met dikke brillenglazen en een snor die een gedeeltelijk gecorrigeerde hazenlip niet helemaal kan verbergen. Maar er zit iets zachts en liefdevols in zijn glimlach.

Hij peinst een ogenblik en vraagt dan: 'Heb jij deze foto genomen?'

'Ja,' zegt ze.

'Hij hield veel van je,' zegt Daniel Darret.

Haar gezicht is op dat moment een en al emotie. 'En ik van hem.'

***

De kunst van meubels maken en restaureren heeft Daniel gefascineerd vanaf de eerste dag dat hij bij Lefèvre ging werken. Het was een wereld die hij helemaal niet kende: de liefdevolle aandacht, het zorgzame werk, het systematische proces om iets wat versleten en kapot is te herscheppen tot iets magnifieks en waardevols. Hij heeft geleidelijk de begeerte ontwikkeld om dit ook te kunnen. Hij heeft goed naar Lefèvre gekeken, onopvallend en geduldig, in elke fase.

Bijna twee jaar geleden is hij op de vlooienmarkt van Saint-Michel begonnen beetje bij beetje zijn eigen gereedschap te kopen, zorgvuldig uitgekozen, om te markeren en meten en zagen en schaven en beitelen en hameren en schuren. Hij heeft de voorwerpen een voor een meegenomen naar zijn hoekje van de werkplaats. Lefèvre zag het. En zei niets.

Twee maanden geleden keek Lefèvre op toen hij ook de eikenhouten planken in zijn hoek zette. De oude man stond op, liet zijn vingers over de nerven gaan, bukte zich en rook eraan. Tilde elke plank op en mat hem op het oog. Zette ze weer op de grond. Zei niets. Dat was zijn manier om het goed te keuren.

Daniel is op zijn gemak begonnen met het maken van de tafel. Hij werkte eraan wanneer hij een vrij halfuurtje had, soms bleef hij na werktijd, nu en dan kwam hij in een weekend. Op zijn gemak. Zich ervan bewust dat hij nog veel moest leren, bereid om zijn schoolgeld te betalen.

Lefèvre keek zo nu en dan naar hem en naar het project. Uitdrukkingsloos.

Het is een *table de ferme*. Hij heeft het ontwerp – naar voorbeeld van een prachtige boerentafel die Madame in de winkel had verkocht – doelbewust gekozen omdat het eenvoudig is. Iets meer dan twee meter lang, achtentachtig centimeter breed, vijfenzeventig centimeter hoog, een blad, vier taps toelopende poten, een versierde rand langs alle vier de kanten. En twee simpele laden.

Een paar dagen voor de zomervakantie kwam hij op een ochtend op zijn werk en zag dat Lefèvre zijn rechterlade uit elkaar had gehaald. Hij wist waarom. De voegen waren niet goed afgewerkt. Hij had alleen maar naar le génie geknikt toen hij binnenkwam, en had het later overgedaan.

Nu is hij bijna klaar. Hij is bezig om hem voor het laatst te schuren, met moeite, want het verband om zijn hand zit in de weg. Maar hij houdt hiervan, het ritme, de geur, de mechanische herhaling.

En hij bedenkt dat hij zes stoelen erbij wil maken, zijn volgende project. Hij heeft genoeg hout.

Tegen vier uur wordt hij door de middaghitte van augustus gedwongen ermee op te houden. Hij veegt het schuurstof op, maakt het gereedschap schoon en ruimt alles heel zorgvuldig op, alsof Lefèvre over zijn schouder meekijkt. Hij sluit af en gaat weg.

De Rue Notre Dame is stil. Pas bij het Monument aux Girondins wordt het druk, toeristen die foto's maken, twee kinderen die in het water van de fontein verkoeling voor de hitte zoeken. Het kost hem tussen de twintig en dertig minuten om naar huis te lopen. Zijn route is nooit precies dezelfde, maar gaat altijd zigzag langs zijn lievelingsplekken. Hij kent de geschiedenis van de meeste gebouwen, pleinen en straten. Hij loopt eigenlijk elke dag doelbewust langs het Grand Théâtre en ademt de sfeer van het plein in.

Vandaag loopt hij door de voetgangersstraat, de Rue Sainte-Catherine, en omdat de meeste inwoners van Bordeaux naar zee zijn, is het hier rustiger dan anders.

Vijfhonderd meter voor de Cours Victor Hugo ziet hij Lonnie May.

Later zal hij zich afvragen: kwam het door zijn verscherpte bewustzijn sinds Élodie Lecompte en het geweld van die nacht dat hij Lonnie opmerkte?

Eerst denkt hij dat hij het zich verbeeldt. Hij heeft Lonnie al meer dan tien jaar niet gezien, misschien is het gewoon iemand die hem aan Lonnie doet denken. De bekende gestalte loopt twintig meter vóór hem, zoekend, hij kijkt voortdurend op zijn telefoon. Daniel loopt achter hem, houdt afstand. Het kan niet waar zijn. Herinneringen die terugkomen, hij schudt zijn hoofd, ai, zijn vroegere leven. Maar het vermoeden dat het Lonnie is wordt almaar groter. De kloeke manier van lopen, de bonkige gestalte, de vorm van zijn hoofd, het glimmende kale hoofd.

En iets wat hem dwarszit, vaag nog.

Hij kijkt strak naar de man en ziet dat het echt Lonnie is, maar ouder. God, we worden allemaal oud. Hij wil sneller gaan lopen, zijn oude vriend roepen.

Hij doet het niet, iets zit hem dwars, onduidelijk wat. Er is iets niet in de haak.

Dan weet hij wat het is.

Er is iemand, eigenlijk vlak naast Daniel, die ook met zijn aandacht bij Lonnie is. Daniel herkent de tekenen, van de bijna vergeten opleiding die nu weer bovenkomt.

De man is bezig Lonnie te achtervolgen.

13

De achtervolger is lang en sportief, gekleed in een blauwe spijkerbroek, blauw overhemd en grijs jasje. Donker haar, heel kort. En hij is goed.

Daniel loopt binnen bij Giovanni Gelateria, zodat hij de afstand tussen hen kan vergroten.

Lonnie May? Hier? Bejaard en alleen, in augustus in Bordeaux?

Daniel kijkt een tijdje naar geurend roomijs en macarons, alsof hij geen keuze kan maken. Er tintelt iets in hem, hij zoekt naar conclusies en verbanden. Wat heeft de plotselinge verschijning van Lonnie te maken met het voorval met Élodie Lecompte? Hoe hebben de raderen van de wet gedraaid om zijn verleden en Lonnie bij elkaar te brengen? Wie is Grijs Jasje? Franse nationale politie?

Maar hier, nu? Dat is geen toeval. Nog geen drie straten van zijn huis.

Lonnie was met zijn telefoon bezig, zoals iemand die Google Maps gebruikt om een plek te vinden. Daniels adres?

Darret mompelt 'Pardon' tegen de man achter de toonbank, draait zich om en loopt naar buiten. Hij kijkt naar rechts. Hij ziet Grijs Jasje aarzelen vlak voor de Burger King. Lonnie staat waarschijnlijk bij de grote oversteekplaats van de Cours Victor Hugo.

Voorzichtig, want Grijs Jasje is geen amateur. Daniel weet hoe iemand schaduwen werkt; je let op je hele omgeving, dat wordt er bij je ingehamerd. De man zal op alles bedacht zijn. Misschien is hij niet alleen. Daniel kan hier niet zomaar blijven staan.

Hij neemt een besluit en loopt doelgericht achter Grijs Jasje aan, maar dan slaat hij haastig linksaf de Rue de Guienne in, en direct weer rechtsaf. Hij zal Lonnie en zijn achtervolger vanuit een nieuwe, onverwachte hoek op de hoofdstraat benaderen. Hij zal uitkijken of er nog meer mensen achter Lonnie aan zitten.

Hij is net op tijd om Grijs Jasje op de Cours Victor Hugo op de stoep naast de krantenkiosk te zien staan. De man draait zijn hoofd naar links, naar rechts, met zoekende ogen. Daniel loopt zijn kant op. Hij zal een krant gaan kopen.

Lonnie is foetsie.

De achtervolger kijkt niet naar Daniel, hij zet vier stappen naar links en draait zich om. Hij probeert om de Cours over te steken, maar het voetgangerslicht staat op rood en er is een stroom auto's.

De achtervolger is zijn prooi kwijt. Dat is duidelijk.

Lonnie May. Nog steeds scherp. Hij moet geweten hebben dat hij achtervolgd werd.

***

Het enige wat Daniel kan doen is met een omweg naar huis lopen, want hij wil niet de aandacht van Grijs Jasje trekken door hém te achtervolgen.

Het kost hem bijna twintig minuten. Hij komt van de kant van de basiliek zodat hij een ruimer uitzicht heeft op het pleintje voor zijn huis, maar hij ziet niemand. Hij doet de voordeur open, gaat naar binnen, rent de trappen op, overvloedig zwetend van de hitte en de opwinding. Hij trekt zijn kleren uit, doet een korte broek aan, zet de luiken voor het raam open en pakt een keukenstoel. Hij zit net ver genoeg de slaapkamer in om het plein daarbeneden in de gaten te kunnen houden zonder zelf gemakkelijk gezien te worden.

Meer dan anderhalf uur later komt Lonnie May door de Rue Marengo aanlopen. Haastig, aan de bewegingen van het kale hoofd is te zien dat de oude man de omgeving in de gaten houdt.

Lonnie, Lonnie, hoe grijs zijn de weinige haren die je overhebt. Maar je stap is nog jong. Daniel wordt bestormd door herinneringen.

Lonnies ogen vinden het adres dat hij zoekt. Hij loopt zonder aarzelen naar de deur.

Daniel wacht tot de bel gaat. Dat gebeurt niet.

Daar gaat Lonnie weer.

14

Daniel blijft een halve minuut zitten voordat hij beseft wat er is gebeurd. Hij springt op en rent de trap af. De bruine envelop ligt op de mat, door de brievenbus in de voordeur geduwd.

Voor Daniel Darret. In zwarte inkt.

Hij pakt hem op maar hij weet al: Lonnie kent zijn nieuwe naam. Dat betekent duizend dingen. Lonnie heeft hem opgespoord en dat moet een lastige en misschien ook dure onderneming zijn geweest, want Daniel heeft zijn sporen heel goed uitgewist. Het betekent dat Lonnie beseft dat hij hiermee de nieuwe identiteit van Daniel kan verraden. De altijd loyale Lonnie moet dus gedacht hebben dat het doel de middelen heiligde. Lonnie is hier niet om gezellig te praten over de goeie ouwe tijd.

Het betekent dat Lonnie in de problemen zit.

Dat weet hij voordat hij de envelop opent.

Hij haast zich weer naar boven, pakt een mes uit de la en scheurt de envelop voorzichtig open.

Umzingeli
Saint André. Onder het orgel. 10.15 uur.
Lonnie

Het is dat eerste woord, de aanhef, die hem doet sidderen, die de sluizen van zijn geheugen openzet.

15

Augustus. Bennie Griessel. Kaapstad.

Die ochtend treft hij Cupido tegenover het station van Kaapstad, voor de receptie van Rovos Rail.

'En, partner?' vraagt Vaughn onmiddellijk. 'Klaar voor de start?'

Griessel weet waar zijn collega naar verwijst.

'Ik heb de reservering gemaakt. Voor volgende week zondag.'

'En?'

'Ik ga het haar vanavond vragen.'

'Oké.' Meelevend, want Cupido worstelt zelf soms met wat hij zijn 'bindingsangst van een verstokte vrijgezel' noemt. Ze steken zwijgend de straat over.

***

Brenda Strydom, het hoofd Communicatie van de spoorwegmaatschappij, is in de vijftig, aantrekkelijk en goedverzorgd. Ze heeft een ordner in haar handen. Ze nodigt hen uit om in een hoek van de grote vertreklounge van Rovos te gaan zitten, een mooie ruimte met een sfeer van de oude wereld. Er staat een kelner discreet in de hoek. Ze vraagt wat ze willen drinken, plaatst de bestelling en komt dan tegenover hen zitten. Ze schuift de ordner over de salontafel.

'Ik ben blij dat u er bent,' zegt ze.

'Dat is onze job,' zegt Cupido met een vleugje sarcasme. Hij is van nature achterdochtig en agressief wanneer het op groot geld en luxe aankomt.

Griessel kent die reactie. Ze maakt deel uit van hun teamdynamiek – ze hebben in de loop van de jaren geleerd om die voor hen te laten werken. Zodra Vaughn Cupido dwars gaat liggen, speelt Griessel de toegankelijkere rol.

Strydom is niet van haar stuk gebracht. Ze knikt. 'Dat weet ik. Maar de dood van de heer Johnson is voor ons een heel ernstige kwestie, zoals u wellicht zult begrijpen. Onze maatschappij heeft de meest luxueuze trein van de wereld. Onze gasten komen vooral uit het buitenland. Onze reputatie dat dit een veilige manier van reizen is, is heel belangrijk voor ons. Daarom is het voor ons van kardinaal belang om deze kwestie snel en doeltreffend op te helderen, en ik ben hier om te helpen op elke manier die u nodig acht.'

'Dank u, mevrouw,' zegt Bennie.

'Zeg maar Brenda. Ik heb voor...'

'Is het echt de *most luxurious* trein van de wereld?' valt Cupido haar in de rede.

Strydom knikt alsof het niet de eerste keer is dat iemand dat vraagt. 'Inderdaad.'

'Oké?' Nog steeds sceptisch.

Ze telt de redenen op één hand af: 'Om te beginnen hebben we een eigen station op een terrein van drieëntwintig hectare in Pretoria. Met een museum en een werkplaats waar we zelf de rijtuigen opknappen. Er lopen daar zelfs een paar antilopen rond. Het is absoluut uniek. Onze slaapcoupés zijn de grootste van alle treinen op aarde. Ze beschikken elk over een privébadkamer, die vijfentwintig procent groter is dan die van de concurrent. De koninklijke suites, bijvoorbeeld, beschikken elk over een bad en een douche. Er is elf ton trein per passagier, wat ook vijfentwintig procent meer is dan alle andere treinen. Al onze gasten eten gelijktijdig, niet in ploegen. En zo kan ik doorgaan...'

'Zo is het wel genoeg,' zegt Cupido. En dan met een zekere trots: 'Cool. Wie had dat gedacht? In ons hoekje van het *dark continent*...'

Ze glimlacht en wijst naar de ordner. 'Ik heb voor jullie alle mogelijke informatie voorbereid. Er is het volledige logboek, dat door de machinist wordt bijgehouden. Daarin staat hoe laat de trein van 5 augustus bij elke halte arriveerde, wanneer en hoe lang hij stil heeft gestaan, enzovoort. Er zijn contactgegevens van al ons personeel dat met de trein te maken heeft gehad – hier, in de trein zelf en op het station in Pretoria. Ze weten allemaal van het onderzoek en zullen volledige medewerking verlenen. We gebruiken volgens de voorschriften machinisten van Transnet. Hun gegevens staan ook in de ordner, maar we hebben geen zeggenschap over hun medewerking.'

'Dank je wel,' zegt Griessel.

'Hier is ook een lijst van al onze passagiers en hun reserveringen. Daarin staan hun contact- en paspoortgegevens. De meesten hebben ook hun reisgegevens na de treinrit ingevuld. Veel van hen zijn toeristen van overzee en hebben misschien het land weer verlaten.'

'Hoeveel passagiers waren er?' vraagt Griessel.

'Op deze specifieke trein, vijfenzestig. Slechts zeven van hen waren Zuid-Afrikaanse burgers.'

Griessel en Cupido kijken elkaar aan. Ze weten dat het een lang en moeizaam proces zal worden om met ieder van hen contact op te nemen en informatie te krijgen.

Strydom ziet de blik. 'Elk rijtuig heeft een gastvrouw of gastheer, die zich om de gasten in de coupés van dat rijtuig bekommert. Ze ontmoeten hun passagiers hier in deze lounge voordat de trein vertrekt. Ze zorgen voor de bagage en komen tegemoet aan de behoeftes van onze gasten. Mevrouw Scherpenzeel sliep in de koninklijke suite. De naam van haar gastvrouw is Cathy Bing. Meneer Johnson sliep in een Pullman-suite. Zijn gastvrouw was Sam... Samantha Albertyn. Zij zullen de meeste informatie over mevrouw Scherpenzeel en meneer Johnson kunnen geven. Ik heb hen duidelijk gemarkeerd op de lijsten.'

'Dat is heel handig,' zegt Griessel.

'Het is ons een genoegen,' zegt ze. 'Maar praat eerst rustig met Sam. Zij heeft wat interessante informatie.'

'O?'

Strydom aarzelt. 'Ik wil niet namens haar spreken, want misschien heb ik bepaalde details verkeerd. Ze weet dat jullie haar gaan bellen... Er is nog iets wat volgens mij interessant kan zijn voor jullie: mevrouw Scherpenzeel heeft haar accommodatie in de trein al in januari geboekt. Op 3 augustus heeft ze weer contact opgenomen met het verzoek om ook een reisgenoot te accommoderen...'

'Johnson?'

'Inderdaad. Ze was heel blij, want we hadden een annulering, een echtpaar uit Australië, hun dochter was drie weken te vroeg bevallen. We konden hun coupé aan meneer Johnson ter beschikking stellen.'

Ze maken aantekeningen.

'Oké,' zegt Cupido. 'Laten we helemaal bij het begin beginnen. Vanaf het moment dat mensen boeken.'

***

Brenda Strydom legt uit dat de reserveringen voor Rovos van verschillende kanten komen – van internationale en plaatselijke reisagenten tot mensen die het zelf regelen via internet of telefonisch.

Het is een eenvoudig proces: je reserveert, je betaalt, je gaat met de trein. Er hoeft maar één enkel reserveringsformulier ingevuld te worden, waarop passagiers hun naam, adres, contactgegevens en paspoortnummer moeten invullen. Dit is het formulier dat in de ordner voor hen is toegevoegd.

Op de dag dat de trein vertrekt, worden de reizigers in de vertreklounge ontvangen en naar de trein begeleid. Deze specifieke trein stopt standaard in Matjiesfontein voor een korte excursie met een plaatselijke gids, en dan weer in Kimberley op zondagochtend. Daar krijgen de gasten een excursie naar de Groot Gat, het diamantmijnmuseum. Ze worden met busjes vervoerd vanaf het station en weer terug.

Normaal gesproken stopt de trein ook twee nachten in de buurt van of in Beaufort-Wes en Klerksdorp om de passagiers een aangename nachtrust te bieden en het schema te laten kloppen. De tijden en duur van die stop worden bepaald door vertragingen op het spoor. En die zijn er altijd.

'De grote vraag,' zegt Cupido, 'hoe moeilijk is het in de trein te komen als je geen passagier bent?'

Strydom heeft die vraag verwacht. 'Kapitein, niets is onmogelijk. Maar het zal heel erg moeilijk zijn. Er is uitstekende beveiliging hier op het station, in Matjiesfontein en in Kimberley. En als je veel geluk hebt en je weet in de trein te komen, kun je je nergens verstoppen.'

'Behalve als je een contact in de trein hebt.'

'Daar schiet je ook niet veel mee op, want de coupés worden schoongemaakt wanneer de passagiers eten. Er worden cadeautjes neergezet. Je kunt je echt nergens verstoppen...'

'Maar hoe weet het personeel dat er iemand niet in de trein thuishoort?'

'Ze ontmoeten de gasten hier in de lounge. Die worden persoonlijk begroet.'

'*I see.*'

'Jullie personeel... Hoeveel weten jullie van hun achtergrond?' vraagt Griessel.

'Voordat ze bij ons komen werken?'

'Ja.'

'We hebben een uitzendbureau dat heel veel tijd steekt in achtergrondonderzoek...'

'Controleren ze of ze een strafblad hebben?'

'Voor zover ik weet wel. Waarom vraag je dat?'

'Johnson heeft bij de politie gezeten,' zegt Griessel. 'We zullen moeten kijken naar de mensen die hij heeft opgepakt. Misschien heeft hij iemand in de trein herkend, iemand die niet herkend wilde worden.'

Ze denkt er even over na. 'Dat is heel onwaarschijnlijk...'

'Hoe makkelijk is het om de ramen open te krijgen?' vraagt Cupido.

'Van buitenaf onmogelijk. Van binnenaf heel makkelijk. Alle ramen kunnen open. Dat maakt deel uit van de beleving. Deel van de unieke ervaring.'

'Dus het is ook makkelijk om naar binnen te klimmen?'

Ze aarzelt en dan zegt ze: 'Nee... De ramen zitten te hoog. Je zult een trap moeten gebruiken. Of zoiets... De trein komt zaterdagochtend weer aan uit Pretoria. Waarom gaan jullie zelf niet kijken?'

'Brenda,' zegt Cupido, 'hij is aan de linkerkant van het spoor gegooid. Is dat uit een coupé of uit een gangpad?'

'De linkerkant zal uit een coupé zijn.'

***

Ze lopen naar hun auto's.

'Je gooit geen kerel uit de trein als je niet loeikwaad bent,' zegt Cupido. 'En je kunt niet loeikwaad zijn op iemand als je hem niet kent.'

'De foto's van Johnson in zijn huis... Hij was fors. Sterk. Je moet niet alleen loeikwaad zijn, je moet ook loeisterk zijn,' zegt Griessel.

'Of je had hulp.'

'Het was iemand die al in de trein zat, Vaughn.'

'Waarom denk je dat?'

'Stel dat er iemand is die kwaad op hem is. Die persoon zal moeten weten dat hij met de trein gaat. Die persoon zal moeten weten hoe de trein werkt, waar die stopt, hoe je erin komt. En dan nog Johnson vinden en hem overvallen. Dat vereist veel kennis, veel voorbereiding. Scherpenzeel heeft twee dagen voordat de trein vertrok voor Johnson gereserveerd.'

'*I read you*, Benna.'
Ze blijven naar het station staan kijken.
'Voetenwerk,' zegt Griessel.
'Amen,' zegt Cupido.
'Ik zie je op kantoor. Ik moet eerst naar de psych,' zegt Griessel.
'Wanneer gaat het tot die tante doordringen dat jij echt ongeneeslijk van lorretje gepikt bent?'

16

Augustus. Daniel Darret. Bordeaux.

Hij slaapt bijna niet. Het is niet de hitte die hem wakker houdt, het zijn de herinneringen.

Hij woelt in zijn bed, maar heeft geen zin om in de nacht naar buiten te gaan en zijn gebruikelijke slapeloosheidroute te lopen, want justitie kijkt misschien al naar hem uit, ondanks de berichten in de media.

Om kwart over vijf komt de zon op en kan hij niet langer blijven liggen. Hij wast zich en kleedt zich aan. Donkere kleren, want die zijn onopvallend in de drukte op straat. Zo komt de training van een vorig leven systematisch weer terug.

Hij loopt impulsief over de Pont de Pierre. Midden op de brug blijft hij staan en controleert of hij niet geschaduwd wordt. Dan loopt hij de Avenue Thiers in. Hij vecht tegen de schimmen in zijn hoofd en probeert zich te concentreren op Lonnie May. Wat wil die van hem? Waarom is hij hier? En de antwoorden die bij hem opkomen bevallen hem allemaal niet.

Lonnie heeft gekozen voor de kathedraal Saint-André. Goede keuze voor iemand die de stad niet kent. Er zijn betere plekken. Hij kan er een paar verzinnen. De boekwinkel Mollat, bijvoorbeeld, altijd vol mensen. Of de gigantische Village Notre Dame, de grootste concurrent van mevrouw Lefèvres antiekwinkel. Stille hoekjes, makkelijk om de toegangen te zien.

Wat wil Lonnie van hem?

Waarom zit er iemand achter Lonnie aan?

Twintig minuten later blijft hij staan. Hij kijkt naar het onaantrekkelijke, moderne gebouw van het arbeidsbureau. Hij beseft dat hij vanochtend niet toevallig deze richting heeft gekozen. Hier in de wijk La Bastide heeft hij voor het eerst zijn nieuwe identiteit aan ambtenarenogen blootgesteld, getest. Dit is waar zijn nieuwe leven is begonnen toen ze hem vertelden over de betrekking bij het echtpaar Lefèvre.

Wil hij Lonnie echt ontmoeten?

Hij wil zijn bestaan hier niet opgeven.

Lonnie zal tegen hem zeggen: 'Tiny, deze plek is je troost.'

'Tiny' was zijn bijnaam, in de oude tijd.

Lonnie zal tegen hem zeggen: 'Tiny, dit land is je verdovende middel. Je zult jezelf en je geschiedenis en je bestaan onder ogen moeten zien. Je zult genezing moeten vinden, je demonen moeten temmen.' Lonnie was altijd de stem van de redelijkheid, de verantwoordelijke mentor, het geweten. Eerbare Lonnie. Plichtsgetrouwe Lonnie.

Hij wil niets temmen. Hij wil zijn boerentafel afmaken en dan de stoelen, een voor een, en blijven leren om met meubels te werken. Op een dag, misschien over vier of zes of tien jaar, wanneer Henry Lefèvre te oud is om te werken, wil hij hem opvolgen. Tot hij zelf te oud is, en dan wil hij iemand anders in de leer nemen en van zijn pensioentje genieten en hier doodgaan. Getroost, verdoofd. Bevrijd van herinneringen.

Hij blijft een halfuur staan kijken hoe de trams heen en weer rijden, met hun slanke, moderne vorm, als sneltreinen.

En dan draait hij zich om en loopt terug naar huis om te proberen te ontbijten voordat hij Lonnie ontmoet.

***

Een paus heeft bijna duizend jaar geleden deze kerk ingewijd, de kathedraal Saint-André die door de inwoners eenvoudigweg de kathedraal van Bordeaux wordt genoemd. Daniel is er wel eens in geweest, maar hij is te groot naar zijn smaak. Wanneer hij soms de behoefte voelt om ergens te gaan zitten en kracht te vragen om te vergeten, heeft hij liever de eenvoud en het verval van de Basilique Saint-Michel of de intimiteit van de Église Sainte-Croix.

Hij weet waarom Lonnie de Saint-André heeft gekozen. Het magnifieke, enorme interieur maakt het makkelijk mensen te spotten, zelfs al zijn het er heel veel. Het is er nooit te druk. Maar één in- en uitgang om in de gaten te houden, aan de grote Place Pey Berland waar je een achtervolger heel gemakkelijk kunt zien. Het plein heeft vier mogelijke ontsnappingsroutes en een van de drukste tramhaltes van de stad.

Daniel kiest de Rue du Maréchal Joffre omdat die stiller is. Hij let goed op dat niemand hem volgt. Hij treuzelt, zodat hij niet te vroeg is, want de deuren van de kathedraal gaan pas om tien uur open.

Hij loopt samen met een paar toeristen met camera's om hun hals naar binnen. Hij doet alsof hij overweldigd wordt door de pracht en praal van het interieur, zodat ze een koers kunnen kiezen, zodat hij kan zien of ze enige belangstelling voor hem hebben.

10.12 uur.

Hij draait zich om en loopt haastig weer naar buiten, om heel zeker te zijn.

Niemand reageert.

Hij gaat weer naar binnen en loopt tussen de honderden stoelen door die in nette rijen staan naar de nis onder het adembenemende orgel. Hij ziet Lonnie nergens.

De tien treden op tot recht onder het orgelbalkon en dan weet hij dat Lonnie daar rechts in het verborgen hoekje zit met zijn buikje, zijn dikke wenkbrauwen, zijn bril en zijn kale hoofd, en hij loopt op zijn oude kameraad af en ze omhelzen elkaar, en Daniel Darret, ooit Tobela Mpayipheli, huilt geluidloos. De eerste persoon uit zijn oude leven – Lonnie May, lieve Lonnie May. Hij wordt overweldigd door het verlangen naar zijn geboorteland en al zijn verloren geliefden.

Lonnie, zoveel kleiner, zijn hoofd tegen Daniels borst, zijn bril scheefgedrukt in de omhelzing, zegt: 'Een agnost. En de Xhosa-zoon van een protestante dominee. Die elkaar in het geniep omhelzen in een hoekje van een rooms-katholieke kerk. Zoiets verzin je niet, Tiny.'

Maar Lonnie moet ook stiekem over zijn ogen vegen.

En dan lachen ze door de tranen heen.

***

Ze staan zo dat Lonnie kan uitkijken over het interieur van de kerk. 'Twee van die klojo's zitten me op de hielen, helemaal vanuit Londen. Mager en hongerig, dachten zeker dat ik te oud was om ze te spotten. Rennen nu heel Bordeaux rond om te proberen me te vinden,' zegt hij in zijn bekende staccatostijl en hij lacht zijn Lonnie-lach, geheimzinnig en zacht. Maar er zit spanning in hem.

'Wie zijn het?' Daniel staat in de hoek, met zijn rug tegen de muur geleund.

'Russen, denk ik.'

'Russen?'

'Lang verhaal.'

'Geloof ik graag.'

Lonnie kijkt naar hem. 'Je ziet er goed uit.'

'Word er niet jonger op.'

'Praat me niet over leeftijd... Jezus, Tiny, het was een hele klus om je te vinden.'

'Het lijkt je aardig gelukt.'

De stemmen van toeristen die dichterbij komen. 'Ik... We hebben een betere plek nodig om te praten. Dit gaat niet heel lang werken.'

Dat vermoedde Daniel al. Hij heeft nagedacht over een goede plek. Hij zegt: 'Au Bistrot. Dat is een restaurant aan de Place des Capucins, tegenover de markt. Er is een kelder, maar één trap, één ingang. Ik ken de eigenaar, François.'

'Goed eten?'

'Super.'

'Halfeen?'

'Ja.'

'Geweldig je te zien.'

'Ik schort mijn oordeel op tot ik weet waarom je hier bent.'

Hij ziet aan Lonnies gezicht dat het nieuws dat hij komt brengen niet goed is. Maar Lonnie knikt alleen en loopt weg.

Daniel Darret wacht tien minuten voordat ook hij naar buiten gaat.

17

Lonnie heeft een rugzak bij zich, een kleine rugzak die hij naast de tafel zet.

Ze spreken Afrikaans hier in de kelder van Au Bistrot. Omdat Lonnie zegt dat ze niet voorzichtig genoeg kunnen zijn. Al zijn ze de enigen hierbeneden.

Daniel zegt: 'De serveerster is Nederlands.'

'Dan zwijgen we als zij langskomt.' Lonnie leunt over het tafeltje en zijn stem is zacht, dringend en gespannen. 'Tobela, ik weet dat je geschrokken bent van mijn plotselinge verschijning. Ik zal je niet langer in spanning houden. Ik zal je vertellen waarom ik hier ben.'

Hij zet zich schrap. 'Vertel het maar, Lonnie.'

'We kunnen ons onze president niet meer veroorloven. De schade is te groot.'

Daniel hoeft niet te vragen welke president. Hij leest dagelijks het slechte nieuws uit zijn geboorteland.

'Wat heeft dat met mij te maken?'

'We willen dat je hem...' Lonnie spreekt van huis uit Engels en hij zoekt vergeefs naar Afrikaanse woorden. Hij kijkt eerst in de richting van de trap en zegt dan heel zacht: '*You have to take him out*, Tiny.'

De brutaliteit ervan, de bevestiging van wie hij was, gaat als een siddering door zijn lichaam. Hij schudt langzaam zijn hoofd om te proberen de schok te verbergen. 'Nee,' zegt hij.

'Ik begrijp het, Tiny, maar...'

'Nee, Lonnie. Jullie moeten iemand anders zoeken.'

'Er is niemand anders.'

'Nee.'

Lonnie zucht. 'Ik wist dat je zo zou reageren. Ik zal het een tijdje laten bezinken. Ik zal mijn hele verkooppraatje houden. Je hebt geen keus.' Hij pakt het menu. 'Je zult dit voor me moeten vertalen want ik heb geen flauw benul wat hier staat.'

Deel II

18

Augustus. Bennie Griessel. Stellenridge.

Alexa noemt de donderdagen hun helingsdagen.

Griessel houdt niet van dat woord. Het is... te vrouwelijk, dat is echt het beste wat hij erover kan zeggen. Te new age, te pretentieus, te zacht, te jammer-dat-ik-kapot-ben. En hij vindt het onrealistisch, want hij denkt persoonlijk dat het hem niet zal lukken helemaal heel te worden. Niet met zíjn verleden, niet met deze baan.

De werkelijkheid is veel meer zoals Vaughn soms tegen hem zegt: 'Ga je shit uitzoeken.' Maar meestal wel met de verzachtende voorwaarde: 'Ik heb je nodig, Benna, de Service *needs you*.' En soms, als Cupido echt op stoom raakt: '*The universe needs you*.'

Cupido, die de stress van het recherchewerk zo moeiteloos hanteert. Als het om zijn persoonlijke leven of zijn politieke standpunten gaat is het een andere kwestie, maar zelfs dan heeft hij veel effectievere mechanismes om het te hanteren dan dat gezuip van Griessel. Om de ergste stoom af te blazen begint Cupido met ontploffen, razen en tieren. Daarna wordt hij extra melig en maakt overal een grap van, alsof hij zijn tong uitsteekt naar de wereld: 'Jullie krijgen me er niet onder.'

Griessel vermoedt dat dat gedrag het resultaat is van Vaughn Cupido's jeugd in Mitchells Plain, altijd in de tegenaanval om de problemen de baas te blijven.

Voor Griessel zijn donderdagen de psychdagen, en de AA-avonden. Die laatste samen met Alexa, als het even kan. Hun helingsdagen, de afgelopen acht maanden, vanaf het moment dat hij de fles weer heeft laten staan.

En het helpt. Hij kan het niet ontkennen – de psych heeft een groot verschil gemaakt. En de AA-avonden herinneren hem aan zijn machteloosheid tegen de drank, aan het feit dat hij van dag tot dag strijd moet leveren. En dat hij niet alleen is.

De psych is een aantrekkelijke vrouw. Van Griessels leeftijd, achter in de veertig. Er zit een teddybeer in haar kantoor. Een groot, bruin, opgestopt ding dat met van die glazen ogen naar hem staart. Verwijtend. Hij haat het kreng. Hij wou dat ze het weghaalde, maar heeft nog nooit de moed gevonden er iets over te zeggen. Want zij alleen is de reden waarom hij in staat was in het lege appartement van Johnson Johnson de buffetkast te openen, de drankflessen daar te zien staan en er koel en kalm naar te kijken. En hem weer dicht te doen en verder te gaan. Het is tientallen jaren geleden dat zijn behoefte aan drank zo klein was.

De psych behandelt veel mensen van de politie. Zij heeft hem geleerd dat hij bang is anderen te beschadigen. Ze zegt dat dat veel voorkomt onder politiemensen en soldaten, naast posttraumatische stress. En Bennie Griessel heeft een klap van alle vier de wieken van de angstmolen meegekregen – overlevingsschuld, schuldgevoel over de scheiding, een allesoverheersend verantwoordelijkheidsgevoel en zelfhaat.

In wezen komt het erop neer dat hij door zijn werk blootgesteld wordt aan alle nare dingen die mensen elkaar kunnen aandoen. En omdat hij weet dat hij zijn geliefden daar niet tegen kan beschermen, gaat hij zuipen, uit angst en uit overdreven plichtsbesef.

Samen met de psych is hij bezig om alle traumatische gebeurtenissen in zijn professionele leven – al die moord en doodslag, de gruwelijke misdaadtaferelen, de koelbloedige daden – te analyseren. Zodat hij begrijpt dat hij niet verantwoordelijk is voor de schade die is toegebracht, dat hij niets had kunnen doen om het te voorkomen. Al is hij een politieman en wordt hij geacht dat te doen.

En ze moedigt hem aan om zijn werk en omstandigheden met zijn geliefden te bespreken.

Zoals hij gisteravond, na een korte douche, bij Alexa heeft gedaan. Hij heeft haar verteld over Johnson Johnson, over de korrelige foto's van het lijk langs het spoor, en hoe hij zich daarbij voelde. En Alexa maakte meelevende geluiden, schepte wat van de stoofschotel voor hen op en zei: 'Kom nu maar lekker eten, je zult je krachten nog nodig hebben.'

En de stoofschotel was – godzijdank – lang niet slecht.

Hij stopt voor het huis in Stellenridge. Het kantoor van de psychologe zit in een aanbouw met een aparte ingang. Voor opgefokte klanten.

Hij ziet dat hij een paar minuten te vroeg is. Hij belt nog een keer het laatste nummer dat Johnson Johnson voor zijn dood heeft gebeld. Er wordt nog steeds niet opgenomen, geen voicemail, niets.

Hij haalt diep adem en gaat het hekje binnen. Hij vraagt zich af of hij de psych moet vragen waarom hij zo bang is om Alexa ten huwelijk te vragen.

***

Hij staart naar de teddybeer, en de teddybeer staart naar hem. Hij vertelt de psych over de zaak Johnson Johnson en zegt dat hij zijn aangeleerde technieken goed heeft gebruikt toen hij naar de foto's keek. Hij vertelt ook over de drank in de buffetkast, zijn kleine overwinning.

Ze prijst hem, maar voorzichtig, want het is een slimme vrouw en ze weet dat hij zich ongemakkelijk zal voelen bij te veel lof. Dat noemt ze Griessels 'zelfhaatkwestie'.

Dan praten ze over zijn kinderen. Over zijn goede verhouding met zijn dochter Carla en zijn matige verhouding met zijn zoon Fritz, die nog niet wil geloven dat zijn vader deze keer echt is gestopt met drinken.

Hij praat niet met haar over Alexa en de Grote Vraag.

Dan rijdt hij terug naar Bellville. Zoals altijd voelt hij zich leeg en moe en een klein beetje beter.

***

Op kantoor loopt hij rechtstreeks naar het IMC, het Information Management Centre. Dat is de ondersteuningseenheid bij het DPMO, het Direktoraat vir Prioriteits-Misdaadsondersoeke, die allerhande technologie inzet ter ondersteuning van onderzoeken.

Hij geeft het nummer van de mobiele telefoon aan de commandant van het centrum, kapitein Philip van Wyk, en vraagt of ze de eigenaar ervan kunnen achterhalen. Ook de USB-stick die hij in Johnsons buffetkast heeft gevonden levert hij in voor analyse. Dan gaat hij Cupido halen en ze lopen samen naar het kantoor van kolonel Mbali Kaleni.

'Hoe is het gegaan, Benna?' wil Vaughn weten.

'Ze zegt dat het niet aan mij ligt maar aan die mafketels met wie ik moet samenwerken.'

'*Shrinks*,' zegt Cupido. 'Dat zijn de mafste motherfuckers van allemaal.'

***

Ze vertellen kolonel Kaleni dat het een lang, complex onderzoek zal worden, leggen haar het probleem uit van vijfenzestig passagiers en bijna dertig personeelsleden in de trein, en geven haar een analyse van het arrestatieoverzicht van Johnson Johnson.

Ze hopen dat ze nog meer leden van het team Ernstige Delicten aan het docket wil toewijzen.

Ze vragen of ze misschien haar invloed kan aanwenden om te zorgen dat de pathologen de lijkschouwing van Johnson versnellen.

'Ik zal zien wat ik kan doen. Kapitein Cloete komt hier om de vijf minuten binnenlopen.' Ze bedoelt kapitein John Cloete, de persvoorlichter wiens naam ze uitspreekt als 'Kloewtie'. 'Hij wordt gek van de media. Een journalist van *Rapport* heeft een officieel verzoek ingediend voor een interview met jullie twee. Maar ik heb gezegd dat dat niet mogelijk is.'

Moord in de meest luxueuze trein van de wereld, denkt Griessel, natúúrlijk is het mediacircus in volle gang.

'We kunnen best tijd vrijmaken voor een interview, kolonel,' zegt Cupido.

'*Hayi*,' zegt ze in haar moedertaal en ze gebaart dat ze aan het werk moeten.

Ze lopen de gang in. Als ze ver genoeg zijn, aapt Cupido het accent van kolonel Kaleni na: 'Misskien moewt ik kapitein Kloewtie zelf bellen.'

'Je spot nu met een vrouw die dunner is dan jij,' zegt Griessel.

Vaughn kijkt hem gekwetst aan. 'Je hebt het mes erin gestoken, Benna, draai het nu ook maar om.'

Griessel grinnikt alleen maar.

'Ik meen het serieus, Benna. Een lekker artikel in *Rapport* waarin staat dat de man die op de zaak zit de legendarische kapitein Vaughn Cupido van de Valken is, dat zou best helpen om dat gozertje, die Donovan, te laten zien dat ik zo slecht nog niet ben.'

'Ik denk dat hij dat allang weet.'

'Denk je?'

'Het is zoals Eddie Mack zingt, Vaughn, "*everybody loves a fat man*".'
'Wie?'
'Eddie Mack, de blueszanger.' Dat is Griessels favoriete muziek, klassieke blues.
'Nooit van gehoord. Maar fok jou en fok Eddie Mack, zo dik ben ik niet. Kom, we gaan die tante bellen die de hostess van Johnson Johnson was.'
'*... and oh, how a fat man can love*,' zingt Bennie Griessel de rest van het Mack-refrein.
Bij zijn kantoor zegt Cupido: 'Benna, elke keer dat je terugkomt van die shrink lijk je een stukje lichter.'
En Griessel weet dat het waar is.

***

In Cupido's kantoor bellen ze Samantha Albertyn, de hostess van Johnson Johnson in de Rovos-trein. Ze hebben de telefoon op luidspreker gezet.
Ze horen aan haar stem dat ze zenuwachtig is. Op de achtergrond klinkt het gebonk van een trein op de rails. 'Ik weet niet hoe lang ik nog verbinding heb, we zijn net Mafikeng voorbij...'
'Mafikeng?' vraagt Cupido. 'Hoezo Mafikeng?'
'Dit is onze trein naar de Victoria-watervallen.'
'Oké,' zegt Cupido. 'Cool. We bellen wel terug als de verbinding wegvalt. Kunnen we het even over Johnson Johnson hebben?'
'Het is een tragedie,' zegt ze. 'Het is... Al onze gasten zijn zo aardig. Dit is nog nooit gebeurd. Het is gewoon een tragedie...'
'Dat is het, Sam, en wij willen de man die het gedaan heeft te pakken krijgen...'
'Is het een man?' Met een stem vol ontzag voor hun bekwaamheid.
'Dat weten we nog niet, Sam, zo praat ik gewoon.'
'O.' Teleurgesteld. 'Oké. Er is eigenlijk maar één ding waar ik zeker van ben,' zegt ze.
'Ja?'
'Zijn bed. Hij... Als onze gasten gaan dineren, verzorgen wij de coupés. Om een uur of zeven. Ik heb zijn bed... Meneer Johnson had een Pullman-suite. In die suites staat een bank die we 's avonds uitklappen tot een tweepersoonsbed...'

'Oké,' zegt Cupido.

'Nu moet ik proberen het goed uit te leggen... We hebben een speciale methode om het bed op te maken, want de achterkant zit tegen de muur... Om de deken en de lakens goed te vouwen... We hebben een methode.'

'Check,' zegt Cupido.

'Toen ik de volgende ochtend... Als ze aan het ontbijt zitten, doen we de coupé weer. En toen zag ik dat het bed weer was opgemaakt. Maar niet zoals wij dat doen. Het was... Ik wil niet... Ik denk het alleen maar...'

'Het is oké, Sam,' zegt Cupido. 'Probeer het gewoon.'

'Het zag eruit alsof hij... alsof iemand had geprobeerd het bed weer op te maken zoals het was. Maar ik kon zien dat het niet onze methode was.'

'Oké.'

'Ik kon ook zien... Ik denk... Ik denk niet dat hij in het bed had geslapen. De kussens... Dat kun je aan de kussens zien...'

19

'Dat is *great*, Sam. Dat is superbelangrijk,' zegt Cupido tegen Samantha Albertyn. 'Dat was de eerste avond, hè? *Saturday night*?'

'Ja.'

Griessel neemt het over. Hij identificeert zich en vraagt: 'Je hebt hem die ochtend in de lounge van het station in Kaapstad ontmoet?'

'Ja.'

'Heb je hem in de trein ook weer gezien?'

'Ja. Ik heb zijn coupébriefing gedaan. Dan laten we ze zien hoe alles werkt...'

'Was dat de laatste keer?'

'Nee, ik heb hem in de gang gezien, en tijdens de high tea, en toen ze op weg gingen naar het diner... Je loopt elkaar voortdurend tegen het lijf in de trein, zo groot is die niet. En iedereen moet door dezelfde gang...'

'We weten dat het moeilijk is om je alles te herinneren, maar kon je zien of zijn gedrag... zijn stemming, of er misschien iets veranderd was? Of hij misschien... of hij ergens door van slag was?'

Er valt een stilte, zodat alleen de geluiden van de trein te horen zijn. 'Nee. Hij was gewoon heel aardig, elke keer dat ik hem zag. Juist daarom is het zo'n tragedie.'

'Sam, mevrouw Strydom vertelde dat je een paar dingen had die interessant waren. Was het alleen de kooi?' vraagt Cupido.

'De kooi? O, u bedoelt het bed?'

'Ja.'

'Dat is het enige waar ik zeker van ben.'

'Is er iets waar je níét zeker van bent?' vraagt Griessel.

'Ik weet niet of ik het moet zeggen. Straks heb ik het mis...'

'Dat zullen we in ons achterhoofd houden, maar je moet ons echt alles vertellen.'

'Alsjeblieft,' zegt Griessel.

Ze blijft zo lang stil dat ze denken dat de verbinding verbroken is. Dan horen ze hoe ze diep ademhaalt. 'Toen ik zijn bed ging openklappen... Ik dacht dat er een laptop op het... in de Pullman... er is zo'n klein tafeltje voor als je op de bank zit te werken. Als je het bed openklapt, dan klik je het tafeltje eraf en berg je het op in de kast... En ik denk dat er een laptop was, want ik dacht nog, ik moet zorgen dat ik de laptop er niet afstoot. Ik heb een keer de iPad van een gast van zo'n tafeltje gestoten en toen is het scherm gebarsten...'

'Dat is goed, Sam. Zijn vrouw zegt dat hij een laptop had, en die hebben we in zijn huis niet gevonden.'

'O! Oké. Ik... Dan heb ik het me niet verbeeld.'

'Wat is er met die laptop, Sam?' vraagt Griessel.

'Ik heb zijn koffertje gevonden, die maandag, dat was ver onder zijn bed geschoven, en het was niet dicht. Ik... Ik heb het opengemaakt... Toen dachten we nog dat hij... ergens was uitgestapt...'

'Ja?'

'En toen was de laptop weg.'

Ze praten met haar tot het signaal wegvalt, maar ze worden niet veel wijzer.

***

Griessel belt meteen Brenda Strydom. 'We willen alleen weten wat er met de bagage van meneer Johnson is gebeurd.'

'Die is bij jullie,' zegt ze.

'Bij óns?'

'Ja. Jullie zijn die komen halen,' zegt ze. 'De politie van Pretoria.'

'Weet u van welk bureau? Of wie de agent was?'

'Daar kan ik zo achter komen. Ze hebben ervoor getekend.'

Hij bedankt haar en hangt op. Hij vertelt Cupido wat ze heeft gezegd.

'Vast de dorpsgek uit Beaufort-Wes die het heeft laten ophalen. Aubrey Verwijt.'

Griessel lacht. Cupido en namen.

Er wordt op de deurpost van het kantoor geklopt. Philip van Wyk van het IMC komt binnen met een ingevuld aanvraagformulier. 'Het telefoonnummer, Bennie,' zegt hij en hij geeft hem het formulier. 'Dat is van sergeant Kagiso Dimba van de VIP Beveiligingsdienst.'

'Ónze Beveiligingsdienst?'

'Jip. SAPD, Pretoria.'

'Is dat die gast die Johnson het laatst heeft gebeld?' vraagt Cupido. 'Die ene wie se foon nou zo dood als een drol is?'

'Precies, die,' zegt Griessel.

'Deze zaak is een mega puinhoop,' zegt Cupido.

'En die USB-stick,' zegt Van Wyk, 'daar stonden drie pornovideo's op.'

'Zelfgemaakt?' vraagt Cupido.

'Nee. Profi spul, vast van internet gedownload.'

***

Cupido kijkt eerst hoe laat het in Nederland is, voordat ze bellen.

Een man neemt op. 'Goedemorgen.'

De telefoon staat op luidspreker.

'Goedemorgen,' zegt Cupido met zijn beste Nederlandse accent. '*Kan ek asseblief met mevrou Thilini Scherpenzeel praat*?'

'Het spijt me. Mevrouw Scherpenzeel is niet beschikbaar.'

'*Dit is kaptein Vaughn Cupido van de Suid-Afrikaanse Polisiediens in Kaapstad. Wanneer sal sy beskikbaar wees*?'

'Ogenblikje alstublieft, kapitein.'

Het geluid van de hoorn die wordt neergelegd.

'Ogenblikje alstublieft, kapitein,' echoot Cupido met een lijzige fluisterstem. 'Het is een soort Afrikaans voor dronken mensen. In je zuiptijd had je makkelijk Hollands kunnen praten, Benna.'

Griessel lacht.

Bijna dertig seconden later: 'Bedankt voor het wachten, kapitein. Ik verbind u door.'

Weer wachten ze.

'Kapitein,' zegt Cupido. 'Klinkt lekker, beter dan ons Afrikaanse "kaptein". Kapitein Vaughn Cupido. Van der Valken.'

'"Van dér Valken" klinkt meer als een soort dronken Duits,' zegt Griessel.

'Jullie gewone mensen hebben ook totaal geen waardering voor linguïsten zoals ik.'

'*Yes*?' zegt een strenge vrouwenstem door de kleine luidspreker.

'Mevrouw Scherpenzeel?'

'Yes.'

'Goedemorgen. Dit is kapitein Vaughn Cupido. Van de Valken in Kaapstad. *Hoe is die weer in Holland vanoggend*?'

Stilte.

'Mevrouw Scherpenzeel?'

'Ik heb ontdekt dat het beter is om Engels te spreken met Afrikaanssprekenden, vanwege het risico op misverstanden, vooral wanneer een telefoontje zo belangrijk is als dit. Ik vind het bovendien bijzonder onaangenaam wanneer mensen over Nederland spreken als over "Holland". Er is geen Holland. Er zijn de twee provincies, Noord-Holland en Zuid-Holland. Ik bevind me in geen van beide. Ik bevind me in de stad Utrecht, die ligt in de provincie Utrecht. Zullen we het nu hebben over de uiterst tragische dood van de heer Johnson Johnson?' Alles in accentloos Engels.

'Yes, ma'am,' zegt Cupido gedwee.

'Mooi. Als u me een e-mailadres verschaft, stuur ik u de verklaring die ik heb voorbereid. Hij is bekrachtigd en goedgekeurd door mijn advocaat en zou alle informatie die u nodig hebt moeten bevatten. Indien hij echter op de een of andere wijze ontoereikend is, ben ik bereid wanneer het schikt u telefonisch te woord te staan.'

'Tussen negen en twaalf?' vraagt Cupido.

'Nee, ik zal u elk moment tussen negen uur 's ochtends en negen uur 's avonds te woord staan. Dit is zeer persoonlijk en zeer belangrijk voor me.'

***

In de stilte na dit gesprek gaat Griessels telefoon. Hij herkent het nummer. Hij neemt op: 'Prof?'

'Hoe is het, Nikita?' vraagt professor Phil Pagel, de forensisch patholoog-anatoom. Hij noemt Griessel al vijftien jaar lang 'Nikita', want destijds bij hun eerste ontmoeting wierp hij een blik op Griessels gezicht en zei: 'Ik weet zeker dat een jonge Chroesjtsjov er zo uitgezien moet hebben.' Griessel moest opzoeken wie Chroesjtsjov was.

'Goed, en met u, prof?'

'Wanneer die kolonel Mbali Kaleni van jullie belt en zegt dat we aan onze stutten moeten trekken, dan weet je dat er slechte tijden aankomen, Nikita. Maar ik mag niet klagen. En jullie zullen blij zijn om te horen dat we dan ook onmiddellijk aan onze collectieve stutten gaan trekken voor de onfortuinlijke Johnson Johnson. Er is alleen een klein probleempje: ik mag, zoals je weet, juridisch gezien mijn scalpel pas in de heer Johnson zetten wanneer het lichaam formeel en officieel geïdentificeerd is. Kunnen jullie helpen?'

'Natuurlijk, prof.'

'Nikita, kleine waarschuwing: het kadaver verkeert in een vergevorderde staat van ontbinding. Hou dat in gedachten bij de keuze van wie hem moet komen identificeren.'

20

Geen enkele rechercheur komt graag in het politiemortuarium in de Durhamstraat in Soutrivier.

Om te beginnen ziet het er niet aantrekkelijk uit, van de fantasieloze ambtenarenarchitectuur van lage bakstenen gebouwen met een rood dak achter een verweerde omheining van betonnen paaltjes tot aan het spartaanse en deprimerende interieur: de smalle gangen, de kale, koude tegelvloeren, de geur van formaline en fenol en ontsmetting en ontbinding. Getuige zijn wanneer een patholoog zijn lijkschouwing doet, blijft een aangrijpende ervaring, hoe vaak je het ook hebt meegemaakt. Maar het ergste is wanneer een lijk geïdentificeerd moet worden, het zijn de hartverscheurende emoties en diepe rouw van de nabestaanden die de rechercheurs het meest aangrijpen.

Daarom haalt Vaughn Cupido een munt van vijf rand uit zijn zwarte portemonnee en vraagt Griessel om te kiezen.

'Kop,' zegt Griessel. Hij weet dat hij gaat verliezen. Hij verliest altijd als Vaughn een munt opgooit, ook als Bennie zelf het geld geeft.

Cupido lanceert de munt behendig, vangt hem op en slaat hem op de rug van zijn linkerhand. 'Sorry, Benna. Munt.'

'Laat zien.' Want zijn collega heeft nog meer de pest aan identificaties dan hij.

'O, gij wantrouwende van geest,' zegt Cupido en hij laat Griessel de munt zien.

Munt.

'Fok.'

'Wat zal ik zeggen? *The universe loves me.*'

Na even nadenken zegt Griessel: 'Ik ga Robyn bellen om te vragen of ze er bezwaar tegen heeft als de adjudant-officier van Brackenfell het lichaam identificeert.' Want hij weet dat het die vrouw blijvend kan beschadigen als ze haar ex-man zo ziet. En hij wil zichzelf ook het trauma van haar verdriet besparen.

'*Good thinking*,' zegt Cupido. 'Ik wacht op de mail van die kwaaie Hollandse tante.'

'Nederlandse tante, Vaughn. Nederlandse.'

Soestdijkerweg 17
3734 MG Den Dolder
Nederland

Geachte lezer,

Mijn naam is Thilini Scherpenzeel, Nederlands ingezetene, en permanent woonachtig op bovenstaand adres. Ik ben 91 jaar oud, en bij mijn volle verstand. Ik bevestig dat de inhoud van deze verklaring de waarheid is naar mijn beste weten en dat ik dit verslag vrijwillig opstel, in de wetenschap dat ik, indien het als bewijs wordt ingediend, onderworpen kan worden aan vervolging indien ik opzettelijk iets heb verklaard wat bij mijn weten onwaar is of waarvan ik niet geloof dat het waar is.
Ik heb op geen enkele wijze belang bij deze zaak.
Hierbij mijn verklaring: van 19 juli (de datum van mijn vlucht van Schiphol naar Johannesburg) tot 8 augustus (de datum van mijn retourvlucht van Johannesburg naar Schiphol) hield ik vakantie in Zuid-Afrika.
Gedurende die tijd bracht ik zeven (7) dagen door in de Royal Malewane safarilodge in het Greater Kruger National Park (20 juli tot 27 juli), en negen (9) dagen in Kaapstad als gast van het Cape Grace Hotel (28 juli tot 5 augustus).
Van 5 tot 7 augustus reisde ik met de Rovos Rail-trein van Kaapstad naar Pretoria.
Ik vond Zuid-Afrika een mooi, vriendelijk en gastvrij land, en ik ben diep getroffen door de gebeurtenissen die zich hebben afgespeeld tijdens mijn bezoek. Ik wil mijn oprechte deelneming betuigen aan de familie en vrienden van de heer Johnson, en ik verzoek de onderzoekende agent me het telefoonnummer of e-mailadres van zijn familie te doen toekomen. Ik wil graag persoonlijk mijn medeleven betuigen.
Tijdens mijn verblijf in Kaapstad had ik dagelijks contact met de dagportier van het hotel, een allervriendelijkste man met de char-

mante naam Vinnie Adonis. Tot mijn spijt ken ik niet zijn volledige naam. De heer Adonis was zeer behulpzaam bij het organiseren van de verscheidene dagtripjes die ik ondernam tijdens mijn verblijf, inter alia naar Cape Point, Stellenbosch, Franschhoek en de Tafelberg. Hij maande me voortdurend voorzichtig te zijn bij het verkennen van de stad en het schiereiland, zoals mannen geneigd zijn te doen wanneer ze geconfronteerd worden met een vrouw van mijn leeftijd, vermoed ik. Hij maakte ook bij diverse gelegenheden melding van de diensten van een persoonlijke beveiligingsexpert die hij kon aanbevelen.

Ik wil hierbij duidelijk verklaren dat de heer Adonis nooit op enigerlei wijze te ver ging of zich opdrong, en altijd uiterst hoffelijk en professioneel is geweest in zijn omgang met mij.

Als bereisde en wereldwijze negentiger veronderstelde ik echter dat deze persoonlijke beveiligingsexpert een vriend was van de heer Adonis, en dat de heer Adonis een helpende hand reikte om zijn vriend te voorzien van werkgelegenheid.

Ik ben de weduwe van een bekende zakenman en ondernemer, Joop Scherpenzeel zaliger, oprichter van de Sonnenborgh-brouwerijen in Nederland. Bijgevolg ben ik me sterk bewust van de noodzaak van particulier en persoonlijk ondernemerschap. Verder ben ik van mening dat het scheppen van werk de hoeksteen is van een gezonde en welvarende economie. Ergo, mijn enige reden om te overwegen deze particuliere beveiligingsexpert in dienst te nemen was zodoende een kleine bijdrage te leveren aan het geweldige volk en de worstelende economie van dit fantastische land, waartoe ik de middelen en de gelegenheid had. Ik had geen persoonlijke bescherming of beveiliging nodig. Ik ben uitstekend in staat voor mezelf te zorgen.

Ik ontmoette de heer Johnson in de lounge van het Cape Grace Hotel op de ochtend van 3 augustus, op mijn verzoek. Ik informeerde naar zijn achtergrond, zijn huidige beroep, en zijn verwachtingen en dromen. Hij kwam op me over als een door en door hoffelijke, vriendelijke, ambitieuze persoon. Hij liet me foto's zien van zijn mooie dochters. Tijdens de bespreking nam ik het besluit hem te vragen mij te begeleiden op de Rovos Rail-reis naar Pretoria, in zijn professionele hoedanigheid. Het is een besluit dat ik diep betreur sinds ik hoorde van het tragische lot dat dit gezinshoofd heeft getroffen, aangezien ik me enigszins verantwoordelijk voel voor zijn

aanwezigheid in de trein, waardoor hij gevaar liep, en voor het ontketenen van de omstandigheden, wat die ook waren, die leidden tot zijn uiterst gruwelijke verscheiden.
Hoe dan ook, ik nam contact op met Rovos Rail, en was gelukkig in staat een reservering te maken voor de heer Johnson. Ik belde vervolgens de heer Johnson, geassisteerd door de heer Adonis, verzekerde me van zijn diensten, en ontmoette hem in de vertreklounge van Rovos Rail op de ochtend van 5 augustus.
Kort na het vertrek voegde de heer Johnson zich bij me op het panoramadek in het achterste rijtuig van de trein. Hij wees me verscheidene oriëntatiepunten aan toen we de stad uit reden, toonde me hoe dichtbij zijn huis was toen we door de buitenwijken kwamen, en sprak zijn leedwezen uit over de bedroevende staat van het openbare treinvervoer op het schiereiland.
Vervolgens begeleidde hij me weer naar de lounge toen ik klaagde over de kille wind, en daar brachten we het grootste deel van de middag door, onder het genot van een high tea en de fantastische uitzichten op de Breederivier en de valleien van de Hex-rivier, ontmoetten andere passagiers en raakten met hen in gesprek. Het was, zacht gezegd, uiterst aangenaam.
Laat die middag – ik heb geen relevante poging gedaan de exacte tijd te controleren – stopte de trein bij het verrukkelijke historische dorp Matjiesfontein, waar de heer Johnson me begeleidde tijdens de rondleiding. In de bar van het hotel speelde een man op de piano, en de heer Johnson maakte indruk op me met een prachtige zangstem toen hij zich liet verleiden tot het zingen van traditionele Afrikaanse volksliedjes.
Vervolgens begeleidde hij me terug naar de trein, en we trokken ons ieder terug in onze coupé om ons op te frissen voor het diner.
Om een uur of halfacht kwam de heer Johnson me ophalen in mijn coupé en gingen we naar het restauratierijtuig voor wat een vijfsterrendiner bleek te zijn. We werden uitgenodigd om een vierpersoonstafel te delen met een charmant stel uit Taunton in het Verenigd Koninkrijk, dat we al hadden ontmoet bij de high tea. Ik heb aan Queen's College in Somerset gestudeerd, dus had ik veel bij te praten en te bespreken met hen. Helaas moet de heer Johnson zich wat buitengesloten hebben gevoeld door dit gesprek. Hoewel hij zwijgzaam was, leek hij op zijn gemak en ontspannen.

Dit brengt me tot het enige opvallende voorval dat plaatsvond tijdens het laatste deel van het diner. Ik kan het alleen vertellen zoals ik het me herinner, maar ik moet toegeven dat ik afgeleid was door de uitermate interessante conversatie aan tafel. Dus is het volgende eerder gebaseerd op een indruk dan op zekerheid: de heer Johnson leek iemand in het restauratierijtuig te herkennen. Ik herinner me duidelijk dat hij zijn hand ophief als om die persoon te groeten, maar het was een onzeker gebaar, alsof hij niet zeker wist of hij hem of haar kende. Aangezien we naast elkaar zaten, hadden we hetzelfde uitzicht. Ik herinner me dat ik zijn blik volgde, maar aangezien er verscheidene mensen tegelijkertijd van hun tafel opstonden, kan ik niet precies de persoon identificeren voor wie zijn gebaar bedoeld was, en of het een man of een vrouw was.
Het moment ging voorbij en ik heb nooit gevraagd wie hij leek te herkennen, waar ik nu veel spijt van heb.
We trokken ons kort daarna terug in onze respectieve coupés, om ongeveer tien minuten voor negen, aangezien ik om negen uur naar huis wilde bellen vanuit mijn coupé. De heer Johnson begeleidde me hoffelijk tot mijn deur en wenste me een goede nachtrust.
Dat was de laatste keer dat ik hem zag.

21

'Oké,' zegt Vaughn Cupido hardop tegen zijn lege kantoor als hij de verklaring van Scherpenzeel heeft gelezen. 'Oké.' Want als Johnson Johnson iemand in de trein herkend heeft, hoeft het onderzoek zich in eerste instantie alleen op de Zuid-Afrikaanse treinpassagiers te richten.

'Geen goed teken, als een man tegen zichzelf begint te praten,' zegt een stem vanuit de deuropening. Kapitein Frank Fillander, de grijze veteraan van Ernstige Delicten, komt binnen. Achter hem volgen nog meer leden van het team, kapitein Vusumuzi 'Vusi' Ndabeni en kapitein Willem Liebenberg.

'Met wie moet ik anders een intelligent gesprek voeren in dit oord, hè, ome Frankie?'

'Vrees niet, de cavalerie is gearriveerd,' zegt Fillander en hij zakt in een stoel tegenover Cupido.

'De kolonel heeft ons gestuurd,' zegt Liebenberg. 'Volgens haar zijn jij en Bennie te *useless* om het docket alleen te doen.'

'Dat is niet helemaal waar,' zegt Ndabeni, altijd bezorgd dat de humor van zijn collega kwetsend kan zijn. 'We komen helpen.'

'Nieuw pak, Vusi?' zegt Cupido. 'Stylish hoor.'

'Dank je, Vaughn.' De kleine Ndabeni is de best geklede rechercheur in de eenheid, ondanks Cupido's verwoede pogingen.

'Oké, gaan we ouwehoeren of gaan we de Great Train Robbery oplossen?' vraagt Fillander.

'*Murder on the Rovos Express*,' zegt Vusi. 'Een klassieker.'

***

De vroegere collega van Johnson Johnson, adjudant-officier Neville Bandjies van het SAPD-bureau in Brackenfell, staat naast Griessel in de identificatieruimte van het mortuarium in Soutrivier. Het is een kleine, kale ruimte met een bankje tegen de muur en een verschoten blauw gordijn voor het identificatieraam. En het emmertje, naast het bankje.

Bandjies is mollig; het blauwe uniform spant om zijn middel. 'Ik ben klaar,' zegt hij en hij haalt diep adem, recht zijn schouders. Hij heeft Bennie verteld dat dit niet de eerste keer is dat hij een lijk moet identificeren.

Griessel klopt op het raam. De pathologieassistent trekt het gordijn weg. Het lichaam ligt op een brancard, bedekt met een groen laken, alleen de hals en het hoofd zijn zichtbaar.

'Jirre,' zegt Bandjies.

Griessel begrijpt het. De man is verschrikkelijk toegetakeld.

Bandjies bukt zich snel, grijpt het emmertje en geeft erin over.

Even later kijkt hij op en zegt: 'Sorry, kapitein. Maar als je bedenkt dat het misschien een goeie vriend is...'

'Je hoeft geen sorry te zeggen, hoor. Dit is een heel erge.'

'Hij lijkt op hem,' zegt Bandjies en hij komt overeind. Zijn adem gaat snel.

'Je weet het niet zeker?'

Bandjies keert zich met tegenzin weer naar het raam, maakt een geluid achter in zijn keel en roept naar de assistent: 'Kun je zijn arm laten zien? De rechterarm?'

De assistent verschuift het laken.

'Draai de arm eens een beetje.'

De assistent doet het.

Griessel ziet de tatoeage. Een woord, zwarte inkt, sierletters: *Robyn.*

'Het is J.J.,' zegt Bandjies. En dan geeft hij weer over.

***

Cupido vertelt alles wat hij weet over het dossier. Hij verdeelt het werk onder de rechercheurs. Frank Fillander en Mooiwillem Liebenberg – de man die vanwege zijn aantrekkingskracht op vrouwen bekendstaat als het massaverleidingswapen van de Valken – vraagt hij om te proberen de buitenlandse passagiers te pakken te krijgen. 'Er zaten vijfenzestig passagiers in de trein. Johnsons Nederlandse werkgeefster is al gecoverd, en Benna en ik doen de zeven inboorlingen. Dan hebben jullie er nog zevenenvijftig over. Mail ze of bel op, wat je maar wilt. We willen weten of ze Johnson hebben gezien, of gekend. We willen weten of ze iets is opgevallen, gewoon of ongewoon. Dus eigenlijk een ouderwets vistochtje.'

Dan vraagt hij Vusi Ndabeni om aan sergeant Aubrey Verwey van Beaufort-Wes te gaan vragen waar de kapotte telefoon van Johnson op dat ogenblik is, zodat ze het IMC kunnen vragen of die hem weer aan de praat kunnen krijgen om alle informatie te analyseren. Misschien een foto, misschien WhatsApp-berichten. Wat dan ook.

En dan verdiept hij zich in de Zuid-Afrikaanse passagiers.

***

Professor Phil Pagel laat Griessel weten dat hij over drie uur klaar zou moeten zijn met de voorlopige lijkschouwing, en dat Bennie er echt niet bij hoeft te zijn, want 'dit is een onprettige'.

Pagel weet van Griessels posttraumatische stress omdat hij de professor heeft gevraagd wat die ervan vond toen de psychologe het destijds bij hem had vastgesteld. Daarom bespaart Pagel hem nu de blootstelling aan het verminkte lichaam.

Griessel wil niet in het mortuarium wachten. Hij gaat het hek aan de Durhamstraat uit en loopt naar de Albertstraat. Hij houdt van dit deel van Soutrivier en Woodstock, want het doet hem denken aan de chaos van Parow in zijn jeugd – de energie, de mengelmoes van culturen, al die verschillende oude en nieuwe bedrijfjes die schouder aan schouder staan, armoede en ontwikkeling naast elkaar. Hier is nog een stukje van de oude Kaap dat voortleeft, denkt hij, maar niet zo lang meer. Woodstock verandert nu snel, de huisjes zijn gekocht en opgeknapt door jonge mensen die in de stad werken en geen zin meer hebben in de nachtmerrie van het verkeer van en naar de voorsteden.

Alles verandert. Onophoudelijk.

Hij beseft dat het al bijna twaalf uur is. Hij loopt de Old Biscuit Mill binnen. De eetgelegenheden daar zien er wel duur uit. Hij gaat zitten bij Redemption Burgers en bestelt een Straight Ace en een Coke Zero. Hij haalt zijn opschrijfboekje tevoorschijn en bekijkt zijn aantekeningen. Hij moet met Pretoria bellen, maar zijn hoofd staat er nu niet naar. Dat hele gedoe van Alexa om haar hand vragen spookt door zijn hoofd: waarom heeft hij haar gisteravond niet verteld van het diner in restaurant Overture?

Omdat hij niet weet hoe hij haar moet vragen of ze met hem wil trouwen, dat is het probleem.

Want als hij haar meevraagt en ze gaan en ze komen daar aan en ze eten hun top-tien-van-het-land-eten en drinken hun top-tien-van-het-land-bubbelwater en ze praten... Wanneer moet hij haar dan vragen – aan het begin, tijdens, of aan het eind van het diner?

En hoe? Want het moet romantisch zijn. Om na te vertellen. Het is het verhaal dat hen als stel zal volgen. Het is het verhaal dat ze aan haar vriendinnen zal vertellen, of aan *Huisgenoot* als het tijdschrift haar weer eens interviewt.

Hoe geeft hij haar de ring?

Je hebt de methode die je altijd in films ziet, de ring in het glas champagne. Maar ze zijn allebei alcoholist. Zo kan hij de ring niet laten serveren. En bovendien heeft hij weleens gehoord van een vrouw die de champagne met ring en al heeft opgedronken. En toen moesten ze twee dagen wachten voordat ze zich konden verloven, met de wetenschap van de onromantische reis die de ring had gemaakt.

En je doet toch geen ring in een glas mineraalwater, hoe top-tien-van-het-land de vloeistof ook is.

Hij zal de ring gewoon in zijn zak houden. Hij zal hem na het voorgerecht uit de zak van zijn jasje halen en het doosje opendoen zodat de diamant in het licht kan flonkeren. Niet dat er vreselijk geflonkerd zal worden, want de diamant is niet zo groot.

Hij zal hem voor haar op tafel leggen en haar dan vragen. Of haar misschien eerst vragen en dan de ring tevoorschijn halen? En als ze geen voorgerecht wil bestellen?

Misschien weet Vaughn hoe je zoiets doet. Maar dat betekent dat hij echt niet moet vergeten de ring mee te nemen. Dat betekent dat hij moet nadenken over zijn toespraakje, want je kunt niet gewoon zeggen: 'Alexa, hier is een ring, trouw met me.'

Hij is niet goed in toespraken.

Het is een grote stap. En ingewikkeld.

***

Hij eet met smaak, want het is een lekkere burger. Hij betaalt en loopt naar buiten, en als hij buiten staat, zoekt hij het nummer op van de VIP Beveiligingsdienst in Pretoria. Hij belt en vraagt of hij sergeant

Kagiso Dimba kan spreken, de man die als laatste door Johnson Johnson is gebeld.

Een agente zegt tegen hem dat Dimba dienst heeft en niet beschikbaar is. Ze zal een boodschap voor hem achterlaten.

Hij loopt terug naar het mortuarium en gaat in de wachtkamer zitten.

Eindelijk komt een assistent hem halen en neemt hem mee naar de obductiekamer waar Phil Pagel met een elektrisch zaagje bezig is onzegbare dingen met de schedel van Johnson Johnson te doen. Het geluid is hoog en irritant, als van een reuzeninsect.

Pagel is de slimste man die Griessel kent, buiten de obductiekamer altijd flamboyant gekleed, zongebruind en fit voor zijn meer dan zestig jaar, met zijn lange, aristocratische gezicht. Maar nu staat Pagel in een witte pathologiejas, een grote plastic beschermbril voor zijn gezicht, handschoenen aan, alles bespikkeld met donker bloed en weefselsplinters, gebukt over de roestvrijstalen tafel waarop het lichaam van Johnson Johnson ligt.

Griessel heeft altijd het meeste last van de geur.

Pagel legt het instrument neer en opeens is het stil.

'Nikita, je ziet er goed uit.'

'Goeiemorgen, prof. Dank je wel, prof.'

'Afgevallen?'

'Een beetje, prof. Ik fiets.'

'Uitstekend. En ik hoor dat de drooglegging nog steeds volledig van kracht is,' zegt Pagel terwijl hij een tangetje pakt en ermee achter in Johnsons hoofd rommelt.

'Ik hou vol, prof, ik hou vol.' Het is een kleine gemeenschap, misdaadbestrijding. Verhalen gaan snel rond.

'Opmerkelijk, Nikita. Respect.'

En dan, met een laatste theatrale ruk van de tang en een kort, nat geluid, trekt Pagel iets uit de schedel, houdt het tegen het licht en bekijkt het: 'Hier is je doodsoorzaak, Nikita.'

Het is glanzend metaal, in de vorm van een afgebroken lemmet, zo'n zes centimeter lang, met een inscriptie. 'Okapi,' leest Pagel voor. '*Made in South Africa*.'

Griessel komt dichterbij. Hij kijkt niet naar het lijk maar concentreert zich op het lemmet. 'De Saturday Night Special,' zegt hij, want zo staat het Okapi-mes bekend.

‘Inderdaad,’ zegt Pagel. ‘Vlak onder het occipitale bot erin gestoken. Dringt door het cerebellum tot in de hersenstam. Onmiddellijke dood. Nikita, het zou me erg verbazen als er een noemenswaardige bloeding op de plaats delict is geweest. De hoek van de steekactie is van achteronder. Met veel kracht, want het is niet makkelijk om daar een mes in te krijgen. Vooral die Okapi niet; die is gemaakt om mee te snijden, niet om mee te steken. Als ik tien rand had gekregen voor elke afgebroken Okapi, je krijgt hem er niet makkelijk uit... Die forse frontale schade aan de schedel is dus naar alle waarschijnlijkheid post mortem.’

‘Hij heeft een ijzeren paal geraakt toen ze hem uit de trein gooiden, prof.’

‘Hij was toen al dood, Nikita.’

‘Verdedigingswonden, prof?’

‘Voor zover ik kon zien niet, maar ik ga nu grondiger kijken. Ons probleem is dat het lichaam post mortem blootgesteld is geweest aan de Karoo. Vogels, insecten en, vermoed ik, een paar jakhalzen. Ik bespaar je de details voor het officiële rapport...’ Pagel doet het Okapi-lemmet in een plastic bewijszakje en geeft het aan Griessel.

Bennie kijkt ernaar en zucht.

‘Niet wat je verwacht had?’

‘Dit is een probleem, prof.’ Want de Okapi is het favoriete geheime wapen van de townshipbendes en de georganiseerde misdaad op de Kaapse Vlakte.

Dit geeft de zaak een nieuwe dimensie, eentje die er helemaal niet bij past.

22

Terwijl de professor verdergaat met zijn onderzoek vult Griessel het bewijsformulier voor het Okapi-lemmet in zodat Phil Pagel het kan tekenen.

In een opwelling, en omdat de patholoog een wijs man is met wie hij al veel persoonlijke dingen heeft gedeeld, zegt hij: 'Prof, ik heb raad nodig...'

'Natuurlijk, Nikita.'

'Prof, stel dat je de vrouw van je leven ten huwelijk wilt vragen...'

'Hypothetisch, natuurlijk,' zegt Pagel met een glimlach.

'Ja, prof. En stel dat je haar meeneemt naar een chic restaurant, op zondagavond. In welke fase van die avond vraag je haar dan, prof? Het punt is dat de kans bestaat dat ze nee zegt, prof. Die kans is er altijd, en als je het te vroeg vraagt, is de hele avond naar de knoppen, en als je het te laat vraagt, is het misschien niet meer zo enorm romantisch...'

Pagel knikt terwijl zijn handen met het verbrijzelde hoofd bezig zijn. 'Interessant theoretisch dilemma, Nikita. Zeer interessant...'

Hij kijkt Bennie aan en zegt: 'Dit is mijn theorie, voor zover die ertoe doet. En je moet ook begrijpen dat ik dit maar één keer in mijn leven heb gedaan. Daarom moet ik het op een breder filosofisch principe stoelen. Vraag haar tijdens het menuet.'

'Prof?'

'Een diner, Nikita, is zoals zoveel dingen in het leven als een symfonie. Je wilt niet iets groots doen in het allegro, dat is te vroeg. De tweede beweging, het adagio, is te ernstig. Het laatste deel, het rondo, is te laat. Dus vraag je haar tijdens het menuet. Dat is licht, dat is fijn, dat is vrolijk.'

'Prof, ik heb geen idee wat dat betekent.'

Pagel zucht. 'Vergeef me, Nikita, ik laat me soms een beetje meeslepen. Ik zal proberen het in een praktisch verband te brengen – ik zou zeggen dat het juiste moment om haar te vragen vlak na het hoofdgerecht is.'

***

Griessel rijdt naar Plattekloof, naar het forensisch laboratorium van de SAPD. Het regent zachtjes. Tegenwoordig regent het in de Kaap altijd zo. Zachtjes. Hij herinnert zich de winters toen hij op school zat, koufronten die zich twee weken lang over het schiereiland bewogen, aanhoudende regen en storm tot je doodziek werd van het grijs en de nattigheid en de kou. Maar zo is het niet meer.

Alles verandert.

Hij ook. Langzaam maar zeker.

Hij wordt geacht nu in het menuet van zijn leven te zitten, maar hij sukkelt nog altijd rond in het adagio.

Zijn telefoon gaat als hij op de Plattekloofweg rijdt. Hij ziet dat het Mbali Kaleni is. Hij zet zijn auto aan de kant, want ze is heel streng over mobiel telefoneren achter het stuur. Ze vraagt altijd meteen: 'Bel je handsfree?'

'Kolonel?'

'Bennie, ik werd net gebeld door het hoofd van de VIP Beveiligingsdienst in Pretoria,' zegt ze. 'De generaal beweert dat jullie iemand uit zijn team lastigvallen. Ik zei dat ik niet geloofde dat dat waar zou kunnen zijn.'

Hij legt uit wat er gebeurd is.

Ze klakt geïrriteerd met haar tong, zoals ze wel vaker doet. 'Die mensen denken dat ze goden zijn omdat ze de maximumsnelheid overtreden met ministers in zwaailichtkonvooien. Laat het maar aan mij over.'

Ze hangt op.

Eigenaardig, denkt hij. Heel eigenaardig. Dit is een moordzaak. Het slachtoffer is een voormalig lid van de VIP Beveiligingsdienst. Je zou verwachten dat ze meelevend en behulpzaam zijn. En nu dit.

Maar het is daar een andere wereld, hij heeft wel gehoord dat die dienst tegenwoordig een koninkrijkje op zich is. Hij moet maar afwachten en zien wat Kaleni voor elkaar kan krijgen.

***

Even voor drieën gaat de telefoon van Vaughn Cupido, het is Brenda Strydom van Rovos.

'Kapitein, het spijt me verschrikkelijk,' zegt ze, 'maar de handtekening van de politieagent die heeft getekend voor de bagage van meneer Johnson is onleesbaar. Ik vraag oprecht excuus. Ons personeelslid in Pretoria zegt dat de man in uniform was, hij had sterren of zo op zijn schouders en heeft haar zijn ID laten zien. Hij zei dat hij van het politiebureau van Pretoria-Centraal was. Ik zit hier nu met een scan van het formulier, en we denken dat het Sikhakha of Siknakna of Sukhahha of Sikhakhane kan zijn, maar we kunnen het echt niet met zekerheid zeggen.'

'Kun je de namen even spellen, alsjeblieft?'

Dat doet ze. Cupido maakt aantekeningen en zegt dan: 'Geen probleem. Is er een datum waarop de bagage is opgehaald?'

'Woensdag 16 augustus. Het was tegen een uur of vier.'

'Oké. Top. Dank je.'

Hij zoekt het nummer op en belt het bureau van Pretoria-Centraal. Hij vraagt naar de bureauchef. Hij vraagt aan de kolonel of die ervan op de hoogte is dat een paar van zijn mensen Johnson Johnsons bagage zijn gaan ophalen bij Rovos.

'Wie?'

Cupido legt het uit.

'Nooit van die man gehoord, kapitein.'

'Hebben jullie een agent die Sikhakha, of Siknakna, of Sukhahha of Sikhakhane heet. Of iets wat erop lijkt?'

De kolonel denkt na en zegt dan: 'Nee, allemaal niet.'

Cupido bedankt hem en dan belt hij met tegenzin sergeant Aubrey Verwey in Beaufort-Wes.

'Rechercheur-sergeant Verwey.'

'Aubrey, met Vaughn Cupido van de Valken. Ik wil alleen maar weten met wie je hebt geregeld Johnsons bagage op het station van Pretoria op te laten halen?'

De stilte die volgt geeft Cupido zijn antwoord al.

Verwey zegt: 'Ik weet helemaal niets van zijn bagage.'

'Bedankt,' zegt Cupido en hij hangt op. Waardeloze *maaifoedie*, denkt hij.

Dan kijkt hij naar zijn aantekeningen, en hij kijkt naar het whiteboard aan de muur, en hij ziet dat de bagage is afgehaald een paar uur nadat bekendgemaakt werd dat het lichaam van Johnson Johnson langs de spoorlijn bij Drie Susters gevonden was.

***

Het forensisch laboratorium van de Zuid-Afrikaanse Polisie Diens in de Kaap staat aan de Silwerboomlaan in Plattekloof. Het is een groot, indrukwekkend gebouw, in de vorm van een gigantische hoofdletter C, vier verdiepingen hoog. Van daaruit lopen vijf dikke armen die respectievelijk de afdelingen Ballistiek, DNS-analyse, Wetenschappelijke Analyse, Documentenanalyse en Chemische Analyse huisvesten.

Griessel gaat op zoek naar twee specifieke leden van de elite Provinsiale Misdaadtoneel-ondersoekeenheid, met wie de Valken meestal samenwerken.

Ze zien hem aankomen. Arnold, de kleine dikke, en Jimmy, de lange magere. Samen staan ze bekend als Dik en Dun, vanwege de mop met de baard die ze vaak zelf vertellen: de PCSI staat je bij door Dik en Dun. Ze vinden zichzelf reuze grappig. De Valken tolereren hun humor meestal, want Dik en Dun zijn heel goed in hun werk.

'Hé, Bennie,' zegt Jimmy.

'Je bent nu zo mager, je bent bijna onzichtbaar, een mens zou nog over je struikelen,' zegt dikke Arnold.

'Daar komt natuurlijk het spreekwoord vandaan,' zegt Jimmy. 'Met Valken en opstaan.'

'Goeie,' zegt Jimmy, 'hè-hè-hè.'

'Ja, ja,' zegt Griessel.

'Over vogels gesproken... Welke vogel kan het grootste gewicht tillen?' vraagt Jimmy.

'Ik weet het niet.'

'De kraan.'

'Goeie, goeie,' zegt Arnold. 'Bennie, welke meeuw kan de Valken een schop onder hun kont geven?'

'Ik weet het niet.'

'Steven Seagull.'

Jimmy schatert van het lachen.

'Wie?'

Arnold is beledigd omdat zijn grap in het water is gevallen: 'Jij weet niet wie Steven Seagal is?'

'Nee.'

'Dat is het probleem met de Valken. Ze weten niks. Bij jullie vergeleken zijn wij wijze uilen.'

'En jullie uilskuikens,' zegt Jimmy.

Ze lachen weer. Griessel grinnikt.

'Zijn jullie klaar?'

'We hebben gehoord dat je wilt trouwen, Bennie,' zegt Arnold.

Verhalen verspreiden zich als een lopend vuurtje, en met deze twee gaat dat nog sneller. Hij reageert niet.

'Hier is een goeie: ken je die van de masochist en de sadist die gingen trouwen?'

'Nee.'

'Dat meisje is een sadist. Ze ontmoet een man in een kroeg. Hij is een masochist. En ze zitten lekker te babbelen en ontdekken die dingen van elkaar. En ze worden verliefd, en ze denken dat ze het perfecte stel zijn. Ik bedoel, hoe kan het ook anders? Maar ze besluiten, geen *hanky-panky* voordat ze gaan trouwen. Ze willen zichzelf sparen voor de opwindende huwelijksreis, oké?'

'Oké,' zegt Griessel. Wat kan hij anders zeggen?

'Dus, die eerste avond komt die man bloot uit de badkamer en het meisje zit zo op een stoel in haar sexy ondergoed, en hij denkt, het is zover, nu ga je het hebben. En hij laat zich op het bed vallen en hij zegt: "Doe me pijn, doe me pijn." En zij glimlacht alleen maar en zegt: "Doe ik niet, doe ik niet."'

Jimmy en Arnold lachen alsof het de eerste keer is dat ze de grap horen. Griessel lacht mee.

En dan vraagt Arnold: 'Wat kunnen we voor je doen?'

Griessel geeft ze het Okapi-lemmet. Hij legt uit waar het vandaan komt en zegt dat ze het op alles moeten testen, maar hij hoopt vooral op vingerafdrukken.

Ze maken de gewone protesten van hoe moeilijk het is om een oppervlak te onderzoeken dat aan die situatie onderworpen is geweest.

'En jullie nieuwe apparatuur dan?' vraagt hij. Want ze hebben enorm lopen opscheppen toen de elektrochrome en fluorescentietechnologie werd geïnstalleerd. Daarmee kunnen op het oog onzichtbare vingerafdrukken op metalen oppervlakken worden opgespoord en gefotografeerd.

'We kunnen niks beloven,' zegt Arnold.

'We verrichten onze wonderen alleen op vrijdag,' zegt Jimmy.

'Als het regent,' zegt Arnold.

'Wat niet meer zo vaak gebeurt...'

Griessel weet hoe ze werken. Ze temperen verwachtingen, zodat ze flink kunnen opscheppen als ze een doorbraak maken. Hij laat ze de nodige formulieren ondertekenen om er zeker van te zijn dat de overhandiging van de bewijsstukken gedocumenteerd is, en gaat er dan vandoor voordat ze messengrappen gaan vertellen.

23

Hij treft Cupido in zijn kantoor, achter zijn computer. Griessel gaat tegenover zijn collega zitten en zegt: 'Johnson Johnson is met een Okapi achter in zijn nek gestoken voordat hij uit de trein is gegooid. Dat is de doodsoorzaak.'

'Saturday Night Special?' zegt hij ongelovig.

'Yep.'

'Shit, Benna.'

'Dat dacht ik nou ook.'

Cupido kijkt op. 'Hier is echt iets weirds aan de hand, pappie. Iets heel weirds. Om te beginnen heeft een politieman Johnsons bagage bij Rovos in Pretoria opgehaald, een paar uur nadat het systeem had gehoord dat hij dood was. En nu is die man *missing in action*. Alsof hij nooit heeft bestaan.'

'Ik heb zelf een...'

'Maar wacht, er is nog meer: de Bloem heeft ons de cavalerie gestuurd. Ome Frankie, Vusi en Mooiwillem. Die proberen nu in contact te komen met alle buitenlanders, dus ben ik begonnen met de Zuid-Afrikaanse passagiers. En nu komt het: het eerste wat ik dacht was, ik haal ze door de database om te kijken of ze een strafblad hebben. En kijk aan, vijf van hen zijn schoon. En de andere twee, *wait for it*, dat zijn spoken, pappie. Valse identiteit. Fantomen, missing in action, alsof ze nooit hebben bestaan.'

'Hoe weet je dat?'

Cupido trekt het dossier dat Brenda Strydom hun heeft gegeven naar zich toe en haalt er twee registratieformulieren uit. 'Oké, check deze maar. We hebben mister Terrence Faku, en mister Oliver Green. Ieder in zijn eigen Pullman-coupé. Allebei hier uit de Kaap, Faku uit Kensington, Green uit Newlands. Respectievelijk tweeënzeventig en eenenzeventig, moedertaal respectievelijk Xhosa en Engels, oké?'

Griessel bekijkt de twee formulieren. 'Oké,' zegt hij.

'Oké,' zegt Cupido. 'En nu ons probleempje, Benna. Die paspoortnummers bestaan allebei niet. Ze zijn niet fout, ze bestaan gewoon niet. Ze lijken te kloppen, want ze hebben het juiste aantal cijfers. Maar het systeem zegt "niet gevonden". Die nummers bestaan niet. Dus toen dacht ik, het systeem is het systeem, nooit perfect, laat ik de adressen checken. Die adressen zijn niet te vinden. Die straten bestaan niet, Benna. Spoken, missing in action, nooit bestaan. Twee ouwe knarren, zeventig plus. Faku en Green. Fake. Maar waarom, Benna, zou je een fake ID en een fake adres opgeven voor een reisje met een Rovos-trein? Waarom?'

Griessel schudt alleen maar zijn hoofd. Dan zegt hij: 'Die sergeant bij de VIP Beveiligingsdienst, die ene die Johnson het laatst heeft gebeld... Die heeft nog steeds niet teruggebeld, maar zijn chef heeft Kaleni gebeld en gezegd dat we hem niet moeten lastigvallen.'

'Niet lastigvallen?'

'Dat is wat ze zegt.'

'Jissis,' zegt Vaughn Cupido.

***

Ze zitten te praten over de ongerijmdheid van een Okapi-mes in een Rovos-trein als kolonel Mbali Kaleni binnenkomt en met enorme walging in haar stem zegt: 'Ik kom jullie vertellen dat ik sergeant Kagiso Dimba's *commanding officer* bij de VIP Beveiligingsdienst heb gesproken. En deze keer heeft hij beloofd dat de man jullie zal bellen. Het is een stel arrogante idioten.'

'Dank je, kolonel,' zegt Griessel. Dan gaat zijn mobiel en hij herkent het nummer.

Hij neemt op.

'Met Dimba van de VIP Beveiligingsdienst in Pretoria. Waarom zijn jullie naar me op zoek?' De stem klinkt geïrriteerd en brutaal.

Griessel windt zich op. 'Omdat jij de laatste bent die is gebeld door sergeant Johnson Johnson. En hij is vermoord, en ik heb de zaak in onderzoek. Denk je dat dat voldoende reden is om naar je op zoek te zijn?'

Hij hoort hoe Kaleni geërgerd met haar tong klakt.

Dimba zwijgt even. 'Ja.'

'Dank je wel,' zegt Griessel. 'Volgens onze gegevens heeft hij je zaterdagavond 5 augustus gebeld, om 21.07 uur.'

'Ja.'

'En het gesprek duurde een minuut en drieëntwintig seconden.'

'Dat weet ik niet.'

'Waarom belde hij je?'

'We hebben vroeger samengewerkt. Hij belde om hallo te zeggen.'

'Een minuut en drieëntwintig seconden lang?'

'Wou je zeggen dat ik lieg?' vraagt Dimba agressief.

'Ik zeg niets, ik vraag iets. Hij belde alleen maar om drieëntachtig seconden lang hallo te zeggen?'

'Ik had het druk, ik kon niet met hem praten.'

'Wat was je aan het doen?'

'Ik zei dat ik het druk had.'

'Ik hoorde dat je het druk had. Waar had je het druk mee?'

Een zucht. 'Ik was met mensen. We waren aan het praten. Er was lawaai. Ik zei dat ik hem terug zou bellen.'

'Heb je dat gedaan?'

'Ja. Maar hij nam niet op.'

'Kun je me precies vertellen wat hij zei?'

Nog een zucht, langer, dieper, geïrriteerder. 'Hij zei hallo en hoe gaat het. Hij zei dat hij de dienst miste, en hij vroeg naar onze andere vrienden.'

'Dat is alles?'

'Ja. Ik zei dat het niet goed uitkwam en dat ik hem terug zou bellen.'

'Zei hij niet dat hij in een trein zat?'

'Nee.'

'Hij zei niet dat hij iemand in de trein had gezien die hij kende?'

'Ik heb al verteld wat hij zei.'

'Hoe vaak belde hij je?'

'Die avond?'

'Nee, over het algemeen. Belde hij één keer per week? Eén keer per maand?'

Weer een aarzeling. 'Misschien één keer per maand.' En dan voegt hij er snel aan toe: 'Misschien minder.'

'Om hallo te zeggen?'

'Ja.'

'Belde jij hem ook? Af en toe?'

'Niet echt...'

'Dank je wel, sergeant Dimba. Dat is voorlopig alles.'

Dimba hangt op zonder nog een woord te zeggen.

Griessel kijkt naar Cupido en dan naar Kaleni. 'Dat was vreemd,' zegt hij. 'Hij liegt dat het gedrukt staat.'

'Kolonel,' zegt Vaughn Cupido, 'dit docket is weirder dan een wrattenzwijn op een draaimolen, ik zweer het.'

***

Het hoofdkwartier van de Valken in de Markstraat in Bellville is een groot gebouw. Het is oorspronkelijk ontworpen en gebouwd voor de Zuid-Afrikaanse Belastingdienst, maar de planning was niet handig: de belastingdienst was er al snel uit gegroeid en heeft twee straten verderop, in de Teddingtonstraat, een nieuwere, grotere thuisbasis gevonden. Toen is het Direktoraat vir Prioriteits-Misdaadondersoeke erin getrokken. Het DPMO heeft het gebouw nooit helemaal kunnen vullen. En de laatste paar jaar is het aantal personeelsleden langzaam gekrompen, en heeft het gebouw met zijn brede gangen en talloze kantoren een spookachtige sfeer gekregen, versterkt door het bedroevende onvermogen van Openbare Werken om het te onderhouden.

Na vijven, wanneer de andere eenheden van de Valken geleidelijk naar huis gaan, is het er soms onheilspellend stil. Dat is de reden waarom de stem van kolonel Mbali Kaleni zo luid en duidelijk door de gang klinkt als ze Frankie Fillander en zijn team roept om te komen vergaderen.

De voeten van Fillander, Liebenberg en Ndabeni galmen op de tegelvloer en ze komen in Cupido's kantoor tot stilstand. Griessel en Kaleni zitten tegenover Cupido.

'Vertel ze maar wat we weten, alsjeblieft,' zegt Kaleni.

Griessel en Cupido brengen ze om beurten op de hoogte van de nieuwste ontwikkelingen.

'Er zijn hier twee belangrijke kwesties,' zegt Mbali Kaleni. 'De eerste is: waarom belde Johnson Johnson een vroegere collega bij de VIP Beveiligingsdienst? Van alle mensen in de hele wereld, op dat moment, even na negenen op een zaterdagavond, vanuit een trein. En waarom liegt Dimba? En waarom protesteert hij dat hij lastiggevallen wordt als we bellen over een moordonderzoek?'

'Omdat ze een stel...' en Cupido houdt zich in, want kolonel Kaleni duldt geen grove taal, '... idioten zijn.'

'Ja,' zegt Mbali Kaleni. 'Maar het is altijd een ander soort idioten geweest. Dit is nieuw.'

Dat kunnen ze niet ontkennen.

'En dan,' gaat ze verder, 'is er de kwestie van de Okapi. We weten dat het een bendewapen is in de townships. Wat is het verband met Johnson? Of met Dimba en de VIP Beveiligingsdienst?'

'Hij herkende die avond iemand, kolonel,' zegt Griessel. 'Iemand die Dimba ook kende. Misschien een ober of een kok of zo. We moeten al het treinpersoneel onder de loep nemen. Rovos heeft misschien een strafblad over het hoofd gezien...'

'Misschien dealden Johnson en Dimba een beetje, wat coke of wiet als extraatje voor de vip-politici die ze beveiligden. Misschien werden ze bevoorraad door een townshipbende. Daar zitten er veel van in Gauteng,' zegt Cupido.

'We moeten Johnsons bankafschriften hebben, tot een hele tijd terug...' zegt Frankie Fillander.

'We moeten Dimba's telefoongeschiedenis hebben,' zegt Vusi Ndabeni.

'We moeten proberen die twee ouwe knarren te identificeren,' zegt Cupido.

'Dat is nog het raarste van alles. Twee oude mannen. Dat klopt gewoon niet,' zegt Kaleni.

'Misschien wilden ze gewoon even weg bij hun vrouw,' zegt Fillander. 'Misschien hebben ze er niets mee te maken.'

'Ze hebben ermee te maken,' zegt Cupido. 'Ik voel het aan mijn water.'

'Maar het zijn spoken,' zegt Kaleni.

'Foto's,' zegt Mooiwillem Liebenberg en iedereen kijkt naar hem.

'Wat doe je als je als toerist in de meest luxueuze trein van de wereld zit?' vraagt hij. 'Dan wil je aan al je vrienden laten zien dat je er was. Dus je maakt foto's. We moeten al die passagiers bellen en vragen ons hun foto's te sturen. De spoken moeten er toch een keer op staan, al was het maar op de achtergrond.'

'Dat is een briljant idee,' zegt Mbali Kaleni.

'Natuurlijk alleen de foto's waar andere passagiers op staan,' zegt Liebenberg. 'Om de hoeveelheid te beperken.'

'Ja. Hij is meer dan alleen een mooi koppie,' zegt Frankie Fillander.

24

Voetenwerk.

Vroeger, voordat de hele wereldbevolking digitale sporen achterliet met mobiele telefoons, gps en internet, betekende die term dat een rechercheur te voet onderzoek deed voor een zaak. Huis aan huis. Straat in straat uit. Op zoek naar getuigen en aanwijzingen en ontbrekende stukjes van de puzzel van een docket. Het was altijd routinewerk, frustrerend, uitputtend en tijdrovend, maar het was wat je deed als je een naald in een hooiberg zocht.

Daarom noemen de leden van de eenheid voor Ernstige Delicten van de Valken het nog steeds zo, al is het tegenwoordig niet echt letterlijk meer voetenwerk.

Vanaf even na zeven uur 's avonds zitten Griessel en Cupido achter hun computer om te proberen ID-nummers aan strafbladen te koppelen. Voetenwerk van de vingers, moeizaam en mechanisch. De gegevens van ieder individu moeten afzonderlijk worden ingevoerd, dan moet je wachten tot het systeem reageert, en dan voer je de volgende in. De snelheid van het systeem is afhankelijk van de snelheid van de verbinding op de lijn van het DPMO en de druk op de centrale servers. En de zorgvuldigheid van het typewerk van de onderzoekers, die stelselmatig afneemt naarmate de avond vordert.

Ze hebben de gegevens van het treinpersoneel onderling verdeeld. Om kwart over elf zijn ze klaar. Er is niet één positief resultaat. De mensen van Rovos zijn zo schoon als het geweten van een baby.

Moeizaam voetenwerk dat niets heeft opgeleverd.

Dan rijden ze naar huis, moedeloos en moe.

***

In de stad, op de kruising Strandstraat en Buitengracht stopt Griessel voor het verkeerslicht. Dan bedenkt hij iets, slaat linksaf en zet koers naar station Kaapstad. Hij stopt voor de lounge van Rovos. Hij stapt uit, loopt eerst naar het parkeerterrein achter het station en dan naar de Adderleystraat, op zoek naar bewakingscamera's van de gemeente.

Misschien is er beeldmateriaal van de twee zeventigers toen ze op het station aankwamen. De gemeentepolitie, hoe inefficiënt die verder ook is, bewaart die beelden minstens negentig dagen. Als de camera's het allemaal doen.

Hij loopt langzaam door de brede hoofdstraat. Het is bijna middernacht. Hij herinnert zich zijn tijd als jong agentje bij bureau Caledonplein, de keren dat hij nachtdienst had en in de verlaten uren door deze straten liep en in een oude Datsun-boevenwagen reed.

Destijds had hij vaak in deze buurt de sfeer ingeademd; de bries uit de haven vol zee en vis, de berg als een hoekige wachtpost erachter. En de stilte, alsof de Kaap 's nachts op adem komt, op verhaal komt voor het tumult van de volgende dag.

En de wetenschap dat hij in zekere zin medeverantwoordelijk was voor de orde daar.

Mijn god wat was zijn leven in die tijd ongecompliceerd en makkelijk.

Hij steekt een sigaret op, blijft staan en kijkt naar de grote rotonde waar de fontein vroeger, voor de Grote Droogte, zijn pluimen maakte. Nu is het leeg en stil. Vrijwel geen verkeer. Alleen elke paar minuten een minibustaxi die avondwerkers naar huis brengt.

Hij ziet hier geen camera's.

Hij zucht. Alexa slaapt vast al. Hij kan beter naar huis gaan.

***

Alexa is nog wakker. Ze zit in de keuken achter haar MacBook met een beker warme Ovomaltine aan spreadsheets te werken. Dan reddert ze om hem heen, zegt dat hij wel afgepeigerd zal zijn. Ze wil weten of hij ook iets warms wil drinken, of wil hij nog wat eten? Ze heeft soep gemaakt, en vers brood bij de Knead-bakkerij in de Kloofstraat gehaald. Hij zegt, nee dank je, we hebben op kantoor al iets gegeten.

Hij aarzelt, hij wil het haar nu vragen. Zijn hart gaat sneller kloppen. Het moet hem lukken, hij moet nu goed liegen, zijn lichaamstaal onder controle krijgen. Hij moet niet bij haar gaan zitten, dat zou te officieel zijn, te veel van hier-komt-iets-groots.

Ze moet er geen lucht van krijgen.

Hij zegt: 'Dat trein-docket zit ons behoorlijk dwars...'

'Ai,' zegt ze en ze pakt zijn hand. 'Dat kan ik me voorstellen.'

'Maar volgende week zijn we er vast mee klaar. En dan... Vaughn had het over een restaurant in de buurt van Stellenbosch dat jij geweldig zult vinden. Toen vroeg ik me af...'

'Bennie! Dat lijkt me geweldig.'

'Hij heeft gewoon gebeld. Er is plaats, volgende week zondagavond.' Hij houdt zijn stem licht en achteloos, en hij houdt zijn adem in. Zou ze beseffen dat er een addertje onder het gras zit? Want meestal is zij degene die restaurants bedenkt en bespreekt. 'Gewoon om er even uit te zijn...' voegt hij er voor het effect aan toe.

Alexa kijkt hem aan. Heel even denkt hij dat ze het wéét, maar dan klaart haar gezicht op. 'Ach, die Vaughn,' zegt ze, 'wat een schat.'

'Hij is...'

Hij gaat zitten, half teleurgesteld dat Cupido de eer krijgt, half opgelucht dat hij wegkomt met de leugen. En hij bedenkt geamuseerd wat zijn collega van het etiket 'schat' zal zeggen.

'Dank je, mijn lieve topspeurder,' zegt Alexa, 'dat je aan zoiets moois denkt tussen al je werk door. Kom, vertel eens wat over je dag.' Ze klapt de laptop dicht.

***

Hij ligt met zijn armen om haar heen. Ze slaapt altijd zo snel in. Hij luistert naar haar ademhaling en vraagt zich af hoe ze de dag zo makkelijk achter zich kan laten.

Het komt doordat hun werelden zo vreselijk van elkaar verschillen. De hare is gevuld met muziek en cijfers, de zijne met moord.

En op het randje van de slaap weet hij ineens waarom hij eigenlijk zo bang is om haar te vragen met hem te trouwen.

***

Om vijf uur de volgende ochtend pakt hij zijn fiets, de oude zwartwitte Giant die hij bij het pandjeshuis van Mohammed 'Love Lips' Faizal in Goodwood heeft gekocht.

Het is donker en koud. In de winter fietst hij in een joggingbroek, een T-shirt met lange mouwen, een verschoten windjack en fietshandschoenen. Hij houdt niet van die strakke, dure, pretentieuze pakjes die sportwinkels je proberen aan te smeren.

Hij zweet al snel want hij rijdt tegen de steile helling van Kloofnek op. Dan slaat hij linksaf, naar het station van de kabelbaan van de Tafelberg, en volgt de weg helemaal onderlangs de berghelling tot bij het uitkijkpunt waar hij de lichtjes van Parow en Bellville, en het Rhodes-monument beneden hem kan zien.

De hele rit denkt hij aan de ontdekking van gisteravond. Hij wéét waar de bron van zijn angst om te trouwen ligt: hij is bang dat Alexa nee zal zeggen.

Want ondanks haar overweldigende liefde... Stel dat zij banger is dan hij? Ze heeft zoveel geleden in haar eerste huwelijk. Zou ze het een tweede keer aandurven met het – vage maar niet te verwaarlozen – risico dat het opnieuw kan gebeuren? Misschien is de wat informelere verstandhouding waarmee ze nu leven voor haar aanvaardbaarder? *If it ain't broke, don't fix it,* zoals Cupido al zei. Ze kent de gevaren van een huwelijk tussen twee alcoholisten maar al te goed. En dan is er de geldkloof tussen hen. De rijkdom van Alexa is niet van het soort waarmee je een Lamborghini in de garage en een kasteel in Hermanus kunt kopen, maar vergeleken met een armlastige politieman is ze behoorlijk rijk. En ze is een gewiekste zakenvrouw. Ze heeft vast al eens nagedacht over de implicaties van trouwen, hoe dat haar bezit zal beïnvloeden. Hoe kan hij haar duidelijk maken dat hij haar geld niet wil, niet eens een deel ervan? Je kunt toch moeilijk de ring tevoorschijn halen en zeggen: 'Alexa, trouw met me, maar maak je geen zorgen, we kunnen een contract opstellen, want ik zit niet achter je geld aan.'

Hij weet dat ze niet gewoon nee zal zeggen. Ze zal naar de ring kijken, en naar hem, en dan zal haar gezicht langzaam smelten, de tranen zullen over haar wangen rollen, ze zal zijn hand pakken en met vernietigend medelijden zeggen: 'Ach, Bennie, het spijt me zo, maar ik kan het niet...'

Ze zal hem niet vernederen.

Dat is tenminste iets om dankbaar voor te zijn.

Maar dan nog, zal hij het kunnen verdragen als ze nee zegt?

Terwijl het hem zoveel moeite kost om de ring af te betalen?

En wat doe je dan, na het 'nee'?

***

Als hij naar zijn werk rijdt en aan het docket denkt, bekruipt hem het onbestemde gevoel dat ze iets over het hoofd zien.

Hij overdenkt alles weer van voren af aan, zodat hij niet de gebruikelijke frustratie voelt over de werkzaamheden aan de weg en de drukte op de N1 na Panorama.

Is het Robyn Johnson, de ex-vrouw van het slachtoffer, die hem dwarszit?

Nee. Ondanks de misdaadstatistieken die zeggen dat ze haar als een verdachte moeten beschouwen.

De leugenachtige sergeant Dimba?

Dat is niet wat hem ontgaat. Hij weet dat Dimba liegt en ze zullen erachter komen waarom.

De verdwenen laptop? De vermiste bagage? Het Okapi-mes?

Hij geeft de moed op als hij onder in het DPMO-gebouw parkeert. Hij weet dat het onverwacht tevoorschijn zal springen, hij moet gewoon doormodderen.

25

De gang wordt een galerie.

Het IMC drukt de foto's die de treinpassagiers sturen af, in zwart-wit om kosten te besparen. Kapitein Frank Fillander plakt ze allemaal tegen de linkermuur, gezien vanaf Mbali Kaleni's kantoor. Eerst op ooghoogte, maar naarmate de dag vordert en de foto's blijven komen, wordt de hele muur tussen de deuren van de rechercheurs een kroniek van een reis tussen Kaapstad en Johannesburg – ontspannen mensen die vrolijk lachen en praten en eten en drinken en uitkijken over de beeldschone bergen en dalen en vlaktes.

Fillander, Mooiwillem Liebenberg en Vusi Ndabeni proberen iedere reiziger op de foto's te identificeren door de namen met dikke zwarte inkt naast de gezichten te schrijven. Het is een traag, moeizaam proces, want ze moeten weten wie de mail heeft gestuurd, de beschrijving daarin goed bestuderen, en soms is de informatie niet echt duidelijk. De gezichten zijn nog vreemd, de hoek vanwaaruit de foto's genomen zijn, is vaak schuin, de kleren wisselen afhankelijk van de dag waarop ze genomen zijn. Bovendien zijn de passagiers eigenlijk allemaal blank en ouder dan zestig. 'En,' zegt Vaughn Cupido als het drietal hun nood komt klagen, 'zeventig is het nieuwe zestig, dus het helpt niet als je naar twee ouwe knarren zoekt. Misschien zien ze er wel ontzettend fruitig uit. *Just keep going*, collega's. Just keep going.'

***

Griessel en Cupido doen zelf ook voetenwerk: na de ochtendbriefing rijden ze naar de rechtbank om artikel 205-dagvaardingen te halen voor de bankrekening van Johnson en de telefoongeschiedenis van sergeant Kagiso Dimba en Robyn Johnson.

'Heb je haar al gevraagd voor dat fancy etentje, Benna?' wil Cupido weten.

'Jazeker,' zegt Griessel.

'En?'

'Ze gaat mee. En ze ruikt geen onraad. Denk ik.'

'Ik ben trots op je, partner.'

De vraag ligt Griessel zwaar op het hart: 'Wat moet ik doen als ze nee zegt?'

Cupido is even sprakeloos.

'Die mogelijkheid bestaat altijd, Vaughn.'

'Jissis, Benna, daar moet je niet eens rekening mee houden. Anders jinx je het al van tevoren.'

'Natuurlijk moet ik daar rekening mee houden.'

'*Of course* gaat ze ja zeggen. Die vrouw houdt van je, *big time*. Dat heb ik met mijn eigen ogen gezien.'

'Ik weet...'

'Dus ga nou geen kak tegen me praten.'

'Oké.'

Griessel denkt na en zegt dan: 'Ik weet ook niet hoe ik haar moet vragen. Ik bedoel, hoe zeg je dat...?'

'Zo mag ik het horen. Daar kan ik je bij helpen. Je weet dat ik babbel als de beste.'

***

Tegen halfelf overhandigen ze de ondertekende dagvaardingen aan het IMC, en als hij naar buiten loopt en een van de mensen van kapitein Philip van Wyk iets hoort zeggen over de bankgegevens van Johnson, weet Griessel opeens wat hem al de hele ochtend dwarszit.

'Volg het geld,' zegt hij tegen Cupido.

'Hoe bedoel je?'

'Die twee spoken. Faku en Green. Die moeten toch voor de trein betaald hebben?'

'Check.' En dan klaart Cupido's gezicht op. 'Hoe kunnen we dat gemist hebben? We zijn niet in vorm, Benna.'

Griessel denkt dat het komt doordat hij trouwmuizenissen aan zijn hoofd heeft, en Cupido zich zorgen maakt over het zoontje van Desiree Coetzee. Maar hij zegt het niet. Hij belt Brenda Strydom van Rovos voor de betaalgegevens van de twee geheimzinnige passagiers. Ze heeft tien minuten nodig om die te achterhalen. En dan belt ze terug en zegt dat Faku en Green hun rekening van Rovos contant hebben betaald en geeft hem de details. Griessel verbergt zijn teleurstelling en vraagt om de contactgegevens van de hostess van Faku en Green op de trein.

'Ze hebben contant betaald,' zegt hij tegen Cupido.

'Wanneer?'

'Op 19 mei. Bij de kassa van een filiaal van de First National Bank in Table View.'

'Verdomme.'

Teleurstellend, want alle filialen hebben bewakingscamera's die klanten vastleggen als ze binnenkomen en weggaan, en transacties bij kassa's doen. Maar het beeldmateriaal wordt meestal maar dertig of veertig dagen bewaard. Soms, bij een aantal banken, tot zestig dagen. 19 mei is te lang geleden.

Ze gaan bij de telefoon zitten om de treinhostess van de spoken te bellen, maar Joanie Delports telefoon gaat lang over voordat hij op voicemail springt. Ze spreken een boodschap in en lopen dan teleurgesteld de gang in om te kijken hoe de fotogalerie van Fillander zich steeds verder uitbreidt.

***

De enige doorbraak die dag komt als Philip van Wyk even na drieën Cupido en Griessel roept.

Van Wyk neemt ze mee naar het grote kantoor van het IMC, waar de verwerking van de telefoongeschiedenis van sergeant Kagiso Dimba van de VIP Beveiligingsdienst met een videoprojector op een groot scherm staat geprojecteerd.

'Het eerste waar we naar gekeken hebben is de avond van 5 augustus, de avond van de moord,' zegt Van Wyk. 'Het telefoontje van Johnson Johnson naar Dimba was om 21.07 uur. Het duurde drieëntachtig seconden. Het gesprek werd dus beëindigd om 21.08 uur en nog wat. Zoals jullie daar kunnen zien, heeft Dimba eigenlijk onmiddellijk Johnson teruggebeld, om 21.09 uur. En daarna nog zes keer, met dertig en vijfenveertig seconden tussenpauze. Johnson nam niet op.'

'Interessant,' zegt Griessel.

'Hoezo?' vraagt Cupido.

'Dimba zei dat hij had teruggebeld. Hij moet geweten hebben dat we dat in zijn telefoongeschiedenis kunnen zien, maar hij heeft heel erg zijn best gedaan de indruk te wekken dat hij niet zat te springen om terug te bellen.'

'Maar dat deed hij wél.'

'Dat is nog niet alles,' zegt Van Wyk. 'Dimba heeft nog een zevende telefoontje gepleegd. Direct na de laatste poging om Johnson terug te bellen. Om 21.15 uur, naar dat nummer.' Van Wyk wijst met een laser naar het scherm. 'Dat is het nummer van de chef van de VIP Beveiligingsdienst, kolonel Lucas Gwala. Dat gesprek duurde negen minuten en zestien seconden.'

'*Aitsa*,' zegt Cupido.

'We hebben ook gekeken naar de locatie van Dimba's mobiele telefoon die avond. Toen Johnson hem belde had hij verbinding via telefoonmast 357801 in Sunnyside in Pretoria. Dat is vlak bij het politiebureau Sunnyside, maar het betekent niet per se dat hij op het bureau was. Vlak daarna is hij in beweging gekomen. Om 21.21 uur heeft mast 355301 in de Parkstraat hem opgepikt, en om 21.29 uur kreeg hij verbinding met mast 354941 bij het Uniegebouw.'

'Daar zit de VIP Beveiligingsdienst,' zegt Cupido.

'Hij is bijna anderhalf uur op dezelfde plek gebleven, in het Uniegebouw,' zegt Van Wyk.

'Oké,' zegt Griessel terwijl hij aantekeningen maakt. 'Dus Dimba heeft met Johnson gepraat, en direct daarna zes keer teruggebeld. En toen hij geen gehoor kreeg, heeft hij zijn baas gebeld, en is snel naar zijn eenheid in het Uniegebouw gereden en is daar langer dan een uur gebleven.'

'Dat klopt.'

'Daar zit een luchtje aan,' zegt Cupido.

'Het stinkt nog erger dan je denkt,' zegt Van Wyk. 'Hier zijn nog een paar interessante dingen die het zoeken in de database ons heeft opgeleverd. Nummer een: we hebben zes maanden telefoongeschiedenis van Johnson én Dimba. In die tijd hebben ze elkaar niet één keer gesproken. Ik denk dat we ervan uit kunnen gaan dat ze geen boezemvrienden waren.'

'Johnson belde niet om "hallo" te zeggen,' zegt Griessel.

'*Damn straight*,' zegt Cupido.

'Wat ook stinkt als een bok,' zegt kapitein Philip van Wyk, 'is dat de rechercheur van Beaufort-Wes niet de eerste was die de telefoongeschiedenis van Johnson Johnson heeft opgevraagd.'

'Hè?'

'Wij gebruiken meestal dezelfde mensen bij Vodacom als we een 205-dagvaarding uitvoeren. Je weet hoe het is, je leert ze kennen, je babbelt wat, je bouwt een relatie op... Toen mijn sergeant vanochtend met hen praatte, zei die man dat hij nog nooit heeft meegemaakt dat een zaak vanaf drie plekken tegelijk wordt onderzocht, het moest wel iets belangrijks zijn. Toen vroeg de sergeant: "Hoe bedoel je, drie plekken?" En die vent zei: "Pretoria, Beaufort-Wes en wij." En de sergeant vroeg toen wie de onderzoeker in Pretoria was, want daar weten wij niets van. En dit is het interessante: op zondag 6 augustus heeft kolonel Lucas Gwala, bevelvoerder van de VIP Beveiligingsdienst, een 205 gekregen om de geschiedenis van Johnson te kunnen inzien. Nog vóórdat het lijk in de Karoo werd gevonden. Nog voordat iemand wist dat Johnson was vermoord. Een dag nadat hij uit de trein is gegooid.'

'Krijg nou tandjes,' zegt Vaughn Cupido.

'Dat is dezelfde vent die Mbali heeft gebeld om te zeggen dat we Dimba niet lastig moesten vallen,' zegt Griessel.

'Stinkt dat of stinkt dat niet?' vraagt Philip van Wyk.

'Ik ruik de gore geur van *poepelegeintjes*,' zegt Cupido. 'Stiekeme streken.'

Op dat moment belt Joanie Delport terug.

26

Er klinkt onverbloemd ongeloof en een tikje verontwaardiging in Joanie Delports stem tijdens het telefonische vraaggesprek. Ze is niet geïntimideerd door de rechercheurs en reageert een beetje uit de hoogte. Alsof zij niet de scherpste politiepotloden in het etui zijn.

'Die twee opa's?' vraagt zij. 'Die twee opa's? Echt waar?'

'Inderdaad,' zegt Bennie Griessel. 'Terrence Faku en Oliver Green. We willen...'

'Maar het waren... twee ouwe opa's. Echte ouwe opa's. Schattige, ongevaarlijke opaatjes. Waarom zouden ze...? Nee, dat kan niet waar zijn.'

Griessel wil haar niet te veel informatie geven, want ze weten hoe makkelijk dat op de sociale media terechtkomt. 'Juffrouw, we zeggen niet dat zij Johnson hebben... We nemen iedereen onder de loep. Iedereen in de trein.'

'O. Oké. Maar... Over hen hoeft u zich geen zorgen te maken.'

Hij vraagt haar om vanaf het begin te vertellen, vanaf het moment dat ze met hen heeft kennisgemaakt. Heel even wankelt haar zelfvertrouwen. 'Er zijn zoveel passagiers, elke week twee treinen, ik kan niet álles onthouden.'

'Ik begrijp het. Vertel maar wat je nog weet.'

Ze zegt dat ze nog weet hoe ze aankwamen in de vertreklounge in station Kaapstad, want ze waren een beetje te laat, en schaamden zich daar een beetje voor. Ze waren tegen het eind van de verwelkoming in de deuropening komen staan, ieder met een koffer achter zich aan. Er was net genoeg tijd om kennis te maken, toen moesten ze naar de trein. Ze dikt de positieve kanten van de twee mannen aan alsof ze hun advocaat is. Ze waren 'schattig', ze hadden zich verontschuldigd dat ze te laat waren en gezegd dat ze vastzaten in het verkeer. 'Je krijgt allerlei soorten mensen op de trein. Aardige mensen en niet zo aardige mensen, en té aardige mensen. We noemden die twee opaatjes

"Goudhaartje-gasten" – niet te warm, niet te koud, precies goed.'

Terrence Faku noemde haar 'my dear'; Oliver Green had gevraagd of hij 'Joanie' mocht zeggen.

Ze had hen naar hun coupés gebracht, ieder een Pullman, naast elkaar.

'Hadden ze gevraagd om coupés naast elkaar?'

'Dat zouden jullie bij Bookings moeten navragen.'

Griessel vraagt of ze veel contact met hen heeft gehad op de trein.

'Niet zoveel. Ze waren nogal op zichzelf. Ik zag ze 's ochtends en 's avonds. Ik dacht... Ze zaten twee of drie keer in de coupé van de witte opa te praten, met een drankje erbij. Ze praatten heel veel...'

'De witte opa is Green.'

'Natuurlijk.'

'Waar hadden ze het over?'

'Ik ben geen luistervink, kapitein,' antwoordt ze scherp. En dan, milder: 'Ik weet alleen... Ik weet, als ik de coupé van die Green binnenkwam, dan zaten ze zo te praten. Maar ik luister geen gesprekken van gasten af.'

'Heb je ze in de lounge gezien?' vraagt Cupido. 'Of het panoramarijtuig?'

Ze denkt even na. 'Dat weet ik niet meer, ik kan me niet specifiek herinneren dat... We zijn daar niet de hele tijd, moet u begrijpen, we hebben werk te doen. Ik weet dat ik ze in de eetzaal heb gezien...'

'Zou je ze op een foto herkennen?'

'Natuurlijk!'

'Wanneer ben je weer in de Kaap?'

'Ik zit nu in de trein op weg naar de Kaap. We komen morgenochtend vroeg aan.'

Griessel bedenkt dat het vandaag vrijdag is. De week is omgevlogen. 'Mogen we een laptop met foto's meebrengen? Morgenochtend?' vraagt hij.

'Ja hoor.'

'Joanie,' zegt Cupido, 'ons probleem is dat we die ouwetjes niet kunnen vinden. We willen alleen weten of ze misschien iets hebben gezien. We hebben gebeld, we hebben hun adres gezocht, maar we kunnen ze nergens vinden. Wat een beetje vreemd is. We willen alleen zeker weten dat ze oké zijn.'

'Ik begrijp het,' zegt ze.

'Dus, hebben ze iets tegen je gezegd over waar ze wonen of wat ze doen of zo? Iets wat ons kan helpen ze te vinden?'

Ze blijft lang stil. 'Ze vertelden dat ze met pensioen waren. Uit de Kaap, denk ik...'

'Dat is alles?'

'Het was... Ik weet niet meer precies hoe het kwam, maar misschien heb ik het gevraagd... De meeste van onze gasten komen uit het buitenland. Dus als er Zuid-Afrikanen zijn, dan vraag je zo'n beetje wat ze doen, waar ze vandaan komen. Ik denk dat dit was wat... Ik weet nog dat ik het beeld in mijn hoofd had van twee opa's die in een bejaardentehuis op de veranda zitten te praten, in de Kaap, twee oude vrienden...'

'Hebben ze verteld dat ze in een bejaardentehuis woonden?' vraagt Griessel.

'Ik kan het me echt niet... Weet u wat het is, ik probeer van iedere gast een plaatje te maken in mijn hoofd, wie ze zijn, waar ze vandaan komen. Zodat ik makkelijk een beetje kan praten... Dus ik stel een paar vragen, je moet ook niet al te persoonlijk worden, veel van die mensen zijn erg op hun privacy gesteld. Ik... Het plaatje dat ik in mijn hoofd heb van hen is van het bejaardentehuis, maar ik kan niet zweren dat dat is wat ze gezegd hebben.'

'Staat er nog iets op dat plaatje?' vraagt Cupido.

'Ik zal erover nadenken. Dan laat ik jullie dat morgen weten.'

***

Het Direktoraat vir Prioriteits-Misdaadondersoeke in de Kaap is, net als zijn broeders en zusters in andere grote centra, een dier met vele tentakels. De verschillende eenheden omvatten onder meer CATS (Crimes Against The State), de Georganiseerde Misdaadeenheid, de afdeling die economische delicten onderzoekt, het IMC van Philip van Wyk en de afdeling Ernstige Delicten van Mbali Kaleni.

Aan het hoofd van dit alles staat brigadier Musad Manie, de 'vadervalk der Kaapse Valken', zoals Cupido soms met een zekere trots naar zijn bruine broeder verwijst. Volgens een islamitische vriend van een van de Valkenrechercheurs betekent *musad* 'loslopende kameel' in het Arabisch. En leden van de SAPD geven hun collega's graag bijnamen. Vooral de hogere officieren. Daarom hebben de meeste leden van het DPMO het over 'De Kameel' als ze het over hem hebben.

Voor 'hazen' (de term die politiemensen vaak gebruiken als ze het over het algemene publiek hebben, omdat mensen die de politie nodig hebben soms verschrikte hazen in het licht van koplampen lijken) zou dat merkwaardig kunnen klinken. Want Musad Manie heeft niets weg van een kameel. Hij is een forse man, met een brede borstkas en vierkante schouders, een granieten gezicht met sterke lijnen en een vastberaden kaak. Alsof Hollywood de perfecte casting gedaan heeft.

Als De Kameel je in de gang buiten het lokaal van het IMC onderschept en vraagt of je even kunt komen, dan draai je je braaf om en loop je met hem mee. Terwijl je uit alle macht probeert je je zonden van de laatste tijd te herinneren, want de mogelijkheid bestaat dat je op je lazer krijgt. Voor iets ernstigs.

Dat is wat Griessel en Cupido doen, die vrijdagmiddag om 16.17 uur. De Kameel vraagt of ze in zijn kantoor willen komen. Ze lopen achter Manie aan terwijl ze elkaar solidair een benauwde blik toewerpen.

***

Kolonel Mbali Kaleni zit al in het kantoor van de brigadier aan de ronde vergadertafel. Ze kijkt eerder bezorgd dan boos.

Manie vraagt de twee rechercheurs om bij haar plaats te nemen. Dan gaat ook hij zitten, vormt een tent met zijn grote handen en steekt zijn stevige kin naar voren. Omwille van Mbali spreekt hij Engels. Met zijn welluidende stem zegt hij: '*Gentlemen*, ik ben gebeld door de National Commissioner.'

Ze zeggen niets. Ze weten dat hij doelt op de Nationale Commissaris van de SAPD, niet op het nationale hoofd van de Valken. Ze weten dat dit betekent dat de problemen veel groter zijn.

'Het was op zijn zachtst gezegd een interessant gesprek.' Manie spreekt gemoedelijk en zonder ironie, alsof hij een merkwaardige ervaring vertelt.

'De commissaris zei dat hij heeft gesproken met de hoofdofficier van Justitie, en dat hij daarna heeft gesproken met onze eerwaarde minister van Politie, voordat hij mij belde. En deze beide achtenswaardige heren verzochten hem om mij hun volledige steun in deze zaak kenbaar te maken. Welnu, luitenant-kolonel Kaleni heeft me gebrieft over de details van de zaak betreffende wijlen Johnson Johnson en ik ben, op z'n zachtst gezegd, lichtelijk verbaasd. Maar laat ik niet speculeren. Dit is wat de commissaris me vertelde: het schijnt dat Johnson ene sergeant Kagiso Dimba heeft gebeld op de avond van 5 augustus – Dimba is een voormalige collega van Johnson bij de VIP Beveiligingsdienst. En tijdens dat gesprek vertelde Johnson aan Dimba dat hij zelfmoord ging plegen.'

Cupido is degene die een geluid maakt alsof er iets in zijn keel zit. Manie verzoekt met een handgebaar om stilte.

'En hij gaf sergeant Dimba ook de reden voor zijn geplande zelfmoord. Hij zei dat hij zich van het leven ging beroven omdat hij een toekomst zonder zijn geliefde vrouw gewoon niet aankon.' Nog steeds geen enkel spoor van sarcasme. 'Dimba was natuurlijk erg geschokt en probeerde Johnson het idee uit zijn hoofd te praten. Maar Johnson hing gewoon op en hoewel Dimba een paar keer heeft geprobeerd hem terug te bellen, nam Johnson niet op. Dus belde Dimba zijn commandant, kolonel Lucas Gwala, om te vragen wat hij moest doen. De goede kolonel zei tegen Dimba dat hij bij hem langs moest komen, en dat deed hij. Ze realiseerden zich dat er niets was wat ze konden doen, want Johnson had tijdens zijn gesprek met Dimba geen informatie over zijn verblijfplaats vrijgegeven. Niets, behalve een artikel 205-dagvaarding halen en proberen erachter te komen waar Johnson was. En dat deden ze de volgende dag. Onze Nationale Commissaris heeft me ook verteld dat sergeant Dimba gekweld wordt door schuldgevoel omdat hij Bennie niet de volledige en complete details van het telefoongesprek heeft doen toekomen. Maar, zegt de commissaris, dat was omdat hij de reputatie van een vroegere collega en goede vriend, en de goede naam van de VIP Beveiligingsdienst wilde beschermen.'

Mbali Kaleni zegt 'Hayi' en klakt met haar tong.

De Kameel steekt weer een kolossale hand omhoog. 'Sergeant Dimba en kolonel Gwala wensen nu hun welgemeende excuses aan te bieden aan mij, en aan luitenant-kolonel Kaleni, en aan Bennie. Ze realiseren zich dat hun loyaliteit enigszins misplaatst was, maar ze hopen dat we zullen begrijpen dat het allemaal is geschied met de bedoeling de Grote Broederschap van de Politie te beschermen.'

'Ze weten niet van het Okapi-lemmet in Johnsons achterhoofd,' zegt Bennie Griessel.

‘Duidelijk,’ zegt Mbali Kaleni.

‘En dus heeft de commissaris me gevraagd, in het licht van deze informatie, om een onderzoek naar iets wat kennelijk een zelfmoord was niet door te zetten en de zaak te laten rusten.’

27

‘Is dat wat u van ons verwacht, brigadier?’ vraagt Cupido.

‘Dat is alles, collega’s. Dank jullie zeer,’ zegt Musad Manie.

‘Dank u,’ zegt Kaleni en ze staat op.

De twee rechercheurs volgen haar voorbeeld, groeten Manie en lopen achter Mbali aan de deur uit.

In de gang zegt Cupido: ‘Maar kolonel, dit is crazy. Die man is doodgestoken. Hij is vermoord.’

Kaleni loopt door, haar hakken klikklakken de gang uit.

‘Kolonel, alstublieft,’ zegt Cupido met een stem waarin de wanhoop doorklinkt.

Mbali blijft staan. De kleine Zoeloevrouw kijkt naar hem op. ‘Kapitein, heeft je moeder je ooit Dr. Seuss voorgelezen?’ vraagt ze.

‘Kolonel?’

‘Dr. Seuss. Heeft je moeder die ooit voorgelezen?’

‘Nee, ik... eh...’ zegt Vaughn Cupido, ‘we waren allemaal heel gezond thuis.’

‘Dr. Seuss schreef kinderboeken, kapitein.’

‘O, oké.’

‘Weet je wat mijn favoriete citaat uit Dr. Seuss is?’

‘Nee, kolonel.’

‘“Hoe meer je leest, hoe meer je weet. Hoe meer je leert, hoe verder je komt.” Mijn moeder liet me dat steeds maar weer herhalen.’

‘Het is een mooi citaat,’ zegt Griessel, die ook nog nooit van Dr. Seuss heeft gehoord, maar hij weet dat ze een verborgen boodschap heeft en hij probeert erachter te komen welke dat is.

‘Goed, dan gaan we naar de bibliotheek. Om te leren, en verder te komen,’ zegt Mbali Kaleni.

Dus lopen ze zwijgend achter haar aan, het Valkengebouw uit, linksaf, en meteen rechtsaf de Carl van Aswegenstraat in, naar de openbare bibliotheek van Bellville.

***

Nog maar twee jaar geleden was kolonel Kaleni een behoorlijk gezette vrouw. Vaughn Cupido protesteerde destijds tegen dat soort eufemismen. 'De Bloem is dik,' zei hij altijd. 'Het helpt niks om met politiek correcte termen als "volslank" of "plus size" of "overgewicht" te strooien. Ze is gewoon dik. Vet dik. Basta en uit.' Dat was in de tijd dat zijn relatie met haar nog problematisch was, door de grote verschillen in karakter en zijn jaloezie over haar promotie.

Intussen heeft Mbali – tot ieders verbijstering – enorm veel gewicht verloren door het banting-dieet te volgen, en de verhouding tussen haar en Vaughn heeft zich in de smeltkroes van ernstige delicten eerst tot een wapenstilstand, en uiteindelijk tot voorzichtige wederzijdse waardering ontwikkeld.

Als ze een paar stappen voor hen uit de bibliotheek in loopt, bedenkt Cupido dat het raar is, want ze is nu een slanke schaduw van haar oude zelf, maar ze loopt nog steeds als een dikke vrouw. De vroegere schommel die zei: 'Ik ben dik en durf er eens iets van te zeggen' is er nog steeds. Vooral als ze op oorlogspad is, zoals nu.

Ze neemt hen mee naar een stil hoekje van de bibliotheek en gebaart dat ze aan de tafel moeten gaan zitten.

Ze gaan zitten. Mbali ook.

Ze kijkt om zich heen voordat ze samenzweerderig voorover leunt en fluistert: 'Jullie weten dat ik van dit land hou.'

'Ja, kolonel,' zeggen ze zacht.

'Jullie weten dat ik eerlijk ben.' Haar gezicht staat dodelijk ernstig.

'Ja, kolonel,' zegt Griessel.

'Pijnlijk eerlijk,' zegt Cupido, 'soms.'

Ze stoort zich niet aan die opmerking. 'Je weet dat ik alles graag volgens het boekje doe. Ook als dat moeilijk is.'

'Ja, kolonel,' zeggen ze allebei.

'Nou, ik moet jullie vertellen dat ik niet langer eerlijk kan zijn én alles volgens het boekje kan doen,' zegt ze.

Ze wachten af tot ze dat verduidelijkt. Ze kijkt uit het raam van de bibliotheek, draait haar hoofd terug naar hen, haalt heel diep adem en zegt: 'Ik hoef jullie niet te vertellen over die hele ellende van "staatskaping".'

Griessel kijkt naar Cupido, die zegt: 'Nee, kolonel. Dat weten we.'

Ze doelt op de frauduleuze praktijken waarbij overheidsinstellingen en zelfs benoemingen van ministers systematisch door drie rijke Indiase zakenlieden worden gemanipuleerd.

'We zitten diep in de problemen. De hele criminele-inlichtingendienst van de SAPD is corrupt en gekaapt. Er is geen twijfel aan dat de hoofdofficier van Justitie corrupt en gekaapt is. En dat onze minister van Politie corrupt en gekaapt is, net als de president van het land. Gekaapt en corrupt gemaakt door drie Indiase criminelen die zich voordoen als zakenlui. Van de nationale commissaris ben ik niet zeker, maar hij krijgt zijn orders van de corrupte minister, dus hij is niet meer geloofwaardig.'

'Maar wíj zijn niet gekaapt, kolonel,' zegt Cupido met vuur.

'Dat klopt, kapitein. Wij zijn niet gekaapt. En dat is precies waarom ik nu niet in staat ben eerlijk te zijn en tegelijk alles volgens het boekje te doen. Want het boekje zegt dat ik de bevelen van de commissaris moet opvolgen. Maar dat gaan we niet doen. Want dit zijn de duisterste dagen in de geschiedenis van ons land sinds de apartheid. Dit zijn wanhopige tijden. Mijn vader en moeder waren actief in de *Struggle*. Er waren momenten dat ik heel erg bang was voor de risico's die ze namen, de dingen die ze van plan waren en uitvoerden. Dan zeiden ze altijd: "Wanhopige tijden vragen om wanhopige maatregelen." Dus nu zeg ík dat. Ik geloof dat de VIP Beveiligingsdienst in Pretoria corrupt en gekaapt is. Ze proberen iets te verbergen, en ik denk dat dat iets heel belangrijk is. En ik denk dat dat iets heel schadelijk kan zijn voor die drie Indiase criminelen en hun staatskaping. Ik denk dat Johnson Johnson in die trein iets heeft gehoord of gezien waar al die corrupte mensen heel erg zenuwachtig van worden, en daarom hebben de minister en het Openbaar Ministerie zoveel druk uitgeoefend op de commissaris. Daarom hebben ze dat onzinverhaal over zelfmoord verzonnen. En daarom heeft de commissaris brigadier Manie opgebeld. Maar de brigadier heeft ons geen opdracht gegeven het onderzoek stil te leggen. Zoals Dr. Seuss zei, hoe meer je leest, hoe meer je weet. Dus ik lees tussen de regels van de instructies van de brigadier door. En tussen die regels heeft hij ons aangegeven dat we door moeten gaan met het onderzoek, en dat we heel erg voorzichtig moeten zijn. En dat is precies wat we gaan doen. Heel voorzichtig, en heel stilletjes, en heel geraffineerd.'

'Hoe bedoel je?' wil Cupido weten.

‘Herinneren jullie je de Cobra nog?’ vraagt ze.

Ze knikken, want ze herinneren zich die zaak nog goed – een paar jaar geleden toen een Britse wiskundige in de buurt van Franschhoek werd ontvoerd en de Valken het nest van huurmoordenaars moesten oprollen. Griessel was neergeschoten; hij had op de drempel van de dood gestaan. En al doende moesten ze ook nog eens de Zuid-Afrikaanse criminele-inlichtingendienst zien te ontwijken.

‘Zo wordt het nu ook weer. Onder de radar. Alleen moeten we nu zelfs nog voorzichtiger zijn. Deze keer weten we niet wie we kunnen vertrouwen. Zelfs in ons midden.’

‘Bedoel je dat er Valken in Kaapstad... gekaapt zijn?’ Het is alsof Cupido moeite heeft om die woorden in één zin te gebruiken.

‘Ik bedoel dat we alleen elkaar kunnen vertrouwen.’

‘Jezus,’ zegt Cupido. ‘Dat joch had gelijk.’

‘Hayi,’ zegt Mbali. ‘Gebruik de naam van de Here niet ijdel. Over welk joch heb je het?’

***

Cupido vertelt over het vriendje van het zoontje van zijn vriendin.

Mbali schudt haar hoofd. ‘Dat is niet waar we voor gestreden hebben,’ zegt ze. ‘Als zelfs kinderen weten...’

En dan, terwijl het lezersverkeer in de bibliotheek aan het eind van de middag steeds drukker wordt en ze steeds verder over de tafel moet leunen om haar gefluisterde woorden hoorbaar te maken, zegt ze dat ze van nu af aan geen enkele van de SAPD-systemen gaan gebruiken in hun onderzoek. Want de corrupten en gekaapten hebben overal ogen. Die zullen meekijken en -luisteren in de systemen. Daarom zullen ze het verder niet meer over het Johnson-docket hebben tijdens de ochtendbriefing. En met niemand anders over de zaak praten.

‘Maar Frankie en Vusi en Willem dan?’ wil Griessel weten.

‘Die moet je ook tussen de regels laten lezen,’ zegt Mbali. ‘En ik zal ze ook andere dockets moeten toewijzen.’

‘We kunnen hen toch wel vertrouwen, hè?’ zegt Cupido.

‘Natuurlijk.’

Cupido haalt opgelucht adem.

‘Er zit totaal geen schot in deze zaak, kolonel,’ zegt Griessel. ‘We hebben niets. Behalve de zekerheid dat Dimba liegt en dat de VIP Beveiligingsdienst ons probeert te misleiden, hebben we noppes.'

'Nada,' zegt Cupido.

'Hebben jullie alle onderzoeksmogelijkheden al geprobeerd?'

'Nee, kolonel.'

Ze werpt hun de bekende Mbali-blik toe, geërgerd en nadrukkelijk.

***

In het nationale computersysteem van de SAPD sluiten ze het Johnson Johnson-docket en noteren dat de doodsoorzaak zelfmoord was. Dan doet Griessel kopieën van alles in de papieren map voordat hij die bij Mbali aflevert om te laten tekenen.

In de gang begint Cupido de foto's die Frank Fillander met zoveel zorg heeft opgeplakt een voor een weg te halen. Hij bergt ze in zijn kantoor op.

Ze gaan tegen Fillander, Ndabeni en Liebenberg zeggen dat het dossier gesloten is. En fluisteren dan ieder van hen in het oor dat ze over een halfuur, tegen kwart voor zes die vrijdagmiddag, bij het appartement van wijlen Johnson Johnson in de Olympusstraat in Springbokpark verwacht worden.

Fillander belt zijn vrouw om te zeggen dat het laat zal worden. Alweer.

En dan rijden ze erheen. Om de foto's in het appartement van het slachtoffer op te plakken, in de open woonkamer annex keuken, en in de gang, en in de twee slaapkamers, de badkamer en de wc.

Ze werken bijna door tot middernacht om alle informatie over de mensen op de foto's te schrijven en kruisverwijzingen te maken.

Maar ze vinden geen Faku of Green.

28

Bennie Griessel droomt.

Hij zit tegenover Alexa Barnard in een duur restaurant en voelt in zijn zakken, maar de ring is weg. Dan beseft hij dat die al op tafel ligt, naast de kaars. De kaars brandt met een dieprode vlam, zodat Alexa's gezicht onnatuurlijk roze is.

'Wil je me iets vragen, Bennie?' Alsof ze ongeduldig is.

Hij pakt het doosje met de ring. Zijn vingers trillen en hij krijgt het met moeite open. De diamant ziet er klein uit. Hij schaamt zich en wil dat de aarde hem verzwelgt. Zijn stem klinkt iel, zenuwachtig en smekend: 'Alexa, trouw met me. Alsjeblieft.'

Hij kijkt haar gespannen aan. Hij ziet hoe haar gezicht langzaam smelt en de tranen over haar wangen rollen. Ze steekt haar hand uit en pakt de zijne met ongelooflijk veel medelijden. Ze zegt: 'Ach, Bennie, het spijt me zo, maar ik kan het niet...'

Hij schrikt wakker.

Zaterdagochtend.

***

De Rovos-trein is mooi.

Hij staat in het schemerdonker van een perron op station Kaapstad, elegant loodgrijs en zilverwit, in schril contrast met de smerige, verwaarloosde goederentreinen en de met graffiti besmeurde rijtuigen van Metrorail. Als een stijlvolle, elegante bezoeker uit vroeger tijden, met beloften van exotische bestemmingen.

Joanie Delport staat op het perron op hen te wachten. Ze geeft hun een document in een mooi Rovos-omslag. 'Dit is een fotokopie van het logboek van de trein,' zegt ze. 'Mevrouw Strydom biedt haar excuses aan dat het nu pas bij jullie terechtkomt, maar het is alleen in papieren versie beschikbaar.'

'Het logboek?' vraagt Cupido.

'Ja. De hospitalitymanager van de trein houdt dat bij. Hij schrijft op wanneer de trein stopt, of vertrekt. Hoe laat, en waar.'

Ze bedanken haar.

Ze nodigt Griessel en Cupido uit om in te stappen.

In de lange gang van de wagon glanst het okerkleurige hout in het licht van stijlvolle lampen. Er hangen mooie, originele schilderijen aan de wanden en het tapijt onder hun voeten is dik en weelderig.

Zelfs Cupido wordt er stil van.

Ze laat hun de coupés zien. Ze kijken naar de naam van een rivier boven elke deur. Naar de grote ramen, de bedden en banken, de vernuftig ontworpen badkamers. Personeel is bezig met stofzuigen en stof afnemen, schoon beddengoed brengen, bedden opmaken. Ze loodst hen door de eetzaal met zijn spierwitte tafelkleden en kristal en zilver, en ten slotte naar de salon achterin, waar ze op diepe banken gaan zitten om haar de honderden foto's van de passagiers op een laptop te laten zien.

Eerst zegt ze 'Nee' bij elke foto, want ze ziet geen Terrence Faku of Oliver Green. Later schudt ze alleen haar hoofd. Foto na foto, zonder succes, terwijl Griessel en Cupido hun hoop zien vervliegen en de moed hun in de schoenen zakt.

En dan, als foto tweehonderdzesentachtig op het scherm verschijnt zegt ze opeens: 'Wacht even, eentje terug.'

Cupido drukt op een toets op de laptop. De vorige foto verschijnt weer. Die is in de eetzaal genomen tijdens de lunch, want het licht stroomt binnen door de ramen, buiten zie je een Karoo-landschap.

Delport buigt zich naar het scherm. Ze kijkt een hele tijd, wijst dan met een vinger en zegt: 'Daar. Dat... Ik denk dat dat Green is.'

De foto is genomen met een mobiele telefoon. De ramen zijn bijna wit, de mensen in de eetzaal onderbelicht. En de man die ze aanwijst is vier tafels verwijderd van de camera zodat alleen zijn achterhoofd en een stukje van zijn profiel zichtbaar zijn, zijn hoofd twintig graden naar rechts gedraaid, alsof hij net naar het uitzicht wil gaan kijken. Zijn rechterarm is een beetje gelig en hij heeft iets in zijn hand. Misschien bestek. En tegenover hem een glimp van een tafelgenoot, de bovenkant van de haarlijn van een grijsaard. Misschien is hij zwart.

Ze zuchten niet, ze kreunen niet. Griessel vraagt alleen: 'Weet je het zeker?'

'Ik... Bijna zeker... Ja, ja dat is hem, dat moet hem zijn.'
Cupido markeert de foto en gaat dan door naar de volgende.
Uiteindelijk is dit de enige foto waarop ze een van de spoken aan kan wijzen.

***

Joanie Delport biedt hun koffie aan, maar ze bedanken, en vragen of ze mogen zien waar mevrouw Scherpenzeel sliep, en dan de coupés van Faku, Green en Johnson.

Ze moet uitzoeken welke coupé mevrouw Scherpenzeel precies had en loodst hen van de restauratiewagen naar haar koninklijke suite. Daarna lopen ze in de richting van de locomotief naar de coupé van Green, en twee rijtuigen verder, naar waar Johnson geslapen zou hebben. Ze schuift de deur open en ze staan in de Pullman-suite waar Johnson met een Okapi-mes achter in zijn hoofd is gestoken.

Griessel kijkt naar het grendelslot op de deur naar de gang. Klein, netjes en effectief.

'Er zijn soms passagiers die vergeten de deur 's nachts van binnen op slot te doen,' zegt ze. 'Omdat er geen sleutel is die je om kunt draaien.'

Griessel vertelt haar dat, voor zover hij begrepen heeft, Johnsons bank al tot bed was omgebouwd toen hij terugkwam uit de eetzaal.

Zij bevestigt dat.

Hij probeert het voor zich te zien: de bank uitgeklapt tot tweepersoonsbed, het tafeltje uit de weg. Een strook vloeroppervlak tussen de deur en het raam, waar Johnson gestaan moet hebben om op zijn mobiele telefoon met Dimba te praten. Met zijn rug naar de deur?

Cupido wacht geduldig, want hij weet wat zijn collega aan het doen is. Bennie heeft de gave om zichzelf op een bepaald moment op een bepaalde plek te zien. Maar Vaughn weet ook dat Griessel daar een prijs voor betaalt.

Bennie schuift de deur open en dicht. Dat gaat redelijk geluidloos. Als de trein rijdt, zullen er de geluiden van wind en van wielen op de rails zijn. Het gebonk over lassen tussen de rails. Johnson concentreert zich op de telefoon; hij luistert naar wat Dimba zegt, zijn stem misschien hard en driftig. Hij hoort niet dat de deur opengaat. De wond is diep en recht, een snelle, krachtige steekactie, recht van achteren.

Griessel kijkt naar de houten jaloezieën die boven de ramen hangen. 'Worden de jaloezieën 's avonds neergelaten?' vraagt hij aan Delport.

'Ja, maar als we rijden doen veel gasten ze weer open.'

'Hoe vaak worden de ramen en jaloezieën schoongemaakt?'

'Na elke reis.'

Te laat voor vingerafdrukken.

Hij loopt naar het raam. Het schuift makkelijk, gaat wijd open. Twee mensen die een lichaam optillen en naar buiten zwiepen. Johnson woog misschien negentig kilo. Dat moet moeite hebben gekost. De adrenaline van angst en noodzaak en moordlust.

Twee mannen van in de zeventig die nog energiek en fit zijn.

Moeilijk. Maar mogelijk.

'Dank je,' zegt hij en hij draait zich om.

***

Buiten bij de auto's zegt Cupido dat hij de foto aan Flif Davids zal geven. Misschien kan die er iets mee.

Sergeant Reginald 'Flif' Davids werkt bij het IMC van Philip van Wyk. Iedereen vindt hem een technologisch wonder.

Griessel zegt dat Davids probeert om Johnsons telefoon aan de praat te krijgen.

'We hebben niks, Benna,' zegt Cupido.

'Er zijn nog foto's onderweg.'

'Als we nu nog geen doorbraak hebben gehad, wat is dan de kans dat dat nog gaat gebeuren?'

'Ik weet het.' Want hij deelt het voorgevoel dat ze hiermee geen doorbraak gaan krijgen.

'We kunnen nog een keer met de ex gaan praten. Misschien weet zij nog iets van corrupte politici uit de tijd dat Johnson Johnson bij de VIP Beveiligingsdienst zat. Misschien herkent zij die Green op de foto.'

'Misschien heeft hij iets gezegd tegen adjudant-officier Neville Bandjies, zijn oude vriend van bureau Brackenfell.'

'Maar kunnen we ze vertrouwen?'

'Ik weet het niet. Robyn... De VIP Beveiligingsdienst heeft haar haar huwelijk gekost. Ik denk dat we haar kunnen vertrouwen...'

'Misschien heb je gelijk. Zie je op kantoor.'

***

Vanaf het kantoor van de Valken rijden ze samen naar Robyn's Ark in Brackenfell, het verkeer is druk en traag.

Cupido pakt zijn telefoon terwijl Griessel achter het stuur zit en hij vindt wat hij zoekt: 'Oké, Benna, ik heb gisteren dus een beetje research gedaan. En ik vond deze website, Wedding Bells dot com. Alles wat je ooit wilde weten over het huwelijksbootje maar niet durfde te vragen. En er staat een artikel over hoe dat moet, *pop the question*. Die gast zegt: "Het geheim van een huwelijksaanzoek aan je geliefde is: hou het simpel. Het moment kan spannend en overweldigend zijn voor jullie allebei, en vrouwen hebben sowieso een zesde zintuig voor dit soort dingen. Dus een James Joyce-achtige *stream of consciousness*-speech werkt gewoon niet."'

'James wie?'

'Joyce. Ik zal niet tegen je liegen, ik moest hem ook googelen. Het is een Ierse schrijver die een moerse roman heeft geschreven. Een mijlpaal noemen ze het. *Ulysses*. Over een gast in Dublin, het hele boek is alleen maar wat die gast denkt. De hele tijd. Denken, denken, denken. Klinkt als een hoop bullshit. Hoe dan ook, het algemene idee is, hou het simpel. En dan...'

'Wat betekent "hou het simpel"? Je vraagt het gewoon rechtstreeks?'

'Nee, *brother*, het betekent dat je het niet op moet frunniken. Je moet geen lange speech houden, je moet niet als een kat om de hete brij heen draaien.'

'Maar wat moet je dan zeggen?'

'Nou, daarvoor ben ik dus je *guide* in lingoland. Ik heb er *plenty* over nagedacht en volgens mij zeg je tegen haar, *wait for it*, dit is goed... Je zegt: "*Alexa, you are the love of my life. I want to spend the rest of my life with you*. Ik zie het als een moerse eer als je mijn hand *in marriage* neemt." Dat is alles wat je zegt. Vertaald in *whitey speak* natuurlijk.'

Griessel blijft een tijdje zwijgen en zegt dan: 'Dat is niet slecht, Vaughn...'

'Niet slecht? Natuurlijk is het niet slecht. Het is perfect.'

'Dank je wel,' zegt Bennie Griessel. En hij meent het.

Dan denkt hij aan zijn droom en huivert even.

29

Bij de dierenwinkel is het een drukte van belang. Buiten op het erf spelen kinderen met de konijntjes en ze voeren kippen en eenden en ganzen; binnen zijn kopers bij de puppy's, de vogelkooien, de aquaria en de dierenvoerafdeling.

Ze zoeken Robyn Johnson, maar zij ziet hen eerder. 'Weg! Mijn winkel uit,' zegt ze als ze komt aanlopen.

'*Skuus*?' vraagt Vaughn Cupido.

'Wegwezen. Maak dat je wegkomt.' Haar stem is kalm, alsof ze de klanten niet wil laten schrikken.

'Wat is er opeens aan de hand?'

Ze komt met ingehouden woede recht voor hen staan. 'Zelfmoord? Laat me niet lachen. Jullie zijn een stelletje sukkels. Mijn winkel uit. Nú.'

'Waar heb je dat gehoord?' vraagt Griessel.

'In de kranten. Daar heb ik het moeten lezen, want jullie zijn te laf om het zelf te komen vertellen. En nu wegwezen.' Ze wijst naar de deur.

Ze draaien zich om, lopen weg en blijven buiten staan.

'Fok,' zegt Cupido.

Griessel belt de persvoorlichter van de Valken.

'Bennie?' neemt John Cloete op.

'Wanneer hebben wij de media verteld dat de Johnson Johnson-zaak zelfmoord is, John?'

'Dat hebben wij niet gedaan. Ik heb gehoord dat het uit Pretoria kwam. Van het kantoor van de commissaris.'

'Gisteren?'

'Ja, gisteravond. Te laat voor de tv, maar vroeg genoeg voor de ochtendkranten.'

'Dank je, John.' Hij verbreekt de verbinding en brengt de boodschap over aan Cupido.

'Ze hebben haast, Benna, daar op het kantoor van de commissaris. Alsof ze onder *pressure* staan.'

'Ja.'

'Wat doen we nu? Gaan we met Neville Bandjies praten?'

'Ik weet het niet, Vaughn, ik heb zo'n gevoel over hem...'

'Dat hij corrupt is?'

'Nee. Dat hij voor zijn carrière zal kiezen als ze hem voor het blok zetten.'

'Oké.'

'We zullen moeten wachten tot het wat rustiger is in de winkel en het nog een keer met Robyn moeten proberen. Heb jij geen zin om een paar kippen te voeren?'

'*Story of my life*. Ik ben een flitsende Valk, en nu moet ik de kippen voeren.'

***

Ze wachten buiten in de bleke winterzon en de koude wind. Ze zien hoe Robyn Johnson af en toe naar hen gluurt, maar ze komt hen niet wegjagen. Ze praten over het Johnson-docket. Ze herhalen alles wat ze weten, evalueren die kennis, bouwen theorieën op, en breken ze weer af.

Om elf minuten over elf belt Arnold, de kleine dikke van PCSI, naar Griessel.

'Zelfmoord? Jullie denken dat dit zelfmoord is? Ik rij in die fancy trein, ik pak een Okapi, steek mezelf in mijn achterhoofd, breek het lemmet af en dan gooi ik mezelf uit het raam. Want ik ben Superman en ik heb genoeg van het leven. Briljant recherchewerk, Bennie. Jullie hebben ons niet meer nodig. Jullie hebben de SAPD niet meer nodig. Jullie kunnen nu stripboeken schrijven en zakken vol geld verdienen. Weten jullie zeker dat Johnson niet ook kryptoniet heeft gegeten? We willen alleen maar zeggen: jullie moeten onze tijd niet verdoen. We hebben nog andere zaken, stapels en stapels. We lopen weken achter. Maanden. Maar als jullie iets vragen, laten we alles liggen. En nu is het zelfmoord. Nou, deze huwelijksreis is voorbij. Dat je het even weet.'

'Ben je klaar?'

'Ja. Met de Valken ben ik helemaal klaar.'

‘Hebben jullie iets gevonden? Op het lemmet?’

‘Je zult het niet geloven, maar we hebben Batmans vingerafdrukken gevonden. We kunnen nu met zekerheid zeggen dat hij eigenlijk Bruce Wayne is. Nu is de grote vraag: waarom heeft Batman zijn Bathandschoenen uitgetrokken? Als jullie dáár achter kunnen komen, weten jullie meteen wie de zelfmoord heeft gepleegd. O wacht, het was Johnson. Superman Johnson. Klaar, opgelost.’

‘Hebben jullie iets gevonden, Arnold?’

‘Koriander.’

‘Koriander?’

‘Inderdaad. Koriander. Johnson Johnson heeft eerst biltong gesneden voordat hij zichzelf achter in zijn nek stak. Het laatste avondmaal. Biltong. Patriottisch tot het einde toe.’

‘Meen je dat serieus?’

‘Wat is er aan de hand, Bennie? Wat de fok is er aan de hand?’

‘Het bureau van de Nationale Commissaris heeft tegen de media gezegd dat het zelfmoord was. En tegen ons gezegd dat we de zaak moeten afsluiten.’

Daar is Arnold even stil van, tot hij zegt: ‘Ik snap het.’ En dan: ‘Wat doen we met het lemmet? En het rapport?’

‘Stuur maar naar Mbali. Meen je dat serieus, van die koriander?’

‘Ja. Koriander en rodewijnazijn. Microscopische resten. Genoeg om te kunnen speculeren dat het mes gebruikt is om biltong mee te snijden.’

‘Geen afdrukken?’

‘Niets waar we iets aan hadden.’

‘Dank je, Arnold.’

‘Wat gebeurt er met ons, Bennie?’ komt de retorische vraag.

En dan hangt Arnold op voordat Griessel kan zeggen dat hij het ook niet weet.

***

Hij belt Joanie Delport. Ze zegt dat ze nu eigenlijk niet kan praten omdat ze bij gasten in de ontvangstlounge is.

‘Heb je Faku of Green ooit biltong zien eten?’

Hij hoort stemmen op de achtergrond, pratende en lachende mensen. Ze zegt: ‘Ik bel zo terug.’

Na zeventien minuten kijken hoe kinderen dieren aaien en voeren, en hoe klanten komen en gaan, belt ze.

'Faku. Ik heb hem geen biltong zien eten, maar het tafeltje in zijn coupé... Daar lag... Je weet wel, als je biltong snijdt, die kleine stukjes biltong die je morst, en stukjes van de kruiden...?'

'Koriander?'

'Ja. Ik veegde zijn tafeltje elke avond schoon omdat hij daar biltong had zitten snijden.'

***

Na twaalven wordt het stiller. Robyn Johnson komt naar buiten en zegt stroef dat ze maar in haar kantoor moeten gaan zitten.

Ze laat hen langer dan een kwartier daar wachten. Dan komt ze binnen, doet de deur dicht en begint te huilen. 'J.J. heeft geen zelfmoord gepleegd,' zegt ze tussen de snikken door.

'Robyn...' zegt Cupido sussend.

'Wat zeg ik tegen de meiden. Wat moet ik tegen ze zeggen? Papa wilde jullie niet meer, hij heeft zelfmoord gepleegd. Dat kan toch niet? Jullie zijn een stelletje sukkels, dat is niet wat er is gebeurd.'

'Dat weten we,' zegt Cupido.

Ze springt op. 'Jullie wéten het?' schreeuwt ze. 'Jullie wéten dat de papa van mijn kids geen zelfmoord heeft gepleegd, maar jullie vertellen dat wel aan de kranten? Wat zijn jullie voor mensen? Wat voor wrede, harteloze beesten zijn jullie? Denken jullie niet aan de kids? Denken jullie niet aan de familie en de vrienden en de erfenis van een goede man? Die twee meiden van me, dit gaat ze de rest van hun leven achtervolgen. Mensen die achter hun rug fluisteren, hun papa heeft zelfmoord gepleegd. Hebben jullie daar weleens aan gedacht?'

Terwijl Cupido zijn hand opsteekt om te proberen haar te sussen en zij zich daar niets van aantrekt.

Eindelijk gaat ze weer zitten. Haar schouders schokken. Tranen op het bureau.

'Het spijt ons heel erg...' probeert Griessel.

'*Shut the fuck up*,' zegt ze.

'Wij hebben het niet tegen de kranten gezegd,' zegt Cupido.

'Zijn jullie niet van de SAPD?'

‘Pretoria heeft het gedaan. Ze willen iets toedekken. We hebben opdracht om de zaak te laten rusten.’

Ze kijkt op, met rode ogen.

‘Jirre,’ zegt ze.

***

Ze vertellen haar dat ze verdergaan met het onderzoek, maar dat ze dat tegen niemand mag zeggen. Hoe moeilijk het ook zal zijn. Ze worstelt ermee, met het onrecht en de pijn, maar als ze haar in grote lijnen hebben verteld wat ze weten, knikt ze eindelijk.

‘Dat nest,’ zegt ze. ‘Die VIP Beveiligingsdienst. J.J. zei altijd al dat het een nest was. Politici die katjes in het donker knijpen. Jonge meisjes. Prostituees en meelopers. Drank. Veel drank. Het luxe leven. En de bodyguards moeten het allemaal regelen, en de bodyguards moeten het toedekken. En de bodyguards krijgen de kliekjes, de restjes, dat is hun compensatie. J.J. was discreet, maar in de loop van de tijd heeft hij weleens wat laten vallen. Nooit details. Nooit namen genoemd. Ze zijn allemaal te loyaal, dat hele stelletje. Maar ik kan jullie wel vertellen, die Beveiligingsdienst, die heeft me mijn huwelijk gekost...’

‘Had hij het weleens over corruptie? Over de Indiërs? Over staatskaping?’ vraagt Griessel.

Ze veegt haar tranen af. ‘Eén keer... heeft hij... toen hij al bij de Beveiligingsdienst weg was, nu zes maanden geleden... Toen was de staatskaping overal in het nieuws, die e-mails die gelekt waren. Ik ging een keer de meiden bij hem halen in zijn flat, maar ze sliepen al en hij zei: “Kom even zitten.” En hij maakte een fles wijn open, en we praatten zoals vroeger. En toen kwam hij met die dingen. Niet veel, hij draaide er heel erg omheen. Ik kon horen dat hij heen en weer werd geslingerd tussen walging en loyaliteit. Toen zei hij dat hij die staatskaping al de hele tijd had zien aankomen. Zwendelarij. Middernachtelijke ontmoetingen, zakken met geld, de Indiërs die ermee aan kwamen zetten. Dan vloeide de Johnnie Walker Blue Label, en het geld werd zo op de tafels gestapeld, net als bij drugdealers. Hij zei dat hij het nooit zou vergeten, ze hadden van die sluwe lachjes, die Indiase magnaten. Zo van: “We hebben jullie in onze zak, stelletje stomme inboorlingen...” Dan schonken ze ook een borrel in voor de bodyguards en deden of ze goeie maatjes waren, dikke mik. Maar altijd met van die sluwe lachjes...'

'Is dat alles?'

'Dat is alles wat hij vertelde. Maar ik voelde dat er nog meer was...'

'Wie bewaakte hij in die tijd? Toen de Blue Label rijkelijk vloeide?'

'Dumisa. De minister van Staatsveiligheid.'

30

Ze lopen het hok van sergeant Reginald 'Flif' Davids achter de ruimte van het IMC binnen.

Davids draagt een gescheurde designerspijkerbroek, een T-shirt en sandalen. Op het T-shirt staat: THE UNIVERSE IS MADE UP OF PROTONS, NEUTRONS, ELECTRONS AND MORONS.

Er zijn pogingen geweest om hem de nieuwe bijnaam 'Lolly' te geven, vanwege zijn lange, magere lichaam en de kolossale Afro, maar de oude naam is blijven hangen – hij heeft jarenlang zwaar geslist voordat dat operatief hersteld is.

'Krijg je geen koude voeten met die sandalen, Flif?' vraagt Cupido.

Davids kijkt niet op van het computerscherm. 'Als ik als een normaal persoon op een zaterdagochtend buiten kon rondhangen, dan had ik koude voeten gehad. Maar nu moet ik hier foto's van bejaarden proberen te enhancen voor twee kappies die een docket najagen dat zo dood als een pier is. Dus, nee, met mijn voeten gaat het prima, maar mijn hart is koud. Voor jullie.'

'Je weet dat je maar sergeant bent, hè?'

'Dat zeggen ze de hele tijd. Maar dat is een tijdelijke situatie.'

'Mogen we meekijken?' Cupido wijst naar het scherm.

'Ga je gang.'

Ze lopen om het bureau heen en gaan achter hem staan.

Het gezicht van de man die mogelijk Oliver Green is, is een beetje duidelijker, beter belicht, maar de foto is erg korrelig. Griessel is teleurgesteld. 'Is dit het beste wat we kunnen doen?' wil hij weten.

Flif schudt met afschuw zijn hoofd. 'Even alles op een rijtje. Jullie sturen me een slecht belicht kiekje dat door een vijf jaar oude iPhone 6 Plus genomen is. Met wel acht megapixels, *praise the Lord*. En toen heeft een of andere idioot het ook nog zitten comprimeren. En nou vraag je mij, kappie, of dit het beste is wat we kunnen doen?'

Griessel beseft dat hij op tenen heeft getrapt. 'Sorry, ik weet dat jij je best doet, Flif. Ik vraag alleen maar...'

'Kappie, wat je hier ziet is niets meer of minder dan een wonder, dankzij mij en de beste kant-en-klare software die de SAPD zich kan veroorloven. Tenzij je wilt dat ik het naar de FBI stuur of tigduizend ballen uitgeef aan een particulier lab, wordt het nooit beter dan dit.'

'En als we je de originele, niet gecomprimeerde foto geven?' vraagt Cupido.

'Dan krijg je een beetje minder ruis, maar niet heel veel. Ik kan jullie een versie geven die wat minder bijgesneden is, waarop de man een pietsie kleiner is. Dan heb je minder korrel.'

'Geef ons een paar opties. Wat dan ook.'

'Oké.' Hij beweegt zijn muis. 'Ik print nu de eerste uit...'

'De mobiel van Johnson?'

'Ik heb hem aan de praat. Geen goed nieuws. Een paar sms'jes, een paar appjes, voornamelijk naar de ex, en een paar toeristische contacten. Hij zat op Instagram en Facebook maar postte niet veel, hij was meer een lurker. En hij hield tamelijk van puzzelgames. Er zit geen *smoking gun* in.' Hij wijst naar de telefoon die tussen zijn gereedschap op de werkbank ligt. 'Als je ermee wilt rommelen, leef je uit. O, en mijn kappie zei dat de bankafschriften van die Johnson-gast op zijn bureau liggen, net binnengekomen.'

***

Ze bestuderen Johnson Johnsons bankafschriften. Het is het heroïsche verhaal van een man die worstelde om zijn hoofd boven water te houden en het uiteindelijk net voor elkaar kreeg. Geen sensationele stortingen, geen opvallende transacties. Gewoon een politieman en later oud-politieman die krom moest liggen, met een duidelijke verbetering in de laatste maanden van zijn leven, zoals zijn ex al had aangegeven.

Ze rijden terug naar de dierenwinkel om Robyn Johnson de drie foto's te laten zien die Davids heeft afgedrukt.

Ze schudt haar hoofd. Ze kent Oliver Green niet.

Ze vraagt: 'Is hij het die J.J....?'

Ze zeggen dat ze het niet weten.

'Verbeeld ik het me of lijkt hij een beetje oudbakken?'

Ze kijken haar vragend aan.

'Dit is alles wat jullie hebben? Die ouwe man?' vraagt ze vol afschuw.

Ze hebben niets ter verdediging in te brengen.

Terwijl ze bij haar zijn, gaat Griessels mobiel. Het is professor Phil Pagel. Griessel laat hem op voicemail overgaan.

Hij luistert de boodschap pas af als ze naar de auto lopen. 'Nikita, ik heb de krant gezien. Ik neem aan dat jullie je redenen hebben.'

Griessel krimpt ineen van schaamte.

Dit is weer net als in de tijd van de apartheid, dat liegen en bedriegen.

***

Ze bellen eerst op en rijden dan naar Oakglen, in Bellville, waar kolonel Mbali Kaleni in een nieuwbouwhuis woont.

Ze ruiken de baklucht al bij de voordeur. Kaleni doet open. Ze heeft een wit schort voor. 'Jullie zijn precies op tijd voor vers courgettebrood. Zonder koolhydraten,' zegt ze, en Cupido zou zweren dat ze speciaal naar hem kijkt.

Wanneer ze in de ontbijthoek zitten, vraagt Mbali of ze koffie willen. Ja graag, zeggen ze. Mbali zet de ketel op, haalt een stuk belegen cheddar uit de koelkast en begint dat te raspen.

Griessel opent het dossier en haalt er de drie foto's uit die Flif Davids hun heeft gegeven. Hij legt ze op de ontbijtbar zodat zij ze kan zien. Hij zegt: 'Dit is de enige foto die we hebben van een van de verdachten.'

Ze kijkt ernaar terwijl ze blijft raspen. 'Misschien is die net duidelijk genoeg om voor iemand herkenbaar te zijn, als we de vrijheid hadden om de hulp van de media in te roepen.'

'We willen je graag onze theorie voorleggen,' zegt Griessel terwijl hij zijn notitieboekje tevoorschijn haalt. 'Een heleboel is alleen speculatie, maar het is het enige wat we hebben.'

'Toe maar.' Ze legt de rasp in de gootsteen en gaat koffiezetten.

'Onze twee verdachten, de heren Terrence Faku en Oliver Green, hebben de Rovos-trein van Kaapstad naar Pretoria geboekt, met die valse identiteiten,' zegt Griessel. 'Drie maanden van tevoren. Ze boekten twee naast elkaar gelegen coupés. Ze moeten hun redenen hebben gehad om valse namen en paspoortnummers te gebruiken en dicht bij elkaar te willen zijn, maar we hebben geen idee wat die redenen zouden kunnen zijn. Wat we wél weten is dat de valse ID's niet zijn gemaakt om deze misdaad te begaan. Want toen ze hun reis boekten, wist Johnson Johnson nog niet dat hij mee zou gaan. We denken dat dat veelzeggend is. Ik kom er zo op terug...'

'Oké,' zegt Kaleni. Ze zet de bekers met koffie op de ontbijtbar, naast de zoetjes en de melk. 'Pak zelf maar.' Dan gaat ze naar de koelkast en haalt er een pot uit. 'Suikervrije jam,' zegt ze, opnieuw met een blik naar Cupido.

Vaughn vraagt zich af of ze ergens gehoord heeft dat hij ook het banting-dieet volgt. Wie zou het haar verteld hebben? Je kunt ook niemand vertrouwen.

Kaleni haalt het courgettebrood uit de oven. Het ruikt heerlijk. Ze legt het op een rooster. 'Sorry, Bennie, ga alsjeblieft verder.'

'Dus op 5 augustus gaan de twee spoken aan boord van de trein, en ze houden zich de meeste tijd afzijdig. Er zijn geen foto's van hen in de lounge of in het panoramarijtuig. Eentje maar, in de restauratiewagen. Als we dat optellen bij de valse ID's, kunnen we zeggen dat ze misschien niet te veel gezien wilden worden, en niet samen gezien wilden worden. Ze wilden anoniem blijven. Maar ze eten wel samen. Dus kunnen ze niet al te ongerust zijn geweest over het risico. Wat een beetje vreemd is. Waarom zou je dan de moeite nemen om valse ID's te gebruiken?'

'Ach, misschien omdat het makkelijk was,' zegt Cupido. 'Rovos vraagt mensen niet om hun paspoort te laten zien voordat ze aan boord gaan.'

'Dus,' zegt Bennie Griessel, 'hebben we een tijdlijn gemaakt voor de nacht van 5 augustus.'

'Iedereen zit aan het diner, vanaf zeven uur,' zegt Cupido.

'Johnson zit bij mevrouw Scherpenzeel, en we nemen aan dat Faku en Green bij elkaar zitten,' zegt Griessel.

'Dan, ergens tegen negenen, beginnen mensen op te staan en weg te lopen en Johnson herkent een van de twee spoken. Misschien voor het eerst. Maar hij staat niet op, hij zegt niets.'

'Om tien voor negen zegt mevrouw Scherpenzeel tegen Johnson dat ze naar huis wil bellen, ze staan op en hij loopt met haar mee terug naar haar coupé,' zegt Griessel. 'En om acht minuten en drieëntwintig seconden over negen, denken we, werd Johnson vermoord. Dat zijn onze twee markeerpunten.'

'Bennie en ik zijn vanochtend door de trein gewandeld,' zegt Cupido. 'We denken dat de restauratiewagen uit lopen, een oude dame naar haar deur begeleiden en afscheid van haar nemen misschien vijf minuten kost, max.'

'Dus Johnson wenst Scherpenzeel goedenacht en loopt naar zijn eigen coupé, verder aan de voorkant van de trein,' zegt Griessel. 'Daarvoor moet hij langs de deuren van Faku en Green.'

'Johnson belde Kagiso Dimba om zeven minuten over negen.'

'Dus hebben we twaalf minuten waarin er iets gebeurd is wat een connectie vormt tussen Faku, Green en Johnson.'

'Een connectie,' zegt Cupido, 'die twee gevolgen had.'

'Het eerste was iets waardoor Johnson Dimba belde, iemand die hij in maanden niet had gesproken, iemand met wie hij vroeger werkte.'

'Het tweede was dat Green en Faku het nodig vonden om Johnson Johnson te vermoorden.'

'We denken dat ze het samen gedaan moeten hebben, want Johnson was jong en fit,' zegt Griessel.

'Ons team heeft contact gehad met zo ongeveer alle passagiers op die trein. Niemand heeft iets gehoord als een ruzie of een knokpartij. Dus Johnson liep langs de coupés van Faku en Green en is misschien even binnengelopen om iets te zeggen. Of hij heeft iets gezien. Of de twee spoken hebben hem als een gevaar of iets dergelijks herkend...'

'Het kostte ons iets meer dan vier minuten om van Scherpenzeels coupé langs die van Faku door te lopen naar waar Johnson sliep. Maar laten we zeggen, met andere passagiers in het gangpad kunnen we het misschien rekken tot meer dan vijf minuten...'

'En,' zegt Cupido, 'laten we zeggen dat we er nog een minuut aan toevoegen voordat Johnson echt in zijn eigen coupé is, zijn telefoon heeft gepakt, het nummer heeft gevonden en het telefoontje pleegt, maar dan nog zijn er vier minuten niet verantwoord.'

'Misschien heeft Johnson gewoon in de gang een beetje uit het raam staan kijken...'

'Of in zijn coupé, toen hij zijn raam opendeed. Of hij is even gaan plassen. Maar hij heeft zijn jasje niet uitgetrokken. En zijn deur niet op slot gedaan. Waardoor wij denken dat hij misschien is gaan bellen op het moment dat hij zijn coupé binnenkwam.'

'Dus hij heeft Dimba aan de telefoon,' zegt Griessel. 'De schuifdeur is bijna geruisloos, en hij is aan het bellen, en de trein maakt lawaai op de rails, dus hij hoort ze niet...'

'Ze moeten hem gevolgd zijn, want hoe moeten ze anders geweten hebben waar zijn coupé was? Er moet iets gebeurd zijn, een reden waarom ze hem volgden. Iets meer dan alleen maar een paar woorden wisselen...'

'En ze komen binnen en steken hem met veel kracht in zijn achterhoofd.'

'Veel kracht. Dus iets moet ze heel boos hebben gemaakt,' zegt Cupido, 'om een Okapi-biltongmes op zo'n manier te gebruiken. Of heel wanhopig.'

'We hebben één stukje bewijs,' zegt Griessel, 'dat Faku met het Okapimes verbindt. Forensisch heeft sporen van koriander en rodewijnazijn op het lemmet gevonden, en Faku's hostess heeft bevestigd dat hij inderdaad biltong heeft gesneden in zijn coupé.'

'Als je de valse ID's, het gedrag en de biltong bij elkaar optelt, is het waarschijnlijk dat zij de daders zijn.'

31

‘Kijk, hier is nog iets interessants,’ zegt Griessel terwijl hij in zijn opschrijfboekje bladert. ‘We hebben het logboek van de trein gekregen. Dat legt vast hoe laat de trein is gestopt, waar hij is gestopt en hoe lang. Op het moment dat de moord werd gepleegd, reed de trein ongeveer zeventig kilometer ten zuiden van Beaufort-Wes. Maar om negen uur vierendertig is hij gestopt op het station van Beaufort-Wes, tot vijf minuten over vier de volgende ochtend...’

‘Dus die twee kerels, die twee spoken, wisten dat ze een lijk in een coupé hadden en hebben zes uur zitten broeden hoe ze ervan af konden komen,’ zegt Cupido.

‘Omdat ze wisten dat ze bij een onderzoek in verband zouden worden gebracht met Johnson. Op de een of andere manier. Of dat ze op zijn minst verdacht zouden zijn door hun valse ID’s. Maar het feit dat ze daar zes uur hebben gezeten met dat lijk en vervolgens hebben besloten het uit het raam te gooien, samen met de telefoon. En misschien zijn laptop hebben meegenomen. Dat zegt wel iets...’

Mbali heeft aandachtig geluisterd. Nu knikt ze, pakt drie borden en dekt voor hen op de ontbijtbar.

‘Johnsons ex-vrouw zegt dat hij een paar keer iets heeft verteld over de Indiase zakenlui die nu verdacht worden van corruptie en staatskapingsactiviteiten,’ zegt Cupido. ‘Dat hij getuige is geweest van nachtelijke poepelegeintjes met politici. Johnson was de bodyguard van de toenmalige minister van Staatsveiligheid. Mister Dumisa.’

Mbali Kaleni klakt met haar tong. ‘Dat is nota bene een Zoeloe, die man. Hij zou zich moeten schamen.’ Ze legt een theedoek over het broodje, pakt een broodmes en begint voorzichtig en netjes te snijden.

‘We weten dat de VIP Beveiligingsdienst heel hard heeft geprobeerd te achterhalen waar Johnson was. Daar kunnen we uit opmaken dat het gesprek met Dimba onderbroken is, waarschijnlijk door de moord,' zegt Griessel. 'Want ik weet zeker dat Johnson, als hij genoeg tijd had, Dimba precies zou hebben verteld waar hij was. En als hij dat gedaan had, had er iemand staan wachten op het Rovos-station in Pretoria toen de trein aankwam. Zij – en we denken dat het de VIP Beveiligingsdienst was – zijn Johnsons bagage pas gaan ophalen op het station nadat hij als vermist was opgegeven en geïdentificeerd. Ze hadden daar enorme haast mee, dus ze moeten bezorgd zijn geweest over iets wat een politicus verdacht zou kunnen maken. Of de Beveiligingsdienst. Of zoiets. Misschien Johnsons laptop, die uit de trein is verdwenen. Misschien stonden er foto's op de laptop...'

'... van de corrupte poepelegeintjes,' zegt Cupido. 'Foto's of ander bewijs.'

'Oké,' zegt Mbali. Ze legt sneden vers courgettebrood op een bord en schuift het naar hen toe.

'Johnson heeft óf Faku óf Green herkend...' zegt Griessel.

'Of allebei,' zegt Cupido.

'... omdat hij ze kende uit zijn tijd bij de VIP Beveiligingsdienst. Hoe we dat weten? Omdat hij Dimba belde. Uitgerekend Dimba. Wat zou kunnen betekenen dat Faku en Green voor de overheid werkten, of misschien werkten ze voor een van die anticorruptieorganisaties.'

'En we dachten,' zegt Cupido, 'de reden waarom hij belde kan zijn geweest dat hij deze twee mannen samen zag. Misschien was het de combinatie van deze twee die de alarmbellen deed rinkelen.'

'Onwaarschijnlijke combinatie,' zegt Kaleni.

'Ja,' zegt Griessel. 'Misschien herkende hij maar een van hen in de restauratiewagen, zag hij ze later samen, en heeft hij toen een of ander verband gelegd. Zoals ik al zei, de twee spoken wisten niet dat Johnson op de trein zou zitten, want ze hadden al geboekt, maanden voordat Johnson zelfs maar wist dat hij Scherpenzeels bodyguard zou worden. Dus het moet toeval zijn geweest, op de een of andere manier. Pech...'

'Kom, tast toe,' zegt ze en ze gaat tegenover hen zitten.

Ze vallen aan.

'Waarom moesten ze hem vermoorden?' zegt Bennie. 'Dat is de grote vraag. Het slaat nergens op. Ze gebruikten valse ID's, maar ze kwamen samen naar het station, ze aten samen. Ze moeten geweten hebben dat er een risico was dat iemand ze zou herkennen.'

'Misschien,' zegt Cupido, 'dachten ze dat er alleen buitenlanders in de trein zouden zitten. Maar dat is een beetje stom, en ik denk niet dat ze stom waren. Als we kijken naar de manier waarop ze voor de reis hebben betaald, de paspoortnummers... Ik denk niet dat ze stom zijn.'

'Er is iets gebeurd op het moment dat Johnson terugliep naar zijn coupé,' zegt Griessel.

'En er zijn maar drie mensen die weten wat dat was,' reageert Cupido.

'Als we Dimba niet kunnen ondervragen hebben we niets,' zegt Griessel.

'Er zijn gewoon te veel misschiens,' zegt Griessel.

'We hebben eigenlijk niks,' erkent Cupido.

'Ja,' zegt kolonel Mbali Kaleni. 'Dat is waar. Maar de botten moeten op drie verschillende plekken worden gegooid.'

Ze kijken haar aan.

'Dat is een oud Zoeloe-gezegde. "De botten moeten op drie verschillende plekken worden gegooid voordat je de boodschap kunt accepteren." Het betekent dat je meerdere keren naar een kwestie moet kijken voordat je conclusies kunt trekken.'

'We mogen nergens anders naar kijken,' zegt Cupido.

'Nu niet,' zegt Mbali Kaleni, en ze besmeert het verse brood met boter. De boter smelt meteen. 'Nu niet. Maar we blijven wachten. En we blijven onze ogen openhouden...'

Deel III

32

Augustus. Daniel Darret. Bordeaux.

’s Nachts, in de werkplaats. Hij heeft zijn overhemd uitgetrokken, zijn bovenlijf glimt van het zweet terwijl hij met de hand de tafel schuurt, heen en weer, heen en weer. Hij ruikt het fijne schuurstof niet, ziet niet hoe het wolkt en dwarrelt, want zijn hoofd is bij Lonnie May en het gesprek dat tot tien uur ’s avonds heeft geduurd.

Toen ze de trap van Au Bistrot op liepen, weg van de spanning en de afzondering en de emotionaliteit, was het restaurant boven vol, gezellig en druk, alsof ze van de ene wereld in een andere stapten.

Lonnie ging François vertellen dat het eten verrukkelijk was en dat hij graag een keer terug zou komen. Daarna liepen ze naar buiten en daar omhelsde Lonnie hem. En Lonnie huilde, op zijn manier, verlegen en ongeduldig, zijn tranen geërgerd met zijn mouw afvegend, alsof het een beetje een schande was.

‘Waarom huil je, Lonnie?’

‘Ik zal je nooit meer zien.’

‘Natuurlijk zie je me weer.’

‘Ze gaan me pakken, Tiny. Tenzij ik hier ergens in Europa verdwijn. En dat kan ik niet. Ik hou te veel van dat fokking land.’

Hij vermoedde dat Lonnie hem een beetje aan het manipuleren was. ‘Het rechtssysteem, de rechtbanken, Lonnie. Niet alles is gekaapt...’

‘Ons rechtssysteem. Onze rechtbanken. Je bent nog steeds Zuid-Afrikaan. Het zijn de Russen, Tiny. De Russen. Je kent ze. Die spelen geen spelletjes. Niet als ze zoveel te verliezen hebben.’

Hij had niet geweten wat hij moest zeggen.

Toen duwde Lonnie hem de kleine rugzak in handen en zei: ‘Denk erover na. Denk goed na. Je bent de enige hoop die we hebben. Jij bent onze laatste hoop.’

En toen liep Lonnie weg, in de richting van de basiliek terwijl de Flèche voor hem dramatisch ten hemel torende als een terechtwijzende vinger.

Daniel was blijven staan. Op dat moment dacht hij aan De Afrikaan. Zijn broer uit een ver verleden. Precies waar Lonnie nu liep, hadden ze in de achttiende eeuw het kerkhof naast de Basilique Saint-Michel opgegraven, ter wille van de vooruitgang en de ontwikkeling. En hadden ze de lichamen gevonden. Meer dan zeventig doden, na eeuwen onder de grond nog verbazingwekkend goed bewaard als mummies, dankzij een vreemde samenzwering van grondsoort en klimaat. De naakte doden zijn toen, bijna tweehonderd jaar lang, tentoongesteld in de crypte van de kerk. Rechtop naast elkaar als een macabere toeristenattractie. Ze kregen namen en werden beschreven: 'Het gezin vergiftigd door paddenstoelen.' 'Levend begraven.' 'De generaal, gestorven in een duel.'

En 'De Afrikaan'.

Eén zwarte man, hier begraven. Tienduizenden slaven zijn in deze haven verkocht en per schip weggevoerd, en maar één zwarte man uit die tijd heeft hier zijn rustplaats gevonden. Toen Daniel het verhaal voor het eerst hoorde, voelde hij een band, een verwantschap, een broederschap.

Hij had zich afgevraagd wat het verhaal van De Afrikaan was. Hij kon geen slaaf zijn geweest. Niet als hij hier begraven was. Was hij ook gevlucht uit zijn vaderland? Voor justitie? In de zestiende eeuw? De zeventiende? Niemand weet precies wanneer hij is gestorven. Heeft hij hier ook over de kasseien gelopen en soms de fysieke pijn van verlangen gevoeld naar de vlaktes en bergen en dalen van zijn vaderland, de geuren en kleuren, de stemmen en klanken?

Daniel heeft Lonnie nagekeken tot hij om de hoek naast het kerkplein verdween en vermoedde dat hij aan De Afrikaan moest denken omdat hij zich ineens zo intens eenzaam voelde.

Lonnie had meer gebracht dan alleen het verzoek om een moord te plegen. De rest heeft hij nu weer meegenomen.

Toen is Daniel naar huis gelopen. Vol verterende frustratie. En woede. Op Lonnie die hem een last op de schouders heeft gelegd. Die deze geliefde plek heeft bezoedeld met verhalen over achteruitgang in zijn geboorteland. Die hem voor een keuze heeft gesteld.

Hij heeft gedaan wat hij kon, al die jaren. Hij heeft gevochten voor recht en gerechtigheid, het grootste deel van zijn leven aan de zaak en aan zijn land gewijd, en hij heeft er niets voor teruggekregen. Alleen verlies, een enorm, hartverscheurend verlies.

Ze moesten hun eigen problemen maar oplossen.

In zijn voorkamer liep hij te ijsberen met die gedachte in zijn hoofd.

Hij maakte de kleine rugzak open.

Tweehonderdvijftigduizend euro.

En een brief. Die heeft hij niet gelezen.

Hij is naar Chartrons gelopen om de tafel te gaan schuren, want hij wist dat hij vannacht niet zou kunnen slapen.

***

Schuren. Op en neer, heen en weer.

Het gesprek met Lonnie ligt hem zwaar op de maag.

De details over het verraad. Hoe de president stelselmatig goede, trouwe, eerlijke veteranen van de Struggle, kameraden, vrienden, broeders, een mes in de rug heeft gestoken. Uit belangrijke posten heeft geduwd, en hoe hij zijn eigen lakeien heeft aangesteld. Een georganiseerde staatsgreep zonder bloedvergieten, met maar één doel voor ogen – om te stelen. In samenwerking met de drie Indiërs. En om daarmee weg te komen, want hij heeft de nationale vervolgingsautoriteit en de politie en de belastingdienst en de staatsveiligheidsdienst en genoeg leden van zijn partij besmet met geld, gestolen geld, en de belofte van meer. Zodat hij beschermd is, zelfs tegen de aanslag van de democratie.

'Hij heeft me eruit gewerkt, Tiny. Hij heeft me eerst zwartgemaakt. Hij heeft mijn reputatie verwoest. Volledig. En toen heeft hij me eruit gewerkt. Ik, die alles heb gegeven voor De Zaak. Uit pure inhaligheid. En ik weet dat je nu denkt, Lonnie is gekwetst, Lonnie wil persoonlijk wraak nemen. Maar dat is niet waar. Daar kom ik nog op.'

Lonnie vertelde hem hoe de president en zijn gespuis gestolen hebben. Miljarden en nog eens miljarden. Duizenden miljarden. Overheidsinstellingen geplunderd. In het buitenland witgewassen. Met de hulp of vrijwillige blindheid of het omkopen van bekende, gerespecteerde, internationale accountantsfirma's en softwareleveranciers en spindokters en banken. Britse en Duitse en Amerikaanse instellingen. Even inhalig. Geld waarmee de voormalige verdrukten verheven hadden kunnen worden, geld dat gebruikt had kunnen worden om werk te scheppen, sociale voorzieningen te creëren, de economie vlot te trekken. Geld dat het lot van de armen had kunnen verlichten. Afrika is weer eens geplunderd, verkracht.

Lonnie probeerde hem te manipuleren, dacht hij, en hij zei: 'De ambtstermijn van de president is nog maar een jaar of zo, toch?'

Lonnie gooide zijn handen in de lucht, zijn gezicht liep rood aan, hij ging steeds harder praten. 'Denk je dat dat ons zal redden? Denk je echt dat alles weer goed komt, als hij weggaat? Denk je dat hij niet zijn voorzorgsmaatregelen heeft genomen? Plannen gemaakt? Ze zullen destabiliseren, ze zullen in KwaZoeloe weer een burgeroorlog uitlokken. Ze zullen... ze zijn als een kankergezwel, Tiny. Als je hier snijdt, steekt het daar de kop weer op. Een hydra, je kunt nooit alle koppen van de slang afsnijden. Ze zijn een machine met duizend raderen. Het is endemisch, onuitroeibaar, je kunt geen conventionele oorlog voeren.'

***

Lonnie had het gesprek goed voorbereid.

'Wat schieten we er dan mee op als we hem uitschakelen?' vroeg Daniel.

'We stellen een krachtige daad: in dit land mag je niet stelen, mag je niet bedriegen, mag je niet je kameraden een mes in de rug steken. Het is het enige wat we hebben, het is het enige wat hen zal afschrikken. De dood. Een voorbeeld, Tiny. We maken een voorbeeld van hem. Onze plannen zijn goed uitgedacht. We gaan in de media verklaren dat hij de eerste is. Dat er nog meer zullen volgen.'

'Wie zijn "wij"?'

'MK43,' fluisterde Lonnie in het Engels.

'Jullie zijn drieënveertig voormalige leden van Umkhonto?' giste hij, want dat ligt voor de hand. Lonnie maakte deel uit van de militaire vleugel van het ANC, Umkhonto we Sizwe, De Speer van de Natie. Ook wel MK genoemd.

Lonnie knikte.

'Het is terreur. De president doodschieten is een terreurdaad. Hoogverraad.'

Lonnie keek hem aan. Teleurgesteld, alsof hij beter had moeten weten. 'Het is een vrijheidsstrijd, Tiny. Het is een voortzetting van de Struggle. Hij is een tiran, een kleptocratische tiran. We zijn niet vrij.

Niet voordat hun een halt wordt toegeroepen.'
'Hun? Willen jullie dat ik de anderen ook uitschakel?'
'Nee, alleen hem. We hebben andere mensen die we later kunnen inzetten.'
'Waarom zetten jullie nu niet die andere mensen in om hem uit te schakelen?'
'Dat hebben we overwogen. We hebben alles overwogen. Alles. Maar de president en zijn kliek... Ze zijn niet dom. En ze zijn paranoide. Ze beschermen hem. Ze hebben een net gespannen, een ondoordringbaar net, rond zijn huis. Je kunt niet bij hem in de buurt komen. Maar hij komt naar Parijs, over iets meer dan een week. Op 1 september.'
'Over een week? Hij komt over een week en jullie beginnen nu met de voorbereidingen?'
'We zouden... De oorspronkelijke datum was pas over drie weken, maar toen hebben ze het naar voren gehaald. En we hebben... er waren complicaties. Aan onze kant. Ernstige complicaties. In elk geval, als hij hier is... Ze kunnen hem hier niet zo volledig beschermen. Er is een protocol – ze moeten de veiligheid aan de Fransen overlaten. Dus dat biedt een kans. En jij bent hier. Je kent Frankrijk, je kent Parijs, je spreekt de taal, je... je was de beste. Je was de allerbeste. Ze zeggen dat jij indertijd de beste van de wereld was.'
'Vleierij gaat je niet helpen, Lonnie. Ik ga het niet doen.'

***

'Waarom zitten de Russen achter je aan?'
Lonnie lachte vreugdeloos. 'Je weet dat de president van die...' hij zocht het juiste Afrikaanse woord, '... neigingen had.'
Daniel heeft de geruchten gehoord. Van 's mans voorliefde voor jonge vrouwen. Hij knikte alleen.
'Ze hebben gezien, de president en zijn Indiase vrienden, hoe makkelijk het is om van overheidsinstanties te stelen. Ze hebben Eskom gekaapt, en de steenkoolleveranties van Eskom gekaapt, ze hebben de oprichting van nieuwe energiecentrales uitgemolken, maar het is gewoon nooit genoeg. En het was geen onuitputtelijke bron. Toen hebben ze een plan gemaakt. Bouw nog een kerncentrale. Meer dan een triljoen rand op tafel, je kon het kwijl zien druipen. En de hele wereld

draait om hen heen om het contract te krijgen – de Chinezen, de Fransen, de Russen. Maar Poetin is niet achterlijk. Twee jaar geleden is onze president in Moskou geweest. En Poetin wist van de neigingen van die oude man, en heeft vier spierwitte, beeldschone blonde vrouwen naar zijn hotelkamer in het Ritz-Carlton in Moskou gestuurd. En de verborgen camera's hebben alles opgenomen. Het is niet het feit dat hij betrapt is met vier witte vrouwen, Tobela. Het is wat hij met hen heeft gedaan. Schandelijke dingen. Nogal ziek. Nu vraag ik je, wat denk jij dat het met zijn reputatie zal doen? Wie denk jij dat het contract van de kerncentrale zal krijgen?'

'Een typisch geval van *kompromat*,' zei Daniel Darret. Het klinkt naar de streken die de oude KGB uithaalde.

'Precies. En Poetin en zijn trawanten gaan lekker aan de transactie verdienen. Het land kan het zich niet veroorloven, Tiny. Dit wordt de druppel.'

'En als jullie de president uitschakelen, is het kompromat nutteloos.'

'Precies.'

'Hoe weten de Russen van jullie?'

'Daar kom ik nog op terug.'

***

Hij keek hoe Lonnie at. Eerst de oesters. 'Jeez, dit is lekker.'

Dan de 'Cul-de-poule'. Lonnie wilde weten wat het betekende toen Daniel het aanraadde.

'Letterlijk het "achterste van de kip",' zei hij.

'Kippenkont?' Met zijn lachje.

'Cul-de-poule is eigenlijk een mengkom die je in de keuken gebruikt. Maar dit is een woordspeling, het is kipsalade. François wil zijn gasten alleen een glimlach bezorgen.'

'Ik snap het,' zei Lonnie.

En toen hij proefde: 'Jeez, dit is echt fantastisch.'

'Je moet in de winter komen als hij varkenswang maakt.'

En toen de schaduw over Lonnies gezicht. 'Ik wou dat het kon.'

Hij at met evenveel enthousiasme en toewijding als decennia geleden, toen Daniel hem voor het eerst zag, met een pan pap bij het vuur in een Angolees opleidingskamp. En met dezelfde bevrediging.

33

Lonnie in Angola. Drukke, toegewijde Lonnie. Een eeuwigheid geleden.

Het MK-opleidingskamp was het Wilde Westen. Een heksenketel, georganiseerde chaos, constante beweging. En testosteron, duizend jonge mannen die samen in het Afrikaanse oerwoud leefden, met weinig comfort. Een zee van zwarte gezichten, een kakofonie van Afrikaanse talen. En dan was er Lonnie. Blank en Engels, een advocaat uit Parkhurst in Johannesburg, volgens de verhalen niet erg succesvol.

Zijn bijnaam was Ubu. Naar *ububhibhi*. Het Stokstaartje.

Lonnie zat nooit stil. Hij was de cheerleader, de verpleger, de eet-je-wel-genoeg-je-bent-te-mager moederfiguur, al was hij zelf pas halverwege de dertig. Hij praatte en discussieerde met iedereen. Hielp overal, in de keuken, in de ziekenboeg, met de introductie en verwerking van nieuwe mensen. Sommigen van de andere witten hadden een kruiperige houding, een onderdanige, *white guilt*-opstelling, maar Lonnie niet. Hij steunde de Struggle met heel zijn hart. Hij verkondigde wijd en zijd dat hij geen godsdienst of ideologie aanhing, hij had maar één doel en verlangen – dat ze allemaal gelijk zouden zijn in zijn vaderland. Hij was geen leider. Maar hij was een toegewijde, enthousiaste, loyale volgeling.

Lonnie werd in de inlichtingenstructuur opgenomen omdat hij slim en nuchter was. En omdat hij geen aanleg had voor oorlog. Hij deed het uitmuntend, al was hij geen ster, niet het helderste lichtje in de kandelaar. Hij was gewoon Ubu, het drukke mannetje.

Maar het allerbelangrijkst was dat je wist dat je Lonnie je leven kon toevertrouwen.

***

Meer dan negen uur zaten ze te praten in de kelder van Au Bistrot. Lonnie nog steeds even breedsprakig als altijd.

'Lonnie, jij bent wit. Waarom ben jij de boodschapper?' wilde Daniel weten. Met de implicatie dat Lonnie nooit deel uitmaakte van de veteranen, de echte kring van vertrouwelingen.

Lonnie wist dat die vraag zou komen, hij wist wat het allemaal inhield, want hij kende de structuren en gebruiken en tradities en ongeschreven wetten.

'Omdat ik kon.'

En toen nam hij een slokje wijn, keek Daniel aan en zei: 'Omdat ik de enige was die niet zo verschrikkelijk nauwlettend in de gaten werd gehouden. Je hebt geen idee hoe het er thuis aan toegaat. Het is Stalin, Tiny, zonder het moorden. *It's death by a thousand lies, betrayal by a thousand spies.* Ze weten dat ze de kleptocratie alleen in stand kunnen houden door nog meer mensen te kopen en om te kopen. Je kunt niemand vertrouwen. We moeten zo vreselijk voorzichtig zijn. Want ze vermoeden... Ze verwachten, ze weten, er zijn er onder ons die een andere Struggle gestreden hebben, die een ander land willen. Ze weten dat we op een gegeven moment niet meer... duimen blijven draaien. Dus houden ze de gevaarlijke jongens in de gaten. Maar zo werd ik nooit gezien.'

Het was de eerlijkheid van Lonnie die hem raakte.

34

Halfeen 's nachts. Daniel zit aan tafel, armen over elkaar, hoofd gebogen, doodmoe gezwoegd en geploeterd en geschuurd. Zijn goedkope mobiel gaat – de telefoon die madame Lefèvre hem heeft gegeven, het nummer dat alleen zij heeft, voor wanneer hij dingen moet bezorgen. En nu heeft Lonnie het ook. Hij heeft in het restaurant het nummer tegen zijn zin aan hem gegeven, want Lonnie zei: 'Ik zal je nog één keer bellen, morgen of overmorgen. Nog een laatste keer, Tobela. Om te horen of je niet van standpunt bent veranderd.'

Zijn *standpunt.*

Hij is blijven zwijgen. Lonnie interpreteerde dat verkeerd.

'Ik bel je gewoon vanaf een wegwerptelefoon, Tiny. Niet op te sporen, ik wil niet de hele operatie in gevaar brengen. Vertrouw me. Je weet dat je me kunt vertrouwen.'

Hij gebruikt de telefoon nergens voor behalve voor de oproepen van madame. Hij heeft een tweedehandstablet thuis waarop hij het nieuws op het internet leest. Hij wil niet te bereiken of op te sporen zijn. Daarom stribbelde hij tegen.

Nu gaat de telefoon en het is niet het nummer van madame. Het is Lonnie, het kan alleen maar Lonnie zijn.

Hij wil niet opnemen.

'Lonnie.'

'Ik zit in de problemen, Tiny. Ze hebben me gevonden. Ze staan bij elke uitgang.'

'Waar ben je, Lonnie?'

'Het Novotel bij het water.'

Het duurt even voordat hij begrijpt wat Lonnie bedoelt. 'Het Bordeaux-Lac?' Het hotel bij het meer, met het reusachtige complex van het Parc des Expositions aan de overkant.

'Ja.'

'Hoeveel zijn het er?'

'Zes. Het spijt me, het spijt me heel erg, maar ze zitten me op te wachten. Ze willen me pakken, Tiny...'

Hij probeert te bedenken hoe het terrein daar is. Hij heeft weleens iets bezorgd daar in de buurt, en heeft weleens bij het meer gewandeld. Het Novotel is een van de hotels die het Parc des Expositions bedienen. Een goede plek om je te verstoppen wanneer er een of ander groot evenement is. Maar nu in augustus misschien niet de slimste plek. Het staat aan het water met alleen een ventweg ertussen. Hij herinnert zich niet precies hoe het er daar uitziet.

'Is het terrein van het hotel open?'

'Nee.' Lonnies bravoure en breedsprakigheid zijn verdwenen. 'Er is een hoog stalen hek, helemaal rondom het terrein. Aan de achterkant zijn ook nog struiken.'

'Hoeveel ingangen?'

'Er is een oprijlaan met een ingang, en een aparte uitgang.'

'Waar is de ingang?'

'Aan de kant van het water. West. De uitgang is noord.'

'Dat is alles?'

'Ja.'

'Waar zitten de Russen?'

'Twee in een auto tegenover de ingang, twee bij de uitgang, aan de overkant van de straat, en twee in de lobby.'

'Waar kijkt jouw kamer op uit?'

'Het water.'

Hij denkt zo lang na dat Lonnie benauwd vraagt: 'Ben je er nog?'

'De achterkant van het hotel... Die grenst aan de tramrails, als ik het me goed herinner.'

'Ja, maar het hek, Tiny, er zijn struiken en een hek. Ik heb gekeken, ik heb de plek verkend, voor het geval dat. Ik had niet gedacht dat ze me zouden vinden. Ik heb de eerste vier avonden ergens in de stad gelogeerd, elke avond op een andere plek, en toen ben ik hierheen gegaan, want het is... Ik dacht...' Zijn excuses raken op.

Daniel luistert niet, maar probeert te bedenken hoe hij Lonnie daar weg krijgt.

'Lonnie, luister goed... Hoeveel bagage heb je?'

'Twee stuks. Een middelgrote en een kleine koffer.'

'Kun je die grote koffer achterlaten?'

'Ja.'

'Ik moet je achter het hek zien te krijgen...'

'Ik ben geen jonge vent meer, Tiny, ik kan daar niet overheen klimmen.'

'Lonnie, luister. Kun je bij het hek komen zonder dat het stel bij de receptie je ziet?'

'Ja, ik kan door het restaurant – er is een deur naar de tuin.'

'Wacht in je kamer. Ik ga op weg. Pak vast in. Neem alleen de kleine koffer mee – je moet snel zijn. Ik bel je over een kwartier.'

Hij drukt de telefoon uit, vloekt hardop; zijn stem echoot in de stille werkplaats.

Zes man. Het is een enorme inzet van mankracht. In een vreemd land, in dit internationale politieke klimaat. De Russen moeten Lonnie wel heel graag willen tegenhouden. Maar ze zijn vast met meer. Ze zullen niet al hun kaarten op tafel leggen. Hij zal eerst moeten kijken waar de anderen zich verstoppen.

***

Hij heeft geen wapens.

Hij haalt een tafelkleed uit de winkel, pakt een paar stukken gereedschap, stopt kabelbinders in zijn zak en doet dan de achterdeur van de werkplaats open. Hij pakt de Peugeot, want meer heeft hij niet tot zijn beschikking – het J5-bestelbusje van vijfentwintig jaar oud met meer dan driehonderdduizend kilometer op de teller. Het wit is allang tot vuilgeel verbleekt, het opschrift MADAME LEFÈVRE – ANTIQUITÉS-BROCANTE is nog vaag leesbaar op de zijkant.

Hij rijdt langs de rivier, in noordelijke richting over de Quai des Chartrons, dan oostelijk over de Rue Lucien Faure, de stad is stil. Dat zit hem dwars want hij voelt zich kwetsbaar; een van de weinige voertuigen die op de camera's van de politie te zien zullen zijn. Als er problemen zijn, als er geschoten wordt en er vloeit bloed, zullen ze hem opsporen.

In zijn hoofd overweegt hij scenario's, mogelijkheden, maakt plannen, verwerpt die weer. Hij moet zijn identiteit beschermen. Zijn bestaan, zijn anonimiteit.

Langs de Decathlon, langs het grote winkelcentrum Bordeaux Lac, over de E5, dan links de Rue du Grand Barail in. Hij begint uit te kijken naar de verscholen mannen, het team dat zich niet aan Lonnie heeft laten zien.

Als ze professioneel zijn, dan zitten ze achter het hotel.

En dat klopt.

Hij ziet de Mercedes Sprinter, twintig meter van de kruising, pal voor het hek van Hôtel le Provençal. Twee mannen voorin, het raampje aan de passagierskant open, sigarettenrook die naar buiten wolkt.

Hij rijdt er voorbij, kijkt vluchtig naar Lonnies hotel links van hem, met de tramrails aan de andere kant. De mannen in de Sprinter hebben een volmaakt uitzicht over de achterkant waar hij Lonnie naar buiten wil brengen.

Hij zal ze moeten uitschakelen. Zonder de aandacht te trekken.

Zijn ogen zoeken bewakingscamera's. De hotels zullen die allemaal hebben, meestal bij de ingangen, maar hij ziet niets van de politie. Dat scheelt.

***

Hij rijdt een blokje om en komt terug. Bij het Mercure-hotel doet hij het licht van de Peugeot uit. Hij blijft staan voor restaurant Hippopotamus met het dansende nijlpaard op het grote advertentiebord dat schreeuwt: *Laissez vos envies de viande s'exprimer*. Leef uw trek in vlees uit.

Hij pakt het donkerblauwe tafelkleed van de achterbank en draait het om zijn gezicht als een Arabische hoofddoek, zodat alleen zijn ogen onbedekt zijn. Hij pakt de stevige klauwhamer. Hij haalt diep adem en belt Lonnie.

'Tiny! Je zei een kwartier.'

'Alles goed, Lonnie?'

'Ja. Wat moet ik doen?'

'Ga naar het restaurant, en blijf bij de deur staan. Als ik bel, ren je naar het hek. Daar zie je me. Maar je moet wachten tot ik bel. Begrepen?'

'Hoe lang gaat het duren?'

'Tussen de vijf en tien minuten. Als ik over twintig minuten nog niet heb gebeld, moet je de politie bellen en zeggen dat je bescherming wilt. Laat je door hen in veiligheid brengen.'

'Nee!' Lonnies stem is hoog, paniekerig. 'Waarom zou het...?'

'Lonnie...' Daniel houdt zijn stem kalm en sussend, 'er is nog een team, twee man in een busje achter het hotel. Ik zal proberen ze uit te schakelen, maar er kan van alles gebeuren. Ik ben roestig, vijfenvijftig jaar, zij zijn jong en professioneel...'

'God, Tiny...'

'Ga bij de deur wachten. En duim maar.'

Stilte. Dan: 'Oké. Zie je zo.'

***

De Mercedes Sprinter staat open en bloot. Er is geen beschutting om hem te besluipen, geen ruimte voor trucs of slimmigheden. Er zijn alleen deze mogelijkheden: snelheid, verrassing, overmeestering.

Hij stapt uit, de hamer in zijn hand, de doek om zijn hoofd, tang en kabelbinders in zijn broekzak. Hij sluit de Peugeot af en doet het sleuteltje in zijn andere broekzak. Hij haalt diep adem. De nacht is stil, de lucht vlak bij het meer is koel, de straten zijn verlaten. Bordeaux slaapt.

Hij blijft staan. Gedachten tollen door zijn hoofd.

Geweld lokt geweld uit, en hier zal geweld zijn. Het gaat dingen uitlokken, er zullen dominostenen omvallen.

Hamer in de hand, maar hij voelt zich bloot. Zijn schouderbladen willen het troostende gewicht van de korte steekassegaai voelen, het wapen dat hij vroeger op zijn rug de strijd in droeg.

Het is het einde van een tijdperk. Het is het einde van het leven dat hij met zoveel pijn, moeite en eenzaamheid hier heeft opgebouwd. Hij voelt het verlies als een fysieke pijn. Wat doe je, Daniel Darret? denkt hij. Wat doe je?

En hij voelt de tinteling.

Hij sprint weg, in volle vaart.

35

Hij rent naar de achterkant van de Sprinter, zijn sportschoenen licht op het asfalt. Hij bidt dat die twee nu niet in hun zijspiegels gaan kijken, dat hun aandacht op het hotel gevestigd zal zijn, dat ze half in slaap en verveeld zullen zijn.

De afstand wordt kleiner en kleiner, de adrenaline stroomt.

Hij moet bij het linkerportier zien te komen, bij de bestuurder, de man met de sleutels, de koplampen, de claxon, de man met minder bewegingsruimte achter het stuur, hoogstwaarschijnlijk het oudste lid van het tweekoppige team.

Hij is bij de Sprinter, rent langs de zijkant, ziet dat het raampje dicht is. Hij heft de hamer en slaat de ruit kapot. De bestuurder duikt instinctief weg en Daniel slaat weer, hard, snel, met de kop van de hamer. Hij raakt de man op zijn voorhoofd, krakend bot, spattend bloed. De man valt met zijn hoofd naar voren.

De ander herstelt van de schrik, grijpt naar een wapen in zijn zij, onder zijn arm. Daniel ziet het pistool van de bestuurder op het dashboard liggen, een MP-443 Grach met demper, naast een kleine walkietalkie. Hij beseft dat ze Lonnie beslist wilden doodschieten.

Hij laat de hamer uit zijn hand vallen, grijpt het wapen met zijn linkerhand, schuift zijn rechterarm rond de nek van de bestuurder en trekt hem naar zich toe. Hij houdt de man tussen zichzelf en de passagier, drukt de veiligheidspal weg en slaat met de loop van het pistool de bestuurder hard tegen zijn slaap.

'*Polozhite pistolet*,' zegt hij in het beetje Russisch dat hij zich herinnert. *Leg je wapen neer.*

De passagier kijkt naar hem, trekt zijn pistool en zwaait ermee naar Daniel. Hij is jong, begin twintig, met het gezicht van een roofdier, nog verbluft door het onverwachte geweld.

Daniel beukt de Grach nog harder tegen het hoofd van de bestuurder. 'Polozhite!' Maar zijn hand trilt van de adrenaline en de angst dat hij hier alles kan verliezen, dat hij een grens over is gegaan.

De bestuurder maakt een kort verdwaasd geluid, met weggetrokken ogen.

Het pistool van de passagier beweegt niet meer, maar hij blijft zitten, de schrik neemt af en de opleiding komt boven. Hij kijkt naar Daniels hand; hij zal het trillen zien.

Daniel zwaait de Grach een paar millimeter opzij, vuurt een schot af in het dashboard, net rechts van de knie van de passagier, een zachte plof.

De man beweegt zijn hand tussen zijn benen, langzaam naar de vloer, en legt het pistool neer. Hij kijkt weer naar Daniel.

Daniel laat de nek van de bestuurder los, haalt een handvol kabelbinders uit zijn zak. ‘Bind hem aan het stuur vast,’ zegt hij in het Engels. Hij gooit de kabelbinders bij de passagier op schoot, en maakt zich op om de bestuurder weer bij zijn nek te grijpen.

De passagier kijkt hem nu aan, radertjes draaien, risico’s worden overwogen.

‘Ik heb gehoord dat de toekomst van SVR-agenten met kapotgeschoten knieën niet geweldig is,’ zegt Daniel en hij zwaait de Grach in de richting van het been van de man.

Er komt geen reactie die erop duidt dat hij voor de Sloezjba Vnesjnej Razvedki, de Russische buitenlandse veiligheidsdienst, werkt. Maar hij pakt de kabelbinders en leunt naar voren om de rechterpols van zijn kameraad te pakken. Langzaam, kalm, bindt hij die aan het stuur vast. De bestuurder rukt zijn arm weg. Daniel verstevigt zijn greep om de nek van de man, wurgt hem. De reactie verslapt.

‘Strakker’

De passagier trekt de kabelbinder strakker, pakt de andere hand, en bindt die ook vast. Kijkt dan naar Daniel.

‘Nu je rechterhand.’

De passagier aarzelt, kijkt in de richting van het hotel, naar de radio op het dashboard en weer naar hem. Er schuilt intelligentie achter de waakzame ogen. Daniel weet dat de man zich zal afvragen: waarom heeft hij ons niet gewoon neergeschoten? Dat is wat de SVR gedaan zou hebben. Hij zal de mogelijkheden afwegen; de aanvaller heeft een doek om zijn hoofd om zijn identiteit te verhullen, zodat hij in de toekomst niet herkend kan worden. Want hij wil hen niet elimineren. Misschien om de ophef van een internationaal incident te vermijden, en de daaropvolgende intensieve zoektocht naar de schutter. De man zal tegen zichzelf zeggen dat dit de reden is waarom hij een kans heeft.

'Fuck you,' zegt de passagier.

En dan klinkt de radio, een stem die iets in het Russisch zegt, vragend.

Daniel haalt de trekker over. De radio spat met een klap uit elkaar, de passagier schrikt op.

'Je hebt tien seconden om je rechterhand aan het stuur te binden of ik beëindig je carrière.'

Later zal hij zich afvragen of het de ambitie was van een jonge man. De angst voor een smet op zijn staat van dienst zo vroeg in zijn carrière?

De passagier reikt naar zijn pistool.

Daniel schiet, raakt hem in de elleboog van zijn rechterarm, waar de negenmillimeterkogel grote schade aanricht, bloed en botsplinters tegen het portier. De man schreeuwt het uit van de pijn en de schok. Daniel steekt het pistool achter zijn riem, rukt het portier open, wurmt zijn bovenlijf over de vastgebonden armen van de bestuurder. Hij grijpt de gezonde linkerarm van de passagier en pakt een kabelbinder uit de schoot van de man.

Die reikt met zijn nauwelijks bruikbare rechterhand naar het pistool op de vloer, jankend van de inspanning.

Daniel vloekt in het Xhosa, instinctief. Hij laat de gezonde arm los en grijpt de rechterhand van de man, want hij moet het pistool te pakken krijgen.

Het gezicht van de bestuurder raakt het zijne; de man bijt hem door de doek in zijn nek. Daniel concentreert zich op het pistool, draait het uit de hand van de passagier, beukt dan met zijn elleboog tegen de bestuurder. Hij gooit het pistool van de passagier uit de Sprinter waar het op het asfalt klettert. Hij slaat de man met al zijn kracht, raakt hem met zijn vuist vol in het gezicht. Hij trekt de gezonde arm weer naar zich toe, moddert met de kabelbinder. De man rukt en trekt. Hij slaat hem heen en weer, de passagier probeert af te weren met zijn rechteronderarm, de bestuurder maakt jammerende geluiden. Daniel klemt de gezonde arm vast, rukt die naar het stuur, houdt de elleboog recht om weer te slaan, worstelt met de pols en de kabelbinder, zijn handen glad van het bloed van de man. Hij trekt de kabelbinder strak aan, zich ervan bewust dat de radiostem een antwoord verwachtte. Hij weet dat hij geen tijd meer heeft.

De passagier rukt aan de kabelbinder. Daniel, met zijn halve lichaam in de stuurcabine van de Sprinter, trekt aan de gewonde rechterarm en de man schreeuwt het uit van de pijn. Hij pakt nog een kabelbinder die tussen de twee mannen is gevallen en maakt de laatste arm vast.

Hij voelt snel in de zakken van de twee mannen, vindt twee mobiele telefoons en stopt ze in zijn achterzakken.

Dan pakt hij het pistool dat op het asfalt ligt.

Hij rent over de tramrails terwijl hij zijn eigen mobiel tevoorschijn haalt. Hij belt Lonnie.

'Kom, Lonnie, rennen.'

Stopt de mobiel in zijn zak, pakt de tang.

Bij het gaashek. Hij begint te knippen van boven naar onder. Hij hoort de haastige stappen van Lonnie.

'Tobela!' Lonnies stem klinkt paniekerig.

'Hier.' Hij knipt en knipt, drukt de draden schuin en wurmt zich door de struiken. Lonnie staat daar met een koffertje in zijn hand, zijn gezicht verwrongen van angst.

'Kom!'

Lonnie komt. Hij helpt hem door de planten, en door het gat in het hek heen.

Lonnie kijkt naar zijn handen en armen. 'Je bloedt.'

Tobela lacht. 'Dat is niet mijn bloed. Kom op, Lonnie.'

Ze beginnen te rennen naar de Peugeot die om de hoek staat. In het voorbijgaan ziet Lonnie de twee mannen in de Sprinter. Hij kijkt weg.

***

Ze rijden. Daniel rolt de doek van zijn hoofd en kijkt in de achteruitkijkspiegel.

'Lonnie, heb jij een visum voor Groot-Brittannië?' Hij moet zijn stem verheffen om boven het gerammel van de Peugeot uit te komen.

Lonnie is nog buiten adem. 'Waarom vraag je dat?'

'Ze zullen het vliegveld Mérignac in de gaten houden. En het station van Bordeaux. Je zult vanaf Bergerac moeten vliegen. Dat is een klein vliegveld, de meeste vluchten gaan naar Southampton, Stansted of Amsterdam.'

Lonnie denkt na. 'Amsterdam,' zegt hij.

En dan: 'Dank je, Tiny.'

'Dat zijn hun pistolen,' zegt hij met een gebaar naar de vuurwapens. Lonnie heeft gezien hoe hij ze in de gereedschapskist stopte. 'Wilden ze je doodschieten?'

Lonnie zet grote ogen op. 'Ik zei toch dat ze me willen pakken.'

'En ze zijn niet bang voor een internationaal incident.'

'Nee.'

'Gaat het alleen om het geld van de kerncentrale, Lonnie?'

Hij schudt langzaam zijn hoofd. 'Je moet begrijpen dat hier grote machten in het spel zijn. Het is de opkomst van China, het is Amerika dat verzwakt. En in het midden is een vacuüm dat gevuld moet worden. Er is een nieuwe wereldorde in opkomst. En Poetin... Je kunt van hem zeggen wat je wilt, maar hij is slim. Uitgekookt. Hij zet in op de lange termijn, positioneert zichzelf en zijn land. Weet je waarmee hij bezig is in Centraal-Afrika?'

'Nee.'

'Congo, een heel stel landen... Het zijn presidenten zonder democratisch mandaat, en Poetin heeft hun vijfentwintighonderd hoogopgeleide militairen gegeven om als persoonlijke lijfwacht te dienen. Om ze aan het bewind te houden. Waarom denk je? Omdat hij zo'n goeie kerel is? Nee, Tiny, het gaat over invloed, over macht, over de mineralen en diamanten in handen krijgen. China pakt het anders aan. China koopt de schulden van landen op en bezit hen op die manier. Kijk maar naar Venezuela, het land met de meeste olie van de hele planeet... Maar Poetin speelt een ander spel. Rusland is de grootste kleptocratie in de geschiedenis van de planeet. Hun regering zit in een semiofficiële vennootschap met de georganiseerde misdaad. Wat goed is voor de een, is goed voor de ander. Politiek gezien is Zuid-Afrika een stabiele plek op het continent. Een toegangspoort. Voor de ambities van Poetin om weer een supermogendheid te worden. Voor zijn Nieuwe Rusland. We zijn nog steeds het kroonjuweel, de grootste, zoetste, sappigste vrucht in Afrika, al gaat het slecht bij ons. Hij wil ons bezitten voordat de Chinezen komen. Hij heeft onze president in zijn zak, de beste hefboom. Dat wil hij niet kwijt. Hij doet wat gedaan moet worden. En dan is er de maffia die meekomt met het contract van de kerncentrale...'

Ze rijden in stilte over de Garonne bij de Pont d'Aquitaine, en dan zuidelijk over de N230.

'Waarom moest je lachen toen ik zei dat je bloedde?' wil Lonnie weten.

Daniel lacht weer. 'Een paar weken geleden werd *Predator* uitgezonden,' zegt hij.

Hij ziet dat Lonnie het niet begrijpt.

'*Predator.* Die film met Schwarzenegger waarin hij die alien moet doden in het oerwoud...'

'O. Ja...'

'Daar komt een scène in voor met een soldaat die aan het begin samen met Schwarzenegger is – hij is groot en stoer, je denkt dat hij onoverwinnelijk is. Ze raken in de clinch met rebellen en de stoere soldaat raakt gewond. Zijn kameraad zegt tegen hem: "*You're bleeding.*" En hij antwoordt: "*I ain't got time to bleed.*" Ik moest lachen, want dat wilde ik tegen jou zeggen: "Ik heb geen tijd om te bloeden." Als een cliché van een Hollywood-soldaat. Daarom moest ik lachen, want... het is de euforie na de adrenaline, waardoor je denkt dat je onoverwinnelijk bent. Maar dat ben ik niet.'

Lonnie lacht niet. Hij kijkt alleen maar voor zich uit.

Eindelijk zegt Het Stokstaartje: 'Hier is een kuiken dat je gered hebt.'

36

Tijdens de lange uren in Au Bistrot, terwijl Lonnie probeerde hem over te halen een huurmoordenaar te zijn, is hij blijven volhouden dat hij het niet wilde.

Lonnie kwam met heel veel tegenargumenten en pleidooien, de voormalige advocaat aan het werk.

Daniel was op een gegeven moment ten einde raad. Toen zei hij dat hij Lonnie over de kuikens wilde vertellen.

Lonnie fronste afkeurend, want het gesprek en het onderwerp waren ernstig.

Daniel vertelde: het eerste werk dat hij in Frankrijk had gevonden was op een grote kippenboerderij in Bretagne, vlak bij het beeldschone Morlaix. Voor een bitter laag loon, want hij was daar illegaal, destijds nog met zijn Zuid-Afrikaanse paspoort.

Het was zijn taak om de laatste kuikens te redden. Het was de minst populaire taak op de boerderij, daarom kreeg hij die.

De transportband kwam van de broedkasten. Andere handen haalden de duizenden kuikens eraf als ze uit het ei kwamen, om ze te sorteren en af te voeren.

Hij stond bij het eindpunt, waar de zwakste, laatste kuikens zich uit het ei worstelden, op de transportband lag een dikke laag eigeel van onsuccesvolle eieren, het geel plakte. De zwakke kuikens zaten vast.

Wanneer de band begon te bewegen, kon hij het bijhouden, want er bereikten maar een paar kuikens zijn post.

Maar naarmate het tempo toenam, namen de aantallen steeds meer toe. Steeds meer van die spartelende vogeltjes moest hij met de hand uit de smurrie halen en opzij neerzetten.

Hij werkte zo snel als hij kon. De kuikens, zo klein en tenger en broos en mooi... elke keer kwam er een moment dat hij gewoon niet snel genoeg meer was. Dan moest hij kiezen. Welke kuikens bleven leven en welke kuikens zouden verrekken. Want de beestjes die aan hem voorbijgingen, gleden door naar de rollende maalmachine, en werden verpletterd tot beendermeel en mest en diervoeding.

Het vrat aan hem, dat werk. Het vrat verschrikkelijk aan hem.

Want het herinnerde hem aan zijn laatste jaar in Zuid-Afrika, zei Daniel. Zijn stem was hees geworden, want hij wilde het zich niet herinneren. Hij keek daar in het restaurant naar de geelwitte zandstenen muur, zijn ogen gleden over de voegen tussen de grote stenen, zijn geest was terug in de Oost-Kaap. Het was nadat hij zijn stiefzoon had verloren, zegt hij. Pakamile, acht jaar oud, doodgeschoten door gespuis tijdens een overval op een benzinestation in Cathcart. Zijn tweede grote verlies. Miriam, de liefde van zijn leven, was twee jaar daarvoor overleden. En toen werd hij waanzinnig. Hij wilde alle kinderen redden. Hij wilde hen beschermen. Hij wilde wraak nemen. Hij heeft mensen opgejaagd en vermoord, mensen die kinderen verkrachtten en mishandelden en pijn deden. Hij wilde alle kinderen redden.

Lonnie legde een hand op zijn arm. 'Ik weet het.'

Toen besefte Daniel dat zijn ogen nat waren.

Hij vermande zich.

De kuikens, zei hij, hebben het hem geleerd. Je kunt ze niet allemaal redden. Hoe hard je het ook probeert en hoe zuiver je motieven ook zijn, je kunt ze niet allemaal redden.

Hij wilde niet meer de aanklager, de rechter of vooral de beul zijn. Hij wilde niet meer degene zijn die probeerde iedereen te redden. Ze moesten maar iemand anders vinden om de president uit te schakelen.

37

Het is nauwelijks honderdtwintig kilometer van Bordeaux naar het kleine vliegveld van Bergerac, maar in de rammelkast-Peugeot, op de smalle achterafweggetjes die Daniel kiest, is het een reis van minstens twee uur.

In de buurt van Castillon-la-Bataille zoekt Lonnie een vlucht op zijn telefoon.

Daniel stelt de vraag die hem dwarszit: 'Hoe hebben ze je gevonden in het Novotel? Je mobiel?'

'Nee. Ik heb een fout gemaakt, Tiny. Het Novotel accepteerde geen contante betaling. Ik wist niet meer welke creditcard... toen ik incheckte had ik te veel haast. Ik wilde er niet uitzien als iemand... die voortvluchtig is. Het was een lange dag, ik had misschien een glaasje te veel van de wijn van François gedronken. Ik heb misschien dezelfde creditcard gebruikt als voor de vlucht van Dublin naar Bordeaux. Dat is het enige wat ik kan bedenken. Het spijt me ontzettend...'

Lonnie. Nooit het scherpste mes in de lade. Maar hij zegt niets.

'De eerste vlucht naar Amsterdam is om negen uur vijfentwintig,' zegt Lonnie.

'Hoe laat is het nu?' Want het glimmende digitale klokje van de Peugeot doet het allang niet meer.

'Even na vieren.'

'Weten ze onder welke identiteit je reist?'

'Ik heb vier paspoorten. Ze kennen er nu drie. Ik zal het laatste moeten gebruiken.'

'Hoe heb je al die paspoorten...?' En dan weet hij het, want Lonnie was indertijd adjunct-directeur-generaal bij de geheime dienst, en hij had een hoge post bij de nieuwe staatsveiligheidsdienst, de SSA, voordat de president hem een mes in de rug stak. 'Je hebt voorzorgsmaatregelen genomen?'

'We hebben allemaal voorzorgsmaatregelen genomen. We hebben gezien wat eraan zat te komen.'

'En ik neem aan dat je nog andere creditcards hebt?'

'Ja. En ik weet nu welke ik nog niet heb gebruikt. Ik zal niet nog een keer dezelfde fout maken.'

'Lonnie, het geld in de rugzak. Waar komt dat vandaan?'

Lonnie grinnikt in het donker. 'We hebben vijfentwintig miljoen teruggestolen. De directeur-generaal van de SSA en zijn trawanten hadden zoveel omkooppotjes, hadden zoveel geld verduisterd, en dat op zoveel manieren weggestopt dat niemand meer de boeken kon bijhouden. Het teken stond al aan de wand, we hebben het gewoon op tijd weggesluisd.'

'Ik zal je het geld terugsturen. Je moet alleen even vertellen hoe.'

'Later,' zegt Lonnie met een gebaar dat aanduidt dat het niet belangrijk is. 'Ik neem aan dat je de brief in de rugzak nog niet gelezen hebt?'

'Nee.'

Lonnie knikt alsof hij dat verwacht had.

'Ga je vanaf Amsterdam naar huis?' vraagt Daniel.

Hij knikt. 'We hebben een safehouse in McGregor. Daar zal ik wachten...' En dan kijkt hij naar Daniel en zegt met hoop in zijn stem: '... tot je bereid bent.'

Hij zucht. Lonnie geeft nooit de moed op. 'Lonnie, ik ga dit niet doen.'

'Je bent nu... Het spijt me dat ik je er vannacht zo in heb gesleept. En ik ben heel dankbaar dat je me gered hebt. Tiny, ik weet dat ik misbruik van je maak, maar je bent er nu deel van. Je bent erbij betrokken.'

Daniel lacht zacht. 'Leuk geprobeerd, Lonnie.'

'Het is echt zo. Zie je dat niet? Je bent nu bij ons betrokken.'

'Nee. Ik was betrokken bij de poging jou uit het hotel te redden, want je bent mijn vriend. Ze weten niet wie ik ben. Ik ga verder met mijn leven, Lonnie. Ik heb heel hard gewerkt om dit leven op te bouwen.' Hij voelt de vermoeidheid, wil er geen ruzie meer over maken, want de middag en avond in Au Bistrot waren vermoeiend genoeg.

Lonnie zucht diep. Hij toetst wat in op zijn telefoon, zoekt zorgvuldig tussen zijn creditcards, kiest er een en boekt zijn vlucht.

***

Ze drinken koffie en eten oudbakken croissants bij een benzinestation even buiten Bergerac, het gesprek loopt stroef, oppervlakkigheden over het welzijn van oude kameraden. De zon komt op, geeft kleur aan het landschap, keurige velden met graan, en fruit en groente.

Even voor zessen zet Daniel Lonnie May met zijn koffertje op het kleine vliegveld af.

Lonnie omhelst hem buiten, naast het busje, met beheerste wanhoop.

'Het spijt me, Lonnie,' zegt hij.

'Mij ook. Maar het is je goed recht. We maken onze keuzes, en we moeten met de gevolgen leven.'

Lonnie laat hem los. Hij kijkt Daniel aan met ogen als van een geslagen hond. Ogen die zeggen dat Daniel hem nooit meer zal zien, hij is ten dode opgeschreven.

'Stuur me een sms als je veilig terug bent. Vanaf een veilige telefoon.'

'Mag ik nog iets zeggen, Umzingeli?'

Daniel weet, als Lonnie zijn oude codenaam gebruikt, komt het laatste pleidooi.

'Ik begrijp dat van de kuikens die je niet kon redden,' zegt Lonnie. 'Het is waar. Het is onmogelijk om ze allemaal te redden. Dat te willen proberen, het is de weg naar de afgrond. Maar er is één ding dat je vergeet: al die duizenden kuikens die je wel hebt gered. Hoe zit het daarmee? Tellen die niet mee? Waren die niet de moeite waard?'

Lonnie draait zich om en begint naar de ingang van het vliegveld te lopen, zijn schouders naar achteren alsof hij zich helemaal alleen schrap moet zetten voor wat komen gaat.

***

Hij rijdt met de zon in de rug terug naar Bordeaux, de adrenaline is uitgewoed, hij is moe tot op het bot. De vorige dag en nacht zijn nu brokstukken in zijn hoofd, beelden en gevoelens, emoties en gesprekken die komen en gaan en malen en dralen. En een onvoldaanheid, een ongemak, een ontevredenheid, die hij niet goed weet te verwoorden, waar hij geen grip op krijgt.

Ze hebben Lonnie gestuurd. De samenzweerders, de zogenaamde MK43. Het beste wat ze konden doen was Lonnie May sturen. Witte Lonnie, Het Stokstaartje.

Je bent er nu bij betrokken. Alsof de hamerhersenschudding en de verbrijzelde elleboog die hij heeft veroorzaakt, hem onherroepelijk binden aan deze groep en hun complot. Het is een goedkope truc, het is een belediging, het is manipulatie. Hij is meer waard dan dit. Maar dit krijg je als je Lonnie May stuurt.

Wat is er met de goden, het noodlot? Eerst madame Lecompte in de nacht, en nu dit. Nauwelijks twee weken na elkaar. Heeft hij niet een heel hoge prijs betaald voor dit leven, hier en nu? Heeft hij geen rust verdiend? Na alles wat er gebeurd is. Na Miriam en Pakamile en alle moord en doodslag en verraad en chaos.

Onvoldaan en ongemakkelijk en ontevreden, want Lonnie heeft alles weer opgerakeld. Herinneringen. Van bijna veertig jaar geleden. Toen hij van huis wegliep naar de Struggle, amper zeventien jaar oud. Swaziland en Mozambique en Angola en Tanzania. Zijn jeugd, zijn volwassen leven, zijn beste jaren heeft hij gegeven.

Herinneringen aan Saraktasj, herinneringen aan Moskou en Oost-Berlijn en de Muur. Aan de oorlogsjaren, slachtoffers in zijn sluipschutterstelescoop in München en Barcelona en Hamburg en Maastricht. Hij heeft de trekker met zoveel ideologische overtuiging overgehaald, zich zo weinig bewust van de langzame schade aan zichzelf. In dienst van MK, ingezet in Europa; een huurcontract met de KGB en de Stasi, hun kameraden in de strijd. Een oefening in public relations, zijn codenaam *Umzingeli*, De Jager. God, wat hield hij indertijd van die naam. Het ego van een jonge man werd erdoor gestreeld.

En nu is die wereldorde alweer bijna vergeten. De kinderen van vandaag beschouwen het als oude geschiedenis, en kunnen zich er geen voorstelling van maken, begrijpen het niet.

Alle offers die hij heeft gebracht. Ze hebben zo weinig vruchten afgeworpen.

Bovendien zijn de herinneringen aan Miriam en Pakamile weer opgerakeld, zodat de fysieke pijn in hem weer terug is, opgelaaid na bijna tien jaar dagelijks worstelen om die pijn een beetje te verdoven. *Al die duizenden kuikens die je wel hebt gered. Hoe zit het daarmee? Tellen die niet mee? Waren die niet de moeite waard?*

Nee, Lonnie, denkt hij, ze tellen niet mee. Want ze waren sowieso veroordeeld tot een legbatterij of het abattoir, zijn handelen heeft geen enkel verschil gemaakt. Dat is de *story of his life*. Het heeft geen verschil gemaakt. Hij heeft gevochten voor democratie en een kleptocratie gekregen. Hij heeft gevochten voor gerechtigheid voor kinderen, en hij moest vluchten uit zijn vaderland, is gebrandmerkt als lid van een burgerwacht, als moordenaar. Hij heeft Lonnie uit een hotel gered, maar hij kan hem verder niet beschermen. Het is niet zijn complot, hij heeft het niet in de hand. Hij kon het Lonnie-kuiken vannacht redden, maar de molen is blijven malen.

Niet weer. Nooit weer. Het is zijn strijd niet meer. Hij wil in vrede leven. Mooie dingen maken. Vergeten.

***

Daniel Darret rijdt terug naar het hotel bij het meer.

Er is geen politieafzetting, geen plaats delict. Er is geen spoor van de veldslag met de Russen. Alleen het gat in het hek, nog niet ontdekt.

Hij bedenkt hoe ironisch het is. Dertig jaar geleden waren de Russen zijn broeders in de strijd.

Hij is waakzaam, houdt de achteruitkijkspiegel in de gaten, parkeert uiteindelijk de Peugeot twee straten van zijn huis. Hij ziet niets verdachts.

Bij de voordeur staat Wackett klagend, vermanend en sonoor te miauwen. Ze geeft kopjes tegen de deurpost en smeekt om eten alsof ze een week geleden voor het laatst gegeten heeft. Hij voert haar. Ze eet, maar werpt hem van tijd tot tijd een nijdige blik toe.

Hij neemt een uitgebreide douche, schrobt met zeep om het bloed en het zweet en de herinneringen weg te poetsen.

In zijn woonkamer staat de rugzak met het geld. En de brief.

Hij loopt naar La Boulangerie in de Rue des Faures. Mooie Marla staat achter de toonbank. Ze begroet hem met haar brede glimlach voordat ze zegt: ‘Daniel! *Tu as du retard ce matin.*’ Ja, hij is laat vanochtend. Dan stopt ze zijn gebruikelijke bestelling in een bruin papieren zak.

‘*Oui, oui, un peu*,’ zegt hij. Hij ademt de bakgeuren in, betaalt zijn verse croissants en de chocolatines, waar hij dol op is, en wanneer hij naar de Peugeot loopt, beseft hij dat dit de plek is waar hij wil zijn. Op deze plek waar ze hem, de nederige handwerksman, kennen. Waar ze hem met zijn Franse naam aanspreken en met een glimlach begroeten.

Hij gaat niets doen om dat in gevaar te brengen.

38

In de kelder van Au Bistrot, het eten achter de rug, Lonnie met een glas van François' rode wijn, zijn wangen rozig van tevredenheid.

'Hoe hebben jullie me gevonden, Lonnie?' vroeg Daniel.

Lonnie glimlachte. 'We zijn niet dom, dat weet je.'

'Dat weet ik.'

'Eerste regel van Intelligence. *Follow the money...*'

Hij knikte. Hij had altijd geweten dat dat dé manier was om hem op te sporen. Als ze dat echt wilden.

'Ik heb je zelf gevonden,' zei Lonnie met een zekere mate van trots. 'Het geld van je boerderij.'

De boerderij aan de Catarivier in de Oost-Kaap. Cata. Dat betekent 'voeg een beetje toe', want de rivier is de samenloop van zo'n honderd beekjes die stuk voor stuk iets bijdragen. Hij had de boerderij twee jaar voor de dood van Pakamile gekocht. Het huis was vervallen en het land verwaarloosd, maar ze hadden het hersteld op de manier waarop de rivier gevormd is, beetje bij beetje.

Ze hadden geiten, en een melkkoe. Een paar kippen. Een moestuin bij de achterdeur, een lapje luzerne aan de oever van de rivier. Elke ochtend bracht hij Pakamile met de auto naar school, elke middag ging hij hem ophalen. En tussen het schoolwerk door werkten ze op de boerderij. En zwommen en wandelden en joegen op klein wild en deden balspelletjes en keken 's avonds naar de sterren. Het kind genoot er zo intens van. En hij ook. Twee jaar van vrede. Twee jaar zonder verlies.

Pakamile was niet zijn eigen kind. Hij was het zoontje van de vrouw van wie hij had gehouden, de vrouw die hun ontvallen was, en zo was het kind van hem geworden. En later zijn wettige zoon.

Toen ging Pakamile dood, en moest hij op de vlucht slaan omdat hij mensen had opgespoord en gestraft, en hij moest vanuit Europa de boerderij van de hand doen, via een advocaat in King William's

Town. Hij moest de man heel veel zwijggeld betalen om de boedel af te handelen, want voor de buitenwereld was Tobela Mpayipheli ook dood.

De advocaat had het geld naar hem doorgesluisd, net als de Cata, beetje bij beetje. Bedrijfjes en trusts, de bedragen laag genoeg om het land uit te kunnen sturen, naar vijf verschillende Franse bankrekeningen. Die hij later had samengevoegd onder de naam Daniel Darret.

'Het was moeilijk. Die advocaat van jou was slim,' zei Lonnie. 'Maar hij was niet slim genoeg.'

'Hoe wisten jullie dat ik nog leefde?'

'Je bent Umzingeli.'

'Hoe, Lonnie?'

'Je lichaam is nooit gevonden... er waren geruchten, Tiny, altijd geruchten. En toen we moesten bedenken hoe we van de president af konden komen, stond jouw naam boven aan de verlanglijst. Toen zeiden ze dat we in elk geval zeker moesten weten dat jij niet ergens bent... Toen zei ik, laat mij dat maar doen. Ik was tenslotte advocaat, ik weet wat voor sporen mensen achterlaten. Dat was altijd mijn sterke kant. En jij en ik weten dat het eigenlijk mijn enige sterke kant was...'

39

Hij rijdt naar Chartrons, want hij moet het busje bij zijn werk neerzetten, en hij weet dat hij niet zal kunnen slapen.

Hij veegt de werkplaats schoon. Zijn uitgeputte lichaam protesteert, maar hij doet het doelgericht, systematisch en kalm. Dan zorgt hij ervoor dat het blad van de tafel schoon is. Hij heeft van monsieur Lefèvre geleerd dat je hout niet lakt als er nog ergens stof of zaagsel of schuursel in de buurt is.

Hij verdunt de lak met tungolie tot hij tevreden is met het mengsel en zoekt de juiste kwast. Brengt dan de lak langzaam en zorgvuldig op, eerst tegen de nerf in, de eerste laag altijd tegen de nerf in. Hij concentreert zich op het werk, het ritmische heen en weer bewegen van de kwast, de geur van vernis en terpentijn en hout.

De gedachte dringt zich aan hem op: Lonnie moet nu al in Amsterdam zijn.

Hij wil het niet toegeven. Een deel van zijn onvoldaanheid, ongemak en ontevredenheid komt voort uit het feit dat hij Lonnie nu zal missen. Lonnie, Zuid-Afrika en alles wat hem dierbaar was. Weer helemaal opnieuw. Er was een band met Lonnie. Hij heeft gisteren in dat restaurant, ondanks de lange discussies en het manipuleren, weer een band gesmeed met een oude kameraad. Een bekende. Een familielid. Met dezelfde herkomst.

En nu is er het verlangen. Nu is er de hunkering.

En dat wil hij niet.

***

Hij slaapt tien uur aan een stuk. Hij wordt de volgende ochtend wakker en voelt zich opgelucht, blij, alsof hij iets heeft overleefd, een ongeluk of een grote ramp. Hij voert de kat, pakt de rugzak met het geld en de brief en zet hem onder in een keukenkastje, achter de vuilnisbak.

Hij gaat aan het werk. Er is nog veel te doen, want het is de vrijdag voordat de Lefèvres terugkomen uit Arcachon. Maandag is het weer hij en le génie en de vaste routine waar hij zich zo prettig bij voelt. Maandag is alles weer normaal, is deze zomer van ontwrichting en geweld voorbij.

Hij stoft de hele winkel af, alle meubels. Hij stofzuigt de kleden, poetst het zilver en koper, sopt het glas van de vitrinekasten.

Soms loopt hij naar zijn mobiel. Er is nog geen bericht van Lonnie.

Hij denkt aan het weekend. Morgenochtend gaat hij tapas eten op de Marché des Capucins, in La Maison du Pata Negra van madame Dupuy. Hij doet dat niet vaak, bewaart het voor speciale gelegenheden. De foie gras van monsieur Dupuy is onbeschrijfelijk, het lekkerste hapje eten ter wereld.

Zondag gaat hij weer rijden op zijn motor. De Nederlanders en Duitsers die 's zomers in de Périgord kamperen, zouden nu allemaal weer thuis moeten zijn. Stille wegen, fraaie landschappen. Hij zal zijn hoofd leegmaken en zijn gedachten weglokken van alles wat Lonnie overhoop heeft gehaald.

Om vier uur is hij klaar. Hij loopt naar de Carrefour aan de Cours Victor Hugo voor melk en kattenvoer. Hij gaat naar huis. Hij neemt weer een douche, gaat met alleen een korte broek aan in de keuken zitten, maakt een blikje tonijn open en eet terwijl hij het nieuws op zijn tablet leest.

Het bericht over Lonnies dood staat onder aan de voorpagina van News24. FORMER INTELLIGENCE BOSS DEAD AT AIRPORT. Hij ziet Lonnies naam en wil eigenlijk niet verder lezen, wil het niet geloven. De heer May kwam van Schiphol; het was vermoedelijk een hartaanval. Pogingen van omstanders en hulpverleners bij de uitgang van de internationale luchthaven van Kaapstad om hem te reanimeren waren vergeefs.

Hij leest het steeds opnieuw, want het voelt onwezenlijk, surrealistisch, alsof het een droom is.

En dan wil hij naar buiten. Hij kleedt zich aan en vertrekt.

Er was niets wat hij had kunnen doen. Het is niet zijn schuld.

Hartaanval. Dat was het zeker niet. Ze hebben Lonnie op het vliegveld van Kaapstad opgewacht. Ze moeten geweten hebben op welke vlucht hij zat. Ze hebben ogen en oren in alle computersystemen wereldwijd, overal informanten. MK43 was gewoon niet voorzichtig genoeg. Misschien was er verraad.

Hij voelt ineens een allesverterende woede tegen de mensen die Lonnie hebben vermoord, hem een farmaceutisch of chemisch middel hebben toegediend, of gif – de Russen hebben hun slinkse, laffe manieren; te bescheten om voor je te komen staan, je recht in de ogen te kijken en als een man te vechten.

Hij loopt in het middaglicht naar de Sainte-Croix. In de kerk is het stil en schemerig. Hij gaat op een stoel zitten en rouwt om Lonnie, de emotie als pijn in zijn borst. Hij herinnert zich hoe Lonnie wegliep op het vliegveld van Bergerac, met rechte schouders. Dappere kleine Lonnie. Hij voelt de schuld, het gewicht. Er is niets wat hij had kunnen doen, denkt hij, dit schuldgevoel is zinloos. *We maken onze keuzes en we moeten met de gevolgen leven.* Lonnie wist waar hij mee bezig was, hij kende de risico's. En hij, Daniel, heeft Lonnie gered, geholpen, hij had hem toch niet hier kunnen houden. Of met hem mee kunnen gaan. Zíj hadden Lonnie moeten beschermen. Zíj.

Hij zit langer dan een uur met gevouwen armen en gebogen hoofd, met de pijn, de boosheid en het zelfverwijt. Dan staat hij op, haalt een paar munten uit zijn zak en gooit die plechtig in de collectebus van de kerk.

Hij steekt een grote kaars aan voor Lonnie.

***

Hij belt aan bij Élodie Lecompte. Het is een instinctieve beslissing. Later zal hij beseffen dat het een behoefte was om iets te voelen en aan te raken wat mooi en zuiver en onbezoedeld en menselijk was.

Ze doet voor hem open, op blote voeten als altijd. Ze kijkt hem aan met haar zachte ogen.

'Ik ben niet gekomen om naar mijn eigen schilderij te kijken,' zegt hij. 'Ik wil de andere weer zien.'

Ze voelt zijn vertwijfeling. Hij ziet het aan haar, aan de hand die wordt geheven om troost te bieden en dan onzeker weer neerzakt. '*Bien sûr*,' zegt ze met veel medeleven en ze leidt hem naar de grote kamer. Hij gaat daar staan en kijkt naar de mensen aan de muur. Goede zielen. Goede, gewone zielen. In ieder van hen heeft ze iets getroffen van hun menselijkheid. Alsof ze met dit alles wil zeggen: we zijn kapot, we zijn breekbaar, maar we zijn goed.

Hij merkt dat ze de kamer heeft verlaten.

Hij blijft daar lang alleen staan, starend, op zoek naar een connectie, absolutie.

Dan gaat hij de kamer uit om gedag te zeggen, te gaan lopen, de stad en het donker in.

'Laat me thee voor je zetten,' zegt ze.

Hij knikt. '*Oui. Merci.*'

Ze zitten in haar salon en drinken thee, zonder iets te zeggen. Tot hij zegt: 'Een vriend van me is overleden.'

'Mijn oprechte deelneming.'

Hij weet dat ze het begrijpt. Het is meer dan alleen de dood van een vriend.

Ze staat even later op en komt naar hem toe. Blijft alleen maar staan en houdt zijn hand vast. Dan huilt hij; zijn grote schouders schokken een paar keer voordat hij weer kalmeert.

***

Even na middernacht haalt hij de rugzak uit het keukenkastje. Hij maakt de gespen open, pakt de brief en gaat op de kleine bank in zijn voorkamer zitten. Wackett springt op zijn schoot alsof ze zijn stemming aanvoelt.

Hij scheurt de brief open. Hij is geschreven in blauwe inkt, een beverig, iel handschrift.

Hij vouwt hem open. Er glijdt een foto uit. De poes kijkt nieuwsgierig toe als die op de bank valt. Hij pakt hem en kijkt ernaar. Het is een foto van het hoofd en de schouders van een jonge vrouw. Ze lacht naar de camera. Ze is mooi, haar huid glad en glanzend. Er zit levenslust in haar.

Hij draait de foto om. Achterop staat *Gugu*. Hij kent haar niet. Hij pakt de brief en begint te lezen.

Mijn oude vriend,
Ik heb lang nagedacht voordat ik deze brief schreef. Omdat ik weet hoe moeilijk het voor jou zal zijn. Maar het is mijn plicht, en je weet dat ik altijd mijn plicht heb gedaan.

Daniel bladert door naar de laatste van de drie velletjes om te zien wie dit geschreven heeft.

Boven het PS is hij ondertekend door Mandla Masondo.

Als hij dat leest, schrikt hij van die stem uit het verleden. Omdat hij weet dat Mandla hem zal kunnen overtuigen. Van alle mensen die ze hadden kunnen kiezen, zal Mandla hem kunnen ompraten.

De herinneringen stromen. Vijfendertig jaar geleden. Mandla die eten en medicijnen voor hem smokkelde, in Saraktasj, het godvergeten opleidingskamp in het zuiden van Rusland. Toen Daniel nog Tobela Mpayipheli was, in detentie, want hij had gevochten met een man uit Oezbekistan. Een bloedig gevecht met een sergeant van het Rode Leger. De man met schouders als een os en een nek als een boomstronk die Tobela en zijn zwarte kameraden als uitschot behandelde. Tot Tobela het niet meer pikte en de man had toegetakeld in de onderofficiersmess. En toen hadden ze Tobela opgesloten, als straf voor zijn overwinning en voor de verschrikkelijke verwondingen die hij de man in zijn woede had toegebracht.

Mandla sloop elke nacht binnen en bracht hem eten, soep met brood. En zalf voor zijn wonden, en pillen voor zijn pijn. Magere Mandla, het bescheiden mannetje met het grote geduld, de aardse wijsheid, de stille glimlach en het kuchje, altijd dat kuchje in de Russische kou. Hij was tien jaar ouder dan de andere Umkhonto-rekruten, ze noemden hem 'uBaba', aanvankelijk met een knipoog, en later oprecht. Vader. Want dat was hij voor heel veel van hen.

Mandla Masondo. Een eenvoudige man, de herder uit Babanango, de havenarbeider en vakbondsactivist uit Richardsbaai. Nooit grote hoogten bereikt, net als Lonnie May, eerder een volger dan een leider. Hij was na 1994 in het nieuwe Zuid-Afrika officier geworden op een legerbasis in Bloemfontein. Kolonel. Had nooit meer willen hebben dan *isithunzi*.

Mandla die de zalf en de zeep bracht, en ook het brood, dat goedkope Russische legerbrood dat smaakte naar gebakken zaagsel. Dan bleef hij voor de celdeur zitten praten met Tobela, die net twintig was, vol vuur en woede en haat en impulsiviteit. Dan zei Tobela tegen hem: 'Als ze je hier betrappen, sluiten ze jou ook op, uBaba. Dan ga je nog meer hoesten, want het is koud en nat in deze nor, dan word je heel erg ziek.'

Mandla glimlachte alleen maar en praatte met zijn zachte, rustige stem.

'Waarom ben je hier, uBaba, op deze verschrikkelijke plek?' wilde

Tobela weten. 'Waarom ben je niet bij je koeien in de heuvels van KwaZoeloe?'

'Ik zoek isithunzi. Voor mijn kinderen.'

Tobela wist dat Mandla 'waardigheid' bedoelde. Want isithunzi kan ook 'status' betekenen in het Zoeloe, of 'aanzien'.

'Is dat alles, uBaba?'

'Het is het enige wat je nodig hebt, Tobela, isithunzi. De rest komt vanzelf.'

Daniel Darret keert terug uit het verleden en legt de dunne blaadjes van de brief weer op volgorde zodat hij kan beginnen met lezen.

40

Mijn oude vriend,
Ik heb lang nagedacht voordat ik deze brief schreef. Omdat ik weet hoe moeilijk het voor jou zal zijn. Maar het is mijn plicht, en je weet dat ik altijd mijn plicht heb gedaan.
Ik wil je een verhaal vertellen. Het is een verhaal dat je zult begrijpen, weet ik, want ik weet van je verlies. Ik vond het verschrikkelijk om te horen.
Het verhaal gaat over mijn dochter. Ze heet Gugu. Ze is heel mooi. Ze is nu tweeëndertig. Ze is in Londen geboren toen ik in ballingschap zat. Ze is mijn enige kind.
Ze was acht toen ik haar mee terug nam naar Zuid-Afrika voor de grote bevrijding in 1994. Ik was zo gelukkig, Tobela, en zo trots. Omdat ik haar kon vertellen dat ik deel had uitgemaakt van de Struggle. In 1997 nam ik haar mee naar mijn kantoor toen onze geliefde Nelson Mandela een bezoek bracht aan het eerste SA *Infantry Battalion. Madiba hield Gugu's hand vast en hij vertelde haar dat ik, haar vader, een grote held van dit land was. Ik zal die dag nooit vergeten en ook niet hoe trots Gugu naar me keek. Dat was de dag dat ik mijn isithunzi terugkreeg, Tobela. Kun je je herinneren dat we de hele nacht over isithunzi hebben gepraat?*
Ik heb Gugu zoveel verhalen verteld over alles wat we hebben doorstaan en over de mensen die met ons meevochten. Ik heb haar verteld over jou en Rudewaan Moosa en onze onverschrokken leider Moses Morape en de grote rugbywedstrijd die we speelden tegen het Russische leger. En we wonnen! Weet je nog?
Dat was een prachtige dag. Ik had dat aan mijn kleinkinderen willen vertellen, maar nu zal ik waarschijnlijk nooit de kans krijgen.
Ik heb Gugu ook verteld over de man die nu onze president is. Ik heb haar verteld hoe dapper onze president was tijdens de Struggle, hoeveel mensen hij het land uit heeft geholpen, om zich aan te slui-

ten bij Umkhonto. Heb ik je ooit verteld dat hij mij heeft gerekruteerd? Onze president. Hij kwam naar Babanango. Hij sprak met mijn vader. Hij sprak met mij. Hij vergezelde me naar Swaziland en Mozambique. Ik had veel respect voor hem. Ik was ook heel trots toen hij president werd. Ik wist niet alles wat er gebeurde, want ik werkte heel hard in Bloemfontein.
Gugu studeerde voor lerares. Ze ging naar de universiteit van Vrijstaat en haalde haar graad. Ik zou alleen willen dat haar umkhulu nog leefde om dat mee te maken, zijn kleindochter die een universitaire graad haalde. Hij was nooit naar school geweest, mijn vader, hij kon niet lezen of schrijven. En zijn kleindochter haalde een graad, met lof! Dat is het moment dat je je realiseert hoeveel we hebben bereikt met onze offers.
Tobela, ik vind het moeilijk om je dit verhaal te vertellen, dus schrijf ik andere dingen die niet belangrijk zijn. Laat me vertellen wat ik te zeggen heb.
Twee jaar geleden gaf Gugu les in Brandfort toen onze president langskwam voor de festiviteiten ter ere van Winnie Mandela. Het koor dat voor de president zong bestond uit leerlingen van Gugu. Na de ceremonie kwam de president haar en de kinderen bedanken, en ze vertelde hem dat ze mijn dochter was. Ze vertelde hem over de verhalen die ze gehoord had als kind. Ze vertelde hem dat hij een van haar grote helden was. Hij zei dat hij zich mij kon herinneren.
De president nodigde haar toen uit om hem op te komen zoeken, Tobela. Hij liet zijn mensen haar naam en telefoonnummer noteren, om een bezoek aan hem te organiseren in Mahlamba Ndlopfu, dat grote witte huis op de heuvel in Pretoria waar hij nu zijn officiële residentie heeft.
Ze was helemaal opgewonden toen ze belden. Ze zeiden dat ze het weekend moest komen, als gast van onze president. Ze vertelde aan alle kinderen op school dat ze ging eten bij de president en zijn vrouwen, omdat ze een dochter was van een held van de Struggle. Maar dat is niet wat er gebeurde.
Die vrijdag reed ze naar Pretoria. Ze gaven haar een kamer in zijn huis en vertelden haar dat de president het heel druk had, hij zou later bij haar komen eten. Er waren geen vrouwen. Alleen bodyguards en bedienden. Hij kwam alleen, na acht uur. Hij was heel charmant. Weet je nog hoe charmant hij kon zijn?

Ze gaven haar wijn en eten en toen gingen alle bedienden en bodyguards weg. En toen veranderde hij. Hij was niet meer charmant. Hij maakte avances en ze wist niet wat ze moest doen. Ze probeerde respectvol te blijven, hem ervan te overtuigen dat ze daar niet van gediend was. Maar hij dwong haar, Tobela. Hij verkrachtte mijn dochter.

Waarom rende ze niet weg? Waarom vocht ze niet terug? Waarom schreeuwde ze niet en verstopte ze zich niet in de badkamer? Dat waren de vragen die ik mezelf de afgelopen twee jaar zo vaak heb gesteld. Toen ze me erover vertelde zei ze dat ze verlamd was. Ze zou willen, elke dag, dat ze terug kon gaan naar die avond en alles anders kon doen. Maar dat kan ze niet. Ze is veranderd. Ze is voortdurend verdrietig. Ze schaamt zich. Ik stuur je een foto van hoe Gugu was. Moet je haar zien, Tobela. De prachtige glimlach die je ziet is nu weg. Ze is haar baan kwijtgeraakt. Ze is haar zelfrespect kwijt. Ze woont bij mij. Ze wil niet naar buiten.

Ik vraag je niet om wraak te nemen voor mijn dochter. Ik vraag je niet om deze man te doden omdat hij Gugu haar leven heeft afgenomen. Ik vraag je, is dit isithunzi? Als deze man onze president is, hebben we dan isithunzi? Als Zuid-Afrikanen, als soldaten, als vaders, als dochters? Hebben we hier de beste jaren van ons leven voor gegeven?

Ik vraag je om je weer bij de Struggle aan te sluiten. Alsjeblieft.

Je kameraad, je vriend, je uBaba,
Mandla Masondo

Er staat een PS onder Mandla's naam, instructies die Daniel nu niet wil lezen.

Hij legt de brief naast zich neer en pakt de foto. Hij kijkt er lang naar, legt hem dan ook neer. Hij aait de poes over haar nek.

Later staat hij op en gaat op zijn bed liggen met zijn handen achter zijn hoofd. Hij staart naar de patronen op het oude plafond.

De vermoeidheid overvalt hem, de uitputting door alle emotie, zodat hij slaapt, al is het met tussenpozen. Wanneer de zon opkomt, wordt hij wakker. Hij wast zich, geeft de poes eten, en gaat ontbijten.

Voordat hij de deur uit gaat, ziet hij de brief en de foto op de bank liggen. Hij aarzelt even, met een vaag gevoel van verlegenheid. Dan pakt hij de papieren, vouwt ze weer op, stopt ze in de envelop, en schuift die weer in de rugzak. Nu, na Lonnie, na alles, wil hij het er niet zomaar bij laten zitten. Hij pakt de rugzak en loopt ermee naar buiten.

Dat herinnert hem aan de pistolen. Hij is direct boos op zichzelf, want hoe kon hij de pistolen in de gereedschapskist vergeten zijn? Hij is een treurig geval, nog maar een schaduw van zijn vroegere zelf.

Hij loopt naar de garage in de Rue Permentade. Hij trekt zijn motorpak aan, zet de helm op, stapt op de motor en rijdt weg. Eerst naar Chartrons. Daar opent hij de werkplaats, gaat naar het Peugeot-busje en haalt de pistolen eruit. Hij wikkelt ze in gaasdoek en stopt ze ook in de rugzak. Om ze ergens weg te gooien.

Hij gaat op pad. Eerst naar het zuiden, langs de Garonne, richting Langon en Marmande. Bij Aiguillon slaat hij zonder na te denken af naar het noordoosten. Hij concentreert zich op de beheersing over de motor op de weg; koppeling, versnellingen, pedaal, remmen, door de bochten, hij volgt de wegwijzers zonder aan de bestemming te denken.

Op een recht stuk van de D676 voor Villeréal ziet hij ineens dat hij te hard rijdt, bijna honderdtachtig. Beseft dat dat gevaarlijk is op deze smalle weg. Dat wat hij nu doet, bekend is. Hij heeft het al eerder meegemaakt.

Hij stopt op een T-splitsing met een wegwijzer waar ENVALS 3,3 op staat. Zijn hart klopt snel. Hij haalt diep adem, probeert zichzelf weer onder controle te krijgen, te kalmeren. Hij stapt af, zet de motor op de standaard en zet zijn helm af. Hij voelt zich benauwd, opgesloten. Hij herinnert zich dat het in Soedan was, tien jaar geleden, toen hij dit gevoel, dit inzicht voor het laatst had. Hij was op de motor vanaf Johannesburg dwars door Afrika gereden. Van zonsopgang tot zonsondergang. Dag in dag uit. Zijn hoofd in een andere dimensie. Had alleen met anderen gepraat wanneer het noodzakelijk was, voor eten, voor een slaapplek, voor benzine, voor het repareren van een buitenband, voor het lassen van het frame van de motor. Zimbabwe, Zambia, Tanzania, Kenia, Ethiopië. En in het noorden van Soedan, op een onverharde weg door de woestijn tussen Khartoem en Merowe, met bijna tweehonderd kilometer per uur op de rechte weg die zich naar de horizon uitstrekte, was het tot hem doorgedrongen wat hij probeerde te bereiken. Hij wilde wegvluchten, wegrennen van al zijn herinneringen en pijn en trauma's. Hij wilde ze achterlaten, de spoken die hem volgden. Hij was in de verzengende hitte naast de weg gestopt, en had beseft dat hij ze op een of ander moment onder ogen zou moeten zien.

Hij heeft het geprobeerd. Van Alexandrië naar Sicilië naar Marseille. Door Europa. Elke dag een stukje van zijn geschiedenis onder ogen gezien, en een stukje van zichzelf. Totdat hij een zekere rust voelde, genoeg om niet meer voortvluchtig te zijn.

Hier is het weer. Deze keer vlucht hij voor de dingen die Mandla Masondo en Lonnie May bij hem hebben neergelegd. Voor de verantwoordelijkheid, de terugkeer naar wie hij was en wat hij heeft gedaan.

***

In Cadouin, een klein middeleeuws plaatsje, neemt hij zijn besluit.

Hij zit alleen buiten op het terras, onder de koelte van de luifel voor Le Triskel, drinkt koffie en staart naar de kerk en het klooster dat hier bijna duizend jaar geleden is gesticht. Hij kijkt naar het dorpje om hem heen, de kalmte, de orde, de manier van leven, de eenvoud van het bestaan, de égalité, de afwezigheid van armoede. Dit was wat hij voor zijn land wilde. Deze waardigheid, deze voorspoed, deze trots, dit besef dat al het bloed dat in de loop der jaren heeft gevloeid, alle offers die zijn gebracht, dit hebben bereikt, dit tot stand hebben gebracht. En het vertrouwen dat het goed en juist is.

Hij wil alles rationeel benaderen. Hij probeert de emotie van Mandla Masondo's brief en Lonnie Mays dood te verwerken, systematisch, beetje bij beetje, zoals de Catarivier. Hij slaagt er maar ten dele in, het blijft als lood op de bodem van zijn ziel liggen.

Hij weegt alles tegen elkaar af. Zijn bestaan hier. Hij weet dat zijn leven in Bordeaux een vlucht is, een ontsnapping, een balsem voor alle oude wonden. Hij weet dat dit leven niet bijdraagt aan een gemeenschap, het maakt geen overtuigend verschil in de wereld, het heeft niet echt veel zin of betekenis. Maar het is zijn leven. Het is het beetje geluk dat hij heeft, en zeker het meeste dat hij ooit zal ervaren.

Hij zal het moeten opgeven. Het staatshoofd van een ander land hier om het leven brengen zal van hem de meest opgejaagde man van Europa maken. Ze zullen niet rusten tot ze hem hebben. En ze zullen op een gegeven moment ontdekken wie hij is. Als hij het overleeft, als hij wegkomt, zal hij voortvluchtig zijn. Tot aan het einde.

Dat moet hij afwegen tegen de impact die het elimineren van de president zal hebben. Het is in het beste geval een symbolische daad. Die zegt dat we terug kunnen vechten tegen corruptie en verraad. *Ze zijn als een kankergezwel*, waren de woorden van Lonnie. *Als je hier snijdt, steekt het daar weer de kop op. Een hydra, je kunt nooit alle koppen van de slang afsnijden. Ze zijn een machine met duizend raderen.*

Kan hij geloven wat Lonnie zei? *We gaan in de media verklaren dat hij de eerste is. Dat er nog meer zullen volgen.* Volgen er echt meer? Is de groep van 43 daar klaar voor? Hebben ze andere plannen?

Hij zal hen moeten vertrouwen, zijn voormalige kameraden. Lonnie heeft zijn leven gegeven voor deze zaak, voor deze strategie. Mandla was bereid zijn naam onder een brief te zetten, een brief die onderschept kon worden, die ook zijn einde kon betekenen.

Zijn besluit is niet een onverwacht helder inzicht, een emotionele omhelzing; het is een verstandelijk besluit, langzaam en met weerzin en in het volledige besef van de gevolgen genomen.

Hij zit daar maar, op het plein tegenover de eeuwenoude kerk, en haalt zijn telefoon uit de zak van zijn motorpak. Hij belt Sandrine Lefèvre.

Ze neemt onmiddellijk op en begroet hem hartelijk, het is de eerste keer in bijna een maand dat ze elkaar spreken.

Ze vraagt hoe het gaat.

Hij zegt goed, dank u, madame, kan ik u spreken?

'*Tu nous quittes*?' Met grote teleurstelling, waarschijnlijk omdat hij, net als zijn voorgangers, het niet langer bij monsieur uithield.

'Nee,' zegt hij, 'ik wil geen ontslag nemen. Ik wil alleen drie weken vrij om een persoonlijke kwestie af te handelen.'

Hij weet dat het de halve waarheid is. Hij zal haar nooit meer zien.

41

'Ik heb hem gekend, Lonnie,' had hij in Au Bistrot gezegd, het was een van de vele redenen waarom hij het niet wilde doen. 'Ik heb de president gekend.'

'We dachten in die tijd allemaal dat we hem kenden,' zei Lonnie. 'Maar hij was toen al plannetjes aan het maken, laat me je dat wel vertellen. Hij was toen allang zijn staatsgreep aan het plannen. Het is een sluwe klootzak.'

Daniel schudde zijn hoofd. 'Hij was goed voor mij. Hij heeft... Ik was nog maar een kind...'

'Jij?' grinnikte Lonnie. 'Jij bent nooit een kind geweest. Ik herinner me jou in Angola. Achttien, je was een jaar of achttien, en je was al een man. Meer mans dan de meeste mensen die twee keer zo oud waren.'

Hij reageerde er niet op. 'Ik was zeventien. Toen ik door Swaziland werd gesmokkeld. Er was een safehouse in Goba in Mozambique waar we sliepen.'

'Dat weet ik nog. Die vrouw had heel lekker gekookt...'

'Hij kwam op een avond bij me zitten. Hij was onderweg, ik weet niet waarnaartoe, hij had haast, moest nog veel doen. Maar hij zat daar bij mij aan de keukentafel, bijna een uur lang. Hij vertelde me dat hij ook bang was, de eerste keer. Want je weet niet wat je moet verwachten, wat er allemaal nog gaat komen. En je verlangt naar je familie als je zo jong bent. Je vader en moeder. Hij zei dat hij zijn moeder zo erg had gemist. Toen vroeg hij wat mijn vader deed. En toen vertelde ik hem dat mijn vader predikant was. En dat mijn vader niet wist dat ik naar de Struggle ging, dat zal hij nu wel van mijn oom hebben gehoord. Mijn vader was een goed mens; ik voelde me heel schuldig. Mijn vader had dat niet verdiend. Toen zei de president dat mijn vader heel trots op me zou zijn. En dat ik een dappere jongen was.'

‘Dat zei hij tegen iedereen, Tiny.’
‘Hij miste zijn moeder.’
‘Nou en?’
‘Hij zei tegen me dat mijn vader trots zou zijn. Op een moment dat ik zulke aanmoedigingen nodig had. En nu wil je dat ik die man in de ogen kijk en vermoord?’

42

Hij haalt de rugzak uit de motortas, zodat hij het PS van Mandla Masondo kan lezen.

De pistolen zitten bovenin, gewikkeld in gaasdoek. Hij duwt ze naar onder in de rugzak. Laat hij ze voorlopig nog maar houden.

Hij gaat zitten, bestelt nog een koffie en moet eerst bedenken in welke streek hij is voordat hij de chocolatines bestelt. Want alleen in het zuidwesten noemen ze die zo. De rest van Frankrijk heeft het over *pains au chocolat*.

Dan leest hij het PS van Mandla:

Je bent heel lang geheim agent geweest, dus je weet dat je deze brief het beste kunt vernietigen zodra je hem gelezen hebt. Ik vrees alleen voor mijn eigen veiligheid omdat ik voor Gugu moet zorgen, en het risico van deze brief sturen was al heel groot, maar dat moet ik nemen.

Als je besluit dat dit niet jouw Struggle is, dan begrijpen we dat natuurlijk. Je hebt al zoveel meegemaakt. Maar we moeten een antwoord van je hebben, om voor de hand liggende redenen. Deze instructies heb ik gekregen: ik schrijf ze precies zo op als ik ze kreeg: Ga naar een internetcafé en maak een e-mailadres aan bij proton.com. Dat is een Zwitserse dienst die end-to-endversleuteling biedt en extreem veilig is. Gebruik niet je eigen telefoon of computer, of je eigen internetverbinding. Wanneer je het Proton-e-mailadres hebt, log je in bij Gumtree.co.za. Dat is een website waar mensen advertenties kunnen plaatsen voor van alles en nog wat. Plaats een gratis advertentie in de sectie Healer Services, onder de naam 'Dokter Inhlanhla, Traditioneel Genezer en Bezweerder' en geef als regio Pretoria/Tshwane. Voeg alleen je nieuwe Proton-adres toe. Als je besluit je niet bij de Struggle aan te sluiten, is dat het enige wat je doet.

Wij hopen van ganser harte dat je deze laatste opdracht zult aanvaarden. Als dat zo is, voeg dan het woord 'Liefdesdrankjes' toe aan de kop van de advertentie. Wij zullen reageren met een bericht dat begint met 'Liefdesdrankjes zijn nooit genoeg'. Het bericht zal een manier bevatten om met ons in contact te komen.
Zorg er alsjeblieft voor dat je niet gevolgd wordt naar het internetcafé. Als je weet hoe het moet, activeer dan de 'private'-instelling op de internetbrowser wanneer je inlogt bij Proton, en delete je browsergeschiedenis voordat je uitlogt bij de computer.
Succes!

Hij lacht inwendig om 'Dokter Inhlanhla', want dat betekent 'Dokter geluk' in het Zoeloe. Het is een goede naam voor een traditionele genezer.

Hij leest de instructies nog een keer, leert de inhoud uit zijn hoofd en verbrandt dan de brief.

Daarna betaalt hij voor zijn koffie met het geld uit de rugzak, stapt op zijn motor en rijdt naar Sarlat-la-Canéda. Het is het dichtstbijzijnde stadje, bekend om zijn vele Britse inwoners. Daar is vast een internetcafé.

***

Hij rijdt met een zeker gevoel van vrijheid over de kronkelende smalle wegen van de Périgord Noir naar Sarlat. Om tien over halfdrie stopt hij bij Resto Cybercafé aan de Avenue Thiers.

Hij betaalt voor een wachtwoord, kiest een computer die helemaal achterin staat, en volgt dan de opdrachten in de brief.

Hij maakt een e-mailadres aan, inhlanhla@protonmail.com en plaatst de advertentie op Gumtree. Hij zet het woord 'Liefdesdrankjes' in de tekst. Hij wacht veertig minuten om te zien of er een reactie komt.

Hij krijgt geen mail van hen.

Hij rijdt in drie uur langzaam terug naar Bordeaux.

***

Daniel wil niet een internetcafé gebruiken in de buurt van zijn huis. Hij weet dat er een is bij het hoofdstation, Gare Saint-Jean. Hij gaat kijken of er al mail is. Wanneer hij de boodschap ziet, versnelt zijn hartslag. Hij leunt naar voren om het beeld af te schermen, al kijkt niemand zijn kant uit.

From: vula@protonmail.com
Subject: Healer Services
To: inhlanhla@protonmail.com

Liefdesdrankjes zijn nooit genoeg.
Welkom aan boord!
Le Traiteur Marocain, Marché des Enfants Rouges, Parijs. Maandag 12.00 uur.

Dat is alles. Alleen die paar zinnen.

Hij leest ze nog eens over en wist dan het bericht.

Maandagmiddag in Parijs. Overmorgen.

De makkelijkste en snelste manier om in de hoofdstad te komen is met de TGV naar Gare Montparnasse, twee uur reizen vanaf Bordeaux. Er zouden morgen genoeg treinen moeten zijn. Hij wil er een nemen aan het eind van de middag en ergens in een hotel in Parijs overnachten. Hij googelt de Marché des Enfants Rouges. Hij ziet dat het de oudste overdekte markt van de stad is, genoemd naar de weeskinderen in hun rode uniform die ernaast woonden. Diep in de Marais, aan de Rue de Bretagne. Le Traiteur Marocain is een Marokkaans restaurant op die markt.

Hij wist de geschiedenis van de browser voordat hij uitlogt.

***

De kortste weg naar zijn garage is langs de nu gesloten Marché des Capucins. In de Rue des Douves ziet hij Mamadou Ali op de hoek van de Place des Capucins. Ali uit Mali staat er met een groepje vrienden. Hij kijkt op als hij de motor hoort en zwaait wild om Daniels aandacht te trekken.

Hij stopt en klapt zijn helm open.

'Ik sta hier op je te wachten, Daniel. Zit je in de problemen?' vraagt Ali gedempt, terwijl hij schichtig om zich heen kijkt.

'Hoezo?'

‘Er waren hier kerels die... ze vroegen overal of iemand een zwarte man kende, lang en breed, een meter negentig of langer, die hier in de buurt woont of werkt.’

‘Wat voor kerels?’

‘Witte kerels. Ze waren met z’n tweeën. Zagen eruit als *flics*,’ zegt hij, het argotwoord voor politie. ‘Maar dat waren ze niet. Praatten Frans met een accent. De ene was zo’n bonk van een vent met een oor dat betere tijden heeft gekend. En die andere had een kapotte arm...’

‘Hoe weet je dat zijn arm kapot was?’

‘Hij had hier een groot verband...’ zegt Ali en hij wijst naar zijn rechterarm. ‘Het punt is, Sansan Adjoumani, je weet wel, die ouwe reus uit Ivoorkust die in de fietsenwinkel in de Rue Magendie werkt...’

‘Ik ken hem niet.’

‘Nou ja, die *crétin* heeft tegen ze gezegd dat jij dat zou kunnen zijn. Omdat hij bang was dat ze hem erbij zouden lappen, want hij heeft geen papieren. Dus heeft Sansan tegen ze gezegd dat je aan de Place Camille Pelletan woont. Zit je in de problemen? Moeten we helpen?’

‘Dank je, Ali. Je kent me. Ik vermijd problemen als de pest.’

‘*D’accord*. Als ze jou komen vragen, moet je zeggen dat je van niets weet. We moeten solidair zijn, het leken me lastige jongens...’

Daniel haalt zijn schouders op. ‘Ik ken geen andere grote zwarte mannen hier in de buurt... hebben ze gezegd waarom ze hem zoeken?’

‘Een of ander verhaal over een zak geld die hij ze schuldig is. Je kon de *merde* van kilometers afstand ruiken. In elk geval dacht ik alleen, ik zeg het even tegen je. Jij bent de grootste zwarte die ik ken.’

‘Dank je, Ali.’

Hij groet en rijdt verder. Waakzaam nu, zich bewust van iedereen op straat.

Hij rijdt eerst langs zijn garage, keert bij Victoire, komt terug. Ziet niemand. Hij stopt voor de deur van de garage, trekt zijn handschoenen uit, haalt de rugzak uit de motortas. Hij kijkt de Rue Permentade af, steekt zijn hand in de rugzak, grabbelt erin om een pistool uit het gaasdoek te halen. Hij krijgt de kolf van een pistool beet en zet de veiligheidspal om. Doet de deur van de garage open, gaat naar binnen.

Zet zijn helm af, trekt het pistool uit de rugzak en houdt het achter zijn rug terwijl hij snel links en rechts kijkt vanuit de garage. De straat is zaterdagmiddagstil.

Hij steekt het pistool achter de riem van zijn motorbroek, loopt haastig naar buiten en rijdt zijn motor naar binnen. Doet dan de deur dicht. Hij blijft naast de motor staan en probeert een inschatting te maken.

Wat weten ze?

Ze zijn Lonnie May gevolgd toen hij op weg was naar Daniels appartement.

Ze zullen hebben ontdekt dat er in de wijk Saint-Michel een hoge concentratie Afrikanen woont.

Ze weten dat hij zwart is, want ze hebben zijn handen en een deel van zijn gezicht gezien, de nacht dat hij ze uitschakelde.

Ze weten dat hij lang is. Daarom zijn ze met die beschrijving hier navraag komen doen.

Er zijn maar een paar mensen die weten waar hij woont, en nog veel minder waar hij werkt. Sansan zal dat niet weten.

Hij houdt zijn motorjack aan om het pistool in zijn riem te verstoppen. Hij bergt de rugzak op in de motortas, sluit de garage af en loopt dan de Rue Marengo af, met zoekende ogen. De daken van de gebouwen, de ramen, de deuren, de straathoeken.

Er komt een scooter aanrijden. Hij legt zijn hand op de kolf van het pistool. De scooter rijdt voorbij, een student in korte broek.

Op de Place Camille Pelletan is niemand. Hij doet de deur van het gebouw open en rent de trap op.

De deur van zijn appartement staat op een kier, splinters van een breekijzer vlak naast het slot.

Hij trekt zijn pistool en loopt naar binnen.

43

Alles is overhoopgehaald. De kussens van de bank zijn opengescheurd, een stoel ligt op zijn kop. Zijn tablet ligt op de grond met een gebarsten scherm.

Iemand heeft zijn huis doorzocht.

Hij staat doodstil te luisteren.

Wackett zit op de vensterbank als een hoopje zelfbeklag en werpt Daniel vernietigende blikken toe alsof het allemaal zijn schuld is.

Hij voelt dat het huis leeg is, dat ze weg zijn. Maar hij houdt het pistool in de aanslag, voelt de verontwaardiging, de woede, want ze zijn in zijn ruimte geweest, ze hebben zijn huis en zijn privacy en zijn rust geschonden.

In de keuken. Suiker en bloem en havermout zijn over de keukentafel uitgestrooid, de lege plastic bussen en de conservenblikken liggen overal, en ook de schoonmaakmiddelen en doekjes. De koelkast staat open.

De slaapkamer is een chaos; kleren en beddengoed liggen overal verspreid. Hij loopt rechtdoor naar waar hij de bewijzen van zijn Daniel Darret-identiteit bewaart, in de ruimte achter de plint naast zijn bed. Het stukje hout dat hij voorzichtig uit de plint heeft gezaagd is onaangeroerd. Hij wurmt het los. De papieren zijn er nog, het geboortebewijs dat hij van de echte Daniel Darret heeft gekocht, de man die hij zeven jaar geleden bij een kapper in de wijk Château d'Eau in Parijs ontmoette. Die Darret had dringend geld nodig om terug te keren naar Ivoorkust, om niet verder toegelichte persoonlijke redenen. Tobela Mpayipheli had geld – van zijn boerderij – en de behoefte een ander mens te worden.

Het bewijs zit veilig in de holte, samen met het paspoort. Zijn *Carte Nationale d'identité* zit in zijn portemonnee, met zijn rijbewijs. Hij heeft de ID-kaart en het paspoort gekregen met het gekochte geboortebewijs. Zijn foto erop, zijn vingerafdrukken geregistreerd. Officiële bewijzen van een nieuw leven.

Hij laat de documenten liggen en schuift het blokje weer voorzichtig terug.

Hij gaat naar de voordeur. Die zal hij moeten repareren, om zijn eerste verdedigingslinie te versterken. Hij legt het pistool op de keukentafel, trekt zijn motorjack uit en zoekt gereedschap uit de kartonnen doos die in het gootsteenkastje stond en die ook is omgekeerd zodat het overal verspreid ligt.

Hij begint met de deur; die zal hij maar ten dele kunnen repareren. Hij zal er een grote grendel op moeten zetten, maar waar kan hij op dit uur van de zaterdag zoiets kopen? Hij vraagt zich af waarnaar ze op zoek waren. Iets van een identiteit, een foto? Bewijzen dat Lonnie hier was, of dat het Daniel was die hen heeft aangevallen? Documentatie van een moordcomplot?

Er was hier niets. Maar hij is er niet zeker van, er is iets net buiten zijn bewustzijn, iets wat hem dwarszit. Een bewijsstuk, een aanwijzing die hem nu ontgaat.

Hij denkt na onder het werk. De tablet met een Zuid-Afrikaanse nieuwsapp, zouden ze daarop hebben gezocht? Op zich niet meer dan een vage aanduiding, als ze die gezien hebben. Maar hij heeft nooit mail of sociale media gebruikt, dus er is geen persoonlijke inhoud waarmee ze hem zouden kunnen identificeren. Zijn salarisstrookjes bewaart hij op zijn werk. Er was niets in huis wat met hem in verband kon worden gebracht, dus waarom kan hij die ondefinieerbare bezorgdheid dan niet afschudden? De doek die hij om zijn hoofd had gewikkeld ligt in de winkel; de rugzak en pistolen had hij bij zich op de motor.

Zijn overhemd. Het bebloede hemd dat in de wasmand zat.

Hij rent naar de kleine badkamer. Het hemd ligt boven op de stapel die ze hebben omgekeerd. De man met het gezicht van een roofdier, de man die hij in zijn arm heeft geschoten, zal het hemd hebben herkend, de kleur en het patroon en de bloedvlekken.

Daniel vloekt hardop.

Ze weten dat hij het was. En ze weten waar hij woont.

Hij rent terug naar de voordeur, die hij zo goed en zo kwaad als het gaat zal moeten maken. Morgenochtend gaat hij een grendel kopen. Twee – een voor buiten, een voor binnen. Niet dat het iemand zal tegenhouden die bereid is in te breken en lawaai te maken. Maar toch. Voordat hij naar Parijs gaat.

Hij zal vannacht ergens in Bordeaux in een hotel moeten slapen. Want ze komen zeker terug. Pak nu een koffer, zoek een hotel, neem morgen de trein. Vroeg.

Schiet op.

Hij loopt met een nieuwe dringendheid door de woonkamer naar de keuken, om het gereedschap op te bergen. Hij bedenkt wat hij moet meenemen. De rugzak, het geld; hij zal de pistolen kwijt moeten zien te raken, want op het station wordt gescand.

Hij legt het gereedschap weg en pakt de bezem zodat hij de suiker en bloem en havermout kan opvegen. Dan valt hem iets in, gepaard met een benauwd gevoel. Hij laat de bezem staan, loopt instinctief terug naar de woonkamer en bekijkt de rotzooi die ze hebben achtergelaten.

Het bakje. Het kleine groene bakje van klei dat op de schoorsteenmantel staat is leeg.

Daar zat de brief in van Élodie Lecompte. Met haar adres. Hij probeert de golf van paniek te onderdrukken, tilt kussens en stoelen op, kijkt onder de bank, vindt hem nergens.

Dan rent hij weg.

***

Eerst naar de Cours Victor Hugo, dan in oostelijke richting. Het pistool schuurt tegen zijn rug. Hij zoekt wanhopig een taxi – het is zaterdagavond, er moet er een zijn.

Hij ziet er een aankomen uit de verkeerde richting, hij moet de tweebaansweg oversteken, dwars door het drukke verkeer en toeterende auto's. Hij is net op tijd om de aandacht van de chauffeur te trekken. Hij geeft het adres van Élodie Lecompte en zegt: '*Très vite, très vite, s'il vous plaît*,' met zo'n dringende stem dat de man met piepende banden rechtsomkeert maakt en kriskras over de rijbanen van de brede straat scheurt, tot luide protesten van medeweggebruikers.

Het voelt te langzaam, als een eeuwigheid, terwijl de angst aan hem vreet. En het verwijt – hij had de brief moeten weggooien op het moment dat hij Lonnie had gezien. Want toen wist hij al dat dat voor problemen zou zorgen.

De taxi zet Daniel af in de Cours Georges Clemenceau, het dichtstbijzijnde punt tot waar auto's bij haar appartement kunnen komen.

Hij geeft de chauffeur vijftig euro en zegt: 'Hou het wisselgeld maar, dank je.' Dan rent hij de twee blokken, zijn motorlaarzen dreunen op de keien.

Hij komt op de hoek van de Rue Montesquieu, ziet de ambulance en de politieauto's, de massa omstanders en weet dat hij te laat is.

Hij wurmt zich door de nieuwsgierige menigte helemaal naar voren. Er is een afzetting; hij wil erdoor maar een agent houdt hem tegen.

'Wat is er gebeurd?'

De man geeft geen antwoord.

'Een inbraak,' zegt een vrouw achter hem.

'Overval,' zegt een man naast haar. 'Vast juwelendieven of zo. Hier wonen rijke mensen.'

'Iemand gewond?' vraagt Daniel, nog steeds aan de agent, die nu naar hem kijkt vanwege de aandrang in zijn stem.

En dan komt de brancard van de ambulance door de voordeur van het appartementengebouw waar Élodie Lecompte woont en ondanks het zuurstofmasker en de ambulancebroeders die om haar heen drommen, kan hij zien dat zij het is. Hij ziet het bloed dat uit haar haar over haar slaap is gedropen, nu bijna opgedroogd. Hij ziet haar hand die onder de deken uit hangt, het zwartrode bloed erop.

Hij roept de hemel aan in het Xhosa en voelt op dat moment de eerste keer woede op de president, de man die hij gaat vermoorden. Hij voelt de eerste keer het verlangen om het te doen, allesoverheersend en definitief.

Hij wordt zich bewust van ogen die op hem gericht zijn, een oergevoel, en als hij opkijkt, ziet hij Roofdiergezicht, de man met de kapotte arm, aan de overkant staan, achter de afzetting. De man staart hem recht en indringend aan, ziet zijn angst, zijn urgentie; achterdocht die langzaam overgaat in herkenning. Naast hem een kolossale beer van een vent, degene over wie Mamadou Ali het had, zijn linkeroor misvormd door dik littekenweefsel, alsof er een stuk afgebeten is.

Roofdier stoot de Grote aan en wijst naar Daniel. Roept naar links. Daar staan er nog twee, soepel en waakzaam. Wijst weer en roept iets naar rechts. Daar staan er nog meer.

Ze komen zijn kant uit, minstens met zijn zessen.

Daniel draait zich om en botst tegen de vrouw aan die het over een inbraak had. Ze protesteert. De agent roept een waarschuwing naar hem. Hij wringt zich door de mensen die nu naar hem kijken, die een pad vrijmaken omdat ze zien dat hij haast heeft. Hij kijkt niet om maar begint te rennen, zwenkt af naar het oosten, in de richting van de oude stad. Dat is zijn beste kans, de doolhof daar, de smalle straatjes. Die kent hij goed, hij zal daar aan hen proberen te ontkomen, zijn voorsprong gebruiken, want zij moeten nog door de menigte heen.

***

In de stilte van de Impasse Fauré blijft hij staan in de portiek van een winkel na een scherpe bocht van de lange steeg en haalt het pistool tevoorschijn. Zijn ademhaling is gejaagd en zijn borst brandt, want hij heeft een kwartier gerend, kriskras door allerlei straatjes. Hij kan dit tempo niet veel langer volhouden.

Ze zullen dicht op elkaar moeten lopen in die beperkte ruimte, hij zal wachten op hun voetstappen, uit de schaduw stappen en schieten.

Hij probeert zijn ademhaling onder controle te krijgen zodat hij zich beter op het geluid om hem heen kan concentreren.

Ergens loeien sirenes.

Hij zal nu op camera's zijn vastgelegd, de grote zwarte man die wegrende van de plaats delict.

Hij hoort geen voetstappen. Hij blijft een, twee, drie minuten staan.

Niets.

Diep ademhalen.

Hij kan niet terug naar huis. Ze weten waar hij woont.

Hij moet in Parijs zien te komen. Ze zullen nu het station in de gaten houden, en het vliegveld. De motor staat geregistreerd op naam van Daniel Darret. Daar zullen ze op een gegeven moment achterkomen, binnen vierentwintig uur. Ze zullen Franse databases en verkeerscamera's hacken, hij zal heel goed moeten nadenken.

Hij maakt een afweging. Hij heeft zijn portemonnee in zijn zak. Zijn rijbewijs en zijn ID. De rugzak met het geld is bij de motor. Daar is zijn helm, maar zijn motorjack ligt thuis. Een hotel in Bordeaux is geen goed idee meer. Hij moet proberen de stad uit te komen. In een richting die hun geen aanwijzing zal geven van zijn plannen.

Hij blijft nog vijf minuten staan totdat hij zeker weet dat hij ze heeft afgeschud.

Dan loopt hij naar de rivier om de mobiel bij de Quai Richelieu in de rivier te gooien, want ze zullen het nummer ook in een database vinden. De telefoon staat op zijn naam. En als ze die hebben, kunnen ze hem op het spoor komen.

44

Lonnie May had hem in het restaurant gevraagd: 'Waarom Bordeaux?'

'Hoe bedoel je?'

'Het is... Ik bedoel, waarom ben je niet in Parijs gaan wonen? Dat is toch... Parijs. Groot. Beeldschoon. En de vrouwen, *oh là là!* Of anders minstens de zon en de blauwe zee van Nice? Of de Provence, lavendelvelden en zonnebloemen en oude boerderijen... Die manier van leven... Daar zou ik wel zoek willen raken...'

Toen zei Daniel dat hij het niet goed kon verklaren.

'Probeer het toch maar.'

Daniel hield zijn vuist tegen zijn hart: 'Het zit hier...'

Lonnie trok sceptisch zijn wenkbrauwen op.

Daniel zei dat Parijs als een minnares is. Ze is beeldschoon en exotisch en opwindend en wild. Ze verrukt en verleidt je, en op die momenten van extase wil je haar met heel je hart bezitten. Maar dat laat ze niet toe. Tenzij je er geboren bent. Hij heeft er gewoond, decennia geleden, toen hij ingehuurd was door de Stasi en de KGB, en nog jong en onverschrokken was. Toen kon hij met haar flirten. Maar toen hij terugkwam, tien jaar geleden, had hij het opnieuw geprobeerd, had hij geprobeerd het vuur van de oude passie op te rakelen. En toen was het anders. Nee, hij was zelf anders, en hij zocht iets anders. Toen was hij verder getrokken, was zonder plan met de motor van de ene plaats naar de andere gereden. Uiteindelijk naar Bordeaux. Voor het eerst. Zonder verwachting of voorgevoel. Hij had aan het eind van de middag een kamer gevonden in een groot hotel in de Rue Martignac, zijn koffer uitgepakt en was door het oudste deel van de stad geslenterd op zoek naar een plek om te eten. Op de Place Saint-Pierre, aan een tafeltje onder de vrolijk verlichte takken van een enorme boom voor de oude kerk had hij zijn hart verloren. Onverklaarbaar, onverwacht, zoals dat gaat met ware liefde. 'Een goede vrouw gevonden,' zei hij glimlachend tegen Lonnie, 'die ook van mij kon houden, ondanks mijn afkomst.'

Lonnie lachte. 'Ik had je nooit voor een romanticus aangezien.'

Daniel schudde zijn hoofd. 'Nee, ik ben een oude pragmaticus. Jij onderschat de bekoring van een stad. Er zijn hier heel veel immigranten. In Chartrons zit een hele zwik Britse expats...' En dan: 'Bordeaux heeft iets met vreemdelingen. Ken je het verhaal van Stahlschmidt?'

'Nee,' zei Lonnie.

En Daniel vertelde het, het ware verhaal van een jonge Duitse marinier. Heinz Stahlschmidt was aan het begin van de Tweede Wereldoorlog opgeleid om Britse zeemijnen te ontmantelen – gevaarlijk werk, want in de eerste twee jaar waren al drie schepen waarop hij werkte gezonken. Hij had het elke keer overleefd. Toen stuurden ze hem in 1941 naar Bordeaux, om aan wal te dienen. Misschien omdat ze dachten dat hij een veiliger post verdiende, of misschien omdat matrozen nog bijgelovig waren en Stahlschmidt duidelijk niet het geluk aan zijn kant had. Hij had hier drie jaar gezeten, door de straten gelopen, de sfeer ingeademd. En Bordeaux had ook zijn hart veroverd. Toen de nazi's zich in augustus 1944 moesten terugtrekken – misschien in net zo'n warme, bedompte nacht als nu – gaven zijn bevelvoerders Stahlschmidt opdracht om de dokken op te blazen. De haven strekte zich in de oorlogsjaren zeven kilometer langs de rivier uit, tot aan de stad. De explosies zouden tot de dood van duizenden inwoners hebben geleid. En zijn geliefde Bordeaux voor een groot deel hebben verwoest, al die prachtige oude gebouwen, de straten en stegen, de pleintjes, het warme hart van het historische centrum. Stahlschmidt kon het niet, want zijn liefde voor Bordeaux was te groot. Toen had hij de explosievenopslag van de Duitsers opgeblazen. Ze zeggen dat de hele stad op zijn grondvesten stond te schudden; je zag de vlammen en de rook van tientallen kilometers afstand.

'Hij is hier blijven wonen na de oorlog. Met een Franse vrouw getrouwd, heeft zelfs zijn naam laten veranderen. In Henri Salmide. Hij is in 2010 hier overleden. Dat is wat deze stad met je kan doen,' zei Daniel Darret.

Toen had Het Stokstaartje een poos gezwegen.

45

Hij rijdt met de motor naar Arcachon aan de Atlantische kust. Hij rijdt zonder zijn jack, de nachtlucht is net te koel om het aangenaam te maken, ondanks het windscherm van de BMW. Hij neemt eerst de altijd drukke E5, de hoofdroute naar Spanje, en houdt zich keurig aan de maximumsnelheid. Dan de stillere A660, waar hij voor het eerst zeker is dat niemand hem achtervolgt.

Hij denkt aan Élodie Lecompte. Ze zullen bij haar hebben aangebeld en iets over hem hebben gezegd, een slag in de lucht. Misschien: 'We hebben nieuws van Daniel Darret, dringend nieuws.' Ze zal hebben opengedaan.

Hij wil niet weten wat ze met haar gedaan hebben, maar hij weet zeker dat het Roofdier en Beer waren, hij zag het aan hun lichaamstaal op het moment dat ze tegenover hem stonden, aan weerskanten van de weerloze, zachte, verlegen vrouw op de brancard.

Hij zal ze krijgen. Als dit allemaal voorbij is, zal hij ze krijgen.

***

Hij weet waar het vakantiehuis van Henry en Sandrine Lefèvre is, aan de Avenue Sainte-Marie, want hij heeft al twee keer kleine schilder- en reparatieklusjes voor madame gedaan. En hij kent de alarmcode van het huis. Het is dezelfde als die van de winkel, want le génie heeft liever dat madame de dingen eenvoudig houdt.

Er staan veel bomen langs de straat en de meeste bewoners zijn na de vakantie weer terug naar de stad. Hij doet het hek open, rijdt naar binnen en parkeert de motor aan de achterkant, onzichtbaar vanaf de straat. Het kan weken duren voordat iemand hem ontdekt. Of het ruitje in de achterdeur dat hij zal moeten breken om binnen te komen, want hij is hongerig en vuil en moe en heeft het koud. De lucht van de Atlantische Oceaan de laatste paar kilometer was gemeen.

Hij doet het hek achter zich dicht, pakt de rugzak, breekt het raampje en gaat naar binnen. Hij toetst de alarmcode in, doet het licht niet aan. Als er buren thuis zijn, weten ze dat de Lefèvres vandaag terug zijn gegaan naar Bordeaux.

Hij wacht tot zijn ogen aan het schemerlicht van de keuken zijn gewend, pakt *galettes de maïs* en een weckpot vol *confit de canard* uit de voorraadkast, zet koffie en eet. Dan wast hij zorgvuldig af voordat hij gaat douchen.

Hij voelt zich te veel een indringer om in een van de bedden te gaan slapen en gaat op de bank liggen.

Hij is moe, maar weet dat de slaap niet snel zal komen; zijn gedachten zijn bij Élodie Lecompte. Hoe ernstig was ze gewond? Hoe erg hebben ze haar mishandeld? De vrouw die zijn hand vasthield toen hij huilde om de dood van Lonnie.

Er was een tijd, lang geleden, dat hij zich niets aantrok van toevallige slachtoffers. Toen hij een krijger was, een gedreven, gefocuste jager. Hij kon het rechtvaardigen als een prijs die de wereld moest betalen zodat de balans van gerechtigheid in evenwicht bleef. Het doel heiligde alles. Nu ontglipt hem die zekerheid, die ideologie, dat makkelijke onderscheid tussen goed en kwaad, zwart en wit. Zijn woede wilde de mishandeling van Élodie Lecompte op rekening van de president en de Russen schrijven. Maar zo eenvoudig ligt het niet. Hij heeft er ook een aandeel in. Hij heeft geholpen de eerste dominosteen te laten vallen toen hij naar Lonnie ging in de kathedraal. Want hij wist dat Lonnie voor problemen zou zorgen, met zijn achtervolgers en zijn geheime ontmoetingen.

Hij zal zijn verantwoordelijkheid nemen. Hij zal verdere schade aan anderen moeten beperken. Dat moet gewoon. Tot elke prijs.

De schade aan hemzelf zal hij accepteren, net als vroeger. Het verlies. Opnieuw. Van een leven. Een toekomst. Een thuis. Het verlies van Bordeaux.

Hij had graag tegen Mandla Masondo gezegd dat hij in deze stad zijn isithunzi heeft teruggekregen. En nu zal hij beide verliezen.

***

Hij denkt aan de poes. Wackett zal voor zichzelf moeten zorgen; voordat ze in zijn huis trok, was het een zwerfkat. Ze zal al snel bij de kinderen van de buren gaan bedelen om voer. Of zich bij iemand anders binnendringen. Wackett overleeft het wel.

Hij denkt aan de taak die voor hem ligt. Hij stond daar in de Impasse Fauré te hijgen. Al na een kwartiertje hardlopen was hij bekaf. Van de spanning, de adrenaline, de inspanning. Hoe moet hij dit in vredesnaam aanpakken? Op zijn vijfenvijftigste? Hij is te oud om een huurmoordenaar te zijn.

Op de drempel van de slaap, tegen twee uur 's nachts, vraagt hij zich af wie hem in Parijs zal opwachten. Een oud-kameraad? Wat voor een? Wie kan het riskeren om naar Parijs te gaan als MK43 in de gaten gehouden wordt, als ze weten van Lonnie, en nu van hem?

***

Even voor negen uur 's ochtends wordt hij wakker. De zon werpt lange streeppatronen door de luiken voor de ramen. Hij gaat rechtop zitten, luistert, hoort alleen de vogels buiten. Verbaasd dat hij tot na zonsopgang heeft geslapen. Uitputting. Het beste medicijn tegen slapeloosheid.

En dan, alsof de nacht dat inzicht in zijn hoofd heeft geopenbaard: er hangt een schilderij van hem in het huis van Élodie Lecompte. Hyperrealistisch. Als ze genoeg van hem gezien hebben daar buiten bij haar huis om dat verband te leggen, zullen ze teruggaan en er een foto van nemen. Zodat iedereen die op hem jaagt weet hoe hij eruitziet.

Dat spoort hem aan, drijft hem op, zodat hij zich wast en aankleedt. Hij plakt het kapotte raampje in de achterdeur af, zet het alarm weer aan, pakt de rugzak en vertrekt. Bij het hek is hij voorzichtig, kijkt of er geen verkeer is, en dan loopt hij naar het oosten, naar het centrum van het dorp. Hij ontspant pas als de straten om hem heen voller worden.

Hij ontbijt in een café om zijn enorme honger te stillen, terwijl hij de *Sud-Ouest* leest. Er staat een kort bericht over Élodie Lecompte op pagina twee. Ze noemen haar 'de plaatselijke kunstenares'. Ze is in het ziekenhuis opgenomen met ernstige verwondingen, maar haar toestand is stabiel. De politie vermoedt dat het om een roofoverval gaat die uit de hand is gelopen toen ze zich verzette. Er zijn nog geen verdachten geïdentificeerd.

Ernstige verwondingen. Haar toestand is stabiel.

Wat voor mensen verwonden een weerloze vrouw zo ernstig?

Maar ze leeft, hij is dankbaar dat ze leeft.

Hij doet inkopen op de Cours Lamarque de Plaisance. Hij koopt kleren, degelijke dingen: een goede grijze lange broek, twee blauwe overhemden, een net marineblauw jasje, zwarte schoenen, sokken, ondergoed. Dan een spijkerbroek, twee T-shirts, twee poloshirts, in donkere kleuren. En twee honkbalpetten, een rode en een blauwe.

Hij koopt een toilettas, scheermes en scheerzeep, tandenborstel, tandpasta, deodorant.

Een stevige koffer waar alles in past, ook de rugzak met het geld en de vuurwapens. In het toilet van Hotel La Perla stopt hij alles in de koffer, trekt het jasje aan en loopt naar buiten.

***

Het is twintig minuten lopen naar de jachthaven. Daar liggen bijna vijftienhonderd zeiljachten, plezier- en vissersboten in nette rijen aan de kade afgemeerd. Het speelgoed van rijke mensen in de warme zomerzon. Hier en daar reclameborden die boottochtjes door de baai en naar Cap Ferrat aanbieden. Dat is niet waar hij voor komt.

Hij vindt wat hij zoekt aan de kade ten oosten van de haven, voorbij de werkplaatsen en boothandelaren: de oudere, iets aftandsere vaartuigen bij de goedkopere ligplaatsen. Hij ziet twee mannen die over een buitenboordmotor gebogen staan. Hij vraagt of ze iemand kennen die hem langs de kust kan vervoeren.

Ze draaien zich om, bekijken hem van top tot teen, sigaret in de mond, handen vol olie. Waarschijnlijk vader en zoon.

'Hoe ver langs de kust?' vraagt de vader en hij legt een schroevendraaier neer.

'Gijón?' Hij geeft doelbewust een bestemming in de tegenovergestelde richting.

Ze kijken sceptisch.

'San Sebastián?'

'Waarom ga je niet met de auto?'

'Of de trein?' vraagt de zoon.

Daniel zegt 'Merci' en draait zich om.

'Wacht,' roept de vader.

Hij kijkt weer naar hen.

'Probeer Olivier.' De man wijst met een vuile vinger. '*Quai cinq*. Zijn boot heet L'Ange Fou.'

Hij bedankt hen en loopt weg, de wieltjes van zijn koffer ratelen over de betonplaten van de kade. Hij weet dat ze hem nastaren. Ze zullen hem zich herinneren, maar hij betwijfelt of er iemand navraag zal komen doen.

L'Ange Fou is de verste boot aan kade vijf, witte glasvezel die een likje verf kan gebruiken, twee zitplekken aan dek, een gescheurd zeil als zonnescherm aan een frame van vuil roestvrij staal. Niet een schip dat veel vertrouwen inboezemt.

Daniel gaat bij de boot staan en roept: '*Allo*!'

Hij hoort gehoest van onder uit de kajuit. Dan is het weer stil. Hij roept weer.

'*Qu'est-ce-qu'il y a*?' Geïrriteerd.

'Ik wil je boot huren.'

Hij hoort het doffe geluid van iemand die beweegt, weer gehoest, en dan komt er een hoofd tevoorschijn. Een man van in de vijftig, dik donker haar, een peper-en-zoutkleurige baard van vier dagen, rode ogen. Het gezicht heeft al veel zon en ellende gezien.

'Huren?'

'Inderdaad.'

'Ik kom met de boot mee. Ik ben de schipper.'

'Dat begrijp ik. Ik wil dat je me naar Gijón brengt.'

'Gijón?' De man kijkt achterdochtig naar hem. Hij worstelt zich de kajuit uit. Hij gaat voor Daniel staan. 'Gijón? Waarom ga je niet met de trein?'

Daniel ruikt de zure lucht van verschaalde drank. Hij reageert niet, rekt de stilte.

'O,' zegt de schipper van L'Ange Fou met plots inzicht, nieuw licht in zijn ogen. Hij kijkt naar de zon, schat in wat voor weer het wordt. 'Vandaag?'

'Nu.'

'Dat kan. Maar het is duur.'

'Hoeveel?'

'Zeshonderd euro.'

Daniel glimlacht, draait zich om en begint weg te lopen.

'Vijfhonderd,' roept de schipper.

‘Tweehonderd,’ zegt Daniel.

‘Driehonderdvijftig. Cash.’

Daniel loopt terug naar de man. De schipper steekt zijn hand uit. ‘Olivier Chérain,’ zegt hij. ‘En ik wil liever niet weten wie jij bent.’

‘En ik wil niet naar Gijón. Hoeveel gaat het kosten om me naar Brest te brengen?’

46

'Jij bent een goochemerd,' zegt Chérain met een scheve, broederlijke glimlach.

'Kun je me vandaag nog in Brest krijgen?'

'Brest is ver. Brest is duur. Het is een heel eind. Dat geeft behoorlijke slijtage aan de motor. En ik zal moeten tanken in La Rochelle. Ik zal in Brest moeten overnachten, er zijn de aanlegkosten. De hotelkosten. Als het weer omslaat ben ik misschien pas over twee of drie dagen terug.'

'Hoeveel?'

'Duizend. En ik ga niet onderhandelen.'

'Zeshonderd.'

'Ik ga niet in een driesterrenhotel slapen, vergeet het maar. Of zoek iemand anders.'

'Zevenhonderd?'

'Niet onderhandelbaar. En je betaalt me nu, voor vertrek.'

Daniel zucht. 'De helft nu, de helft bij aankomst.'

'Welkom aan boord.'

***

Het schip van Chérain is een Jeanneau Leader 850, wat betekent dat de boot achtenhalve meter lang is. Er zit een dieselmotor van tweehonderdvijftig pk in, 'en ze heeft misschien een beetje een opknapbeurt nodig, want ze is tweeëndertig jaar oud, maar ze lekt niet, en de motoren lopen als een zonnetje.'

Ze varen langzaam de haven uit. Chérain staat achter het roer en Daniel zit op een van de twee vastgeklonken stoelen achter het windscherm.

'Is dit je werk? Schipper?' vraagt Daniel.

'Zo ongeveer,' zegt Chérain.

'O?'

'Ik vraag jou ook niet waarom je de langste, moeilijkste manier kiest om naar Brest te gaan.'

'Touché. Maar hoe ver vaar je normaal gesproken?'

'Ver genoeg. Spaanse kust. Tot aan Santander.'

'Hoe ver is dat?'

'Tachtig zeemijl.'

'En Brest?'

'Tweehonderdzeventig. Zo om en nabij.'

'Je hebt met deze boot nog nooit zo ver gevaren?'

Chérain steekt zijn hand in zijn broekzak, haalt er een roestvrijstalen heupflesje uit, schroeft het behendig open, neemt een slok en zegt: 'Ik heb nog nooit duizend euro zo nodig gehad.' Hij steekt Daniel het flesje toe: 'Een slokje om Poseidon te paaien?'

'Nee, dank je.'

Chérain steekt het flesje in de lucht. '*À votre santé!*' Dan neemt hij een forse slok van de inhoud en trekt de twee gashendels open.

***

De zee is glad. Ze varen naar het noorden, hooguit een kilometer van het witte strand dat zich eindeloos aan stuurboord uitstrekt, met het groen van de dennenbossen erachter. Meeuwen krijsen en cirkelen, in de verte het gebulder van de branding. Chérain wijst dorpjes aan de kust aan – Lacanau Océan ('Daar is een golfbaan. Ik heb dat nooit begrepen, golf. Tijdsverspilling, achter een balletje aan sukkelen...'), Montalivet ('Saaiste dorp ter wereld. Eén groot bejaardenhuis, zelfs die poedelnaakte nudisten kunnen de plek niet redden...'). Daniel luistert, glimlachend om het pessimisme van de man. Hij voelt zich voor het eerst ontspannen en weet dat hij het juiste besluit heeft genomen om zo te reizen. Hij is veilig. Voorlopig.

Iets ten zuiden van het Île d'Oléron zegt Chérain: 'Ik hoop niet dat je snel zeeziek wordt.'

'Ik heb nog nooit de kans gehad om dat te ontdekken.'

'Dan gaan we daar nu achter komen,' zegt de schipper en hij wijst naar de zee. 'Westenwind,' zegt hij. 'Het gaat spoken.'

Hij heeft gelijk. Een kwartier later hangt Daniel al over de reling van de boot.

'Stevig ontbijt,' zegt Olivier Chérain onder de indruk. 'Als je maar niet op mijn dek morst.'

***

Hij ligt hondsberoerd in de kleine kajuit, op beddengoed dat naar zweet en drank ruikt. Chérain staat aan dek achter het roer. Soms hoort Daniel hem zingen boven het constante gedreun van de motoren uit, met een welluidende toonvaste stem. Hij vraagt zich af of de man een smokkelaar is. Er zijn in het nieuws soms berichten over vluchtelingen die met kleine boten het Kanaal over worden gesmokkeld, of drugs uit Spanje. Hij vermoedt het laatste, omdat Santander tot nu toe Chérains verste tocht was.

Daniel blijft liggen tot de haven van La Rochelle. Wanneer ze diesel tanken, is hij genoeg hersteld om naar buiten te komen. 'Hoe ver nog?' wil hij weten.

Chérain kijkt op zijn horloge. 'Nog minstens zes uur.'

Zich nog zes uur beroerd voelen. Hij vloekt.

Chérain rolt zijn schouders op de Gallische manier die uitdrukt dat het niet zíjn probleem is.

Het is niet alleen het ongemak van de tocht dat Daniel dwarszit. Het betekent ook dat ze langzamer vorderen dan hij gehoopt had. Brest tegen negen uur vanavond; er moeten nog wel een paar treinen naar Parijs gaan, want het is zondagavond, dan gaan ze allemaal van hun huis aan het strand of op het platteland terug naar de stad.

Chérain betaalt met een pasje voor de diesel en vaart dan naar een aanlegplek.

'En nu?' vraagt Daniel.

'Ik ga eerst wat te eten zoeken. Kan ik iets voor je meenemen?'

'Nee, dank je.'

Chérain grinnikt terwijl hij de boot aan de kade vastlegt. 'Je krijgt nog wel zeebenen. Blijf in de kajuit, uit de zon. Ik ben zo terug.' De schipper springt behendig op de kade en loopt in de richting van de havengebouwen.

Als hij niet zo leeg en verlamd was geweest door het voortdurende overgeven, had hij misschien eerder in de gaten gehad dat 'zo terug' een loze belofte is. Dat inzicht komt pas na een halfuur, wanneer er nog geen enkel teken van Chérain is. Na een uur maakt Daniel zich zoveel zorgen dat hij de kajuit begint te doorzoeken naar iets wat licht kan werpen op de schipper en zijn leven.

Er is een heel kleine kombuis aan stuurboord, niet meer dan een tweepitsgasstel en een gootsteen, een inbouwkast aan bakboord en het bed helemaal voorin met laden eronder.

De laden onder het bed leveren verkreukelde kleren, dekens, een paar oude bootschoenen, twee softpornotijdschriften en drie lege drankflessen op. De inbouwkast waar Chérain zijn reserve- en veiligheidsuitrusting opbergt – reddingsvesten, lichtfakkels, motoronderdelen, een walkietalkie die er kapot uitziet, een stel zeevaartkaarten van de Franse en Spaanse kust. Dat laatste bevestigt Daniels vermoeden dat de man drugs vanuit Spanje helpt smokkelen, hoogstwaarschijnlijk op kleine schaal. Alles is net iets te ongeorganiseerd en informeel, hij kan geen belangrijk radertje in die handel zijn.

In de la onder de gootsteen, onder een lukrake verzameling bestek, ligt een bruine envelop. Hij kijkt eerst of de schipper al in aantocht is en schudt dan de inhoud op het bed uit. De registratiedocumenten van de boot, Chérains vaarbewijs, zijn paspoort, zijn ID-kaart. Hij bestudeert alles en bergt het dan weer zorgvuldig op.

Hij gaat van boord om zijn benen even te strekken en ijsbeert over de kade, bang om zijn koffer met het geld en de pistolen onbewaakt achter te laten.

Na anderhalf uur weet hij redelijk zeker dat de man op zoek is naar meer dan alleen eten. Hij begint zich af te vragen of hij zijn belegging van vijfhonderd euro misschien moet afschrijven en de trein moet nemen. Hij besluit nog even te wachten. Brest heeft absoluut strategische voordelen.

Even voor vieren stopt er een taxi op de kade. Hij ziet Chérain uitstappen. Dat is een moeizaam proces, want hij is ladderzat. Chérain betaalt de chauffeur met veel misbaar, haalt twee plastic tasjes uit de auto, duwt het portier met zijn heup dicht en komt slingerend aanlopen. Hij moet zich tegen een paal overeind houden, strompelt dan weer verder. Onderweg naar L'Ange Fou struikelt hij en valt. In een van de tasjes breekt een fles.

'*Merde*,' zegt Chérain.

Daniel zucht, duikt de kajuit in en pakt zijn koffer. Hij stapt van de boot en loopt naar de schipper. Hij helpt hem overeind.

'Waar ga jij naartoe?' vraagt Chérain terwijl hij zich aan Daniel vasthoudt als een man in een storm.

'Timboektoe.'

'Maar je zei...' hij vormt met veel moeite de woorden, 'je moest vandaag in Brest zijn.'

***

Hij staat naast zijn koffer, halverwege de haven en het station, op de brug over het Lac de la Sole. De straten zijn stil aan het eind van de zondagmiddag. Hij kijkt uit over het meer en vloekt zacht.

La Rochelle is geen grote stad. Hij voelt zich onbeschut, zichtbaar en is nog niet helemaal hersteld van de zeeziekte. Die verdomde Chérain. Hij baalt van zijn eigen slechte inschatting – hij dacht dat het slim was om een boot te charteren, om langs de kust te varen, zodat de mensen die hem zoeken zijn spoor helemaal kwijt zouden raken. Brest zou veel veiliger zijn geweest, een grotere sprong, minder voorspelbaar. Naar een grotere stad. Maar toen koos hij zijn schipper verkeerd, in zijn zelfvoldaanheid over het vervoermiddel.

Pas je aan, improviseer, dat is wat ze hem indertijd hebben geleerd. Want dingen lopen altijd anders, maar je succes hangt af van de manier waarop je met de chaos omgaat.

Hij heeft geen zin meer om met chaos om te gaan, vooral niet nadat hij zijn ontbijt aan de visbevolking van de Atlantische Oceaan heeft gevoerd.

Hij moet naar het station om te zien hoe laat de volgende trein naar Parijs vertrekt. Er zullen camera's hangen bij het station. Hij bukt, maakt zijn koffer open en haalt de rode honkbalpet eruit. Hij trekt zijn jasje uit en doet het in de koffer. Hij trekt de pet laag over zijn ogen en loopt door.

Hij heeft in elk geval vaste grond onder de voeten.

***

Hij ziet de bewakingscamera's aan het fraaie zandstenen gebouw van Gare de La Rochelle. Hij houdt zijn hoofd omlaag, loopt naar binnen en bestudeert de dienstregeling. Er gaat een trein naar Gare Montparnasse in Parijs om zes uur. Tachtig minuten wachten voordat hij een kaartje kan kopen, vlak voordat de trein vertrekt.

Hij loopt weer naar buiten, nog steeds niet op zijn gemak. Rondom het station staan voornamelijk woonhuizen. Er is eigenlijk maar één keuze – Espressobar 164 aan de overkant.

Hij gaat binnen zitten, maar zo dat hij de straat in de gaten kan houden. Er zijn geen kranten om te lezen, maar achter de bar hangt een tv waarop een voetbalwedstrijd wordt vertoond. Hij heeft nog geen zin in koffie en neemt een cola, hij houdt om de beurt de straat en de tv in de gaten. Geen van tweeën leveren ze iets opwindends op.

Na vijf uur zijn zijn ingewanden zo ver hersteld dat hij een tosti met ham en kaas en nog een cola bestelt. Om tien over half zes gaat hij naar het station, koopt zijn kaartje, een exemplaar van *Le Monde* en een paar motortijdschriften bij Relay.

Hij gaat naar het perron. Even voor zes uur stapt hij in de trein naar Parijs.

***

Hij denkt aan de werkplaats in Bordeaux. Morgenochtend zal Henry Lefèvre daar binnenlopen om na de vakantie weer aan het werk te gaan. Hij zal naar Daniels tafel kijken, en dan zal hij voorovergebogen bij een meubelstuk gaan zitten en met zijn vaardige handen beginnen het weer heel te maken.

En Daniels grootste verlangen is daar samen met le génie te zijn.

47

Hij is erg opgelucht als hij gekleed in een net blauw overhemd en zijn jasje uitstapt op Gare Montparnasse. Zelfs een grote zwarte man kan verdwijnen in de drukte en het gekrioel van dit station en deze stad.

Buiten neemt hij een taxi. Hij vraagt de chauffeur of hij een goed, betaalbaar hotel in de buurt van de Jardin du Luxembourg kan aanbevelen. Hij wil vannacht aan de linkeroever blijven, ver van de Marché des Enfants Rouges waar hij morgenochtend moet zijn.

De taxi zet hem af voor Hôtel Le Sénat. Hij haalt diep adem voordat hij naar binnen loopt, want hij zal vol zelfvertrouwen moeten liegen.

Hij begroet de vrouw bij de receptie met, hopelijk, de juiste combinatie van vriendelijkheid en verontwaardiging. Hij zegt dat hij iets naars heeft meegemaakt in de metro; zijn mobiel en zijn portemonnee zijn gerold, onderweg vanaf Gare du Nord. Zakkenrollers, ze zijn zo verdomde handig. Hij heeft alleen het contante geld dat in zijn koffer zat, best een redelijk bedrag, goddank, anders had hij niet geweten wat hij moest doen. Maar nu voelt hij zich zo ellendig, zo onthand, want hij heeft geen enkele vorm van identificatie bij zich. Hij weet dat een hotel een paspoort of zoiets vereist. Hij heeft morgen een belangrijke vergadering, hij moet rusten, hij moet zich voorbereiden. Hij is bereid vooruit te betalen, wat ze ook maar nodig vindt, als hij alstublieft maar een kamer kan krijgen. Uit zijn binnenzak haalt hij het pakje bankbiljetten dat hij in de trein met zorg heeft samengesteld – genoeg om te laten zien dat hij vermogend is, maar niet zo dik dat ze zich af zal vragen of hij geen bankrover is.

En de hele tijd realiseert hij zich dat hij niet echt overtuigend, niet echt handig is met het bedrog. Roestig. En afkerig, denkt hij, niet echt bereid om weer volledig terug te vallen in het constante bedrog van zijn oude leven.

Ze lijkt niet op haar gemak en zegt: 'Ogenblikje graag.' Ze verdwijnt naar achteren. Hij weet dat ze het aan de nachtmanager moet vragen.

Ze komt terug met een andere, iets oudere vrouw, die taxerend naar hem en zijn nette jasje en zijn fatsoenlijke koffer kijkt terwijl hij weer zijn verhaal vertelt, deze keer iets soepeler, beter.

'Eigenlijk mogen we dit niet doen,' zegt de nachtmanager. 'Hoe lang wilt u blijven?'

'Maximaal twee nachten,' zegt hij. 'Ik begrijp dat het een dilemma is, maar ik weet niet wat ik anders moet doen.'

'Bent u bereid beide nachten vooruit te betalen en een borgsom voor de minibar?'

'Natuurlijk.'

'Dan is het goed.'

'U bent een engel,' zegt hij.

Tot zijn opluchting glimlacht ze een beetje en begint op de computer te typen. 'Wat is uw naam?'

'Olivier,' zegt hij. 'Olivier Chérain. Ik weet nog wel het nummer van mijn ID uit mijn hoofd.'

Later, onder de douche, waar hij het zeeziektezweet van zich afspoelt, glimlacht hij voor het eerst sinds Lonnie hem in Au Bistrot aan het lachen maakte. Hij moet denken aan de dag die achter hem ligt, aan Chérain, de smokkelschipper met het drankprobleem. Als hij op L'Ange Fou was gebleven, waren ze nu misschien al halverwege Zuid-Amerika.

Misschien krijgt hij nog spijt dat hij niet op de boot is gebleven.

Maar hij heeft in elk geval een halve reis en een tijdelijke naam en identiteitsbewijsnummer voor zijn vijfhonderd euro gekregen.

***

Maandag 28 augustus.

Hij zet de tv aan terwijl hij zich wast en aankleedt. Het zesde nieuwsitem gaat over de president van Zuid-Afrika die donderdag aankomt voor een kort bezoek aan Frankrijk. Hij zal waarschijnlijk vrijdag de nieuwe jonge Franse president ontmoeten.

Hij ontbijt en besluit daarna om lopend te gaan. Dat is de beste manier om je door een stad te bewegen als je er absoluut zeker van wilt zijn dat je niet wordt geschaduwd. Al is dat hoogst onwaarschijnlijk. De Russen zouden enorm veel geluk moeten hebben gehad om te weten waar hij nu is. Maar de Marché des Enfants Rouges is een slimme openbare ontmoetingsplek wanneer beide partijen hun verantwoordelijkheid nakomen en ongezien komen opdagen.

Hij wil zijn benen strekken. En rondhangen op zijn lievelingsplekken, proberen te ontspannen. Zoals de Place Saint-Michel. Dat was waar Parijs-de-minnares hem die allereerste keer overrompelde, meer dan dertig jaar geleden. Eindelijk kwam hij tot ontplooiing na een eeuwigheid van militaire training en opleiding voor de inlichtingendienst. Hij, die tot dan toe alleen de heuvels van de Oost-Kaap, de afgelegen bossen van Angola en Tanzania, de vlaktes van Zuid-Rusland en het grijs van Oost-Berlijn kende. Met de trein vanaf München en de metro vanaf Gare du Nord, nog niets van Parijs gezien. En toen klom hij de trap op van metrostation Saint-Michel, en kwam op straat. Het plein overweldigde hem met zijn sfeer van pure elektriciteit; dansers en studenten en muzikanten en toeristen, mimespelers en auto's en fietsen, energie en klank en kleur. Het schokte hem, betoverde hem. Sleurde hem mee. Hij stond daar, aan de grond genageld, urenlang, en absorbeerde alles. Het kind van de Katrivier. Met stomheid geslagen door *La Ville Lumière*.

Nu gaat hij daar weer even zitten en de herinneringen komen boven. God, wat was hij een boertje. Zo naief. Al had hij dat zelf niet in de gaten.

En het enige wat in dertig jaar op Saint-Michel is veranderd, is de mode van de studenten en de vorm van de auto's. En hij.

Hij houdt de tijd in de gaten en loopt verder, de Seine over, naar de Fontaine Stravinsky, waar hij een kop koffie drinkt. De spanning die zich langzaamaan in hem opbouwt. Hij slentert door de Jardin Anne Frank, en ten slotte door de Marais. Hij gebruikt al zijn scherpzinnigheid, alle bijna vergeten kunstjes om er zeker van te zijn dat niemand zijn spoor volgt.

Om een minuut voor twaalf uur gaat hij aan een tafeltje op de Marché des Enfants Rouges zitten, vlak bij restaurant Le Traiteur Marocain.

Zijn hart klopt sneller. Hij is zich van alles bewust, zijn zintuigen staan op scherp. Hij vraagt zich af wie er zal komen.

De overdekte markt is een vrolijke plek, vol verleidelijke geuren; groente-, fruit-, bloemen- en kaasstalletjes, een bakker, keukens die Italiaans, oosters en Marokkaans eten verkopen. Tafeltjes en stoelen voor de eters. Heel druk op dit tijdstip van de dag.

Ineens staat er een man naast hem, vlak bij hem, en hij verstijft.

'Meneer, het spijt me, maar deze tafels zijn gereserveerd voor onze klanten.'

Het is een van de mensen van het restaurant.

'Natuurlijk,' zegt hij. 'Waar kan ik bestellen?'

'Daar bij de toonbank,' antwoordt de man en hij wijst naar Le Traiteur Marocain.

Daniel bedankt hem, staat op en gaat in de rij bij de toonbank staan. Hij kijkt naar de foto's van de verschillende gerechten en schuifelt naar voren als de rij vordert.

Een zachte stem achter hem, van een vrouw. In het Frans, met het accent en ritme van Zuid-Afrika. 'Ik kan de tajine kefta aanbevelen. Die is heerlijk.'

Hij draait zich langzaam om en kijkt haar aan. 'Merci,' zegt hij.

Ze is jong, misschien begin dertig, mooi en elegant, in een felgele strapless jurk, een zwarte baret op haar hoofd. In haar rechterhand een grote tas van Galeries Lafayette. Ze glimlacht naar hem, maar hij kan zien dat ze gespannen is.

'Zal ik er voor jou ook een kopen?' vraagt hij.

'O, dank je wel, dat is heel aardig.'

'Ik ben Olivier,' zegt hij, terwijl zijn ogen nog steeds de markt afzoeken.

'Ik hoopte dat je misschien Dokter Inhlanhla was,' zegt ze in het Zoeloe, haar stem iel van de spanning. Ze is een amateur, denkt hij. Ze hebben een amateur gestuurd. Hoe moet ze weten of ze niet in de gaten wordt gehouden? Hij probeert de hele markt te overzien, aan te voelen of iemand belangstelling voor hen heeft.

'Dat ben ik,' zegt hij in dezelfde taal. 'Maar alleen in de weekends.'

Ze lacht en het klinkt geforceerd. In het Frans zegt ze: 'Het is beter dat je niet weet hoe ik heet.'

'Natuurlijk.'

Ze beduidt met haar ogen dat het hun beurt is om te bestellen. Hij draait zich om naar de toonbank en vraagt twee tajines kefta. Hij betaalt. De man die hem daarnet wegjoeg wenkt hem naar een tafel.

'Zullen we samen eten?' vraagt hij de vrouw met de baret.

'Graag,' zegt ze.

Ze lopen naar de aangewezen tafel en gaan zitten. Ze zet de plastic tas onder de tafel, de spanning in haar lichaam is nu nog duidelijker zichtbaar. Ze gaat weer over op het Zoeloe. 'Die moet je meenemen als je weggaat. Wees alsjeblieft heel voorzichtig, er zitten incriminerende spullen in. Als je denkt dat hij in verkeerde handen kan vallen, doe dan je best om hem te vernietigen.' Mechanisch, alsof ze de woorden heeft ingestudeerd.

Hij schuift zijn hand over de tafel, pakt de hare en houdt die vast. Zijn stem is sussend en rustig: 'Je bent Sesotho,' zegt hij, want hij heeft haar accent en haar woordkeuze in het Zoeloe gehoord.

'Ja.'

'Je bent niet gewend aan... dit soort dingen.'

'Is het zo duidelijk?'

Hij drukt zacht haar hand. 'Haal diep adem.'

Ze knikt en zucht langzaam. Hij kan aan haar hand voelen dat ze een beetje ontspant.

'Denk je dat iemand je heeft gevolgd?' vraagt hij.

'Nee. Dat denk ik niet. Niemand weet van mij!' zegt ze angstig. En dan zachter: 'Ik heb een halfuur door de Galeries Lafayette, het warenhuis, dat heel grote...'

'Aan de Boulevard Haussmann?'

'Ja... Ik ben naar boven en beneden gegaan, en in de kleedhokjes en weer eruit en weer erin... Ik weet zeker dat er niemand was.'

'Het is een goede plek om te ontsnappen. Maar het maakt niet uit. Als we straks weggaan, zal ik erop letten dat we geen van beiden in de gaten worden gehouden. Je hoeft je geen zorgen te maken...'

De kelner brengt twee borden met eten, en kleine bakjes met harissa.

'Het ruikt heerlijk,' zegt hij, en hij pakt het plastic bestek.

Ze glimlacht dapper. '*Bon appétit*,' zegt ze en ze begint te eten.

'Hoe lang ben je al in Frankrijk?' vraagt hij, maar beseft dan dat ze misschien zo min mogelijk over zichzelf wil praten. 'Je hoeft geen antwoord te geven.'

'Dit is wel oké, denk ik. Zeven maanden. Een cultureel uitwisselingsproject.'

'Zit je bij het departement van Kunst en Cultuur?'

'O nee. Ik ben schrijfster, dramaturg,' zegt ze alsof het een opluchting is om over iets bekends te praten. Dan een frons van zelfverwijt. 'Nu praat ik te veel.'

'Je bent veilig, maak je geen zorgen.'

Ze eten een tijdje in stilte. Hij vraagt: 'Waarom doe je dit? Dit gevaarlijke spelletje?'

Ze kijkt hem aan met een onverwachte verbetenheid.

'Gugu. Ze is als een zusje voor me. Ik doe het voor Gugu.'

48

Ze heeft haar bord half leeg en ontspant een beetje. 'Ik heb informatie die ik je moet geven,' zegt ze.

'Wanneer je er klaar voor bent,' zegt Daniel.

Haar handen liggen op tafel en ze doet even haar ogen dicht, alsof ze ervoor wil zorgen dat ze niets vergeet, alles goed zegt.

Haar ogen gaan weer open: 'In de tas zitten vier mobiele telefoons. Ze zijn allemaal veilig, maar je moet niet een ervan langer dan twee dagen gebruiken. Dan moet je hem onklaar maken en weggooien.'

'Goed.'

'Ze hebben de app die je voor de mail gebruikt al op elke telefoon gezet. Je hoeft alleen je gegevens te registreren. Hou geregeld je mail in de gaten, want het programma van de man die je in Parijs moet ontmoeten is nog niet helemaal rond. Ze sturen informatie.'

'Goed.'

'Ik kan je nu vertellen dat hij donderdagavond in Parijs aankomt. Op 31 augustus. Vrijdag is hij in Versailles; daar mag je hem niet ontmoeten.'

'Dat snap ik.' Dat is waarschijnlijk de ontmoeting met de Franse president, waar de beveiliging heel streng zal zijn en de mogelijkheid van een diplomatieke rel zoveel groter.

'Hij zal de hele zaterdag op de Zuid-Afrikaanse ambassade zijn voor vergaderingen. Wat hij zaterdagavond en zondag doet is nog onbekend. Hij vliegt zondagnacht of maandagochtend vroeg terug. Je krijgt meer informatie via de mail zodra die beschikbaar is.'

Hij knikt.

'Ik moet je vragen: zijn je financiële omstandigheden nog dragelijk?'

Hij glimlacht. 'Dragelijk? Is dat het woord dat ze je voorgezegd hebben?'

'Ja.' Ze verbaast hen allebei door te giechelen. Hij denkt dat er ook opluchting doorklinkt in dat geluid, omdat ze het tot nu toe heeft gered.

'Ja, dank je, mijn financiële omstandigheden zijn nog steeds heel dragelijk.'

'Het laatste onderwerp: er zitten vijf paspoorten in de tas, van verschillende landen. Je kunt ze in elke willekeurige volgorde gebruiken als je een paspoort nodig hebt. Ze zijn allemaal echt, de Schengenvisa ook.'

'Oké.'

'Wanneer je het vermoeden hebt dat een paspoort en een identiteit niet meer bruikbaar zijn, zorg er dan alsjeblieft voor dat het document wordt verbrand.'

'Goed.'

'Dat is alles.' Hij kan zien dat ze lichter is, de last is afgelegd.

'Je hebt het heel goed gedaan. Eet nu je bord leeg. Het is te lekker om te verspillen.'

'Ja, pa,' zegt ze met een glimlach.

***

Als ze weggaat, zegt hij tegen haar dat ze gewoon door moet lopen. Ze mag er niet uitzien als iemand die zich zorgen maakt dat ze achtervolgd wordt. Hij zal ervoor zorgen dat ze veilig is.

Ze staan op. Ze omhelst hem, kijkt hem in de ogen. 'Ik zal voor je bidden,' zegt ze.

Hij pakt de grote witte tas van Galeries Lafayette die ze onder de tafel heeft laten staan. Hij blijft een eind achter haar lopen. Op de Place des Vosges is hij ervan overtuigd dat niemand haar – of hem – volgt.

Ze blijft doorlopen, in de richting van de Bastille. Hij kijkt haar na. Hij voelt een groot medelijden met haar, en een zware verantwoordelijkheid om ervoor te zorgen dat ze geen deel gaat uitmaken van eventuele nevenschade. Wanneer hij haar niet meer kan zien, gaat hij een andere kant uit. Hij wil naar het Île Saint-Louis en daar een roomijsje eten, zoals vroeger, en nog even de herinnering vasthouden aan de vreugde van het samenzijn met haar, genieten van de stilte en de kalmte voor de storm.

'Ja, pa,' had ze tegen hem gezegd.

Hij had met haar meegelachen. 'Je bent een dappere vrouw. Als ik je vader was zou ik heel trots op je zijn.'

'Dank je.' Toen had ze hem op een vreemde manier aangekeken en gezegd: 'Dit hele gedoe is voor mij surrealistisch, jou hier te ontmoeten. Ik... Ik was zo op van de zenuwen, ze hebben me een hoop do's-and-don'ts gegeven, ik was als de dood om het... om alles te laten mislukken. En toen stuurden ze je paspoorten en keek ik naar de foto, en toen was het alsof... Toen wist ik dat alles oké zou zijn.'

'O?'

Ze lachte verlegen. 'Het toneelstuk waaraan ik nu schrijf gaat over Christophle le More.' Haar stem steeg tegen het eind in toonhoogte, alsof de vraag was of hij Le More kende.

Hij schudde zijn hoofd.

Haar gezicht klaarde op en ze vertelde enthousiast: 'Er zijn maar weinig mensen die hem kennen. Hij hangt in het Rijksmuseum. Het is het vroegst bekende zelfstandige portret van een zwarte man in de westerse schilderkunst. Ergens tussen 1520 en 1530, men denkt dat de schilder de Nederlander Jan Mostaert was. Hoe dan ook, toen de paspoorten kwamen en ik je foto zag, dacht ik, je lijkt op hem. Op Christophle le More. Zonder de baard natuurlijk, hij had een baard. En toen dacht ik, het is een goed teken, het is een voorteken. Dat alles goed zal komen.'

'Wie was die Le More?'

'Een lijfwacht en boogschutter van keizer Karel V. Hij is als stalknecht begonnen, hij moet een indrukwekkende figuur zijn geweest om het zo ver te schoppen.' Er klonk bewondering door in haar stem.

'Waar gaat je toneelstuk over?'

'Over de pelgrimstocht van Le More van Brussel naar Halle. Om de Zwarte Madonna te zien. Het is... Ze denken dat hij daar is geweest, want op het schilderij heeft hij het Maria-insigne op zijn muts. Ik... Mijn stuk is fictie, we weten niets van zijn tocht. Ik dacht alleen dat hij in elk geval... eenzaam moet zijn geweest. Als zwarte man in blank Europa. Er waren geen andere Afrikanen bij Karel in dienst, hij zal erg naar zijn eigen mensen hebben verlangd. Stel dat hij gehoord had van de Zwarte Madonna van Halle en dacht dat ze uit Afrika moest zijn gekomen, en dat hij erheen ging om... contact te krijgen, met iets... Het stuk is nog niet af, ik wil niet...'

'Ik hoop dat ik het op een dag zal kunnen zien. Het toneelstuk. En het portret.'

'Dat hoop ik ook echt.'

'En. Lijk ik in levenden lijve nog steeds op hem?'

'Ja, best wel. Maar... Je bent anders dan ik me had voorgesteld.'

'O?'

'Je bent... zachter... Ik...' Ze maakte een verlegen handgebaar. 'Ik weet niet of jij degene bent die het gaat doen... Ik wil het ook niet weten. Ik had me alleen een hardere man... Je weet wel, iemand die... Misschien moet ik gewoon mijn mond houden.'

Daniel Darret wilde niet dat ze zweeg. Hij vond het heerlijk om naar haar Zoeloe te luisteren, al was het een beetje onbeholpen. Het waren de ritmes en de muziek van zijn vaderland. Hij vond het heerlijk om naar haar te kijken, naar haar jeugd en haar schoonheid en haar moed. Te weten dat zij deel uitmaakte van deze operatie, dat ook zij erin geloofde. Het maakte dat hij zich beter voelde over wat er stond te gebeuren.

***

In zijn kamer in Hotel Le Sénat leest hij die middag de mail die hij op de eerste van de vier LG-smartphones die in de plastic tas zaten heeft binnengehaald. De tv staat aan op het nieuwskanaal, het volume laag. Hij ligt op het bed.

From: vula@protonmail.com
Subject: Medische apparatuur
To: inhlanhla@protonmail.com

Waarde dr. Inhlanhla,
We zijn opgelucht en erg blij dat u het pakketje in ontvangst hebt genomen en dat uw financiële status dragelijk is.

Het betekent dat zijn naamloze jonge contact in de gele jurk hun heeft laten weten dat de ontmoeting succesvol was. Hij hoopt dat het de laatste taak was die ze moest verrichten. Hij vermoedt dat ze haar hebben gebruikt omdat ze geen connectie met hen heeft, en daardoor helemaal niet verdacht zal zijn. Hij kan dat begrijpen. Maar ze is een amateur, ze hoort niet aan nog meer risico's te worden blootgesteld.

De andere telefoons liggen op het blad van het bureautje, naast de vijf paspoorten, netjes op een rijtje. In alle reisdocumenten staat dezelfde foto van hem van tien jaar geleden, de laatste die hij in Zuid-Afrika voor zijn rijbewijs heeft laten nemen. Voor Pakamiles dood. Er zijn twee Zuid-Afrikaanse paspoorten, met Xhosa-namen. De andere zijn respectievelijk uit Swaziland, Botswana en Namibië. Toen hij de landen van herkomst zag, dacht hij dat ze die waarschijnlijk allemaal hadden gekregen via een oud Struggle-contact, met een goede positie in de regering van de verschillende buurlanden. Slim.

U zult nu in een goede positie zijn om te reizen en contact te onderhouden.
De volgende stap van de behandeling: u zult medische apparatuur nodig hebben voor de procedure die voorligt.
We zouden Ditmir's Trading, Oudezijds Achterburgwal 82D in Amsterdam willen aanbevelen, een Albanese import-/exportfirma. Hij heeft een breed assortiment aan chirurgische instrumenten tegen redelijke prijzen. Zorg dat u Ditmir persoonlijk te spreken krijgt op dit adres aangezien bekend is dat hij redelijke korting geeft. (We zijn niet in de gelegenheid geweest zelf benodigdheden bij hem aan te schaffen en in dit stadium is het niet mogelijk de kredietwaardigheid van zijn bedrijf te taxeren.)
We hopen snel een gedetailleerd medisch rapport te hebben van de patiënt en zullen u op de hoogte brengen zodra we dat ontvangen.
Het wordt op prijs gesteld indien u uw voortgang met ons deelt via de mail.
De beste wensen,
Vula

49

Hij vraagt zich af wie de persoon of personen aan de andere kant van deze boodschap zijn. Heeft hij ze gekend? Misschien ex-leden van de Zuid-Afrikaanse geheime dienst, zoals Lonnie? De telefoons en de paspoorten wijzen erop dat ze goed op de hoogte zijn, dat ze nog contacten hebben in deze mistige wereld.

De mail vertelt heel veel.

Ditmir is een wapenhandelaar op de zwarte markt, dat 'import/export' betekent dat hij naar alle waarschijnlijkheid deel uitmaakt van de Albanese maffia. Ze weten niet hoe betrouwbaar de man is, waardoor voorzichtigheid geboden is. Op het adres zal een andere onderneming gehuisvest zijn; hij zal specifiek naar Ditmir moeten vragen en waarschijnlijk ergens anders naartoe worden gebracht om de wapens te bekijken en te kopen.

De implicatie van een gespecialiseerde wapenverkoper is ook dat MK43 vermoedt dat hij een langeafstandsscherpschuttersgeweer nodig heeft, omdat het onmogelijk zal zijn dicht bij de president te komen. En dat was tenslotte ook zijn modus operandi toen hij in dienst was van de KGB en Stasi.

Maar het plaatst hem voor een groot dilemma: het gaat een enorme uitdaging worden om iets wat groter is dan een pistool door Europa te vervoeren. Wetshandhavers op het hele continent zijn in permanente staat van paraatheid wegens het risico op terreuraanvallen van moslimextremisten. Er is een netwerk van informanten, wegblokkades en bewakingscamera's. Soldaten en de politie patrouilleren overal in steden, op stations, vliegvelden en bij grote toeristische attracties. Goede militaire scherpschuttersgeweren zijn groot, meestal een meter of langer. Niet direct iets wat je in een koffertje stopt. Hij zal zo'n wapen van Amsterdam naar Parijs moeten zien te krijgen.

Dat betekent eigenlijk maar één ding: hij zal eigen vervoer moeten hebben.

Hij tikt een antwoord op de telefoon:

Beste Vula,
Bedankt voor de info. Zal research moeten doen voordat ik definitief beslis over het type medische apparatuur en transportmiddel. Medisch rapport zou behulpzaam zijn, zodra u dat hebt. Houd u op de hoogte.
Dr. Inhlanhla

Hij legt de telefoon aan de oplader op het bureau. Hij moet plannen maken: de ambassade verkennen, naar Amsterdam reizen. Een auto kopen zonder die te registreren. Hij is diep in gedachten verzonken, maar er is iets aan de periferie van zijn blikveld dat zijn aandacht trekt. Hij kijkt naar de telefoons, de paspoorten, het raam. Wat is het?

Dan dringt het tot hem door: de nieuwslezer op tv heeft het over La Rochelle. Hij kijkt naar de tv.

Er is een luchtopname van de haven, vanuit een helikopter. Een dikke, donkere rookpluim die opstijgt uit een kleine boot. Twee politieauto's en een ambulance op de kade. Hij pakt haastig de afstandsbediening en zet het geluid harder.

'... zodra de havenautoriteiten bijzonderheden bekendmaken.'

En dan schakelen ze terug naar de nieuwslezer die zegt: 'Personeel van Air France is van plan in september weer te staken.'

Daniel staat als aan de grond genageld naar het beeld te staren. Hij heeft te weinig van de opname van de haven gezien. Te weinig om zeker te weten dat het L'Ange Fou was die in brand stond. Maar hij zou zweren dat het min of meer de plek was waar Chérain aangemeerd lag.

Hij zoekt eerst met de telefoon op internet naar meer informatie, maar vindt niets. Hij gaat voor de tv zitten, want hij weet dat ze nieuwsitems herhalen. Hij zal moeten wachten.

Is het mogelijk? Dat ze zijn spoor naar Arcachon en de boot van Olivier Chérain hebben gevonden? Maar hoe?

De Russen zijn meesters in technologie, in elektronische spionage, weet hij. De media staan er bijna dagelijks vol mee, de cyberunit van de Federale Veiligheidsdienst van het Kremlin breekt digitaal in, luistert en kijkt af, steelt data, plaatst fake nieuws, ontwricht systemen. Precies waar en wanneer ze willen, als het belangrijk genoeg is om bandbreedte en mankracht en tijd en moeite te investeren. Het zou mogelijk zijn om het registratienummer van zijn motor in een Franse database te vinden. Camera's langs de Franse snelwegen te gebruiken om vast te stellen dat hij de E5 richting Spanje heeft genomen. Door zuivere eliminatie te kunnen bepalen dat hij hoogstwaarschijnlijk in de buurt van Arcachon is afgeslagen.

En dan af te leiden dat hij over zee verder zou willen reizen? Het is een relatief logische conclusie. En als ze het team uit Bordeaux hebben gestuurd om vragen te gaan stellen: de vader en zoon in de haven van Arcachon zouden zich hem herinneren, zouden inlichtingen kunnen verschaffen over L'Ange Fou.

Chérain heeft met een pasje voor de diesel betaald in La Rochelle, nog een broodkruimel die ze konden volgen.

Alles is mogelijk. Als ze bereid waren om op grote schaal hulpmiddelen en mensen in te zetten.

Hoe belangrijk is het Zuid-Afrikaanse kerncentralecontract? Dat het Kremlin de president in zijn zak heeft?

Kennelijk zo belangrijk als Lonnie May heeft gezegd. En daar ligt zijn fout. Hij heeft Ubu, Het Stokstaartje onderschat. Hij dacht dat Lonnie de beschikbare feiten had aangedikt om hem over te halen.

Hij moet een uur wachten voordat het nieuwsitem weer op tv verschijnt. Er is nu nieuw beeldmateriaal, van dichterbij genomen, de brand geblust, dunne rook, L'Ange Fou een zwart wrak. En de figuur op de brancard die over de kade wordt gedragen is helemaal bedekt met groene dekens.

De sombere stem van de nieuwslezer: 'Het vaartuig staat geregistreerd op naam van de heer Olivier Chérain, een schipper uit Arcachon. De overledene is nog niet geïdentificeerd en familie van de heer Chérain wordt dringend verzocht contact op te nemen met de autoriteiten. De brand is volgens getuigen gevolgd op een kleine ontploffing kort na twaalf uur vanmiddag. De oorzaak is nog onbekend.'

Daniel Darret staat op, veegt de telefoon en paspoorten bij elkaar en stopt ze in zijn koffer.

***

Hij checkt haastig uit en zegt: 'Het spijt me heel erg, maar ik moet dringend naar Marseille.' Hij wil snel weg en overweegt te zeggen dat ze het geld dat hij als borgsom en voor een extra nacht heeft betaald mogen houden, maar dat kan ook een verkeerd soort aandacht trekken. Daarom wacht hij geduldig tot ze het geld uit de kluis van de manager hebben gehaald, bedankt hen voor de gastvrijheid en vertrekt.

De Russen zullen ook de camera's bij Gare de La Rochelle kunnen gebruiken. Ze zullen weten welke trein hij heeft genomen. Het zal tijd kosten om taxiritten in Parijs te controleren, maar ze zullen hem hier in het hotel kunnen opsporen.

Hij kan nu niet weer een taxi nemen.

Hij loopt met zijn koffer naar de Boulevard Saint-Germain. Hij is hypersensitief, voelt zich onbeschermd, alsof hij in de gaten wordt gehouden, alsof ze overal zijn en alles kunnen zien. Hij gebruikt al zijn kennis en vaardigheid, loopt kriskras, keert plotseling om, blijft hangen op stille plekken, maar er komt niemand achter hem aan. Hij dwingt zich om niet paranoïde te worden, om te focussen op de volgende stap: zijn nieuwe onderdak moet willekeurig zijn, zonder reden gekozen. Hij volgt een zinloze route van bochten en omwegen tot hij in de Rue Jacob bij de receptie van Hôtel Millésime staat en het paspoort uit Botswana aanbiedt. Hij hoopt dat de jonge man het zweet op zijn voorhoofd niet ziet. Hij gebruikt weer de mijn-portemonnee-is-gestolen-smoes om cash te kunnen betalen.

***

De Zuid-Afrikaanse ambassade verkennen zonder opgemerkt te worden zal niet makkelijk zijn.

Hij herinnert zich het gebouw aan de Quai d'Orsay, nummer 59. Het staat in diplomatieke kringen bekend als het lelijkste bouwwerk van Parijs, al is het in de jaren zeventig door Franse architecten ontworpen. Het hurkt als een gedrocht tussen de klassieke, veel oudere, roomwitte zandstenen panden in de omgeving aan de magnifieke brede boulevard. Dertig jaar geleden liep Daniel er af en toe langs, om ernaar te staren, vol haat, want het belichaamde alle ongevoeligheid en bourgeois wansmaak van het apartheidsregime.

Voor zover hij zich herinnert staat het op een hoek, met gevels aan drie straten; de Quai d'Orsay aan de voorkant, de Rue Henri Moissan aan de zijkant, en de Avenue Robert Schuman aan de achterkant. Alle drie de façades zijn even onaantrekkelijk, met een soort betonnen kaaspunten waarachter de ramen van de vier verdiepingen zich verschansen.

Indertijd waren er geen camera's. Nu zullen die er wel zijn. En als de Russen en de Zuid-Afrikaanse inlichtingendiensten van hem en zijn opdracht weten, houden ze die camera's zeker in het oog. Vooral vandaag, als ze vermoeden dat hij in Parijs is.

Hij heeft geen keus, hij zal moeten gaan kijken of hij daar kan werken. Een keer om het gebouw heen lopen, zo veel mogelijk in zich opnemen.

Hij haalt de rode honkbalpet uit zijn koffer en doet die in het afvalbakje in de badkamer. Hij zal hem niet meer kunnen gebruiken, omdat hij hem bij het station van La Rochelle op heeft gehad. Hij trekt het rode T-shirt aan dat hij in Arcachon heeft gekocht, vouwt het witte T-shirt op en propt het in zijn broekzak. Hij doet de blauwe pet in de andere zak.

Hij sluit zijn kamer af en gaat op de Boulevard Saint-Germain op zoek naar een witte panamahoed.

Hij denkt aan zijn voormalige instructeur bij de Stasi die hem leerde naar de schoenen van mensen te kijken. 'Kleren zijn makkelijk te wisselen, vooral T-shirts en hoeden. Maar achtervolgers trekken nooit andere schoenen aan.'

Misschien moet hij een paar nieuwe sneakers kopen.

***

Daniel Darret loopt naar metrostation Saint-Michel-Notre-Dame, met de witte panamahoed op zijn hoofd. Hij neemt de RER-C naar Pont de L'Alma en klimt daar de trap op naar straatniveau. Hij loopt langs de Seine, in oostelijke richting, en houdt de bomen tussen hem en het ambassadegebouw.

Hij gaat drie keer rechtsaf zodat hij om het blok van de ambassade kan lopen. Hij probeert alles in zich op te nemen: de gebouwen aan de overkant, de straten, de vier ingangen van de ambassade, de vele camera's aan de muren. Hij durft niet te blijven staan; het is stil in de buurt, er zijn maar weinig andere mensen op straat.

Hij weet dat hij misschien te haastig is, maar hij moet in elk geval een idee hebben van de mogelijkheden. Met het overweldigende gevoel dat de camera's hem vastleggen, dat teams worden gemobiliseerd om hem te achtervolgen.

Terug op de Quai d'Orsay gaat hij naar het westen, in de richting van de Eiffeltoren. Hij is van plan om daar tussen de mensenmassa's en de doolhof van het Parc du Champ-de-Mars te verdwijnen. Hij loopt snel, zonder om te kijken. De stoep van de boulevard wordt steeds drukker met toeristen voor de Eiffeltoren. Dat is wat hij nodig heeft – mensen om hem heen, veel mensen.

Vlak voor de toren slaat hij links af het park in, haalt het witte T-shirt uit zijn zak, trekt het over het rode aan, gooit de panamahoed in een afvalbak en begint te rennen, zwenkend tussen de bomen en struiken door.

Hij blijft plotseling staan, kijkt voor het eerst om. Er is niemand die haastig achter hem aan komt.

Hij zet de blauwe honkbalpet op.

***

Twee uur lang rijdt hij met de metro kriskras door de stad om er zeker van te zijn dat hij niet in de gaten wordt gehouden. Hij denkt na over de ambassade maar weet instinctief dat het gebouw geen optie is.

De enige manier om de president zaterdag neer te schieten zou zijn wanneer hij bij de ambassade aankomt, of wanneer hij vertrekt. Want als hij eenmaal in het gebouw is, is hij onzichtbaar.

Er zijn twee toegangen voor auto's en twee voor voetgangers. Als ze weten dat er gevaar dreigt, zullen ze de president mogelijk naar binnen rijden door het grote stalen hek voor auto's aan de achterkant, aan de Avenue Robert Schuman. Het probleem is dat daar een hoge muur is – hij zal heel hoog moeten zitten om de president in zijn schootsveld te krijgen als hij uit de auto stapt. En de gebouwen rond de ambassade zijn allemaal appartementen of kantoren, gesloten deuren met een bel of toegangscode. Bovendien zullen de bewakingscamera's van de ambassade hem kunnen zien als hij een van die deuren probeert binnen te gaan.

Dat gaat niet lukken.

Vrijdag in Versailles is onmogelijk; zaterdag bij de ambassade is van de baan.

Zondag is de enige optie die overblijft, maar hij weet nog steeds niet waar de president dan zal zijn.

50

Hij koopt brood en kaas in de supermarkt in de Rue de Seine, en eet in zijn kamer terwijl hij de zaken op een rijtje zet.

Hij moet in Amsterdam zien te komen op een manier die hem in staat stelt een scherpschuttersgeweer mee terug te nemen naar Parijs. Hij kan niet met het openbaar vervoer. Met een huurauto komt hij in het systeem waar de Russen hem kunnen vinden. Hij kan een van de valse paspoorten gebruiken, maar hij heeft geen creditcard. Cash betalen zal bij Avis of Hertz de aandacht trekken, een anomalie, en ze zullen in de systemen naar zulke afwijkingen zoeken, vermoedt hij. En hij wilde dat hij meer van digitale spionage af wist.

Misschien is hij te voorzichtig, maar de dood van Olivier Chérain, en hoe snel ze Daniel in La Rochelle hebben weten te plaatsen, is zorgwekkend. Erg zorgwekkend. Bovendien: kan hij na Lonnies dood de paspoorten vertrouwen? Kan hij überhaupt iets of iemand vertrouwen?

Hij gaat op zoek naar een auto op autoscout24.fr. Hij kijkt eerst naar Volvo's, want alleen onschadelijke mensen rijden in Volvo's – goede, ordelievende mensen met oog voor veiligheid. Maar de tweedehands Volvo's zijn te duur naar zijn zin. Hij kiest uiteindelijk een Peugeot 3008, een model uit 2010, voor vijfenzeventighonderd euro. Grijs, onopvallend, een middenklasser, gezinsauto, een vijfdeurs met veel bagageruimte, aangeboden door een particuliere verkoper in Montreuil. Veertig minuten van zijn hotel met de metro. Staat al meer dan een maand op de website. Honderdtweeënvijftigduizend kilometer op de teller. De eigenaar zal allang blij zijn als hij min of meer de vraagprijs krijgt, dankbaar om de deal te sluiten.

Hij denkt goed na over het verhaal dat hij gaat vertellen en belt dan het nummer met de telefoon van het hotel. De eigenaar is een man, tegen wie Daniel zijn Afrikaanse accent laat doorklinken; hij gebruikt de naam op het Namibische paspoort als hij zich voorstelt. Hij vraagt of de auto nog beschikbaar is.

De man bevestigt dat.

Daniel vraagt of hij de volgende dag kan komen kijken. De eigenaar zegt dat dat pas 's avonds kan, want hij is overdag niet beschikbaar.

Dat is te laat, want dat zou betekenen dat Daniel nog een nacht in Parijs moet slapen en pas woensdag naar Amsterdam kan vertrekken. 'Ai,' zegt hij. 'Dat is jammer... Ik kan alleen vanavond of morgenochtend...'

'Kunt u nu komen?' vraagt de man.

***

Hij kleedt zich netjes aan en neemt de contanten mee.

Om halfacht klopt hij op de deur van een eenvoudig huis in de Rue de Plateau. Een zwart jochie doet open, misschien negen jaar oud. Hij doet Daniel Darret denken aan Pakamile; hij voelt een steek in zijn hart.

De jongen vraagt of hij wil binnenkomen en neemt hem mee naar een eetkeuken waar het gezin aan tafel zit. Vader, moeder en drie zoons. Er is warmte. Gezelligheid. De man staat op, stelt hem trots aan zijn gezin voor en nodigt hem uit om aan te schuiven. Daniel wil dat niet, voelt de emotie, het verlangen naar zo'n leven. De vrouw vraagt of ze iets voor hem kan opscheppen. Hij zegt, nee, dank u wel, hij heeft net gegeten.

Ze stellen hem vragen, zodat hij verplicht is zijn verhaal te gebruiken. Hij komt uit Namibië, is motorfietsmonteur. Hij wil met een paar vrienden een maand door Europa toeren, daarom hebben ze een auto nodig. De vrienden komen morgen aan.

De man zegt dat hun voorouders uit Dahomey komen. Zoals het indertijd genoemd werd. Benin, zegt de zoon die hem open heeft gedaan.

Ze willen van hem over Namibië weten, de manier van leven, de politiek. 'Vertel de kinderen hoe het in Afrika is. Ze zijn er nooit geweest.' Daniel praat, zijn heimwee naar zuidelijk Afrika is oprecht, en dan vraagt hij hun naar hun gezin, wat ze doen, hoe oud de kinderen zijn. Hij wil dat het eten afgelopen is zodat hij de auto kan kopen en kan vertrekken. Weg van dit vriendelijke gezin. Van zijn leugens en van wat hij moet gaan doen, en van wie hij wil zijn.

***

Dinsdagochtend 29 augustus. Als hij even over zevenen zijn mobiel aanzet, is er mail van Vula.

From: vula@protonmail.com
Subject: Restaurantaanbeveling
To: inhlanhla@protonmail.com

Waarde dr. Inhlanhla,
Mocht u op zaterdagavond in Parijs zijn en behoefte voelen aan een interessante conversatie, dan kan ik u Brasserie Lipp aanbevelen, aan de Boulevard Saint-Germain 151. Het is een populair trefpunt van diplomaten en hun chauffeurs, en deze laatsten hebben altijd veel informatie wat betreft de sociale mogelijkheden in die geweldige stad.
Natuurlijk hopen we dat u op dat moment geen behoefte zult hebben aan dergelijke sociale interactie.
Zoals altijd zullen wij het zeer op prijs stellen indien u uw voortgang met ons deelt via de mail in de komende dagen.
Veel succes en de beste wensen,
Vula

Hij schrijft terug:

From: inhlanhla@protonmail.com
Subject: Re: Restaurantaanbeveling
To: vula@protonmail.com

Beste Vula,
Ik dank u voor uw vriendelijke aanbeveling. Ik zal zeker de mogelijkheid overwegen.
Ik zal vandaag onderweg zijn naar Amsterdam, om daar morgen zakelijke mogelijkheden te onderzoeken.
Hoogachtend,
Dr. Inhlanhla

Tijdens het ontbijt in het hotel leest hij de website van de *Sud Ouest*. Er staat een bericht in over de dood van Olivier Chérain. De autoriteiten hebben bekendgemaakt dat de explosie op L'Ange Fou veroorzaakt is door een lekkend gasstel. Er is geen vermoeden van een misdrijf.

Kan het een ongeluk zijn geweest? Chérain die in zijn dronkenschap een gaspit heeft aangestoken? Was hij voor niets zo vreselijk paranoïde, te optimistisch over hoe goed de Russen zijn?

Dat is heel goed mogelijk. Maar dan denkt Daniel aan het kleine tweepitsgasstel naast de gootsteen in de kombuis van de boot. De pannendragers waren bespikkeld met roest. Het zag eruit of het maanden geleden voor het laatst was gebruikt. Chérain had een voorkeur voor voedsel in vloeibare vorm.

Of is hij wakker geworden met een verschrikkelijke kater en heeft hij besloten koffie te zetten, en toen het gasstel aangezet?

Hij is klaar met eten, checkt uit en loopt naar de Peugeot, die vier straten van het hotel geparkeerd staat. Het is de enige plek waar hij gisteravond na een halfuur zoeken een parkeerplaats kon vinden. De auto verkeert in goede conditie, al ruikt hij vaag naar sigaretten.

Hij rijdt over kleine lokale wegen naar het noordnoordoosten. Hij vermijdt Lille, Brussel en Antwerpen, onderweg naar Amsterdam. Zijn ogen zijn steeds op de achteruitkijkspiegel gericht. Hij vraagt zich af of er ooit een dag zal komen dat hij niet meer achterom hoeft te kijken.

Deel IV

51

Dinsdag 29 augustus. Bennie Griessel. Woodstock.

Kapitein Bennie Griessel van de Valken in de Kaap staat op het podium van de MOTH-zaal in Woodstock met een basgitaar om zijn nek en zegt: '"Cry to me".'

'Cry to me?' vraagt Vince Fortuin, de sologitarist, op een toon die zegt dat Griessel dat niet serieus kan menen. 'Dat ongelooflijke kwijlnummer van The Staccatos?'

'Ja,' zegt Griessel geduldig. 'Het is hetzelfde nummer, maar wij doen een cover van de oorspronkelijke versie. Van Solomon Burke. Blues. Veel swingender.'

'Ken ik niet,' zegt Vince, niet overtuigd.

'Van voor jouw tijd,' zegt Griessel. '1962.'

'Ik ken de cover van The Rolling Stones,' zegt Vince, volgens Griessel de meest getalenteerde van de groep. Hij draagt het liefst mouwloze T-shirts en heeft een tatoeage van een anker op zijn pezige schouder. Zijn kleine ogen worden streepjes van plezier als hun viermansbandje goed op dreef is. Een grapjas; hij is de man die ooit zei: 'Ik ben syncopisch, ik weet alleen maat te houden als ik met mijn maten ben.' Overdag is hij loodgieter.

De week voor een optreden repeteren ze op dinsdag en woensdag in de MOTH-zaal. Ze noemen zichzelf Roest, een naam die ze gekozen hebben omdat ze vier middelbare, middenklasse mannen uit de voorsteden zijn die het destijds vijf maanden heeft gekost om hun gezamenlijke, niet geringe hoeveelheid roest af te schudden. Langzaamaan zijn ze een repertoire van oude hits aan het opbouwen, in de hoop op bruiloften en partijen op te kunnen treden.

Aanstaande vrijdagavond spelen ze op een huwelijksjubileum in D'Aria in Durbanville. Het echtpaar, begin zestig, heeft om 'alle gouwe ouwe' gevraagd. Nu zoeken ze een paar extra nummers om hun setlist mee uit te breiden. Ze hebben overwogen om 'Bad Moon Rising' van Creedence Clearwater Revival te doen, maar volgens Vince kun je een nummer met zo'n kwaad omen niet op een huwelijksjubileum zingen. Toen hebben ze 'Time is Tight' van Booker T. & The M.G.'s ingestudeerd, en 'Ma Belle Amie' van Tee-Set. De manier waarop de zwaar besnorde slaggitarist, Jakes Jacobs, die de meeste nummers zingt, de weinige Franse woorden in de tekst uitspreekt, heeft al reuze geestig commentaar uitgelokt. Jakes heeft een lasbedrijf aan de Voortrekkerweg in Parow.

'The Stones hebben dat nummer in een ballade veranderd,' zegt Griessel. 'Net zoals The Staccatos. Dat vind ik niks.'

'Hoe klinkt die versie uit '62 dan, opa Ben?' vraagt de drummer, Japie Blom. Zijn lange grijze haar hangt op zijn rug en wordt tot een keurige dikke vlecht gedraaid als ze optreden. Hij heeft permanent een sigaret tussen zijn lippen. Hij werkt als groentehandelaar op de Kaapse Markt, vanaf vier uur 's ochtends. Hij zegt zelf dat hij zoveel rookt om overdag wakker te kunnen blijven.

'Een zestienmaats blues met een soul groove,' zegt Griessel. 'De akkoorden zijn een-vier-vijf.' Hij draait het volume van zijn basgitaar een beetje op en legt de basis in E: boem, boem, boem, en tikt de volgende twee maten met een vingertop op de brug, tik, tik, en dan herhaalt hij het. Boem, boem, boem, tik, tik. En opnieuw.

Japie volgt hem eerst op de basdrum, doet er een beetje staande trom bij. Na de eerste zestien maten valt Jakes in met zijn slaggitaar, en hij zegt: 'Bennie, ik weet de tekst niet meer.'

Griessel knikt en gaat dichter bij zijn eigen microfoon staan, die meestal alleen voor de tweede stem bedoeld is. Zijn rechtervoet tikt het ritme, zijn linkerschouder maakt kleine contrapuntbewegingen, hij sluit zijn ogen, wacht tot de maat komt, en dan begint hij, een beetje hees en dunnetjes:

When your baby leaves you all alone
And nobody calls you on the phone
Don't you feel like crying?
Don't you feel like crying?
Well, here I am, my honey
C'mon, cry to me

De frons op het gezicht van Vince Fortuin, die stond te luisteren, wordt langzaam gladgestreken, en aan het eind van het eerste couplet maakt hij wat Japie later een *shit-hot turnaround* noemt, zijn vingers dansen, de noten dartelen en vliegen als inleiding van het refrein.

En dan gebeurt er iets. Niet voor het eerst. Roest heeft soms van die magische momenten. Zoals de dag dat Alexa Barnard een geïmproviseerde vertolking van Ma Rainey's 'See See Rider' met hen meezong, zomaar voor de lol. Of die avond tijdens een bruiloftsreceptie op een wijnboerderij in de buurt van Wellington, toen Vince Fortuin onverwacht en onvoorbereid de gitaarintro van 'Long Cool Woman in a Black Dress' van The Hollies speelde. Zomaar wat gekkigheid, en de bruiloftsgasten, die al behoorlijk zat waren, gilden en schreeuwden. En Japie Blom en Griessel, geïnspireerd door die reactie, vielen perfect in. En Jakes' stem klonk op een haar na als die van de oorspronkelijke Allan Clarke, en toen waren ze op stoom, en de mensen hadden nog een poosje staan juichen, verbaasd over wat er opeens met het middelmatige bandje was gebeurd, en toen stroomde de hele meute de dansvloer op, en Roest hield het nummer negen minuten vol. Vince speelde een solo en Bennie speelde een riff en Japie kon pronken met zijn drumcapaciteiten, tot ze alle vier dropen van het zweet en van oor tot oor lachten.

Maar hier in de MOTH-zaal met 'Cry to Me' is het niet iets van het publiek, het is iets van de muzikanten, iets van Vince met zijn shit-hot turnaround, het is iets van verdomme-niet-te-geloven-Bennie-kan-best-wel-zingen, en iets van nostalgie, als alles opeens werkt en ze de sluizen openzetten en de duivels loslaten, en als de laatste noot van Vince wegsterft, staat Griessel nog even in de volmaakte stilte met zijn ogen dicht en met een heerlijk gevoel diep vanbinnen, ver van alle misdaadellende van zijn beroep, ver van hemzelf.

Dan gaat zijn telefoon.

Hij heeft geen zin om op te nemen, hij wil dit magische ogenblik niet loslaten, hij wil alleen maar nog meer muziek maken.

Hij haalt de telefoon uit zijn zak.

Het is Mbali Kaleni.

'Kolonel?' zegt hij terwijl de rest van de band naar hem staat te kijken. Ze weten wat er nu gaat komen.

'Bennie,' zegt ze, 'ik heb je nodig. Nú.' Hij hoort de ernst in haar stem, de urgentie.

'Ja, kolonel.'

'Ik zal je het adres sms'en. Het is in Observatory. Zo snel mogelijk alsjeblieft.'

***

Vaughn Cupido zit aan een tafeltje buiten op de stoep voor De Vrije Burger in Stellenbosch. Samen met de lieftallige Desiree Coetzee en haar zoontje, Donovan. Ze eten hamburgers. Cupido heeft er geen patat bij genomen. Hij wil niet dat Desiree weet dat hij op dieet is, dus heeft hij maar gezegd dat hij niet zoveel honger heeft. Maar het water loopt hem in de mond nu de knapperige patatjes voor het kind staan te dampen.

'Mama, je moet een Audi RS3 kopen,' zegt Donovan, 'dat ding is tof.'

Want Desiree moet een nieuwe auto hebben en ze kan maar geen beslissing nemen. 'Ik moet ermee naar mijn werk, liefje,' zegt ze, 'ik hoef er geen races mee te houden.'

'Die Audi-gasten hebben gerommeld met hun dieseluitstoot,' zegt Cupido. 'Niet *ayoba*.'

Het kind negeert hem. 'Alsjeblieft, mama, doe nou niet die Nissan.'

'Wat is er mis met een Nissan?'

'Saai. Die is heel erg saai. Dan rij je maar alleen, ik ga niet mee.'

'Jij maakt je alleen zorgen over je image als ik je bij school afzet. Ik maak me zorgen over mijn bankrekening.'

Cupido piekert hoe hij zich in het gesprek kan mengen, want hij probeert heel hard een band met de jongen te krijgen. Hij herinnert zich iets wat hij laatst heeft gelezen.

'Ken jij Tesla?' vraagt hij Donovan.

'Natuurlijk,' knikt Donovan met de alwetendheid van een twaalfjarige. 'Coole kar.'

'*Damn straight*. Er zit meer technologie in die kar dan in de meeste vliegtuigen van tien jaar geleden. Ik las laatst dat je bij die kar zo'n app krijgt voor op je foon, dan zit je in een restaurant en zeg je tegen de auto, maak het binnen vast een beetje warm, of koud, ik kom eraan. Als je niet meer weet waar de auto staat, dan vertelt die app je waar je hem hebt neergezet. Als je in een restaurant zit en je wilt bij je maatje in Athlone langs, dan tik je gewoon het adres in de app en zodra je bij de auto bent, begint hij al te navigeren. Cool, hè?'

'Mijn juf zegt dat "app" geen Afrikaans is,' zegt Donovan.
'*Who cares*? Er is sowieso geen Afrikaans woord voor "app",' zegt Cupido.
'Dat is niet wat de juf ons heeft geleerd. Zij heeft ons geleerd dat het een "toep" is.'
'Een toep?'
'Ja. Afkorting van "toepassing".'
'Toep?'
'Ja.'
'Toep. Nou vraag ik je.'
'Dat is wat ze zegt.'
'Dat gaat 'm niet worden. Niemand met een beetje hersens in zijn kop gaat het een "toep" noemen. Zeg dat maar tegen je juf.'
Het kind knikt even instemmend. 'Dus, ga jij een Tesla kopen?'
'Nee, die is te duur voor een politieman.'
'Brantley zegt dat je heel veel geld hebt.'
'Ik?'
'Ja, hij zegt dat je gekaapt bent. Alle Valken zijn gekaapt en corrupt, ze stikken in het geld.'
'Donnie, nu moet je geen onzin verkopen. Eet je patatjes voor ze koud worden,' zegt Desiree.
'Dat zeg ík toch niet, Brantley zegt het.'
Vaughn Cupido knarst met zijn tanden. 'We zijn helemaal niet gekaapt,' zegt hij. 'Wij zijn de Eenheid Ernstige Delicten. Niemand kan ons kapen.'
'Zelfs niet de president?'
'Zelfs niet...'
Dan gaat de telefoon van kapitein Cupido, die op tafel ligt. Hij ziet dat het luitenant-kolonel Mbali Kaleni is.

52

Om halfnegen die avond rijdt Griessel de smalle Nuttallstraat in Observatory in. In het gele licht van de lantaarns ziet hij alleen Kaleni's witte Valken-BMW voor een blauwe Toyota Yaris op de smalle stoep geparkeerd staan. Dat heeft hij nog nooit meegemaakt, dat er geen andere politie- of hulpdiensten zijn. Hij stopt voor het oude huis met het golfplaten dak, het witte tuinmuurtje en de grote citroenboom in de tuin.

Mbali Kaleni stapt aan de passagierskant uit de Yaris en komt naar hem toe lopen. Haar gezicht staat strak. Ze heeft nog haar volledige PPE-uitrusting aan, de officiële, voorgeschreven beschermende kleding, schoenovertrekken, een overall, een haarkapje en handschoenen, allemaal lichtblauw. Alleen haar mondkapje is naar haar hals geschoven. Er zit een andere vrouw achter het stuur van de Toyota, onherkenbaar in het donker.

'Goed dat je er bent, Bennie,' zegt Kaleni. Haar stem klinkt vreemd, zonder de gewone stembuigingen. 'Neem alsjeblieft je moordtas mee.'

Hij knikt en gaat de tas uit de achterbak van zijn auto halen. Ze wacht bij het hekje op hem, doet het open, en ze lopen naar de voordeur. Hij is nog steeds een beetje verbluft dat er geen rechercheurs van het plaatselijke bureau zijn en geen agenten in uniform.

'De vrouw in de auto is Thandi Dikela,' zegt Kaleni. 'We zijn al meer dan vijftien jaar bevriend. De man binnen is haar vader, Menzi. Hij was een geweldige man, hij was...'

Ze houdt op met praten en Griessel kijkt naar haar. Ze staan in de schaduw van de citroenboom die het licht van de straatlantaarns tegenhoudt en het duurt even voordat hij beseft dat de tranen over haar wangen lopen. Hij kan zich niet herinneren dat hij haar ooit heeft zien huilen. Hij weet niet wat hij moet doen – hij wil zijn hand uitsteken om haar te troosten, maar ze is zijn meerdere.

'Wat afschuwelijk, kolonel,' zegt hij.

Ze schudt haar hoofd alsof ze de emotie kwijt wil. Na een moment zegt ze: 'Thandi belde me. Drie uur geleden. Ze kwam langs om te kijken hoe het met hem was, want hij had dingen gezegd waardoor ze zich ernstige zorgen maakte over zijn veiligheid. Hij is vierenzeventig. Ze belde hem vanmiddag maar hij nam niet op. Vijf keer, hij nam niet op.' Haar stem breekt, haar schouders krommen zich en ze barst in snikken uit. Griessel kan het niet meer verdragen, zet de moordtas neer en slaat zijn armen om de schouders van de kolonel. Ze blijft gedwee staan terwijl hij haar vasthoudt.

Ze schokt van het snikken. 'Wat afschuwelijk,' zegt hij. Dat zijn de enige woorden die hij nu heeft. Hij heeft nog nooit een meerdere troostend tegen zich aan gedrukt.

Het duurt even voordat ze bedaart, en dan doet ze een stap naar achteren en begint haar tranen met haar hand af te vegen. 'Dank je, Bennie,' zegt ze wat beschaamd, en ze recht haar rug. 'Toen hij niet opnam, is ze hierheen gereden. De voordeur was dicht, maar niet op slot. Toen ze naar binnen ging... Het ziet ernaar uit dat hij zichzelf dood heeft geschoten, Bennie.' Ze haalt diep adem om zichzelf onder controle te krijgen. 'Ze zegt dat dat helemaal niet klopt. Ze zegt dat hij zaterdag tegen haar heeft gezegd dat ze mij moest bellen als er iets met hem gebeurde. Thandi was erg geschrokken en heeft hem gevraagd wat er dan kon gebeuren, wat er aan de hand was. Hij zei nee, hij bedoelde het niet serieus, hij was gewoon een oude man die flauwe grappen maakte, ze hoefde zich geen zorgen te maken. Maar dat deed ze wel. Ze heeft hem zondag een paar keer gebeld, en gisteren ook, en hij lachte alleen maar en zei dat ze moest vergeten wat hij had gezegd, er was niets aan de hand. En toen, vandaag... ze werkt in Nyanga, ze is stadsplanoloog bij sociale woningbouw, en ze had het erg druk, dus ze begon pas 's middags met bellen. Hij nam niet op... En toen is ze hierheen gekomen... Hij was een stabiel, gelukkig mens, Bennie, hij was nooit depressief. Ze zegt dat het helemaal niet klopt. Ze zegt dat iemand hem heeft vermoord. En dat diegene dat zelfmoordbriefje heeft geschreven, dat het niet haar vaders handschrift is, want dat kent ze heel goed. Dat iemand heeft geprobeerd het eruit te laten zien als haar vaders handschrift...'

Ze maakt een hulpeloos gebaar, alsof ze wilde dat het allemaal niet zo was. Ze zegt: 'Vaughn komt er ook aan. Ik heb jullie allebei nodig. Jullie moeten heel, heel erg voorzichtig zijn. Jullie moeten dit behandelen als een plaats delict. Maar... wees heel grondig, Bennie. Ik kan het niet, ik sta er te dichtbij en ik ben te subjectief en te geschokt. Ik wacht wel met Thandi in de auto. Alsjeblieft, bel nog niemand. Wees alleen heel grondig. En vertel me of het zelfmoord was, Bennie.'

Griessel knikt.

'Hij is in de keuken.'

***

Griessel is van top tot teen in volledige PPE-uitrusting, de Canon Powershot-camera in zijn zak, het kleine ledzaklantaarntje in zijn hand. Hij doet het lampje aan en bestudeert de voordeur. Geen sporen van beschadiging aan het slot of de kruk.

Hij doet de deur open.

Het is donker binnen, er valt alleen een strook zacht licht binnen door een raam aan de voorkant, tussen twee gordijnen door. Hij ziet de omtrekken van stoelen en een bank, een salontafel, en schijnt overal met het lampje op.

Niets anders.

Hij vindt de schakelaar op de muur en doet het licht aan. Hij knipt de zaklantaarn uit.

Naast de schakelaar zit het bedieningspaneeltje van een alarmsysteem. Griessel ziet de bewegingssensor in de hoek van de kamer.

De meubels in de zitkamer zijn netjes maar niet luxe. Een bordeauxrood met blauw Perzisch tapijt op de vloer. Een flatscreen-tv op een kast tegen de muur, een tv-decoder eronder. Hij doet een stap naar voren, zodat hij net binnen staat, en trekt de voordeur achter zich dicht. Nu is het onheilspellend stil in de kamer – in het hele huis. Hij blijft even staan en overdenkt de situatie. Mbali Kaleni, die nooit emoties laat zien, die alles altijd precies volgens het boekje doet. En het boekje zegt dat je dit moet melden bij het plaatselijke bureau van de SAPD. Doet er niet toe hoe verdacht een zelfmoord eruitziet. En vooral als je het slachtoffer persoonlijk kent. Dan bel je de bureauchef van de regio waar het gebeurd is en laat je zijn uniformen komen om het gebied af te zetten en het verkeer te regelen, en zijn rechercheurs om te komen kijken, en Forensisch, en een patholoog-anatoom, en een ambulance voor het lichaam. Dat is wat het boekje zegt. Dat is wat Mbali altijd zegt.

Maar een week geleden met de Johnson-zaak niet, en vanavond ook niet.

Hier is iets vreemds aan de hand. En de spookachtige sfeer in het huis maakt het er niet beter op. Het is alsof het onheil hier nog hangt, alsof er een tragedie heeft plaatsgevonden. Of nog staat te gebeuren.

Hij probeert het gevoel af te schudden. Hij vertrouwt Mbali Kaleni volkomen. Als zij het boekje negeert, dan doet hij dat ook.

Het kost moeite om de camera uit zijn zak te halen, want de PPE-overall zit in de weg. Hij neemt een paar foto's om de hele kamer te bestrijken.

De voordeur was dicht, maar niet op slot.

Wees alleen heel grondig. En vertel me of het zelfmoord was, Bennie.

Hij doet wat hij altijd doet – probeert wat er gebeurd is in zijn hoofd te zien, probeert zichzelf op de plaats delict te zetten.

Als de voordeur niet dicht was, als het geen zelfmoord was, is de mogelijke moordenaar dan door die deur binnengekomen en weer weggegaan? Heeft hij geklopt en gewacht tot Menzi Dikela opendeed? Of is hij naar binnen gestormd?

Geen zichtbare sporen van geweld.

Zijn ogen volgen de logische route van hier naar de gang erachter. Tussen de plinten en het tapijt is een meter blankhouten vloer zichtbaar. Hij ziet een vlek, als een vage voetafdruk, iets wat lijkt op donkere zandkorrels. De vlek ligt vlak naast de rand van het kleed, waar iemand die door de voordeur binnen is gekomen, gelopen zou hebben. Hij laat zich op zijn hurken zakken, klikt de zaklantaarn weer aan en schijnt erop. Een sprenkeling van grijsblauwe korrels aarde. Door de textuur en het kleurcontrast is het opvallend, ongewoon, en grover dan zand.

Hij maakt er een foto van, haalt zijn telefoon uit zijn zak en belt Mbali Kaleni.

Ze neemt meteen op. 'Wat is er, Bennie?'

'Kolonel, is je vriendin in de woonkamer geweest?'

'Ja. Ze is binnengekomen door de voordeur.'

'We moeten haar schoenen in een bewijszak doen.'

'Oké.'

'Heeft ze het alarm uitgezet?'

'Ze zegt dat het al uit was toen ze binnenkwam.'

'Dank je.' Hij verbreekt de verbinding en komt overeind.

Voorzichtig loopt hij langs de linkermuur om de rechtstreekse route naar de gang daarachter te vermijden. Hij verschuift een van de stoelen een stukje en ziet de deuken die de poten in het tapijt hebben gemaakt na jaren op dezelfde plek te hebben gestaan. Hij schuift hem weer terug. Hij kijkt naar alle andere meubels en het kleed bij de poten. Hij ziet geen zichtbare bewijzen dat ermee geschoven is. Hier zijn geen sporen van een worsteling.

In de korte gang vindt hij nog een lichtschakelaar en doet het licht aan. Hij bukt weer en laat het witte licht van de zaklantaarn over de vloer schijnen.

Niets.

De keuken is door de eerste deur links.

Hij kijkt naar binnen.

Daar zit de oude man, voorover, met zijn hoofd op de keukentafel. De inschotwond zit in de rechterslaap, klein en gezwollen. De uitschotwond is gapend groot, de helft ervan zichtbaar omdat zijn linkerslaap op het tafelblad ligt, in een relatief klein plasje donker bloed. Voor hem, rechts, liggen een stuk papier en een pen. Het papier ziet eruit of het uit een schrijfblok gescheurd is. Er zijn twee korte regels op geschreven.

De rechterhand van Menzi Dikela hangt langs de stoel naar beneden, het pistool er nog in geklemd. Hij zit achter de tafel en moet vóór het schot in de richting van de gangdeur hebben gekeken.

Dit is het ogenblik waar Griessel een hekel aan heeft, de eerste blik op het slachtoffer, het observeren van de dood. Die rotkop van hem die alles wil reconstrueren, die zorgt dat hij zich voorstelt dat híj dat verschrikkelijke ogenblik heeft meegemaakt. Hij die het wapen langzaam optilt, zijn hart woest kloppend, de loop koel tegen zijn slaap, hij die de trekker langzaam en doelbewust overhaalt. De kogel die door huid en bot en weefsels scheurt, de knal en de oerkreet sleuren hem het duister in. Zijn psychologe heeft hem adviezen gegeven, technieken om ermee om te gaan, maar hij heeft er nog steeds moeite mee. Hij wilde dat Cupido er was. Vaughn begrijpt het, Vaughn praat de hele tijd tegen hem en leidt zijn aandacht met zinloos gebabbel af van de plastische voorstelling van zijn fantasie. Maar nu is hij alleen in de stilte. Hij richt de camera en maakt werktuigelijk foto's. Er zijn een paar dingen die hem storen in het tafereel. En dan gaat Griessels telefoon over in zijn zak, op de trilstand, zodat hij opschrikt.

Hij zegt zo hard 'Jissis' dat hij zich bij de dode man aan tafel wil verontschuldigen voor zijn respectloosheid.

***

'Partner, ik ben bij de voordeur,' zegt Cupido door de telefoon.

Hij is enorm opgelucht dat zijn collega er is. 'Oké. Ik ben in de keuken bij het slachtoffer,' zegt hij. 'Mbali heeft me rechtstreeks naar binnen gestuurd. Kun jij eerst buiten kijken of er ramen of deuren geforceerd zijn? Aan de voordeur is niets te zien.'

'Check.'

'Direct achter de voordeur ligt misschien een voetafdruk. Loop links langs de muur. De keuken is de eerste deur vanaf de gang.'

'Check. Zie je zo.'

Griessel staat nog steeds vlak voor de keuken. Hij stopt eerst de camera weg en gaat dan voorzichtig naar binnen. De tegelvloer was misschien ooit wit, maar is nu bijna kleurloos beige. De tafel is van blank hout, de vier stoelen ook. Drie van de stoelen zijn onder de tafel geschoven, de overledene zit op de vierde. Hij draagt een wit overhemd, een dikke blauwe wollen trui, een donkerblauwe spijkerbroek en gemakkelijke zwarte schoenen. Behalve het bloed, het kapotte grijze hoofd van Menzi Dikela, de pen en het vel papier ligt er niets anders op het tafelblad.

Achter de overledene is een keukenraam – de gordijnen zijn dicht – en in de hoek een achterdeur. In de deur zijn haakjes gedraaid waaraan wat sleutels hangen. Onder het raam is een dubbele gootsteenbak met een afdruiprek ernaast. Langs de andere drie muren zijn houten keukenkastjes, alle deuren en laden netjes dicht. Werkbladen met een waterketel, een broodrooster en een broodtrommel erop. Schoon, netjes.

Griessel bukt zich en bestudeert de vloer. Onder de tafel ligt een plasje donker, droog bloed, naast de stoel waarop Dikela zit. Het ligt recht onder de tafelrand, waar het van bovenaf uit zijn hoofdwond is gedropen. Twintig centimeter voor Dikela's zwarte schoenen is iets zichtbaar op de vale vloer. Griessel schuift dichterbij, doet de zaklantaarn weer aan en schijnt erop. Een klein hoopje grijsblauwe korrels aarde. Dezelfde textuur en kleur als bij de voordeur. Het kan van Dikela's schoenen komen, hoewel er niets bij zijn voeten ligt. Hij zal het moeten markeren, en de schoenen ook in een bewijszak zien te krijgen.

Hij loopt voorzichtig om de tafel heen en zorgt ervoor dat er niets is waar hij in of op kan trappen.

De gootsteen is leeg, het afdruiprek ook.

Hij leest de twee zinnen die in een slordig, haastig handschrift op het papier geschreven zijn: *Het spijt me. Ik heb mijn land in de steek gelaten.*

Hij volgt het traject van het schot met zijn ogen en vindt de kogel die links van het lichaam in een keukenkastje is geslagen. Hij is erg vervormd, onmogelijk te zeggen of het kaliber bij het pistool in Menzi Dikela's hand past.

Dan gaat hij op zijn knieën zitten om het wapen in de hand van de overledene te bestuderen, en de fijne bloedspatten op de huid, de mouw van het overhemd en de trui.

Hij hoort de voordeur dichtgaan en dan Cupido's stem: '*Honey, I'm home.*'

53

Ze hebben in de loop der jaren al zoveel zelfmoordslachtoffers gezien – als jonge agenten die als eerste ter plekke waren, als junior rechercheurs die de deprimerende en onaangename routinezaken moesten onderzoeken, omdat de senioren geen zin hadden in dat geestdodende werk.

Cupido en Griessel weten dat in ongeveer tachtig procent van de incidenten waarbij mensen zichzelf doodschieten de overledene van het mannelijk geslacht is. En dat er een handwapen is gebruikt. Meestal een schot in de rechterslaap. Eigenlijk altijd binnenshuis. Het traject van de kogel is meestal schuin naar boven. En in meer dan driekwart van de gevallen is er een duidelijk zichtbare, stervormige contactwond.

Als er in sommige gevallen een zelfmoordbrief is achtergelaten, is die altijd met de hand geschreven.

Ze zien dit allemaal in de keuken van Menzi Dikela. Meer dan genoeg redenen om te geloven dat er geen sprake is van een misdaad. Bovendien heeft Cupido geen enkel spoor van geforceerde deuren of ramen gevonden.

En toch voelt het alsof er iets niet klopt.

Cupido verwoordt het als eerste. 'Benna, er is iets raars aan,' zegt hij. 'Zoals hij erbij zit.' Want normaal gesproken valt het lichaam in de richting van het schot. Naar de grond, niet naar voren.

'Dat hij het pistool nog zo in zijn hand heeft,' zegt Griessel. 'Dat heb ik pas één keer gezien. Bij een man die op een bed lag.'

'Het zelfmoordbriefje,' zegt Cupido. 'Ook al was het zijn handschrift, het is ook niet echt wat je verwacht.'

Griessel knikt instemmend. De meeste zelfmoordbriefjes zijn specifiek aan iemand gericht, vol verwijten. Of haat.

'Deze... Ik vind het een soort toneeltje, Benna. Het lijkt of iemand een zelfmoordscène heeft gezien in een film en het precies op die manier heeft opgesteld.'

Ze gaan allebei wat verder van de tafel staan en proberen erachter te komen wat hen precies dwarszit.

Cupido wrijft nadenkend over zijn nek. 'Of zijn we nou gebrainwasht doordat de dochter zeker weet dat het moord is?'

'Misschien,' zegt Griessel.

'Wat zien we over het hoofd?'

Ze staan naast elkaar en bestuderen alles nauwkeurig, zich bewust van de wachtende vrouwen daarbuiten, allebei geschokt, bang. Griessel en Cupido zijn zich bewust van hun stille verantwoordelijkheid om snel tot de juiste conclusie te komen.

Ze lopen om de tafel heen. Doodse stilte in huis, alleen het geschuifel van hun stoffen schoenovertrekken op de tegelvloer.

Dan zegt Cupido: '*Wait a minute...*' Hij hurkt bij de kogel die in de deur van het kastje vastzit en volgt het mogelijke traject met zijn ogen. Hij loopt langzaam achter het lichaam langs, bukt zich naar het pistool dat halverwege tussen het tafelblad en de vloer in Dikela's hand geklemd zit, bekijkt het van dichtbij: 'Dit is een Z88, toch?'

'*Jip*,' zegt Griessel. Dezelfde als hij aan zijn riem draagt. De Z88 was standaarduitrusting van het leger en tot 2007 het officiële, meestgebruikte handwapen van de politie. Veel van de oudere leden van de dienst gebruiken hem nog steeds. Cupido heeft de zijne een jaar of wat geleden ingeruild voor de Glock 17.

Cupido komt overeind, wrijft weer met zijn hand over zijn nek. 'Maar waar is de huls, Benna?'

'Verrek,' zegt Griessel. 'Je hebt gelijk.'

'Hij had het pistool zó vast, de huls moet naar voren gesprongen zijn. Die kant op. Op de vloer, misschien op het aanrecht, hier in de buurt van de waterketel. Misschien, als hij raar is afgeketst, de gang in...'

Ze onderzoeken eerst nog een keer de hele keukenvloer en de kastoppervlakken zorgvuldig, met het zaklantaarntje in de hand, om er helemaal zeker van te zijn. Dan zegt Griessel: 'Wacht, het zou kunnen dat zij hem heeft gepakt...'

Hij belt Kaleni weer. 'Kolonel,' vraagt hij als ze bezorgd opneemt, 'heb je iets van de plaats delict verwijderd?'

'Nee, absoluut niet.'

'Wil je je vriendin vragen of zíj dat misschien heeft gedaan?'

'Wat is er weg, kapitein?'
'De kogelhuls, uit het pistool.'
'Wacht even...'
Hij hoort hoe ze in het Xhosa met Thandi praat. Dan zegt Mbali tegen hem: 'Ze zegt dat ze helemaal niets heeft aangeraakt, behalve de kruk van de voordeur.'
'Dank je, kolonel.' Hij hangt op.
'Ze weten niks van een huls,' zegt hij tegen Cupido.
'Misschien hebben ze hem niet gezien en per ongeluk de gang in geschopt...'
'Oké.'
De twee rechercheurs breiden de zoektocht uit naar de gang. Ze vinden hem niet. Daarna de twee slaapkamers, de badkamer, en dan een kamer die kennelijk als studeerkamer of kantoor werd gebruikt. Want al die deuren stonden open, al geloven ze geen moment dat de huls zo ver weg gerold kan zijn.
Bijna een kwartier lang zoeken ze overal, onder de bedden, het bureau, de twee kleedjes in de badkamer.
Dan gaan ze naar buiten om het aan Mbali Kaleni te vertellen.

***

Ze zitten in de auto van de kolonel, want Thandi Dikela moest haar schoenen uittrekken zodat ze in een bewijszak gedaan konden worden. Het is te koud om met alleen sokken aan op de betonnen stoep te blijven staan.
Thandi zit nu op de passagiersplek voorin, Mbali Kaleni naast haar, Griessel en Cupido achterin. Het is een forse vrouw, de bos lange, dunne Afrikaanse vlechtjes is een waterval in het licht van de straatlantaarn elke keer dat ze heftig met haar hoofd schudt. Dan legt Mbali zachtjes een hand op haar knie om haar te troosten. Ze draait zich naar rechts, zodat ze in elk geval Griessel kan zien.
'Zaterdag was mijn vader van streek. Dat kon ik horen...' Ze heeft een Brits accent.
'Dat was toen je hem belde?' vraagt Griessel.
'Ja...'
'Belde je hem elke dag?'
'Nee, ik... ik belde misschien één keer per week... Ik... Hij had een

actief leven, hij had veel vrienden, hij was gezond, hij had het druk. Het was niet nodig om zo vaak te bellen...'

'Waarom belde je zaterdag?' vraagt Cupido.

'Gewoon om te praten...'

'En vóór zaterdag? Wanneer heb je hem voor het laatst gesproken?'

'Ik denk... Misschien vorige week zondag...'

'Dus het is inderdaad zo dat je hem ongeveer één keer per week belde?'

Haar stem slaat over. 'Waarom is dat belangrijk? Waarom vraagt u me dat?'

Mbali Kaleni steekt haar hand op om de ondervraging te onderbreken. 'Thandi,' zegt ze, 'ze moeten je overal naar vragen, want we moeten een belangrijke beslissing nemen. We moeten heel erg zeker weten dat het moord was...'

'Het ís moord. Ze hebben hem vermoord. Ik weet het gewoon...'

'Ik geloof je. Maar er is heel weinig bewijs. Het enige wat we hebben is de ontbrekende kogelhuls. En mijn rechercheurs zeggen dat die misschien nog opduikt als hij ergens in zijn kleren terecht is gekomen, en dat kunnen ze niet zien zonder het lichaam te verplaatsen...'

'Hij heeft die brief niet geschreven.'

Mbali Kaleni's stem blijft zacht en geduldig. 'Daarin ga ik ook met je mee. Maar je zei daarna dat het er wel een beetje uitziet als zijn handschrift...'

'Het is nep. Ik weet het absoluut zeker. En waarom zei hij dan dat als er iets met hem zou gebeuren...'

'Je moet goed begrijpen wat onze keuzes op het ogenblik zijn. De eerste is dat ik doe wat er van me verwacht wordt. Ik bel de bureauchef van Mowbray, hij stuurt zijn mensen, en zij doen het onderzoek. Ze zullen naar je luisteren, en ze zullen misschien een handschriftdeskundige vragen naar de brief te kijken, als ze je geloven. Maar je bent familie, je bent heel emotioneel, en je zei dat je vader zaterdag van streek was. Dus zullen ze erg sceptisch zijn...'

'Hoe kunnen ze nou sceptisch zijn? Ik zou toch niet liegen over... Hij was niet op die manier van streek...'

Mbali legt haar het zwijgen op met een hand op haar arm. 'Luister nou even.'

'Oké.'

'Als je gelijk hebt over de vijanden van je vader, zullen er erg...'

'Welke vijanden?' vraagt Cupido.

'Stil,' zegt Mbali Kaleni, 'laat me uitspreken.'

'Oké,' zegt Cupido. 'Sorry.'

'De vijanden van je vader zijn erg machtig. Dat weten we uit ervaring. Ze hebben ons niet lang geleden gedwongen een onderzoek naar een andere zogenaamde zelfmoord stop te zetten. Het zal heel makkelijk voor hen zijn om bureau Mowbray te laten verklaren dat dit zelfmoord is en de zaak af te sluiten. Begrijp je dat?'

'Ja.'

'Daarom willen we hen er niet te snel bij betrekken. Dus, de andere keuze is dat we de allerbeste mensen erbij halen, onmiddellijk. De rest van mijn team, een forensisch arts en een videograaf, en dat we er zo hard mogelijk tegenaan gaan, voordat iemand zich ermee kan bemoeien. Als we kunnen bewijzen dat je gelijk hebt, als we een heel sterke zaak hebben, zal het veel moeilijker voor hen zijn om ons tegen te houden.'

'Dan is dat wat we moeten doen.'

'Ja, dat zouden we graag willen. Maar er zijn gevolgen. Ik breng mijn mensen en mijn baas in een heel precaire situatie. Ik zet mijn carrière, en die van mijn mensen, op het spel. Dat kan ik niet doen als we niet zeker weten dat het de juiste weg is. Daarom moet je onze vragen zo goed mogelijk proberen te beantwoorden.'

'Ik wil niet dat jullie in de problemen komen. Het is alleen... Hij is mijn vader, hij is...' Thandi buigt haar hoofd en begint te huilen.

Mbali Kaleni troost haar.

Griessel en Cupido wachten. Drie, vier minuten lang.

Ondanks de vreemde omstandigheden moet Griessel toegeven dat dit een dappere vrouw is. Ze heeft haar vader hier gevonden, de schrik en het verdriet en de boosheid verwerkt. Ze moet vast lang buiten gewacht hebben tot Mbali Kaleni er was. En toen heeft ze een paar uur lang in het donker in de auto gezeten, met het tafereel daarbinnen op haar netvlies. Dat moet heel moeilijk zijn geweest.

Eindelijk schudt Thandi haar hoofd. De vlechtjes bewegen mee.

'Ik ben er klaar voor,' zegt ze.

54

Terwijl ze praat, staart ze in het donker. Soms valt haar stem weg. Dan aarzelt ze, buigt haar hoofd en verbergt het achter de vlechtjes tot ze zich weer heeft hersteld.

'Ik belde mijn vader als ik hem miste, als ik tijd had om hem te missen, als ik tijd had om aan iets anders te denken dan mijn werk. Ik heb het belachelijk druk, en ik voelde me vaak schuldig dat ik hem niet vaker belde. Nu heb ik het gevoel dat ik dat had moeten doen. Maar het is te laat... Soms belde ik en dan zei hij: nee, hij kon niet praten, hij had het druk, was in de tuin aan het werk, of hij was met zijn vrienden aan het praten en Umlabalaba aan het spelen. Dus dan respecteerde ik zijn wens en liet hem met rust. Maar hij was gelukkig, het afgelopen jaar. We spraken elkaar dus ongeveer één keer per week. Soms wat vaker, soms wat minder vaak. Zaterdag spraken we elkaar voor het eerst sinds een langere tijd. Ik vroeg, hoe gaat het met je, uBaba, en hij zei, prima. Maar ik hoorde het in zijn stem, hij was... Hij klonk net als twee jaar geleden, toen hij het helemaal had gehad met de politiek. Ik kende die toon. Dus ik vroeg hem...'

'Thandi,' zegt Griessel zo meelevend als hij kan. 'Ik weet dat het moeilijk is, maar je moet proberen de toon zo goed mogelijk te beschrijven. Was hij verdrietig? Was hij boos? Was hij angstig?'

'Hij was... als ik zeg dat hij verdrietig was, denken jullie, o, hij was depressief. En dan denken jullie dat hij zichzelf dit heeft aangedaan...'

'We denken helemaal niets tot we alle informatie hebben, en alle bewijzen die we kunnen vinden,' zegt Kaleni. 'Gebruik gewoon de woorden die naar je gevoel kloppen.'

Thandi knikt. 'Hij was verdrietig. Het soort verdrietig dat... Teleurgesteld, dat is een betere beschrijving. Zoals toen ik een tiener was en te laat thuiskwam, dan was hij niet boos, alleen teleurgesteld, verdrietig dat ik iets verkeerd had gedaan. Zo klonk hij. Ik ken die toon heel goed.'

'Dank je wel,' zegt Griessel.

'Dus ik vroeg, wat is er aan de hand, pap? Hij zei dat er niets was. En ik vroeg hem, wat ben je aan het doen, en hij zei dat hij in de moestuin bezig was. Dat zullen jullie wel zien, achter het huis, dat was zijn lust en zijn leven. Hij zei dat het lente werd en dat het tijd werd om de bedden voor te bereiden. Hij was compost aan het inwerken. En de hele tijd kon ik horen dat hij niet zichzelf was, hij probeerde blij te klinken, maar er was die ondertoon van teleurstelling... En toen vroeg hij hoe het met mij was, en of ik al een vriendje had. Daar zat hij altijd over te zeuren, een beetje op zo'n plagerige manier. En ik zei altijd dat ik geen tijd heb voor een man in mijn leven. Dat er veel te belangrijk werk te doen is. En hij vroeg hoe het ging op mijn werk, hoeveel sociale woningen we al gebouwd hadden. Hij was erg trots op wat ik doe. Hij vroeg alle dingen die hij normaal vroeg, en hoe het met mijn moeder was. Ze zijn twaalf jaar geleden gescheiden omdat hij nooit thuis was, vanwege zijn werk. En ik zei, het gaat prima met haar. En helemaal aan het eind, toen we al bijna afscheid hadden genomen, zei hij, Thandi, als er iets met me gebeurt, wil ik dat je Mbali Kaleni belt. Ik vertrouw Mbali. Dus ik werd helemaal ongerust, want hij klonk... bang. Het kwam zo... uit de lucht vallen. Ik zei, uBaba, zeg dat niet! Wat is er? Wat is er aan de hand? Ik was heel erg van streek. Ik denk dat hij zich toen realiseerde dat hij iets had gezegd zonder over de gevolgen na te denken. Dus begon hij terug te krabbelen. Hij lachte en zei dat hij maar een grapje maakte. En ik zei, het was geen grapje, wat is er aan de hand? En hij zei, nee, nee, er is niets aan de hand, hij was me maar aan het plagen, om te zien of ik nog van hem hield. En hij kon horen dat ik heel veel van hem hield. Ik schold hem uit en zei, je maakt me ongerust, uBaba, dat is niet grappig. Hij zei dat het hem speet, dat het een mislukt grapje was. Dus toen hingen we op. Het zat me helemaal niet lekker, en ik speelde het gesprek weer af in mijn hoofd. Ik was ervan overtuigd dat hij oprecht bang klonk, toen hij het over Mbali had. Heel eventjes. En toen werd ik pas echt ongerust. Dus belde ik hem weer, een kwartiertje later. Ik vroeg hem nog een keer wat er mis was. En weer maakte hij grapjes en zei dat er een heleboel mis was, het weer was mis, het was veel te droog, hoe moest hij zijn groente laten groeien? En wist ik wel dat er geen regenton meer te vinden was in Kaapstad, iedereen had regentonnen gekocht, ze waren allemaal op. Dus dat was nog iets wat er mis was. Misschien kon ik hem helpen een regenton te vinden, zodat hij, als God ons ooit weer met regen zou zegenen, in staat zou zijn de regen op te vangen en zijn groente een beetje water te geven.'

Op dat moment zakt haar stem weer helemaal weg en begint ze weer te snikken, en kolonel Kaleni moet eerst haar eigen tranen drogen voordat ze Thandi Dikela kan troosten.

***

Als ze weer bedaard is, zegt Thandi dat ze de zondag daarop vijf keer heeft gebeld, en die maandag ook, want de bezorgdheid liet haar niet meer los. Elke keer zei hij dat ze hem niet lastig moest vallen, alles was in orde. Ze wilde bij hem langskomen, maar hij zei, nee, hij had het te druk.

En toen, vanmiddag, belde ze weer, maar er werd niet opgenomen. En op het laatst is ze gaan kijken. De voordeur zat niet op slot. Ze is naar binnen gegaan en zag hem. En de brief op tafel. Ze wist meteen dat die nep was, want ze kent zijn handschrift heel goed. Toen wist ze zeker dat ze hem vermoord hadden, ze wilden het op zelfmoord laten lijken. En toen heeft ze Mbali gebeld. Even na zessen.

'Hoe laat heb je de eerste keer gebeld?'

'Ik... Ik denk dat het een uur of vier was...'

'We moeten het heel zeker weten. Kun je het alsjeblieft op je telefoon nagaan?' vraagt Griessel.

'Mijn telefoon zit in mijn tas. In de auto.'

Griessel zegt dat hij die wel even zal halen. Ze wachten zwijgend tot hij terug is en haar de tas geeft. Ze haalt de telefoon eruit en kijkt naar haar belgeschiedenis. 'Het was elf voor vier.'

'Dat was de eerste keer dat je belde?'

'Ja. De eerste keer vandaag.'

'Toen je het huis binnenging, was het alarm toen aan?'

'Nee.'

'Dank je wel. Vertel ons nu alsjeblieft over je vaders vijanden,' zegt Cupido.

***

Thandi vertelt dat de vijanden twee jaar geleden opdoken, toen het rapport van de ombudsman over staatskaping naar de media was gelekt. Toen de president, de helft van het kabinet, provinciale premiers en de top van staatsinstellingen er allemaal bij betrokken bleken te zijn; ze werden ontmaskerd als corrupt en crimineel, en het bleek dat de drie Indiase miljardairzakenlieden hen volkomen in hun zak hadden. Haar vader hoorde bij de groep van zestien oud-strijders, voormalige leidende figuren in de Struggle, die vlak daarna een persconferentie hadden belegd. Om in het openbaar een beroep te doen op de president en zijn lakeien om terug te treden. Omdat ze de erfenis van Mandela totaal hadden verwoest. De verklaring van de zestien was scherp, ze hadden er geen doekjes om gewonden.

Daarmee begonnen de problemen. Want toen begon de lastercampagne. Er werd beweerd dat Menzi Dikela en zijn medeondertekenaars eigenlijk agenten van de oude apartheidsregering waren. Verraders die de belangen van wit monopoliekapitaal dienden. Vijanden van de nationale democratische revolutie. Er verschenen valse nieuwsberichten op de sociale media – snel overgenomen en aangedikt door tv-kanalen en kranten van de gekaapte mediaconcerns – dat die zestien niet alleen de echte corrupten waren, maar dat ze zich ook schuldig maakten aan criminele activiteiten en belastingontduiking. Er volgden talloze doodsbedreigingen, zijn telefoon ging midden in de nacht, fluisterende stemmen die zeiden dat ze hem gingen vermoorden. En haar vader had gezegd dat het ergste van alles was dat zijn oud-collega's erachter zaten, dit zijn hun technieken, hun oude strategieën.'

'Welke oud-collega's?' vraagt Cupido.

'Mijn vader zat voor zijn pensioen ruim vijf jaar bij de Staatsveiligheidsdienst, als adjunct-directeur Systemen en Technologie. En daarvoor heeft hij zes jaar bij de oude Nationale Inlichtingendienst gezeten. In de tijd van de apartheid beheerde hij de computersystemen van het ANC in Londen. Hij heeft die systemen gemáákt. Hij was een pionier, een held van de Struggle.'

'Heb je daarom een Brits accent? Omdat je in Londen bent opgegroeid?' vraagt Cupido.

Ze knikt. 'Zuid-Londen. Daar ben ik geboren. De eerste keer dat ik Zuid-Afrika zag, was in 1993. We kwamen helemaal euforisch thuis. Met zulke enorme verwachtingen. En nu dít.'

‘Waarom zouden ze je vader nú willen vermoorden?’ vraagt Griessel. ‘Twee jaar nadat ze die verklaring hebben geschreven?’

‘Die mensen vergeten nooit.’

‘Heeft hij de afgelopen maanden nog doodsbedreigingen ontvangen?’

‘Ik weet zeker van...’

‘Je weet het zeker? Heeft hij je dat verteld?’

‘Nee. Ik denk dat hij me niet ongerust wilde maken...’

‘Was hij nog steeds betrokken bij de politiek, of politieke activiteiten?’

‘Het waren allemaal politieke dieren, ze waren altijd met politiek bezig, hij en de laatste paar vrienden die hij nog had, nadat ze hem geëxcommuniceerd hadden. Ik weet zeker dat ze de hele tijd over politiek discussieerden.’

‘Kun je een reden bedenken waarom ze hem nu wilden vermoorden?’

‘Omdat ze nooit vergeten. Zo zijn ze. Ze vernietigen je reputatie. Ze isoleren je. Ze laten je denken dat ze het vergeten zijn, zodat je ontspant. En dan vermoorden ze je.’

***

Ze staan voor het tuinhekje van het huis in de Nuttallstraat. Mbali Kaleni zet haar handen op haar heupen, zoals ze vroeger ook altijd deed. Ze zegt met besliste maar gedempte stem tegen hen: ‘Ik vind dat jullie naar huis moeten gaan. Ik kan jullie hier niet bij betrekken.’

Cupido kruist zijn armen voor zijn borst. ‘Ik ga nergens naartoe, kolonel,’ zegt hij.

‘Je brengt je carrière in gevaar, kapitein. Dat kan ik niet van je vragen.’

‘Kolonel, ik ben niet gekaapt. Ik blijf. En daarmee uit.’

‘Weet je het heel zeker?’

‘Ja, kolonel.’

‘Bennie?’ vraagt Kaleni.

‘Kolonel, als we kunnen bewijzen dat het moord is, voordat je met brigadier Manie praat, denk ik dat we heel sterk staan. Ik denk dat we professor Pagel persoonlijk moeten bellen om te komen kijken en vooral om snel wat bloed af te nemen. En Dik en Dun. We moeten ze vragen om Gerber mee te nemen, de bloedsporenexpert. We hebben de beste mensen nodig. En hen kunnen we vertrouwen.'

'Bennie, je hoeft dit niet te doen.'

'Ik weet het. Maar ik doe mee.'

Mbali Kaleni haalt haar handen van haar heupen. 'Ik stel het zeer op prijs. Maar waarom moet Pagel bloed afnemen?'

'Kolonel,' zegt Griessel, 'er zijn geen sporen van braak. Er is geen bewijs van een worsteling en ik heb op de dode geen tekenen gezien die erop wijzen dat hij zich heeft verdedigd. Als het moord was, heeft hij iemand toestemming gegeven om binnen te komen. Wat betekent dat hij hoogstwaarschijnlijk de dader, of daders, kende. Of misschien hebben ze zich voorgedaan als politieagenten. Maar wie het ook waren, je gaat niet gewoon zitten en laat iemand een pistool tegen je hoofd houden. Je verzet je. Wat hij duidelijk niet heeft gedaan. Dus moeten ze hem gedrogeerd hebben. Weet je nog de zaak in Seepunt vorig jaar, de moord op die twee meisjes die een man mee naar huis hadden genomen vanuit de nachtclub...'

'Natuurlijk. De *date rape drugs*,' zegt ze. En dan begrijpt ze het. 'Je hebt gelijk. Haal Pagel erbij.' Want ze herinnert zich dat het grootste probleem bij de Seepunt-zaak was te bewijzen dat er iets in de drankjes van de vrouwen was gedaan. De eerste onderzoekers hadden niet op tijd bloed laten afnemen. Het middel dat de verdachte had gebruikt – gamma-hydroxyboterzuur, of GHB, zoals het algemeen bekendstaat – kan alleen binnen zesennegentig uur in de urine opgespoord worden.

'En waarom Gerber?' vraagt Cupido.

'Ik heb de hand van het slachtoffer bekeken,' zegt Griessel met een gebaar in de richting van het huis achter hen. 'Daar zitten fijne spatten op die typerend zijn voor een schot van dichtbij. Maar het bloed zit alleen op de loop van het pistool, op zijn duim en op de mouw van zijn overhemd en trui. Er zit niets op de andere vingers, en dat is raar. Ik denk dat iemand een hand op de zijne hield en het pistool tegen zijn slaap duwde. En de trekker overhaalde. Misschien iemand die wel iets wist van kruitresten, maar niet veel van spatpatronen.'

'Dat is mooi, Bennie. We halen Gerber er ook bij.'

'Kolonel,' zegt Cupido. 'Er is één ding dat me niet bevalt.'

'Ja?'

'De reden waarom ze hem hebben vermoord.'

'Je gelooft haar niet?'

'Ik denk dat ze oprecht gelooft dat dat de reden was. Maar ze wil dat het allemaal klopt, dus klampt ze zich aan elke strohalm vast. Het is alleen... Ik heb het nog nooit gehoord. Dat de president en zijn mensen echt iemand laten vermoorden omdat hij anders denkt. Ik bedoel, ze bezorgen hem een slechte naam, dienen opgeklopte aanklachten tegen hem in, zorgen dat hij zijn baan kwijtraakt, zoals ze hebben gedaan bij sommige van onze generaals, en sommige van onze collega's in Durban... Maar hem vermoorden, twee jaar nadat hij een van zestien mensen was die een verklaring hebben ondertekend? Dát laat ik me niet wijsmaken.'

'Wat bedoel je?'

'Ik bedoel dat we naar het forensische en medische bewijs moeten kijken om te bewijzen dat het moord was. Maar we kunnen maar beter zorgen dat we een heel goede reden vinden waarom ze het hebben gedaan. Anders nagelen ze ons aan het kruis.'

55

Kaleni zegt tegen Thandi Dikela dat ze vast naar huis moet gaan en moet proberen wat te slapen. Dan staan ze buiten bij haar auto om iedereen op te bellen die ze nodig zullen hebben.

Griessel en Cupido halen nog meer spullen uit hun auto's, trekken nieuwe handschoenen en schoenovertrekken aan en gaan weer naar binnen. Ze zetten kleine gele genummerde bakens bij de vier mogelijke bronnen van aanwijzingen die ze al hebben – de potentiële voetafdruk in de woonkamer, de korrels aarde onder de keukentafel, de pen en de zelfmoordbrief.

'Veel is het niet,' zegt Cupido als ze hun werk bekijken.

'Amen,' zegt Griessel.

Ze staan aan weerskanten van het lijk en hun stemmen zijn gedempt, net als de vreemde sfeer in het huis. 'Benna, laten we even rustig nadenken. Die drogeertheorie van je. Beschrijf die eens voor me.'

'Oké. Laten we zeggen dat Menzi Dikela ergens in huis bezig is, en er wordt geklopt...'

'Over hoe laat hebben we het dan? Thandi heeft haar vader om elf voor vier gebeld, *right*?'

'Ja.'

'Dus we weten dat het voor die tijd gebeurd moet zijn.' Cupido bukt zich en voelt heel voorzichtig aan de arm van de overledene die naast de stoel hangt. 'We zullen horen wat de professor zegt, maar het voelt voor mij als volledige rigor mortis...'

'En het was een koude dag.'

'Dus ergens in de richting van acht uur, hè?'

Griessel knikt en bekijkt dan het bloed op tafel van dichterbij. Ze luisteren al tientallen jaren naar pathologen en bloedsporendeskundigen op plaatsen delict. Daar leer je veel van. Zoals dat de snelheid waarmee bloed opdroogt een ruwe aanduiding van het tijdstip van overlijden geeft – als je het binnen de eerste tien uur na het noodlottige voorval voelt en bekijkt. De richtlijn daarvoor zijn de vijf stadia van bloedstolling: eerst wordt het dikker. Daarna wordt het geleiachtig, ongeveer anderhalf uur nadat het bloed het lichaam verlaten heeft. Daarna komen de duidelijk zichtbare kleurschakeringen van verdroging langs de randen, verdroging in het centrum en totale droging, na respectievelijk vier uur, negen uur en negenenhalf uur.

Bennie ziet dat de plas naast Menzi Dikela's hoofd nog roodbruin is in het midden, maar de rand is vrijwel zwart en redelijk breed. 'Het bloed zegt ook dat het ongeveer acht uur is.'

'*Give or take* een uur of twee, we zijn geen experts.' Cupido kijkt op zijn horloge. 'Dat betekent dat het ergens rond een of twee uur is gebeurd.'

'Min of meer.'

'Tijdens of net na de lunch.'

'Jip.'

'Oké. Er wordt op de deur geklopt...?'

'Ja. En Menzi Dikela kent ze en laat ze binnen. Nu zijn er twee mogelijkheden. De ene is dat ze hem met een injectienaald de drug inspuiten, de andere is dat ze zeggen, kom, laten we een borrel nemen, en dat ze de drug in zijn glas doen als hij niet kijkt. Dat zijn de waarschijnlijkste mogelijkheden.'

'Waar gok jij op?'

'Ik weet niet, Vaughn, het is lastig. Een naald laat een spoor achter in zijn huid, en dat gaat een patholoog vinden als hij weet dat hij ernaar moet zoeken...'

'Zit wat in. Maar misschien dachten ze, ach, die stomme cops van Mowbray trappen daar wel in, in die *suicidestory*, dus maken ze zich niet dik over dat spoortje.'

'Best mogelijk. Maar ik denk, als het stillen van Staatsveiligheid waren... Ze hebben zich uitgesloofd om het op zelfmoord te laten lijken. Ze hadden een plan. Dan zullen ze hebben nagedacht over injectiesporen. Kijk hoe het er hier uitziet, Vaughn. Gewoon veel te netjes. Je zei zelf dat het rond de lunch of net daarna geweest moet zijn. Er is geen vuil bord of glas of kopje te vinden. Ik gok op "kom, laten we een borrel nemen", en toen hebben ze alles daarna heel goed schoongemaakt.'

'Klinkt logisch... En een werkster? Had hij een werkster?'

'Dat hadden we moeten vragen...' Griessel haalt zijn telefoon weer tevoorschijn om Kaleni buiten te bellen. Dan hoeft hij niet nog een keer zijn schoenovertrekken uit en weer aan te doen.

'De professor en Forensisch komen eraan,' zegt ze als ze opneemt.

Hij vraagt haar of Menzi Dikela een hulp in de huishouding had. Ze zegt dat ze Thandi zal bellen om het te vragen.

Cupido is bezig keukenkastjes open te maken, optimistisch op zoek naar glazen en kopjes waar misschien aan te zien is dat ze kortgeleden zijn gebruikt. Griessel doorzoekt de laden en bekijkt het bestek. Zonder veel hoop.

Mbali Kaleni belt terug. 'Ja, hij had een werkster, twee ochtenden per week. Woensdag en zaterdag. Ze gaat op zoek naar het telefoonnummer.'

Bennie geeft de informatie door aan Cupido.

'Oké,' zegt Cupido. 'De werkster is hier zaterdag voor het laatst geweest. En dat alles op dinsdag nog zó spic en span is. Dat is behoorlijk bijzonder... Dus, hier is mijn volgende vraag: waarom suicide, Benna? Waarom niet gewoon een zogenaamd fout gelopen inbraak? Trap een deur of een raam in, schiet die ouwe dood, gooi een paar kasten om, jat een laptop en een mobieltje. Gebeurt aan de lopende band. Zelfde resultaat, de ouwe is dood en de stillen van de SSA zijn niet verdacht. Maar nee, ze doen hun stinkende best om een suicide op te tuigen. Waarom? Slaat nergens op.'

Griessel denkt na. 'Heeft het misschien iets met die brief te maken? Een boodschap? Aan de andere vijftien?'

'Ik trap er niet in.'

'De grote vraag is nog steeds het motief.'

'Dan moeten we maar eens beginnen er een te zoeken, partner. Kom,' zegt Cupido en hij wenkt Griessel in de richting van de slaapkamers, '*let the games begin*.'

***

Ze doorzoeken ieder een slaapkamer, langzaam en zorgvuldig. Alles duidt erop dat Menzi Dikela inderdaad een uiterst georganiseerd mens was. De kledingkasten, linnenkast en nachtkastjes zijn allemaal pijnlijk netjes. De bedden strak opgemaakt.

In de ingebouwde kast in de grote slaapkamer, onder een stapeltje pyjama's, vinden ze een canvas envelopje van de bank met briefjes van honderd en vijftig rand, bij elkaar iets meer dan vijfduizend rand.

Cupido doet het geld in een bewijszak. 'Interessant,' zegt hij.

Dikela was kennelijk ook een gezond mens. In het badkamerkastje geen medicatie die duidt op chronische ziektes. Alleen de gewone verzameling griepmedicijnen, hoofdpijn- en maagzuurpillen, en vitaminecapsules, naast deodorant, tandpasta, scheerschuim en scheermesjes. Alles zorgvuldig gestapeld en geordend. Net als de weinige kledingstukken in zijn wasmand.

'Zo te zien was hij echt netjes,' zegt Bennie.

'Nogal,' zegt Vaughn. 'Misschien is dit gewoon hoe zijn keuken er elke dag uitzag. Totaal dwangmatig.' Hij leunt tegen de badkamerdeur. 'Benna, mag ik jou een soort van persoonlijke vraag stellen?'

'Kom maar op.'

'Oké. Jij en Alexa, zijn jullie een beetje gelijk... Ik bedoel, jij bent vrij georganiseerd, je kantoor, je dockets, zelfs je auto, alles redelijk opgeruimd. Is zij ook zo?'

Griessel lacht. 'Nee. Ze is... Ik maak er altijd grapjes over, want ze is een soort bacterie. Als ze ergens bezig is, groeit het gewoon om haar heen. In de badkamer, bij haar wasbak... daar staat een cirkel van make-up en smeerseltjes en dingen, die zich uitbreidt...'

'Hoe ga je daarmee om?'

'Ik ga daar niet mee om. Ik kijk ergens anders naar. Wat moet ik dan? Het is haar huis. Zo is ze nu eenmaal.'

'En daar heb je geen last van?'

'Dit is mijn filosofie, Vaughn. Ik werk belachelijk lange uren, ik moet naar een psychologe omdat ik zo gestoord ben, ik snurk, ik vergeet de bril van de wc omhoog te doen... En daar zit zij allemaal niet mee. Het is geven en nemen... Waarom vraag je dat?'

'Donovan,' zegt Cupido. 'Desirees zoontje. Jissis, dat is een giga sloddervos. PlayStation in de kamer, die games overal verspreid. Er is maar één badkamer, zijn kleren op de grond. En dan heb ik het nog niet eens over zijn kamer. Dat is een echte *war zone*. En Desiree zit er niet mee. Zij is degene die achter zijn gat opruimt en schoonmaakt. Volgens mij is het schuldgevoel om de scheiding of zo. En als we ooit een boterbriefje halen, zal ik daarmee moeten dealen, want ik zeg je nu, daar ga ik absoluut crazy van worden. En dan emmert hij de hele tijd ook nog tegen me over de Valken die allemaal gekaapt zijn. Ik weet niet hoe ik daarmee moet dealen. Het is onuitstaanbaar, het is een tijdbom, op een gegeven moment ontplof ik...'

'Praat met haar. Mijn psych zegt dat er zonder conflicten geen groei kan bestaan. En praten is het enige wat helpt.'

'Jaja. Shrinks... Alsof ik daar iets aan heb. Zullen we de studeerkamer onder handen nemen? *Last chance motel...*'

Ze lopen de studeerkamer in. Daar vinden ze een bureau met een computer, een laserprinter en een grote bruine sigarendoos erbovenop. De computer staat aan, de schermbeveiliging maakt hypnotiserende patronen. Aan een van de USB-poorten ligt een iPhone 7 op te laden.

'Je weet dat je jezelf van kant gaat maken,' zegt Griessel, 'maar je laadt wel je telefoon op?'

'En je laat de pc aanstaan...' Cupido beweegt de muis. Het scherm wordt geactiveerd. Alleen het Windows-scherm, zonder zichtbare mappen of programma's. Hij drukt met zijn gehandschoende vinger op de knop van de iPhone. Het toestel vraagt om een wachtwoord. 'Waarom hebben ze toch altijd passwords?' verzucht hij. 'We zullen Flif er ook bij moeten halen.'

In de linkerla van het bureau liggen bankafschriften en belastingaanslagen, echtscheidingspapieren, een paar gele pennen van hetzelfde soort als de pen op de keukentafel. En een zwart boek met harde kaft waarop het logo van de Spar-supermarkt en A4 KASBOEK staat. Griessel pakt het uit de la en slaat het open. In wat mogelijk Menzi Dikela's handschrift is, staat daar in blauwe inkt op de eerste bladzij: *Levensonderhoud, leningen en donaties.* Daaronder staan lange kolommen van bedragen en data, en een extra kolom die aangeeft wat voor betaling het was.

'Het lijkt op het handschrift in de brief,' zegt Griessel.

'Ja... misschien...' zegt Cupido. 'Maar ik ben tot nu toe altijd te stom geweest om vervalste handschriften te herkennen. Het is een duistere materie.'

Ze doen het boek in een bewijszak.

In de la aan de rechterkant van het bureau vinden ze een identiteitsboekje, een paspoort en een schrijfblok dat vergelijkbaar is met het papier waarop de zelfmoordbrief geschreven is. Cupido haalt het tevoorschijn en houdt het tegen het licht om te zien of het handschrift heeft doorgedrukt. 'Te vaag,' zegt hij en hij doet het blok ook in een doorzichtige plastic zak.

Ze kijken naar de boekenkast tegen de andere muur, met biografieën over de Struggle, technologische handleidingen voor databases en -systemen, dichtbundels en romans van Afrikaanse schrijvers. En een rijtje *Reader's Digest Condensed Books.*

Voor het raam rechts van het bureau zijn de gordijnen dichtgetrokken. Daaronder staat een kast met twee deuren. Griessel doet hem open. Ze vinden papier voor de printer, opgerolde computerkabels, mappen vol typisch administratieve documenten – waaronder autopapieren, diverse betalingsbewijzen, de koopakte van het huis, een oude hypotheek en kort- en langlopende verzekeringspolissen. Helemaal onder in de linkerhoek van de kast ligt een modem, met de netwerkkabels eraan.

Griessels telefoon gaat. Hij ziet dat het Kaleni is en neemt op.

'Professor Pagel is er,' zegt ze. 'Hebben jullie iets gevonden?'

'Niet veel, kolonel,' zegt hij. Hij kijkt op zijn horloge en ziet dat het al over elven is. Hij weet dat Flif Davids helemaal niet blij zal zijn met wat hij vervolgens gaat zeggen: 'We hebben ook technologische ondersteuning nodig. Er zijn een computer en een mobiele telefoon...'

'Ik bel sergeant Davids.'

'De prof is er,' zegt Griessel tegen Cupido.

'Cool...' Vaughn loopt naar de deur, kijkt naar de sigarendoos en zegt: 'Was die *umadala* een roker? Heb jij ergens asbakken gezien?'

Voordat Griessel kan antwoorden klapt Cupido het deksel van de doos open en kijkt erin. Een ogenblik van verblufte stilte en dan zegt hij: 'Krijg nou tieten.'

In de doos, precies even netjes als alles in het huis, ligt helemaal onderin een kleine snijplank, en daarop liggen twee stukken biltong. Bestrooid met korianderkorrels.

En een Okapi-mes.

Het mes is dichtgeklapt; het heft van donker kersenhout lijkt nieuw, het vouwmechanisme en het zwierige inlegwerk van roestvrijstaal op het heft glimmen nog.

'Hoe groot is de kans, Benna? Hoe groot?' vraagt Cupido.

'Het is toeval,' zegt Griessel. 'Er zijn duizenden mensen die Okapi's hebben en biltong eten.'

'*Maybe*, baby,' zegt Cupido, 'en misschien vond *the universe* dat The Big V en zijn onversaagde partner Benna de Bas, een mazzeltje verdiend hebben.'

Hij trekt de rechterla weer open, haalt het paspoort dat ze hadden gezien eruit. Hij doet het open. Het staat op naam van Menzi Dikela. 'Oké, dus the universe gunt ons nog steeds niks noppes nada. Maar een mens mag hopen...'

Hij doet de sigarendoos weer dicht. Dan lopen ze naar de voordeur om professor Phil Pagel binnen te laten.

56

Tot Griessels opluchting verlicht de patholoog-anatoom de gedempte sfeer in het huis met zijn joviale persoonlijkheid.

'Ik begrijp dat alles uiterst vertrouwelijk en geheim is, Nikita?' vraagt hij met zijn welluidende stem terwijl hij handig en zorgvuldig bloed van het lijk afneemt.

'Inderdaad, prof,' zegt Griessel.

'En de hoofdverdachte hier is een Leporello van onze beruchte Staatsveiligheidsdienst?'

'Een Leporello, prof?'

'Opera, Nikita. Mozart. Een personage uit *Don Giovanni*. Leporello was de beklagenswaardige man die al het vuile werk voor zijn slechte meester moest opknappen. Aangespoord door beloften van groot geld, bedreigd door het zwaard. Ik heb het gevoel dat er tegenwoordig heel veel Leporello's aan het roer staan in het land, of niet soms, heren?'

'Maar niet bij Ernstige Delicten van de Valken, prof,' zegt Cupido. 'Dat je het maar weet.'

'Aha, de dame protesteert te luid, me dunkt...' zegt Pagel met een glimlach.

'Prof, vindt u het niet gek dat hij nog zo netjes aan tafel zit?' vraagt Griessel. 'Had hij niet om moeten vallen?'

'Ik heb ze al in elke mogelijke positie onder de zon gezien, Nikita. Ik zou niet willen zeggen dat dit zo heel uitzonderlijk is.'

'O.' Teleurgesteld.

'Jullie vermoeden dat er een anestheticum is toegediend?' vraagt Pagel.

'Hoe krijg je anders het pistool tegen zijn hoofd zonder dat hij tegenstribbelt, prof?'

'Goed punt. Inderdaad voorlopig geen sporen van afweerverwondingen.'

'We dachten dat het in een *drink* moet hebben gezeten,' zegt Cupido, 'want ze wilden natuurlijk niet dat u bij de schouwing het gaatje van de injectienaald zou zien.'

'Zo eenvoudig ligt dat niet, Vaughn. Als ze hem rectaal of sublinguaal hebben geïnjecteerd... Het is vrijwel onmogelijk om daar een wond te zien.'

'Vertaal dat laatste eens in gewonemensentaal, prof?'

'Vergeef me, Vaughn. Sublinguaal is in de mond. Onder de tong, zelfs ín de tong, of het verhemelte.'

'Maar prof, hoe spuit je een vent daarachter in zijn...' Griessel wil geen grove taal gebruiken bij Pagel, want hij heeft te veel respect voor de man. 'In zijn dinges... of in zijn mond zonder dat hij zich verzet?' vraagt Griessel.

'Touché, Nikita. Ik zal in elk geval het bloed en de urine testen op een zo breed mogelijk spectrum van anesthetica. We zullen zien...'

'Wat zou u in zijn borrel gegooid hebben, prof? Stel dat u dit plan had bedacht, u wilt een gast te pakken nemen, maar u wilt het op zelfmoord laten lijken? En u wilt geen bewijs achterlaten.'

Pagel doet de naald en het buisje bloed in zijn tas en begint dan het lichaam van Menzi Dikela voorzichtig te onderzoeken. 'Het zou natuurlijk afhangen van de middelen die ik tot mijn beschikking had, Vaughn. Maar kunnen we aannemen dat onze SSA-Leporello toegang heeft tot iets?'

'Ja, prof.'

'Welnu. Interessante vraag... Kijk, het allergemakkelijkste is gewoon een overdosis insuline, geïnjecteerd. Snel coma, uiteindelijk dodelijk, en nauwelijks op te sporen in postmortemanalyse als je niet specifiek naar sporen zoekt. Je komt met drie, vier man, je grijpt hem snel vast voordat hij zich kan verzetten, en je spuit hem, zeg maar, rectaal in. Coma door te lage bloedsuikerspiegel, dan kun je met hem doen wat je wilt. Als je hem gewoon zo laat zitten, is hij zes uur later in elk geval zo dood als een pier...'

'Shit,' zegt Cupido. 'Daar had ik niet aan gedacht.'

'Prof, als je niet weet dat het een insulineoverdosis is... Stel dat zo'n man op uw tafel belandt, wat denkt u dan dat de doodsoorzaak is?' vraagt Griessel.

'Meestal pulmonair of cerebraal oedeem, afhankelijk van de specifieke pathologie die je ziet. Eenvoudiger gezegd betekent dat vocht in de longen of in de hersens. Dat kan een natuurlijke oorzaak hebben. Vooral bij bejaarden, zoals onze overledene hier. Als ik geen vermoeden van kwade opzet zou hebben gehad, dan had ik niet op een insulineoverdosis getest.'

'Maar dat is wat ik bedoel, prof,' zegt Griessel. 'Die lui wilden dat het eruitzag als zelfmoord. Niet als inbraak, niet als een natuurlijke dood, maar als zelfmoord.'

'Vreemde modus operandi,' zegt Pagel, 'maar aan de andere kant moeten we niet vergeten dat de SSA erbij betrokken is.'

'Precies,' zegt Cupido. 'Dus als er suicide op het menu staat, prof, wat zou u dan in zijn cola-tic hebben gedaan?'

Pagel gluurt van achter het lichaam naar hen. 'Misschien midazolam? Rohypnol? GHB? Er is een heel scala van mogelijkheden. Maar je zou de smaak van al die middelen sterk moeten verhullen. Met iets als een heel zoete likeur. Nachtmusik chocoladelikeur, of Amarula, zoiets, een sterke dosis door een kwart fles gemengd... Ik zal in elk geval overal op laten testen, bloed en urine. Als ze zoiets gebruikt hebben, zullen we het vinden.'

Griessels telefoon gaat. Het is Mbali Kaleni weer. 'Forensisch is er. Wil je ze alsjeblieft komen briefen?'

***

Forensisch en Gerber, de bloedsporenman, arriveren. En de videograaf. En de versterking van Ernstige Delicten, Vusumuzi Ndabeni, Mooiwillem Liebenberg en Frank Fillander. Ook zij veranderen de sfeer in het zelfmoordhuis in de Nuttallstraat aanzienlijk. Ineens voelt het voor Griessel als een normale plaats delict en kan hij eindelijk het gevoel van onheil van zich afschudden.

Hij verdraagt de nieuwste huwelijksgrappen van Dik en Dun. ('Bennie, ken je die van die man die zo blij was dat hij getrouwd was, omdat hij toen bijna elke dag seks had met zijn vrouw? Bijna op maandag, bijna op dinsdag, bijna op woensdag...' En dan vult hun schaterlach het huis.) Hij laat hun zien wat hij graag onderzocht wil hebben. Hij zegt tegen Gerber dat hij vooral goed naar Dikela's hand moet kijken, en gaat dan naar buiten om Ndabeni, Liebenberg en Fillander alle informatie te geven die ze nodig hebben. Hij vraagt hun om het voetenwerk in de straat te doen. Heeft iemand iets gezien of gehoord?

Terwijl hij nog buiten is, stopt er een ambulance, met rode zwaailichten. De smalle straat staat opeens vol auto's. Nu komen de nieuwsgierigen eraan, weet hij. Hij loopt naar Mbali Kaleni. 'We zullen verkeersbegeleiding en *crowd control* nodig hebben, kolonel.'

'Ik doe het wel,' zegt ze.

'Ik zal wat afzetlint brengen. Dan blijven ze wel op afstand.'

'Dank je, Bennie. Nog nieuws van binnen?'

Hij was al bang voor die vraag, want al hun theorieën zijn doorgeprikt. 'Nog niets, kolonel. Prof Pagel gaat het bloed en de urine testen. Dat is onze enige hoop.'

Ze knikt bezorgd. 'Vind iets, Bennie. Alsjeblieft.'

'Ik ga mijn uiterste best doen.'

***

Binnen wacht nog meer slecht nieuws.

Bennie is weer in de keuken. Hij kijkt hoe Uli Gerber de hand van Menzi Dikela met een vergrootglas onderzoekt. Soms noemen zijn collega's de bloedsporenexpert de 'Uil', maar nooit waar hij bij is. Aan de ene kant omdat zijn ogen door de dikke lenzen in een zwaar zwart montuur veel groter lijken, en aan de andere kant omdat het zoveel op zijn voornaam lijkt. Het is een ernstige, pezige man die meedoet aan kanomarathons.

Hij hijst zijn magere lichaam overeind en zegt verontschuldigend: 'Kapitein, het patroon komt overeen met een zelfmoordschot.'

'Maar er zitten geen spatten op zijn vingers. Alleen op de duim.'

'Dat klopt. Maar dat komt overeen met een zelfmoord waarvoor een pistool is gebruikt. Het wapen zelf, vooral de kolf, zorgt ervoor dat er geen bloed op de vingers spat, en de duim is natuurlijk uitgesloten. Als je met een vergrootglas kijkt, zul je zien dat er secundaire spatten zitten op het eerste kootje van de wijs- en middelvinger. Dat is normaal; ik zie niets waardoor ik zou denken dat er dwang van een andere hand bij betrokken is.'

'Weet je het heel zeker?'

'Ik zal in het mortuarium nog een keer kijken, en de residutests doen. Maar het zou me verbazen.'

'Dank je, Uli.'

'Het spijt me, kapitein.'

***

Sergeant Flif Davids komt aan, mopperend en ratelend. 'Is er niemand in de unit die de kwartfinales van de UEFA Cup kijkt? Niets is meer heilig tegenwoordig...'

'Wat loop je nou weer te zeuren, Flif?' vraagt Cupido.

'Voetbal op tv, kappie. Die prachtige sport. Niet iets wat rugbyvandalen als jullie zullen begrijpen. Waar zijn de computers? Ik wil graag aan het werk voordat mijn woensdag ook naar de knoppen is.'

'Kom eerst even naar het lijk kijken,' zegt Cupido met opzet, want Davids staat erom bekend dat hij hoegenaamd niet tegen bloed en wonden kan. Hij wordt meteen misselijk en beweert dat hij er de verschrikkelijkste nachtmerries van krijgt, nog wekenlang.

'Kappie, ik zweer het je, ik neem ter plekke ontslag en ga werken voor Dial-a-Nerd. Je bent een *evil*, evil man.'

'Dat jij nog niet aangeklaagd bent voor insubordinatie is een van de grootste wonderen in het *police-universe*,' zegt Cupido.

'Dat komt door mijn zonnige kijk op het leven,' zegt Davids. 'Iedereen is dol op me.'

'*In your dreams*. Kom, de studeerkamer is aan het eind van de gang. Het lichaam is in de keuken.'

Flif houdt zijn hand voor de zijkant van zijn gezicht als hij langs de keuken loopt, om het tafereel daar niet te hoeven zien. Hij volgt Cupido naar de studeerkamer en kijkt naar de computer en de mobiele telefoon op het bureaublad. 'Oké, welke van mijn vele en zeer uiteenlopende vaardigheden hebben jullie vanavond nodig?'

'Goed. We hebben reden om te geloven dat de *forces of evil* de suïcide van die umadala daarbinnen in scène hebben gezet. We zoeken motieven voor moord, Flif. We zoeken vrienden en contacten, we zoeken hanky-panky, duistere staatsgeheimen, wereldheerschappijcomplotten. Wat dan ook. Dus, *unlock* de foon, en geef ons de pareltjes. Volledige harddiskanalyse van de pc, inclusief mails, browsergeschiedenis, social media...'

'Unlock de foon? Unlock de foon? Wacht, ik pak even snel mijn toverstafje uit de winkel van Garrick Olivander, dat met een feniksveer erin...'

'Garrick wie?'

'Jissis,' zegt Flif Davids. 'Geen voetbal, geen Harry Potter. Ooit van smalltalk gehoord, kappie? Je bent echt de minst ontwikkelde cop die ik ken. Wat doe jij in je vrije tijd?'

'Een volbloed Valk heeft geen vrije tijd, Flif. We leven voor ons werk.'

'Ja, ja, *whatever*.' Flif ziet de technologiehandleidingen in de boekenkast. Hij loopt erheen en laat zijn vingers langs de ruggen van de boeken glijden. 'Zo, wie woonde hier samen met die umadala?'

'Niemand. Die spullen zijn van hem. Hij was een hoge piet in de wereld van de computersystemen van Staatsveiligheid.'

'Een bloedbroeder,' zegt Davids. 'Een medenerd, een verwante geest, een alter ego. Waarom zeg je dat nu pas? Voor hem zet ik mijn beste beentje voor...'

57

Griessel en Cupido maken de kanteldeur van de kleine garage open met een sleutel die ze aan een sleutelbos aan de achterdeur hebben gevonden.

Er staat een witte Mercedes-Benz E200, misschien acht of negen jaar oud. De kofferbak is leeg.

Langs de achtermuur hangen eenvoudige planken. Op de planken staan zeven kartonnen dozen, allemaal even groot, allemaal met de bovenste flappen eraf gesneden. Ze bekijken de inhoud. Het zijn voorwerpen en gereedschappen voor het onderhoud van het huis, in logische verzamelingen.

'Benna, die umadala was netjes. *All over*.'

'Maar waar zijn de tuinierspullen, voor de moestuin?'

'Kijk, dat is nou precies waarom we jou zo'n fortuin betalen...'

Ze gaan de garage uit en lopen eromheen. Achter de garage vinden ze een buitentoilet en een aanbouwtje. Ze schijnen met zaklantaarns door het raam. Een oude, stoffige, doorgezakte sofa en de gehavende opvangbak van een grasmaaier, meer staat er niet.

Cupido laat zijn zaklantaarn over de achtertuin schijnen. Groentebedden, twee met bonenstokken, de grond omgespit en aangeharkt, maar er groeit nu niets.

'Kijk daar,' zegt Cupido en hij schijnt op een bouwsel tegen de betonnen muur helemaal achterin. 'Tuinhuisje. Daar is onze tuinierspullenopslag, dacht ik zo.'

Ze lopen over de tegelpaadjes tussen de groentebedden door tot bij het tuinhuisje. Het is er een van de grotere soort, met een verandaatje ervoor. De deur is afgesloten met een stevig hangslot en een grendel. Cupido schijnt met zijn zaklantaarn terwijl Griessel verschillende sleutels van de bos probeert. Hij vindt de juiste, maakt het hangslot los en schuift de grendel open.

Binnen liggen tuingereedschappen, kunstmest, houten stokken

voor de bonen, een rol touw, netjes geordend. Aan de achtermuur hangt een oud kruidenrek waarin tientallen pakjes zaad gerangschikt zijn. Een tafeltje, één oude keukenstoel. Op de tafel nog een schrijfblok en een pen. Het schrijfblok is er net zo een als dat in de studeerkamer. Griessel bladert het door. Hij ziet schetsen van de bedden, met aanwijzingen voor wat Menzi Dikela waar had willen planten – maïs, bonen, wortels, bieten, tomaten, komkommer, bloemkool.

Dit zijn nog meer voorbeelden van het handschrift van de overledene, daarom doet Griessel dit opschrijfblok ook in een zak. Dan gaan ze weer naar buiten, doen de deur op slot en lopen terug naar het huis.

Tevreden dat ze alles gezien hebben.

***

Mooiwillem Liebenberg is heel goed in het ondervragen van vrouwen. Niet alleen omdat hij een aantrekkelijke man is en bekendstaat als de George Clooney van de Valken. Niet alleen om zijn '*million dollar, high voltage smile*' zoals zijn collega Vaughn Cupido het een beetje jaloers noemt. Maar ook omdat hij altijd zijn oprechte, onverdeelde, warme, charmante belangstelling als een zoeklicht op vrouwen richt. Alsof alles wat ze zeggen ongelooflijk waardevol voor hem is. Ze reageren daar meestal heel positief op.

Daarom is het goed dat hij degene is die bij Mercia van der Merwe aanklopt. Want Mercia zal de eerste doorbraak in het Menzi Dikela-raadsel betekenen.

Ze is eerst verontwaardigd dat haar rust om die tijd van de nacht – het is vlak na middernacht – verstoord wordt. Ze doet met een frons en een afkeurend pruilmondje de voordeur open. In haar roze nachtpon en op beige schapenvacht pantoffels. Eenenzestig jaar oud, haar bruingeverfde haar in de war.

Liebenberg zegt gevoelvol en verontschuldigend tegen haar dat het hem spijt dat hij haar zo laat komt lastigvallen, en dan vertelt hij haar over de dood van haar buurman en zegt hoeveel het voor hem zou betekenen als hij even met haar kon praten. Dat verandert de uitdrukking van haar mond in schrik en verdriet en bezorgdheid, en ze vraagt hem binnen te komen en in de voorkamer plaats te nemen.

Ze wil weten wat er gebeurd is. Hij zegt dat het eruitziet als zelfmoord, maar dat ze het nog niet zeker weten.

Ze zegt dat het vreselijk tragisch is, want hij was een lieve oude man. Ze veegt een traan weg. Ze strijkt over haar haar om het een beetje te fatsoeneren.

Hij vraagt of ze hem goed gekend heeft.

Eigenlijk best redelijk, zegt ze. Eigenlijk zo goed dat hij haar 's zomers groente bracht en zij af en toe met een melktaart langsging als bedankje. 'U weet hoe het tegenwoordig is. We leven zo vaak langs onze buren heen. We kwamen niet bij elkaar over de vloer. Niet omdat hij zwart was, dat moet u goed begrijpen. Zo iemand ben ik niet. Maar omdat het gewoon zo is, tegenwoordig. We leiden allemaal ons eigen leven. Hij was zo'n lieve man. Altijd groeten, zo in het voorbijgaan.'

Mooiwillem zegt dat hij het helemaal begrijpt. En heeft ze vandaag iets gezien daar aan de overkant, iets wat anders was dan normaal?

'Ja,' zegt ze. 'Eigenlijk wel. Nu u het zegt. Vanochtend. Ik heb gerbera's in de voortuin staan, en die bloeien nu. Maar met de waterrantsoenering, de gemeente heeft veel te weinig water opgeslagen, hadden ze dat niet kunnen zien aankomen? Met al die mensen die naar de Kaap trekken, ze moeten het watertekort toch hebben zien aankomen. Hoe dan ook, nu moet ik de gerbera's met de hand water geven, met het grijswater uit de badkamer, en gerbera's houden niet van dat zeepwater, maar wat doe je eraan? En toen ik in de voortuin stond met de gieter zag ik dat busje voor meneer Menzi's huis stoppen, en daar stapten die drie mannen uit...'

'Hoe laat vanochtend?'

'Jongen, het zal tegen... negen uur zijn geweest. Of halftien? Ergens rond die tijd, ik kwam net uit bad, zodat er grijswater voor de gerbera's was. Ik had maar een klein laagje in het bad laten lopen, want de meteropnemers van de gemeenteraad bespioneren een mens gewoon, en als je niet uitkijkt sluiten ze gewoon je water af. Hoe dan ook, toen zag ik dat busje, zo'n pikzwart busje, en die drie mannen stapten uit, best wel strak in het pak, en ze gingen daar bij de buurman naar binnen.'

'Hoe lang zijn ze gebleven?'

'Dat kan ik u niet zeggen. Ik was toen alweer naar binnen.'

'Kunt u dat busje beschrijven?'

'Ik weet niet zoveel van auto's, maar ik denk dat het een BMW-busje was. U weet wel, met dat blauwe dingetje op de neus.'

'Een BMW-busje?'

'Ja, u weet wel, het lijkt een beetje op een stationcar.'

'Wacht even...' zegt Liebenberg en hij pakt zijn telefoon, googelt BMW's en laat haar een foto van een X3 zien. 'Zoiets?'

'Ja, zoiets. Alleen zwart. En misschien een beetje groter.'

Hij zoekt weer op zijn telefoon naar een foto van een zwarte X5, en draait het schermpje weer naar haar toe.

'Ja! Die lijkt erop,' zegt ze. 'Zo een.'

'Kunt u de mannen beschrijven?'

'Ik heb niet zo erg goed gekeken. Ze waren zwart... Met overhemd en das, van die donkere pakken...' Ze maakt een verontschuldigend gebaar dat aangeeft dat dit alles is wat ze kan zeggen.

'Kreeg meneer Dikela vaak bezoek?'

'Jongen, je moet weten, ik hang nou ook weer niet de hele dag in mijn voortuin rond. Dus dat kan ik echt niet zeggen. Er kwamen mensen langs, zo af en toe. Oudere mensen zoals hij. Maar niet speciaal met pak en das, dit was de eerste keer dat ik dat zag. Dus ik vroeg me wel een beetje af wie zijn die mensen. Ze zagen er zo... officieel uit. Ik had zo'n vermoeden dat ze van de gemeente waren.'

'Hoezo? Hebt u het kenteken gezien?'

'Nee, dat was het niet.'

'Wat was het dan?'

'Jongen, ik wil niets lelijks zeggen over een dode, dat is niet netjes.'

Mooiwillem werpt haar zijn charmantste, hartelijkste blik toe en zegt: 'Mevrouw, het zou heel veel voor me betekenen als u open kaart met me speelt.'

Mercia van der Merwe bloost even, strijkt weer over haar haar om het te fatsoeneren en slaat haar ogen neer naar het tapijt: 'Ik denk dat hij een beetje water heeft gestolen. Zulke grote tomaten en komkommers krijg je niet als je niet met de waterrantsoenering rommelt. Ik denk dat ze van de gemeente waren om hem te vertellen dat ze hem gingen afsluiten.'

***

Griessel en Liebenberg gaan met het nieuws naar Mbali Kaleni, die op de neus van haar Valken-BMW zit. De lange dag begint zijn tol te eisen, want ze ziet er uitgeput uit.

'Thandi had gelijk,' zegt ze erg opgelucht voordat ze zich met hernieuwde energie van de motorkap af laat glijden. 'Dat is heel goed nieuws. En goed werk, kapitein.'

'Dank je, kolonel,' zegt Liebenberg.

'Wat kunnen we nu nog meer doen, Bennie?'

'Ik denk dat we naar de verkeerscamera's moeten kijken, kolonel,' zegt Griessel. 'De N2 en de M5, misschien de Voortrekkerweg in Soutrivier, dat zijn de enige echte uitvalswegen van hieruit, of ze nu uit de stad kwamen of ergens anders vandaan. We hebben een tijdsaanduiding voor hun komst, en we vermoeden dat het slachtoffer om twee uur dood was, dus we weten hoe laat ze weer weg waren. En we zijn er vrij zeker van dat het een zwarte X5 was. Die zijn minder algemeen dan de witte. Dus dat beperkt de mogelijkheden. Als we mazzel hebben, vinden we een kenteken.'

'We moeten ook naar zwarte X3's kijken,' zegt Liebenberg. 'Ik weet niet zeker of ze het helemaal goed heeft gezien.'

'Dat zal tot morgenochtend moeten wachten,' zegt Mbali Kaleni. 'De gemeentepolitie... We willen ons niet in de kaart laten kijken door te veel aan te dringen.'

'Ik zorg dat ik er om negen uur ben,' zegt Liebenberg.

Twee ambulancebroeders komen langslopen met een brancard waar het lichaam van Menzi Dikela op ligt. Professor Phil Pagel loopt met hen mee.

Pagel overhandigt een bewijszak met de schoenen van het slachtoffer plechtig aan Griessel. 'Dame en heren, gegroet,' zegt de professor. 'Mogen alle tests zo snel geschieden als de clandestiene aard van de zaak ons vergunt.'

***

De tweede, grotere doorbraak in de zaak komt een beetje bij toeval. Zoals dat soms gaat bij misdaadonderzoeken.

Sergeant Flif Davids heeft Dikela's telefoon voorzichtig in een bewijszak gedaan en met gehandschoende vingers de muis en het toetsenbord van de computer bediend om de harde schijf te kopiëren. En terwijl dat aan de gang was, heeft hij vluchtig gezocht naar de meest voor de hand liggende informatie – recent bezochte websites, mails met interessante onderwerpen, mappen die met wachtwoorden beschermd zijn, socialemedia-accounts...

En niets gevonden.

Niet eens de gewone sporen dat Menzi Dikela een leven van werken met computersystemen achter de rug heeft. Zoals het gebruik van een excentrieke, alternatieve browser. Op deze computer staat alleen Microsoft Edge. Hij weet dat geen enkele zichzelf respecterende carrièretechneut zo'n gruwel zou dulden. Eerder Tor, of Freenet, of I2P, of Yandex. Of op zijn minst Firefox, Google Chrome of Waterfox.

Maar Microsoft Edge? Hij vindt het heel vreemd.

Hij kent technologiemensen en hun kringen. Ook als ze oud en gepensioneerd zijn. Hij komt ze soms tegen in digitale chatrooms. Deze man was duidelijk nog online, en hij kent de strijdkreet van computerfreaks over de hele wereld: *old geeks never die, they just go offline*. Hij kent de manieren waarop ze op de hoogte blijven, weet welke vernuftige, obscure programmatuur ze bijhouden, en waar ze gaan graven en zoeken en rondhangen op wat hij, als hij met ongeïnformeerde rechercheurs praat, spottend 'interwebs' noemt.

En op Dikela's computer is daar geen spoor van te vinden. Geen enkel spoor.

Er zijn mails – in keurig geordende mappen – van en aan een paar vrienden, van het soort hoe-is-het met-de-kleinkinderen, correspondentie met zijn dochter, en met zijn echtscheidingsadvocaat over een verzoek om verhoging van de alimentatie. Er zijn digitale bankafschriften en aanslagen voor gemeentebelastingen, een paar elektronische vliegtickets, rekeningen voor zijn internetaansluiting, en niet veel meer dan dat. Menzi Dikela bezocht dagelijks nieuwswebsites, Zuid-Afrikaanse en Britse, en af en toe Google en Google Maps.

Flif begint ongerust te worden dat hij ergens iets over het hoofd ziet.

En dan zit hij met gebogen hoofd, diep in gedachten verzonken, te wachten tot de harde schijf gekopieerd is. Hij zal voor deze klus alles op alles moeten zetten om erachter te komen wat die ouwe knar voor hem verstopt heeft.

En zo, met zijn hoofd naar beneden gericht, valt zijn oog toevallig op het ADSL-modem dat in een hoek van de kast staat waarvan de twee deuren opengelaten zijn door Griessel en Cupido. Het is een doodgewone Netgear N300, twee of drie jaar oud, perfect geschikt voor dit soort huishoudelijk gebruik.

En hij ziet dat er twee netwerkkabels achter in het modem gestoken zijn. Allebei verdwijnen ze door een keurig geboord gaatje achter in de kast.

Beetje vreemd. Twee? Er staat hier maar één pc.

Hij staat op en gaat het van dichterbij bekijken. De ene kabel komt aan de linkerkant weer tevoorschijn, vastgeplakt tegen de plint, en loopt naar de computer.

Maar de andere is gewoon verdwenen.

58

Flif Davids trekt de kast van de muur af. Het ding is zwaar door alle mappen en documenten en hij moet zich met zijn tengere lichaam stevig inspannen en hard trekken... tot hij hem ver genoeg geschoven heeft om te zien hoe het er achter de kast uitziet.

De ene netwerkkabel loopt links langs de plint naar het bureau. De andere verdwijnt in de muur zelf.

Hij vraagt zich af wat die man daarmee van plan was. Het huis is niet groot, het Netgear-modem zendt een wifisignaal uit dat sterk genoeg is om overal bereik te hebben. Zou er iets anders aan gekoppeld zijn?

Hij schuift de gordijnen voor het raam boven de kast open en probeert te zien of de netwerkkabel buiten, aan de andere kant van de muur, weer tevoorschijn komt. Maar de tralies en het donker buiten maken dat onmogelijk.

Flif gaat de gang in, de kant van de keuken op. Eerst voorzichtig, want hij wil nog steeds niet de dood daar in de ogen kijken. Dan beseft hij dat het lichaam al is weggehaald. Hij vraagt Arnold of hij een zaklantaarn mag lenen.

Arnold geeft hem een grote, zware zaklantaarn uit zijn aluminium koffer ('altijd geweten dat wij het lichtje zijn in het leven van de Valken'), maar Flif is op een missie en bedankt hem nauwelijks. Hij loopt de voordeur uit, langs Griessel en Cupido die onder de citroenboom staan te praten.

'Wat ga je doen, Flif?' vraagt Vaughn.

De sergeant geeft geen antwoord maar loopt links om het huis heen, over het tegelpad dat van het huis af leidt. Hij zoekt onder het raam van de studeerkamer. Hij richt de lantaarn laag op de muur. Hij ziet een witte plastic pijp die daar naar buiten komt en met een elleboogkoppeling naar beneden direct onder de tegels verdwijnt. En dan onzichtbaar wordt.

Daar moet de netwerkkabel in zitten.

'Weird,' zegt hij hardop. Want waarheen zou die man een netwerkkabel willen aanleggen? Buiten het huis?

Hij zwaait de straal van de zaklantaarn heen en weer door de achtertuin. Achterin, tegen de betonnen muur, staat een tuinhuisje. En het tegelpaadje dat hier langs de muur loopt, leidt daarheen, met alleen een bocht waar het bij de hoek van het huis een paar graden afwijkt om in het raster van de aangelegde moestuin te passen.

Hij loopt naar het tuinhuisje. Hij ziet dat de deur dicht is; er hangt een groot slot aan. Hij schijnt met de zaklantaarn naar beneden, waar het huisje op een betonplaat gemonteerd is. Aan de voorkant is er geen wit pijpje dat uit het plaveisel of de grond komt. Aan de linkerkant ook niet.

Hij loopt om het huisje heen. Aan de achterkant precies in het midden, met een elleboogje van negentig graden, komt de pijp de grond uit en gaat het tuinhuis in.

***

'Kappie, wie heeft de sleutel van het tuinhuis?' vraagt Flif aan Griessel.

Bennie haalt de bos uit zijn broekzak en zoekt de juiste sleutel. 'Dit is hem,' zegt hij en hij geeft hem aan Flif. 'Wat wil je daar gaan doen?'

'Iets weirds.'

'Wat dan, Flif?' vraagt Cupido.

'Het ziet ernaar uit dat die man een netwerkkabel helemaal onder het pad door naar het tuinhuisje heeft.'

'Meen je dat serieus?' Want met Flif weet je het maar nooit.

'Om deze tijd op een dinsdagnacht? Natuurlijk meen ik het serieus, kappie. Doe me een lol.'

'Jirre, Flif, het is laat. Zit ons niet te fokken.'

'Kappie, kom mee, dan laat ik het jullie zien.'

Ze lopen achter hem aan naar het studeerkamerraam. Flif laat zien waar de kabel naar buiten komt.

'Er zit een LAN-kabel in die pijp en hij komt van binnen. En ik denk dat hij aan de achterkant het tuinhuis in gaat. Kom maar kijken.'

De stoet loopt het donker in; de krachtige lichtbundel van de zaklantaarn van Forensisch verlicht het pad. Tot achter het bouwsel. 'Check hier maar,' zegt de sergeant.

'Dat is weird,' zegt Cupido.

'Dat zeg ik. Kunnen we nu alsjeblieft binnen kijken?'

Hij geeft de sleutel aan Griessel, die het slot weer openmaakt, de grendel verschuift en de deur opendoet. Flif beschijnt de achtermuur met het kruidenrek vol pakjes zaad. Geen spoor van de kabel.

'Onmogelijk,' zegt hij.

'Wacht even,' zegt Cupido. Hij loopt naar binnen en meet de afstand tussen de deur en de muur met zijn voeten.

'Ik snap waar je mee bezig bent, kappie,' zegt Flif.

Griessel zegt niets; hij wacht tot Cupido naar buiten komt en buiten dezelfde afstand meet.

'We zijn ongeveer anderhalve meter kwijt, daarbinnen,' zegt hij. 'Dat is een valse wand.'

***

Ze zien de naad van de deur in de houten achterwand pas als ze heel goed kijken. Want het is heel netjes gedaan zodat hij bijna onzichtbaar in het patroon en het materiaal van de panelen past.

Daarna kost het veel gekraak van hersenen en geëxperimenteer voordat ze het kruidenrek optillen en de deur kunnen openmaken.

Binnen, in het smalle kamertje, loopt een lang tafelblad langs de muur. Onder het blad flonkeren de lichtjes van een noodaccusysteem. Erbovenop liggen stroomkabels die in minstens twee computers gestoken kunnen worden, twee toetsenborden, twee muizen. Aan één kant staat een inkjetprinter. De netwerkkabel komt van onderaf, en zit in iets wat eruitziet als een kleine LAN-splitter. Een elektrische leiding komt uit de vloer.

Onder het blad zit een kastje met twee deuren, vergelijkbaar met de kast in de studeerkamer. Het ziet eruit of de deuren opengebroken zijn.

'Dat lijkt er meer op,' zegt Flif Davids.

'Hoe bedoel je?' vraagt Cupido.

'Dit is het hol van een technische geek, kappie. *Check it out.* Noodaccupack voor stroomuitval, zodat je geen data kwijtraakt. Twee Logitech performance-lasermuizen. Twee keer een Das Keyboard, dat is serieus spul, echte mechanische toetsenborden. Pro-klasse, niet voor amateurs. En dat, weten jullie wat dat is?' Hij wijst naar de splitter.

'Een splitter voor netwerkkabels,' zegt Cupido.

'Nee, kappie, dat is een state of the art Ubiquiti UniFi Security Gateway. Die configureer je met een command line interface. Ook alleen voor pro's, het is een serieuze firewall, en je kunt ook nog je eigen VLAN creëren.'

Griessel en Cupido kijken hem alleen maar aan, zonder er iets van te begrijpen.

'Dat betekent dat niemand je kan bespioneren, kappie. Ze weten niet eens dat je online bent, en wat je daar doet. En niemand kan in je systeem komen.'

Griessel wijst naar de langwerpige schimmen op het blad waar het hout iets donkerder is dan de rest van het oppervlak. 'Hebben hier twee computers gestaan?'

'*Yebo*, yes,' zegt Flif. 'Ziet eruit of ze er heel kortgeleden nog waren. Maar nu zijn ze weg.'

Griessel bukt en trekt de kapotte deuren van het kastje open.

'Net als de inhoud hiervan,' zegt hij. Want het is helemaal leeg.

***

Griessel, Cupido, Kaleni en Flif Davids gaan in het tuinhuisje de mogelijkheden na, en proberen te bedenken wat Menzi Dikela in het geheime kamertje gedaan kan hebben. En hoe dat aanleiding kan hebben gegeven voor de plaats delict binnen.

Davids zegt dat de mogelijkheden even onuitputtelijk zijn als Gods genade. Die man kan er een reus van een server op na gehouden hebben, met een database van heb ik jou daar, of digitale valuta gemined hebben. Hij kan het dark web gebruikt hebben voor de aankoop van verboden goederen, drugs of creditcardinformatie. Of betrokken geweest zijn bij cyberoplichting of cyberkraken. Of misschien keek hij alleen naar kinderporno.'

'Hayi!' zegt Kaleni.

'Kolonel, ik zeg alleen maar dat je geen geheim kamertje bouwt met een *heavy duty* securitypoort, en *weapons grade* hardware gebruikt om Netflix te kijken.'

'Het was een fatsoenlijke man,' zegt Kaleni beslist.

Griessel denkt dat ze ervan uit mogen gaan dat de drie mannen in de zwarte X5 hiernaar op zoek waren. Zij zijn degenen die het kastje onder de tafel opengebroken hebben, zij zijn degenen die de twee computers hebben meegenomen. Ze zullen ervan uit moeten gaan dat de computers informatie bevatten die de SSA heel graag wilde hebben. Het enige wat hij kan bedenken, gebaseerd op wat ze van Dikela weten, is gevoelige gegevens over staatskaping, over corruptie.

Toen hebben ze Dikela vermoord en het eruit laten zien als zelfmoord.

'Dus ze zijn gewoon binnengekomen, hebben hem doodgeschoten, en de spullen meegenomen? Hoe wisten ze waar ze moesten zoeken?'

'Misschien hadden ze iemand bij zich die net zo smart was als ik,' zegt Flif. 'Die de broodkruimels volgde.'

'Wacht,' zegt Griessel, en hij pakt zijn telefoon en belt prof Phil Pagel.

'Ik hoop dat er een doorbraak is, Nikita,' antwoordt de patholoog, nog steeds joviaal, al is het bijna een uur 's nachts.

'Prof, het spul dat ze ons slachtoffer misschien ingespoten hebben, of hebben laten drinken... Kan dat mensen laten praten? Kan dat spul je dingen laten zeggen die je normaal niet gezegd zou hebben? Als ze informatie uit hem wilden krijgen?'

Pagel denkt lang na voordat hij antwoordt. 'Het is mogelijk. Ik ben geen anesthesist, ik moet onder voorbehoud praten. Maar iets als midazolam... Men noemt het de classificatie van Guedel, de vier fases van anesthesie. Er is een farmacokinetisch moment, Nikita, een bepaalde fase na toediening van een narcoticum, waarin de patiënt een beetje, laten we zeggen, ongeremd wordt. Er zijn veel chirurgen die verhalen vertellen over de dingen die patiënten onder narcose loslaten, de vragen die ze zonder aarzelen beantwoorden. Heel persoonlijke, pijnlijke dingen... Als je verdachten wisten wat ze deden, is het zeker mogelijk. Mijn raad zou zijn, ga met een expert praten...'

59

Griessel rijdt over Philip Kgosana Drive naar huis, bovenlangs de helling van de Tafelberg. Het is tien voor halfvier in de ochtend en hij is uitgeput, zijn hoofd wil niet meer aan deze zaak denken.

Hij kijkt naar de stad. Die ligt weids en flonkerend beneden hem, magisch en mooi als de weerspiegeling van een speelse sterrenhemel op een zilveren meer. Er is iets onschuldigs aan het schouwspel, denkt hij. Kaapstad midden in de nacht heeft de onschuld van een slapend kind. Zich niet bewust van het onheil, van de monsters die op de loer liggen.

Hij denkt aan de ogenblikken op het podium vanavond – het voelt als een heel leven geleden – toen hij en Roest zo dicht bij het nirwana waren. Hij denkt aan hoe hij zich voelde, binnen in de muziek. Ver weg. Veilig. Gelukkig. Volledig in balans, elke noot precies op zijn plek.

Hij speelt basgitaar omdat het eenvoud en regelmaat heeft. Voorspelbaarheid. Structuur. Muziek is orde, perfecte orde. En zijn werk is een onmogelijke, voortdurende, meestal frustrerende strijd tegen de chaos. Elke misdaad, elke moord is een valse noot die schril en schel dwars tegen zijn hele wezen in gaat, een kakofonie, een verschrikkelijke verstoring van de orde. Daarom is hij zo obsessief als politieman, verwikkeld in een oorlog die hij nooit kan winnen, maar hij kan ook niet ophouden. Want hij snakt naar harmonie.

Daarom zit vanavond hem ook zo dwars.

Te veel valse noten, en hij kan nergens de juiste akkoorden of sleutels vinden.

***

Hij neemt een korte douche en kruipt dan achter het warme, zachte lichaam van Alexa. Ze mompelt iets, bijna onhoorbaar, maar het klinkt als 'blijf jij eens gewoon thuis', en dan slaapt ze verder. Hij verbaast zich over dat vermogen; ze kan zichzelf zo makkelijk uitschakelen, zo vol overgave slapen.

God, wat is het toch heerlijk bij haar.

Stel nou dat ze nee zegt als hij haar zondagavond vraagt.

Dat zal nog een heel gedoe geven.

Moet hij het niet gewoon laten zitten?

Nog maar vijf dagen voordat hij zijn speech moet houden.

Nee, denkt hij, het is al woensdag. Dus nog maar vier dagen.

Zijn maag krimpt ineen bij de gedachte.

Deel V

60

Woensdag 30 augustus. Daniel Darret. Amsterdam.

Zijn eerste ochtend in Amsterdam. Geen mail van Vula. Geen nieuws over het bezoek van de president dat al over twee dagen in Parijs van start gaat, geen aanwijzingen die hem zullen helpen om het beste wapen te kiezen.

Het maakt niet uit.

Hij heeft in de zeven uur die hij gisteren onderweg was voor het eerst de tijd gehad om de hele operatie te overdenken. Om alles wat hij weet te toetsen aan mogelijkheden, variabelen en strategieën. Om nog eens te twijfelen aan zijn motivatie, om zich af te vragen of hij de trekker zal kunnen overhalen op het moment dat het bekende gezicht zijn telescoop vult.

Hij weet het nog steeds niet.

Maar hij moet gaan plannen. Hij heeft in de auto tijd gehad om dat te doen. Om zich voor te bereiden op de transactie. Volgens zijn logica zal een wapenhandelaar als Ditmir argwanend staan tegenover een onbekende, nieuwe (zwarte!) klant die zonder referenties komt en maar één geweer wil kopen. Een lid van de Albanese maffia zal niet aarzelen om te proberen munt te slaan uit zo'n situatie. Hij moet dus, ook in het algemeen, zijn identiteit en zijn verblijfplaats en het kenteken van zijn auto geheimhouden. Voor Ditmir, en voor de mensen die hem nog steeds zoeken.

Hij moet zich ook voorbereiden op de terugreis, op mogelijke wegblokkades van de politie, op een verboden, groot en opzichtig wapen zonder vergunning in zijn auto. Daarom is hij gistermiddag eerst langsgegaan bij Carl Denig, de buitensportwinkel op de Weteringschans. Om een kampeeruitrusting te kopen.

Nu, na het ontbijt in het Ambassadehotel, zijn tijdelijke onderkomen, zet hij de rest van zijn plan in werking. Hij vraagt advies bij de receptie; hij is op zoek naar een speciaal soort booteigenaar die een bijzondere dienst kan verlenen. Hij liegt een beetje om de vraag acceptabel te laten klinken.

Het kost ze bijna een kwartier om een kandidaat voor hem te vinden. Hij glimlacht als hij de naam ziet. De voorgestelde botenman heet Pelle Baas.

Daniel belt het nummer en legt Baas uit wat hij nodig heeft. De man klinkt aanzienlijk jonger en nuchterder dan de vorige schipper die hij had ingehuurd. Ze maken een afspraak en komen een tarief overeen.

Dan gaat hij naar buiten, even na acht uur 's ochtends, om zijn benen te strekken en zijn bloedsomloop weer op gang te krijgen na de lange zit in de Peugeot gisteren. En om de stad in te ademen, weer een gevoel te krijgen voor de ritmes en de mensenmassa's, de golfbewegingen, de stemming.

Hij dwaalt doelloos en impulsief bijna twee uur lang rond. Het is tien jaar geleden dat hij hier voor het laatst was, maar het voelt alsof er niets aan de ziel van de stad is veranderd. Er zijn meer bizarre musea, meer kaaswinkels, meer wietdampen, meer toeristen. Maar alles wat hem vroeger al boeide en beviel, is er nog steeds. Hij probeert erachter te komen waar dat aan ligt. Het is gedeeltelijk de bijzondere bekoring van de architectuur en de grachten, de smalle steegjes en de brede pleinen. De eclectische mengelmoes van oude kerken, kunsthandelaren en sekswerkers. De waanzinnige drukte van fietsen, trams, auto's, stromen voetgangers. Het gewicht van eeuwen handel en strijd en streven, de libertijnse geschiedenis. Alles speelt een rol. Maar de kern ervan ligt voor hem in het gevoel, de sfeer. Er heerst een ongrijpbare, subtiele geest van feestelijkheid, vrolijkheid, hartelijkheid, alsof de vrijheid, diversiteit en verdraagzaamheid nog steeds elke dag gevierd worden. Of is het alleen de constante opluchting van de Nederlanders dat de zee getemd is en het land drooggelegd?

Zo had zijn geboorteland moeten zijn. Nu. Meer dan twintig jaar na het wonder van de eerste zwarte president in 1994, na alle opofferingen en pijn en inspanning. Alles was er helemaal klaar voor om een tweede Amsterdam te worden, een land en een plaats die symbool staan voor de triomf van het goede. Onderdrukking en discriminatie beteugeld, als een woeste zee achter een dijk. Misschien is het nog niet te laat. Hij troost zich bij de gedachte dat hij de trekker kan overhalen om de stormvloed te keren, de balans te laten omslaan, zodat Zuid-Afrika op een dag misschien feestelijk de ware vrijheid kan vieren.

Om tien uur loopt hij door het gekrioel op de Albert Cuypmarkt. Hij moet aanstalten gaan maken, zich aan zijn geplande schema houden en de wapentransactie in gang zetten, weet hij, maar hij wil de druk – en de spanning die een militair wapen in zijn kofferbak met zich meebrengt – nog even uitstellen.

Hij keert om voor zijn tocht in de richting van de Oudezijds Achterburgwal, en dan staat hij ineens op het Museumplein. Hij denkt aan de mooie jonge vrouw in de gele jurk die hem vertelde over Christophle le More, de middeleeuwse lijfwacht en boogschutter aan wie hij haar deed denken. *Er zijn maar weinig mensen die hem kennen. Hij hangt in het Rijksmuseum.*

Hij koopt in een opwelling een kaartje en gaat op zoek naar het schilderij.

Het is niet groot, maar wel indrukwekkend. In een goudkleurige lijst, het jasje van Le More felrood, zijn eigenaardige muts een lichter rood. En het gezicht; zijn ogen kijken naar rechts alsof hij in gedachten verzonken is. Met zelfvertrouwen. Trots, alsof hij tevreden is met zijn positie, de lange tocht hiernaartoe. Alsof hij thuis is.

Daniel denkt aan het schilderij dat Élodie Lecompte van hem heeft gemaakt. Het enige wat hij daarin kon zien, was zijn eigen verlangen.

Hij draait zich snel om en loopt weg.

***

Oudezijds Achterburgwal 82D is een deurbel met een klein getypt strookje papier eronder waarop DITMIR'S TRADING staat. Er zit een intercom tegen de muur.

Hij drukt op het knopje maar hoort de bel niet overgaan.

Hij wacht tot een vrouwenstem zegt: 'Tweede verdieping, alstublieft.' De deur zoemt. Hij duwt hem open en gaat naar binnen. Een houten trap, geen lift. Hij klimt de trap op. Op de eerste verdieping is een zware deur zonder naambordje of andere aanduiding van wat zich daarachter afspeelt. Op de tweede verdieping is een ondoorzichtige glazen deur waar DITMIR'S TRADING in gezandstraald is. Met daaronder: THE BEST FROM ALBANIA, en een groot, dik uitroepteken om dat blijde nieuws mee af te sluiten.

Er hangt een cameraatje vlak boven de deur. Hij doet de deur open en gaat naar binnen.

Binnen is een ruime kamer. Achter een lange balie links zitten twee vrouwen, met identiek stijl blond haar, de ene helft van het haar over de rug, de andere helft aan de voorkant over de schouder. Er hangen kleurige affiches aan de muur achter hen, allemaal voorzien van een groot logo *Made in Albania*. Op de affiches staan foto's van textiel, tabak, fruit en groente. Veel groente. Drie moderne, stijlvolle witte tweezitsbanken voor de ramen rechts. Twee tafeltjes met folders en tijdschriften. Twee camera's. Een in de hoek, een achter de vrouwen.

Ze begroeten hem vrolijk. 'Goedemorgen, meneer! Welkom bij Ditmir's Trading!' Nog meer uitroeptekens. Het lijken zusjes. Even lang, even blond, even opgemaakt, de make-up misschien een tikje aan de zware kant, in hun grasgroene blouses en blauwe spijkerbroeken die de kleuren van het logo van Made in Albania weerspiegelen. Twee druppels water. Bij de ene steken de voortanden een beetje meer naar voren. De ander heeft een kleine, glimmende piercing in haar linkerneusvleugel.

Hij loopt naar de balie en groet terug. 'Ik zou Ditmir graag persoonlijk spreken, alstublieft,' zegt hij en hij ziet dat het blonde haar geverfd is.

Nog steeds glimlachend zegt Tandjes: 'O, hebt u een afspraak?'

'Ik ben bang van niet, maar ik vind het niet erg om te wachten.'

'Ik weet niet of hij vandaag beschikbaar is. Waar gaat het om?'

'Ik ben geïnteresseerd in bepaalde producten die hij aanbiedt.'

'O, misschien kan ik dan wél helpen. Welke specifieke producten had u in gedachten, of wilt u de hele sortering van Albanese exportproducten bespreken?'

'Ik zou liever Ditmir persoonlijk spreken, als u het niet erg vindt.'

'Natuurlijk, meneer. Gaat u zolang zitten.'

'Dank u.'

Hij gaat op de middelste bank zitten en pakt een van de folders. Daar staat in dat Albanië op de 131ste plaats in de wereld staat wat export betreft. Hij vraagt zich af of dat een verontschuldiging of opschepperij is.

Hij ziet dat Neuspiercing de hoorn van een telefoon pakt en erin praat in een taal die hij niet verstaat.

Hij hoopt dat ze Ditmir of een van zijn mensen aan de lijn heeft, die hem in de gaten houden op een monitor ergens in het gebouw.

In de folder leest hij over de Albanese handel. *The top exports of Albania are Leather Footwear ($310M), Crude Petroleum ($277M), Footwear Parts ($187M), Chromium Ore ($134M) and Non-Knit Men's Suits ($129M).* Hij vraagt zich af wat dat betekent, 'footwear parts', onderdelen van schoenen? Hij weet niet wat een 'non-knit' herenpak is. Een niet gebreid pak? Hij dacht dat zo ongeveer alle mannenpakken niet gebreid waren. Niet dat hij een kenner is; het is tientallen jaren geleden dat hij voor het laatst een pak had.

Neuspiercing legt de telefoon neer. 'Meneer?'

Hij staat op. 'Ja?'

'Het spijt me, maar mister Ditmir kan u vandaag niet ontvangen.'

'Wanneer dan wel?'

'Zijn agenda is extreem vol. Misschien kunt u morgen terugkomen?'

'Ik heb nogal haast...'

'Het spijt me echt, meneer. Hij heeft het altijd zo druk. Misschien morgen?'

'Dank u,' zegt hij. 'Dat gaat lastig worden, maar ik zal het proberen.'

Hij neemt afscheid. Ze groeten glimlachend en vriendelijk terug en wensen hem een '*Nice day*' toe.

Met een uitroepteken.

61

Als hij weer op straat staat, gaat hij linksaf en loopt langs de gracht. Hij kan niet tot morgen wachten, realiseert hij zich. Hij moet liefst morgenavond al terug zijn in Parijs. Maar eerst moet hij kijken of hij gelijk heeft.

Want hij verwacht dat de ongrijpbare Ditmir een methode heeft om potentiële nieuwe klanten te evalueren. Hij vermoedt dat hij nu gevolgd zal worden. Daarom blijft hij staan voor Casa Rosso en doet of hij naar het affiche kijkt waarop een seksshow wordt aangeprezen, om een alibi te hebben. Hij ziet ze. Twee niet al te grote mannen, met brede schouders, komen de deur van Ditmir's Trading uit, zo'n honderd meter achter hem.

Hij treuzelt nog even, alsof hij serieus de show in Casa Rosso overweegt, als een man die opeens tijd overheeft. Hij wendt zich zogenaamd met tegenzin af en loopt verder, tot aan het bruggetje bij de Molensteeg. Daar slaat hij rechts af, en nog een keer, in de richting van de Waag.

Ze komen achter hem aan, op zo'n honderdvijftig meter afstand. Zonder echt hun best te doen om onzichtbaar te blijven. Of misschien kunnen ze dat gewoon niet. De ene heeft een beetje X-benen. Het zouden neven kunnen zijn. Het duo heeft iets komisch, als iets uit stomme films uit de jaren dertig. Laurel en Hardy. Hij vraagt zich af of alle Albanezen in handige aanbiedingen van twee komen.

Op de Nieuwmarkt gaat hij aan een tafeltje op het terras van Café del Mondo zitten, zodat hij uitzicht over het plein heeft. Hij neemt alles in zich op als een verrukte toerist. Hij ziet vanuit zijn ooghoek hoe ze besluiteloos voor de Albert Heijn blijven staan.

Een ober komt zijn bestelling opnemen. Hij bestelt koffie en leunt achterover, alsof hij volkomen ontspannen is.

Ze zijn verderop gaan zitten, bij Café Poco Loco. De een met zijn rug naar hem toe, de ander kijkt zijn kant op maar probeert dat onopvallend te doen.

Hij krijgt het idee dat ze niet erg geschoold zijn in deze kunst.

Zijn koffie wordt gebracht. Hij drinkt langzaam en kijkt naar de kleurige bloemenstalletjes aan de overkant, naar het mooie oude Waaggebouw, zeshonderd jaar oud, ooit de plaats waar kooplui hun waren lieten wegen.

Hij zit.

Zij zitten.

Hij bestelt nog een koffie, blijft nog veertig minuten zitten, legt dan geld op het tafeltje, staat snel op en loopt de hoek om. Hij neemt grote stappen. Hij wil weten hoe goed de twee zijn, hoe serieus ze hem in de gaten willen houden.

In de Stoofsteeg ziet hij hoe ze weer binnen bereik komen. Op de Dam, tussen honderden toeristen, straatdansers en vuurspuwers schudt hij ze met verbazend gemak af, zodat hij moet blijven staan wachten tot ze hem weer hebben opgespoord.

Nee, ze zijn niet erg geschoold in deze kunst. Of misschien heeft Ditmir niet vreselijk veel belangstelling voor nieuwe klanten.

Dan volgt hij rustig en geamuseerd de bocht van de Raadhuisstraat om te gaan eten bij The Pancake House vlak voor de Westerkerk.

***

Precies op het moment dat Daniels eten gebracht wordt, komen de twee Albanezen het restaurant binnen. Ze lopen rechtstreeks naar zijn tafel, schuiven stoelen naar achteren en gaan zitten.

'Ik ben echt nieuwsgierig,' zegt Daniel, 'wat is een "non-knit suit"?' Hij kijkt hoopvol van de een naar de ander.

Ze kijken hem in totale verwarring aan. Ze zijn allebei begin veertig, schat hij. Donkere baardschaduw, ze ruiken sterk naar dure aftershave en vaag naar knoflook. De stevige schouders zijn het gevolg van hard werken, van zware voorwerpen tillen, niet van de sportschool. Hun haar is kortgeschoren. Die met de X-benen heeft een klein sikkelvormig litteken onder zijn linkeroog. Hij vindt ze meer op groenteboeren lijken dan op leden van de Albanese maffia.

'Wat wil je van mister Ditmir?' vraagt Sikkel met een zwaar accent.

De ober brengt nog meer menukaarten, maar die wuiven ze geïrriteerd weg.

'Wat iedereen wil van mister Ditmir,' zegt Daniel goedmoedig. 'Zijn speciale producten.'

'Welke speciale producten wil je?'

'Dat vertel ik aan Ditmir als ik hem persoonlijk spreek.'

'Wie vertegenwoordig je?'

'Mezelf.'

'Wie heeft je naar mister Ditmir doorverwezen?'

'Een Afrikaanse connectie.'

'Hoe heet die?'

'Die blijft liever anoniem.'

'Hoe heet je?'

'Dat doet er niet toe.'

'Waar kom je vandaan?'

'Afrika.'

Ze staren hem indringend aan. Hij vraagt zich af of ze verwachten dat hij ter plekke verschrompelt.

Eindelijk pakt Sikkel een telefoon en belt iemand. Er volgt een lang gesprek in het Albanees. Redelijk ernstig. Het enige woord dat Daniel van het geheel verstaat is 'Afrikaan'.

Als het gesprek is afgelopen zegt Sikkel tegen Daniel: 'Eet je eten op. Dan gaan we naar de wc, jij en ik.'

'Klinkt gezellig,' zegt Daniel. 'Dan laat ik je mijn "footwear parts" zien en dan mag je mij de jouwe laten zien.'

Er verschijnt geen twinkeltje in hun ogen en geen zweem van een glimlach.

***

Het is voor allebei ongemakkelijk, beschamend.

Daniel en Sikkel staan in de wc. Die is klein en smal, met nauwelijks genoeg ruimte voor Daniel om zich uit te kleden, en voor de man om elk kledingstuk aan te nemen en nauwkeurig te onderzoeken. Op meeluisterapparatuur of een wapen, wat verstandig is voor een man in Ditmirs bedrijfstak.

Sikkel haalt Daniels telefoon en portemonnee uit zijn broekzak, bekijkt ze en legt ze in de wastafel.

Als Daniel bloot is, maakt de Albanees een verontschuldigend geluid, zet de zaklantaarn van zijn telefoon aan en beduidt Daniel dat hij zich om moet draaien zodat de man kan zien of er niet ergens een microfoon is vastgeplakt. Daniel vloekt kort en bot in het Xhosa.

Sikkel haalt zijn schouders op, waarmee hij uitdrukt dat hij alleen maar zijn werk doet.

Daniel draait zich om.

Ze wisselen geen woord meer totdat ze terug zijn bij de tafel.

Sikkel geeft de telefoon en portemonnee terug. Hij zegt: 'Je kunt je telefoon hier bij de ober laten. Of je kunt hem in de gracht gooien.'

'De gracht is prima,' zegt Daniel. Hij vermoedt dat ze bang zijn dat hij met de telefoon een gesprek opneemt. Hij moet sowieso een nieuwe telefoon gaan gebruiken, en dit wekt bij de wapenhandelaars de juiste indruk van professionaliteit.

Ze wachten tot hij zijn rekening heeft betaald.

Sikkel zegt: 'Kom, we gaan terug naar kantoor.'

Ze lopen ieder aan een kant van hem. Bij de brug over de Herengracht haalt hij zijn telefoon uit zijn zak en laat hem in de gracht plonzen. Drie Chinese toeristen gapen hem vol afgrijzen aan.

Sikkel knikt tevreden en gebaart dan dat hij moet opschieten. De Albanezen lopen nu twee stappen achter hem, de hele weg naar de Oudezijds Achterburgwal 82D.

***

Deze keer springt de voordeur vanzelf open, alsof iemand hen heeft zien aankomen. Ze gaan nu de trap op naar de eerste verdieping. Sikkel haalt sleutels uit zijn zak en doet de zware deur open. Daniel gaat naar binnen.

Binnen is een andere wereld.

Donkere lambrisering tegen de muren, zware gordijnen die het daglicht buiten houden. Duizend kleine lampjes tegen het plafond en langs de lange kasten. Hier en daar een zware, ouderwetse lamp met gedempt geel licht. Het ziet eruit als een ouderwetse herenclub, glanzend geboend hout, grote leunstoelen van diepbruin leer, rond zware salontafels gerangschikt. De bar beslaat de hele lengte van de achterwand, drankflessen en kristallen glazen reflecteren de lampjes. Een firmament van drank.

Het ruikt er naar sigaren en sigaretten, bier, boenwas en tapijtreiniger.

Er zitten vijf mannen op hoge krukken aan de bar. Vier zijn gewapend en hebben zo te zien Agram 2000-machinepistolen uit voormalig Joegoslavië over hun schouder hangen. Ze zijn jonger en sportiever dan de twee groenteboeren, hun ogen staan waakzaam. Er liggen twee dichtgeklapte laptops op de bar voor hen.

Midden in het groepje zit een grotere man met een korte, gestileerde baard. Ongewapend, omgeven door een aura van belangrijkheid.

Alle vijf nemen ze Daniel van top tot teen op.

De deur achter hem gaat dicht.

De man met de baard zegt: 'Ik ben Ditmir. Als je mijn tijd verspilt, zul je er spijt van krijgen.'

62

Ditmir is een prater.

Met zijn rug tegen de toog en zijn armen voor zijn borst gekruist zegt hij in redelijk Engels met een Oost-Europees accent: 'Mijn jongens vragen je hoe je heet, wie je heeft doorgestuurd, wie je vertegenwoordigt. Je geeft ze grappige antwoorden. Als je bij mij komt voor zaken, vertel je wie je bent en wie je vertegenwoordigt. Je geeft geen grappige antwoorden. Ik doe veel zaken in Afrika. Ik heb groot respect voor Afrikanen; ik respecteer hun cultuur, ik respecteer hun gewoonten. Maar als je hier komt moet je de mijne ook respecteren. Ik geef je mijn naam; jij geeft me de jouwe. Misschien drinken we iets, of eten we samen. Jij zegt dat je deze generaal of die president vertegenwoordigt, of wie dan ook. In zaken draait het om wederzijds respect. Respect voor de cliënt, respect voor het product, respect voor de relatie. Daarom doe ik goede zaken. Dus, omdat ik je respecteer vraag ik je nog een keer, hoe heet je?'

'Barnabas,' zegt Daniel. Dat is de naam in zijn Swazi-paspoort.

'Oké, Barnabas, dank je wel. Kan ik je iets te drinken aanbieden? We hebben de allerbeste whisky ter wereld. Of misschien jenever, wil je de beste Nederlandse jenever?'

'Nee, dank je. Ik drink niet als ik zakendoe. Dat hoort bij mijn cultuur.'

'Oké, dat respecteer ik. En nu, wie vertegenwoordig je?'

'Ik vertegenwoordig mezelf.'

'Jezelf? We vertegenwoordigen allemaal onszelf, Barnabas. Dat begrijp ik. Maar waar kom je vandaan?'

'Swaziland.'

'Swaziland? Bestaat dat? Bestaat dat echt? Is dat een land?'

'Ja. Net zo echt als Albanië.'

Ditmir aarzelt alsof hij die opmerking eerst moet analyseren op mogelijke belediging. Maar dan knikt hij. 'Wie heeft je naar mij doorgestuurd?'

'Dat ga ik niet vertellen. Geheimhoudingsplicht.'

Dit leidt tot een lange stilte, blikken over en weer.

Ten slotte: 'Komen ze uit Afrika?'

'Ja, ze komen uit Afrika, ten zuiden van de Sahara. Het zijn revolutionairen. Meer kan ik niet vertellen.'

'Oké, ik begrijp het. Wil je mijn producten kopen voor jouw land? Voor het machtige Swaziland?'

'Er schijnt een misverstand te zijn,' zegt Daniel. 'Ik wil een geweer kopen. Eentje maar. Voor mezelf. Voor privégebruik. Een militair scherpschuttersgeweer, met een effectief bereik van minstens duizend tot vijftienhonderd meter. En honderd patronen. En een schoonmaakset. Ik betaal cash. Volledige betaling bij levering. Dat is alles.'

'Dat is alles?'

'Ja.'

Ditmir draait zijn knieën weer naar de bar, alsof hij geen belangstelling meer heeft. Hij wisselt een blik met twee van de waakzame mannen.

'Ik doe zaken met landen, Barnabas. Geen onemanshows.'

'Dan ben ik verkeerd geïnformeerd.' Daniel draait zich om en gaat op weg naar de deur. De twee groenteboeren staan voor de deur, roerloos.

'Maar ik mag je wel,' zegt Ditmir.

Daniel blijft staan.

'En ik geloof dat markten ontwikkeld moeten worden,' zegt Ditmir. 'Gekweekt. Ik geloof in netwerken, in contacten sluiten. Misschien, als je een tevreden klant bent, ga je naar de president van Swaziland en zeg je tegen hem dat Ditmir een goede man is om zaken mee te doen.'

'De koning,' zegt Daniel als hij zich weer naar de man omdraait.

'Wat?'

'Swaziland heeft een koning, geen president.'

'Oké. Maar vertel eens, weten jij en je koning daar in Swaziland iets van schaalvoordeel?'

'O, ja, de slimme blanke *bwana* heeft ons veel geleerd vroeger, in die slechte oude tijd. We zijn eeuwig dankbaar.'

Óf Ditmir stoort zich niet aan het sarcasme of hij snapt het niet. 'Oké, je begrijpt, zo'n geweer is erg duur,' zegt hij. 'Omdat je er maar één koopt. Schaalvoordeel. Vraag en aanbod. Goed kapitalisme.'

Daniel knikt. 'Ik ben bereid een topprijs te betalen voor een topproduct.'

Ditmir staat op van zijn kruk. 'Dat bevalt me wel, Barnabas. Topprijs, topproduct. Dat bevalt me. We moeten praten. Kom zitten. Koffie? Wat denk je van een lekkere kop koffie?'

***

De koffie smaakt uitstekend. Ze zitten aan de bar achter de twee laptops. Ditmir gebruikt ze om zijn producten te tonen.

Hij schept een beetje op: 'Misschien, Barnabas, was je wel FBI, of Nederlandse geheime dienst, of Interpol, en kwam je hier om Ditmir, de grote wapenhandelaar te arresteren. Misschien kwam je met je hele arrestatieteam, en wat zou je gevonden hebben, Barnabas? Niets. Want hier ís niets. Mijn catalogus bestaat enkel uit bytes, die door cyberspace zweven. Enkel bytes. Net als Amazon... Ken je Amazon? Waar je alles koopt via internet? Ken je Jeff Bezos? De grote Amazon-miljardair?'

'Niet persoonlijk, maar misschien komt het er nog eens van,' zegt Daniel.

'Welnu, vriend, je hebt nu de Jeff Bezos van de wapenhandel leren kennen,' zegt Ditmir trots, ook nu weer ongevoelig voor ironie of sarcasme. 'Dat ben ik. Kijk. Je kunt in mijn webshop op categorieën zoeken, je kunt aantallen toevoegen, en dan krijg je meteen de prijs, allemaal diep in het dark web...'

Ondertussen demonstreert een van de machinepistoolhandlangers alles op het computerscherm.

Ze zoeken onder 'scherpschuttersgeweren'. Zestien mogelijkheden staan er op het Amazon-van-Wapens. Daniel bekijkt alle mogelijkheden, wijst dan naar het scherm en zegt: 'Die.'

Hij wijst de Amerikaanse CheyTac M200 aan.

'Vier nul acht, of drie zeven vijf?' vraagt de man die de computer bedient.

'Vier nul acht.'

'Heel goede keus, Barnabas, je hebt verstand van geweren,' zegt Ditmir. 'Maar dit is een heel dure.'

'Er staat hier dat het dertienduizend dollar is,' zegt Daniel.

'Nee, vriend. Schaalvoordeel. Als je koning er honderd kocht, zou de prijs zakken. Voor jóú is het vijfentwintigduizend dollar. Contant. Inclusief munitie.'

'Vijftien,' zegt Daniel. 'En ik heb euro's.'

'Daar kan ik niet aan beginnen. Schaalvoordeel. Een hoop problemen, een hoop gedoe, voor maar één geweer. Niet de moeite waard. En ik hou niet zoveel van euro's als van dollars. Dus de prijs is vijfentwintigduizend euro, graag of niet.'

'Dan graag,' zegt Daniel. 'Wat is de volgende stap?'

***

Volgens zijn planning is dit het moment om ervandoor te gaan, zodat Ditmir niet weet waar hij logeert of waar hij zijn cash bewaart. Want de Albanees is nu op de hoogte: hij is een man alleen, de eenzame zelfstandige. Hij wil contant betalen. Een aanzienlijk bedrag. Hij betekent weinig risico voor hen, mochten ze besluiten het geld te pakken zonder het geweer te leveren. Volg hem naar zijn logeeradres, zet een wapen tegen zijn hoofd, pak de euro's en zeg: ga weg anders krijg je heel veel spijt. Geen risico op een hoop problemen, een hoop gedoe.

Het is ook heel goed mogelijk dat ze hem zullen volgen omdat ze in deze business niemand vertrouwen. Kennis is macht, informatie is veiligheid. Er is gewoon te veel achterdocht als een onbekende koper zonder referenties opduikt.

Daarom heeft hij vanochtend Pelle Baas en zijn motorboot gehuurd om hem op te wachten bij de Geldersekade. Zijn redenering was, in de mensenmassa's in Amsterdam kun je makkelijk iemand ongezien achtervolgen als je weet wat je doet en als je prooi lopend, op de fiets of met de auto is. Maar als hij de grachten gebruikt wordt het lastiger.

Daarom heeft hij een plan bedacht. Heeft hij zich voorbereid.

Maar wat hij niet had verwacht, is een glimp van de Rus.

Als hij weer op straat loopt, waar het licht opeens fel is na het schemerdonker van Ditmirs verkoopruimte, kijkt hij instinctief omhoog naar het huis op Oudezijds Achterburgwal 82D omdat hij zeker weet dat er ogen op hem gericht zullen zijn. Hij kijkt naar de ramen op de eerste verdieping waar hij net zaken heeft gedaan. Een reflex. Maar zijn aandacht wordt getrokken door een raam op de tweede verdieping, waar Tandjes en Neuspiercing werken.

Een glimp maar, een zweem, een seconde, minder nog, waarin hij het gezicht van de man ziet voordat het weer verdwijnt. De grote Rus, de beer met het linkeroor dat vervormd is door dik littekenweefsel, alsof er een stuk afgebeten is. Zo snel, zo vluchtig dat Daniel beseft dat het zijn verbeelding moet zijn. Het is gewoon onmogelijk.

63

Woensdag 30 augustus. Bennie Griessel. Bellville.

Het kantoor van luitenant-kolonel Mbali Kaleni is anders.

Aan de ene kant omdat ze voor zichzelf een kleine oase wilde scheppen in de verder uitsluitend mannelijke omgeving. Aan de andere kant omdat ze weet dat ze niet de hartelijkste persoonlijkheid heeft in het Direktoraat vir Prioriteits-Misdaadondersoeke. Daarom probeert ze hier een vleugje gastvrije warmte en vrouwelijke zachtheid te scheppen.

Ze doet het handig, hier en daar een toefje. Zoals de subtiele geur van luchtverfrisser en verse bloemen. Vandaag staan er drie volmaakt witte aronskelken in een slanke fles. Zoals de witte theebeker met groene vleugels die ze zes jaar geleden in Nederland heeft gekocht bij een winkel van Pylones. Verder hangt er een kleurig, oorspronkelijk schilderij van Lazarus Ramontseng aan de muur tegenover haar, naast de deur; drie vrolijke vrouwen in een township die grote zakken Snowflake-meel op hun hoofd dragen, op weg naar huis. En aan haar computerscherm hangt, linksonder, een Zoeloe-'liefdesbrief'; een halssieraad van kralen, voornamelijk wit en blauw om haar maagdelijkheid en trouw te bevestigen, de punt van het driehoekje duidt aan dat ze ongetrouwd is. En dan de twee kleine glazen kubussen die ze heeft laten maken. Niet speciaal voor andere mensen, want ze staan zo dat alleen zíj de woorden kan lezen, en haar bezoekers niet. Op de ene, tegen een lichtgroene achtergrond, een citaat van de schrijver R.H. Sin. Er staat: *Sommige vrouwen vrezen het vuur. Andere vrouwen worden het.*

Op de kubus ernaast staat in zwierige zwarte letters tegen een zachtroze achtergrond: *Er is geen kracht zo sterk als een vrouw die vastbesloten is op te klimmen*, en die wijsheid wordt toegeschreven aan de socioloog W.E.B. Du Bois.

Dat is allemaal te zien vanochtend, zoals altijd. Ook de keurig op elkaar gestapelde dossiers en het vrijwel lege in-mandje op het bureau, en het metalen naambordje met haar rang en naam op de rand van het bureaublad.

Maar wanneer Griessel en Cupido vanochtend binnenkomen, terwijl buiten de regen mistroostig neersijpelt, zijn er verschillende aanwijzingen waaruit blijkt dat er dingen niet pluis zijn.

Kaleni's lichaamstaal is weemoedig. Haar ogen zijn rood door het gebrek aan slaap en ze lijkt klein en weerloos achter het grote bureau.

Er is een lege plek in de fotogalerij achter haar aan de muur.

Ze zijn al gewend aan de volmaakt uitgemeten ingelijste kroniek van haar leven en carrière: een foto van haar als jonge agente, vers van de politieacademie, in haar blauwe uniform, met een ernstig gezicht, vol grimmige ambitie. Foto's van haar drie afstudeerceremonies, twee keer met haar ouders trots aan haar zijde. Zij samen met Musad 'De Kameel' Manie bij een speciale prijsuitreiking voor trouwe dienst. Zij samen met de toenmalige Landelijke Korpschef Bheki Cele. Maar nu ontbreekt het pièce de résistance, het hart van de uitstalling: Mbali Kaleni als mollig achttienjarig meisje, beschaamd en overweldigd, in een jurk met te veel paarse bloemetjes, naast de huidige president. Tweeëntwintig jaar geleden, toen hij nog een provinciaal politicus was. Tijdens een ANC-viering in Pietermaritzburg waar haar ouders als leden van de onderwijsvakbond voor uitgenodigd waren.

Ze moet hem die ochtend weggehaald hebben. Griessel weet dat dat een pijnlijk moment voor haar moet zijn geweest. Daarom aarzelt hij nu om haar het slechte nieuws te brengen. Maar hij heeft geen keuze.

'We hebben vastgesteld dat het pistool in meneer Dikela's hand op zijn naam stond,' zegt Griessel.

Ze knikt.

'We hebben ook nog een keer met Uli Gerber bij Forensisch gesproken.'

'Ja?' Gelaten, want ze weet wat er komt.

'Hij zegt dat de kruitsporen op zijn hand kloppen met de theorie dat Menzi Dikela zelf de trekker heeft overgehaald. Er is geen zichtbare tussenkomst van een derde. Hij zegt dat dat ook klopt met het bloedspattenpatroon, en hij kan ons absoluut geen reden geven om te geloven dat het geënsceneerd is. Zijn conclusie is dat het zelfmoord was.'

'Ik begrijp het niet,' zegt Kaleni. 'Hoe hebben ze hem dan vermoord?'

'Daar proberen we achter te komen, kolonel,' zegt Cupido. 'Misschien geeft het drugsrapport nog aanwijzingen.'

'Ik hoop dat je gelijk hebt,' zegt ze. Dan zucht ze zwaarmoedig. 'Die mensen... Ze zijn zo verschrikkelijk slim. Zo verschrikkelijk sluw. Ze hebben geen sporen achtergelaten.' Ze kijkt hen aan en beseft dat ze nog iets op hun lever hebben. 'En verder? Al iets bekend over de X5?'

'Willem is nog bij de gemeentepolitie,' zegt Griessel. 'Dat gaat tijd kosten.'

'En de buren?'

'Niets, kolonel,' zegt Vaughn. 'Het probleem is dat het een doordeweekse middag was. Alleen de mevrouw aan de overkant was thuis. Alle anderen waren naar hun werk.'

'Er is nog iets, kolonel...' zegt Griessel verontschuldigend.

'Ja?' Zacht, gelaten.

'Prof Pagel zegt dat hij alle opties heeft bekeken. Zonder docket kan hij met geen mogelijkheid het bloed laten screenen en testen. Dat laat het systeem gewoon niet toe. En zelfs al gaven we hem een docketnummer en deed hij een beroep op iedereen die hij kon bedenken, dan nog zou het minstens drie weken kosten.'

Ze knikt nadenkend. Bloedtesten zijn altijd al een van de grootste frustraties voor de Valken geweest. Anders dan moleculaire diagnoses die door het forensisch laboratorium van de SAPD worden gedaan, vallen toxicologische analyses onder het ministerie van Gezondheid, dat landelijk maar drie laboratoria heeft die daarvoor zijn uitgerust. Het is botte bureaucratie die onder normale omstandigheden al tijdrovend en pijnlijk traag is.

'Maar hij zegt dat we gezien de omstandigheden zouden kunnen overwegen een van de particuliere laboratoria te gebruiken. Hij heeft een contact. Hij heeft ze vanochtend gesproken en ze zijn bereid het met voorrang te doen en een enorme korting te geven. Dan moeten we de betaling wel via onofficiële kanalen laten lopen.'

'Hoeveel gaat het kosten?'

'Twee- of drieduizend.'

'Vraag hem om het meteen te doen. Ik betaal het zelf.'

'Kolonel,' zegt Griessel, 'de professor voelt zich ook wat ongemakkelijk onder de... eh... algehele situatie. Hij zegt dat hij het lichaam nog een dag kan vasthouden, als naamloze dode, maar hij maakt zich wat zorgen over... de morele kant.'

'We maken ons allemaal zorgen over de morele kant, kapitein. Ik nog het meest. Zeg tegen de professor... Laat maar, ik bel hem zelf wel...'

***

Ze rijden naar Khayelitsha. Vusi Ndabeni gaat mee omdat hij dit gedeelte van de Kaapse Vlakte goed kent, en om spraakverwarring te voorkomen als ze met de huishoudelijke hulp van Menzi Dikela gaan praten.

Ze heet Cebisa Jali en ze woont in een tuinhuisje in Mofale Crescent. Ze is nog geen dertig. Haar Engels is prima. Ze verontschuldigt zich dat ze hen niet binnen kan vragen, want het is daar gewoon te klein voor hen allemaal. Daarom staan ze in een kringetje aan weerszijden van de afrastering en het hekje. Het is weer opgehouden met regenen, maar de lucht is grijs en somber. Buiten op straat duwen drie kinderen een bromfiets zonder motor tussen de plassen door. Een hond rent opgewonden mee.

Cebisa zegt dat ze alleen voor deze umadala werkte. Op woensdag en zaterdag. Voor niemand anders. Haar lip trilt wanneer ze praat.

'Hoe hield jij je hoofd boven water?' vraagt Vusi. 'Met maar twee dagen werk per week?'

Ze begint zachtjes te huilen. Vusi probeert haar in het Xhosa te troosten. Ze knikt dankbaar en zegt dat het haar spijt. Dan, met een stem die op het punt van breken staat: 'Hij zorgde voor me...'

'Hoe bedoel je, *sisi,* hij zorgde voor je?' vraagt Vusi.

Ze kijkt hem verwijtend aan. 'Het is niet wat u denkt. Ik heb de middelbare school afgemaakt, ik heb werk gezocht, maar het is zo moeilijk, er is zo vaak iets... Toen werd ik wanhopig en ben ik langs de deuren gegaan in Observatory, al was het maar voor schoonmaakwerk, gewoon om te kunnen eten. Hij was de enige die tegen me zei: kom binnen, ga zitten, vertel me je verhaal. Toen vroeg hij wat ik echt wilde doen. Wat mijn droom was. Toen zei ik dat het mijn droom was onderwijzeres te worden. Toen zei hij, dan is dat wat je moet doen, en ik zal je helpen. En dat heeft hij gedaan. Hij betaalt mijn studie, mijn collegegeld. Hij geeft me zakgeld. Ik heb hem honderd keer gevraagd, umadala, wat wilt u, waarom doet u dit? Dan zei hij: omdat het kan. Zijn kind is volwassen, hij heeft geen vrouw meer, en hij heeft geld. En hij wil dat ik een toekomst heb. Hij wilde niet dat ik daar kwam schoonmaken. Hij zei dat hij het zelf deed, dat vond hij fijn, dan had hij iets te doen. Toen zei ik, nee, ik ga het wel doen, ik wil iets terugdoen.'

'Sinds wanneer werk je daar, sisi?'

'Dat is nu al anderhalf jaar. Kijkt u maar, al het geld dat hij voor mij en de studie heeft betaald, staat in dat boek van hem, waar hij alles zo netjes in opschrijft. Elke cent is opgeschreven.'

'En was het altijd zo netjes daar bij hem?' vraagt Cupido.

'*Ewe*,' zegt ze. 'Altijd. Heel erg netjes. Dat hele huis. Zo was hij.'

'Wat deed je dan als je erheen ging?'

'Wasgoed,' zegt ze. 'Na een poosje liet hij de was en de strijk voor mij liggen, want hij zag dat ik zou blijven komen. Ik zocht geen *ushukela daddy*.'

Ze vragen of ze wist van dat geheime kamertje.

Ze zien haar verwarde reactie, de algehele onwetendheid. 'Nee. Wat voor geheim kamertje?'

Ze laten het erbij. Ze vragen naar zijn vrienden, zijn doen en laten. Ze zegt dat er soms vrienden waren, soms ging hij bij hen langs, op de dagen dat zij werkte. Dan liet hij een sleutel voor haar achter, onder de citroenboom. Zijn vrienden waren allemaal oudere mannen. Menzi had haar altijd beleefd aan hen voorgesteld. En aan vrienden verteld dat ze studeerde, hij was trots op haar.

Heeft ze nooit iets vreemds gezien? Iets ongewoons?

'Nee. Alleen zaterdag...'

'Wat dan, sisi?' vraagt Vusi.

Haar ogen staan weer vol tranen. Toen Menzi's dochter Thandi haar die ochtend belde om te vertellen dat de umadala dood was, zegt ze, had ze gedacht dat hij het misschien aan voelde komen.

'Hoe dat zo?' vraagt Vusi.

'Hij was verdrietig, zaterdag,' zegt ze. 'En hij zei...'

'Hoe kon je zien dat hij verdrietig was?'

'Hij was altijd vol blijdschap over het leven. En over mij. Als er geen andere mensen waren, kwam hij bij me zitten terwijl ik de was deed of stond te strijken. En zaterdag, ik kon zien dat hij heel erg zijn best deed om blij te lijken. Om met me te praten zoals hij altijd deed. Toen vroeg ik hem, umadala, wat is er? Toen zei hij dat ik me geen zorgen hoefde te maken. Als je oud bent, dan zijn er gewoon dagen dat je de wereld niet zo leuk vindt.'

'Is dat alles wat hij zei?'

'Nee. Hij zei ook, alles zal goed komen met jou, sisi, wat er ook gebeurt, je zult zien, alles zal goed komen. Je hoeft je geen zorgen te maken over geld. Toen zei ik, umadala, waar hebt u het over? Toen zei hij, nee, ik zei maar wat. En toen wilde hij er niet meer over praten.'

64

Vusi Ndabeni zit achter het stuur als ze terugrijden naar Bellville. Hij zegt: 'Jongens, dit is echt een vreemde zaak.'

'Amen, brother,' zegt Cupido.

'Hoezo, Vusi?' vraagt Griessel. 'Hoe kijk jij ertegenaan?'

'Nou, de kolonel wil echt dat het moord is. Maar voor zover ik heb gehoord, ziet het er echt uit als zelfmoord. Ik bedoel, wat zijn werkster ook al zei. De man was depressief...'

'Ik heb Mbali nog nooit zo gezien,' zegt Cupido. '*Bending the rules*. Zíj. Dat is gewoon crazy.'

'Precies. En waarom nu?' vraagt Vusi. 'Waarom bij deze zaak? Kende ze Menzi Dikela zo goed?'

'Ik denk,' zegt Bennie Griessel, 'dat de Johnson Johnson-zaak voor haar de druppel was. Die de emmer deed overlopen. Ze heeft het gewoon helemaal gehad met alle corruptie. Het is... Het is de manier waarop ze zichzelf ziet. Die foto's aan haar muur... Ze heeft zo lang zo hard gewerkt om een carrière en haar unit te bouwen op eerlijkheid en integriteit, en nu... Dat moet zwaar zijn.'

'Misschien heb je gelijk,' zegt Vusi.

'Ik zal je vertellen wat ik heb zitten denken, misschien is er...' begint Cupido, maar dan gaat zijn telefoon. Hij ziet op het scherm dat het Arnold is.

'Jis?' antwoordt Cupido.

'Ik heb goed nieuws voor je, en ik heb slecht nieuws voor je.'

'Kom maar op.'

'Je weet toch dat de meeste mensen altijd met het slechte nieuws beginnen?'

'Ja...'

'Dat ga ik niet doen. Ik moet je eerst het goede nieuws geven.'

'Go, Arnold, go.'

'Geduld is bitter, mijn vriend. Maar de vruchten zijn zoet.'

'Jissis, Arnold...'

'Oké, oké. Het goede nieuws is, jullie zelfmoordbrief is vervalst. Definitief. Onze handschriftdeskundige zegt dat het zonder enige twijfel niet het handschrift van de oude baas is. En het is ook niet zo'n goede vervalsing. Hij zegt dat het lijkt of het in grote haast is gedaan. Het lijkt of ze wel een voorbeeld van zijn handschrift bij de hand hadden, maar het is niet door een expert gedaan.'

'Oké. Cool. *Great.*' Want hij weet dat Mbali Kaleni snakt naar goed nieuws. 'Wat is het slechte nieuws?'

'Ik ben nog niet klaar met het goede nieuws.'

'Serieus?'

'Jip, vriend, jouw PCSI, jouw elitaire Provinsiale Misdaadtoneelondersoekeenheid, is een constante bron van opwekkend nieuws, van blijde tijdingen, gegarandeerd voor een lach in je dag, lood in je potlood, merg in je bot...'

'Jissis, Arnold!'

'De brief, de zelfmoordbrief op tafel. Én de pen. Dat is waar het interessant wordt...'

'Ja?'

'De vingerafdrukken van die overleden vent zitten daar helemaal niet op. En zoals jullie weten had hij geen handschoenen aan. Nou is dat al vreemd genoeg. Maar het gekke is, het lijkt of de pen en het papier schoongeveegd zijn. Alsof iemand moeite heeft gedaan om afdrukken weg te krijgen.'

'Dus er is niks te vinden?' vraagt Cupido teleurgesteld.

'Wacht, dit was nog lang niet het goede nieuws. Een stukje van de brief, achterop, is overgeslagen bij het schoonmaken. Een hoekje, vlak langs de rand. In dát hoekje hebben we een gedeeltelijke afdruk gevonden. Niet genoeg voor een identificatie, maar dat is misschien geen probleem. Want we hebben ook het schrijfblok dat in de la van zijn bureau lag getest. Nou, hier komt het grote nieuws, Vaughn: ten eerste, we zijn er redelijk zeker van dat de zelfmoordbrief van dat schrijfblok is gescheurd. De twee scheurranden passen precies aan elkaar. Ten tweede, op het schrijfblok zitten goeie vingerafdrukken. Ten derde, een van die afdrukken past bij de gedeeltelijke afdruk op de brief. En ten vierde, Vaughn, ta-da-da-dá, het zijn niet de vingerafdrukken van de overledene.'

'Verrek.'

'Inderdaad.'
'Van wie zijn ze dan?'
'Oké, nu komen we bij het slechte nieuws.'
Cupido voelt de afknapper aankomen. 'Wat dan?'
'We weten niet van wie de afdrukken zijn. De database heeft geen positieve resultaten opgeleverd. Die vent die de bladzij heeft afgescheurd en waarschijnlijk de brief heeft vervalst, heeft geen strafblad.'
'En het bevolkingsregister, Arnold?'
'Het is catch 22. Als we geen docket hebben, kunnen we niet in de database van Binnenlandse Zaken. Je weet dat ze een nummer willen.'
'Oké,' zegt Cupido.
'Oké, wat?' vraagt Arnold. 'Oké, je gaat ons een docketnummer geven, of...'
'Oké, we moeten nadenken. Ik kom bij je terug. Heb je nog iets?'
'Die grondmonsters...'
'Jis.'
'We hebben het kleed in de woonkamer gestofzuigd en nog meer van dat spul gevonden. De schoenen van de dochter waren schoon, en de schoenen van de oude baas waren schoon. Dus moeten ze van een derde partij zijn. Het ziet eruit of ze deel uitmaakten van een reeks voetafdrukken, iemand die van buiten naar binnen is gekomen, tot in de keuken. Hij moet ook aan de keukentafel hebben gezeten.'
'Great,' zegt Cupido.
'We hebben de monsters onder de microscoop vergeleken met de grond rond het huis, vooral in de moestuin, en het is definitief niet dezelfde.'
'Oké...'
'Die gaan we sowieso verder testen, de tuingrond. Dichtheid en spectrometer. Tot nu toe hebben we niets van de onbekende grond in het tuinhuis gevonden. Maar als ze eerst in het huis waren, en toen naar het tuinhuis zijn gegaan kan het allemaal al van hun schoenen zijn gevallen en geschuurd... Hoe dan ook, we gaan nu met de gedetailleerde tests beginnen. Ik bel zodra we iets vinden.'
'Dank je, Arnold. *Great job*. Great job.'
'Ik weet het,' zegt hij en hij hangt op.
Cupido deelt de brokjes informatie met zijn collega's in de auto.
'De vingerafdrukken van die geheim agenten van de SSA staan na-

tuurlijk in geen enkele database,' zegt Vusi Ndabeni. 'Niet eens bij Binnenlandse Zaken.'

'Eens,' zegt Griessel. 'Het zou tijdverspilling zijn om dat verzoek in te dienen, bovendien laten we ons dan in de kaart kijken.'

***

Het probleem met de bewakingscamera's in Kaapstad is dat een SAPD-rechercheur niet zomaar op één centrale plek kan gaan zitten en tegen de gemeentepolitie kan zeggen: 'Kom, dames en heren, laat ons al het beeldmateriaal van dinsdagochtend even zien.'

De stad heeft inderdaad het indrukwekkende aantal van vijftienhonderdvierenveertig camera's die het doen en laten van de inwoners in de gaten houden. Maar er zijn drie afzonderlijke systemen en die worden op drie verschillende plekken door drie verschillende teams gevolgd.

Nummer één: het systeem van het snelwegbeheer, dat wordt onderhouden door de verkeersautoriteiten, van maar liefst tweehonderdnegenendertig camera's, is opgesteld langs de snelwegen van het Kaapse Schiereiland.

Nummer twee: het zogeheten Integrated Rapid Transport-systeem (IRT) met een verbluffende zevenhonderdelf camera's, als onderdeel van de bijna failliete MyCiti-busdienst. Een team gemeenteambtenaren houdt die allemaal in de gaten.

Nummer drie: de trots van de gemeentepolitie van Kaapstad – hun verbazingwekkend efficiënte Strategische Waarnemingseenheid die dag en nacht vijfhonderdvierennegentig camera's bekijkt. Dat netwerk is door de hele stad opgericht en heeft sinds de implementering een behoorlijk positieve invloed gehad op de misdaadstatistieken.

Mooiwillem Liebenberg is vanochtend vroeg bij die laatste begonnen, in de hoop donkere BMW SUV's te vinden die de vorige dag tussen 08.30 en 14.00 uur het betreffende deel van de wijk Observatory in- en ook weer uitgereden zijn.

Het kostte hem meer dan drie uur om de eenenzestig mogelijke kandidaten te identificeren, en daarna nog bijna anderhalf uur om alle kentekens van die voertuigen door de verschillende databases te halen om de gegevens van de eigenaars te krijgen. En om vast te stellen of de auto's wettelijk geregistreerd waren.

De logische volgende stap was om zich voorlopig alleen te concentreren op verdachte voertuigen, vooral die waarvan de registratienummers vals waren gebleken. Want zijn uitgangspunt was dat de SSA zich bewust zou zijn van het cameratoezicht, en valse nummerborden zou gebruiken om identificatie te voorkomen.

Vier van de eenenzestig donkere BMW's die op de juiste tijd op de juiste plek in Observatory waren, hadden een vals nummerbord, want het kentekenregister zei óf dat ze niet bestonden, óf dat die specifieke nummers aan andere auto's waren toegekend.

Dat relatief lage aantal is niet moeilijk te begrijpen. BMW's staan op de elfde plaats van gewilde merken die de SUV-dieven van Kaapstad kiezen voor carjacking en diefstal. Na Toyota, Land Rover, Nissan, Mahindra, Volkswagen, Jeep, Porsche, Renault, Ford en Daihatsu. BMW zou veel hoger op de ranglijst hebben gestaan, zegt de autodiefstalunit van de SAPD vaak, als grijze onderdelen goedkoper waren en de nieuwere modellen geen reclame hadden gemaakt voor hun uitstekende opsporingstechnologie.

Daarom zijn het meestal oudere modellen, de meeste BMW X3's en X5's, die op het Schiereiland worden gestolen en van valse nummerborden worden voorzien.

Zoals drie van de vier die Mooiwillem met zoveel geduld en ijver identificeert. Hij kijkt naar de beelden van alle drie, en ziet dat er elke keer maar één persoon in zit. Dat is niet wat hij zoekt.

De vierde op de lijst is minder dan een jaar oud. Een X5. Pikzwart, met halfgetinte ramen. En als hij de allerbeste camerahoeken en -opnames bekijkt, in de hoogst mogelijke resolutie, zou het kunnen dat er drie mannen in zitten. Ze zijn gisteren om 09.19 uur van de N2 afgeslagen naar de M75, de 'Liesbeek Parkway', in de richting van Menzi Dikela's huis. En hebben om 13.48 uur langs dezelfde weg de aftocht geblazen.

Het juiste voertuig, met het juiste aantal mannelijke passagiers, met de meest verdachte combinatie jaar-model-en-vals-kenteken, in de gezochte tijdsspanne. Daarom besluit Willem dat dit de beste kandidaat is voor verder onderzoek.

Maar wanneer hij doorschuift naar de controlekamer van het snelwegbeheerssysteem om het spoor van de X5 de stad uit te volgen, raakt hij hem op de N7 kwijt.

Hij kan duidelijk zien dat de verdachten de N2 naar het oosten hebben gevolgd tot bij het verkeersknooppunt Swartrivier en daarna naar het noorden zijn gereden over de M5 tot aan het verkeersknooppunt Ysterplaat. Vervolgens hebben ze de N1 in de richting van Paarl genomen, en daarna weer de N7 naar het noorden. De laatste camera die hen heeft vastgelegd was die bij Dunoon.

Ze reden tegen de honderdtien kilometer per uur, keurig onder de maximumsnelheid, richting Malmesbury.

65

Woensdag 30 augustus. Daniel Darret. Amsterdam.

Zijn hoofd gonst en zijn aandacht is overbelast door de mogelijkheid – de ónmogelijkheid – dat de Russische agent hier kan zijn, én hij moet erachter komen of Ditmirs mensen hem inderdaad volgen, én hij moet zorgen dat hij de kortste, snelste route naar de Geldersekade neemt. De straten zijn druk en vol.

Hij blijft in de Bloedstraat staan.

Eén ding tegelijk.

Ditmirs team mag best zien dat hij waakzaam is, want dat geeft niet. Dat zullen ze van hem verwachten.

Hij kijkt achterom. Mannen, eigenlijk alleen maar mannen op straat hier in de rosse buurt. Niemand die duidelijk achter hem aan zit.

Hij aarzelt. Hij kijkt.

Niets.

Hij gaat de kant van de Waag op, hij rent naar de hoek. Hij komt weer terug, let zorgvuldig op het ritme van de voetgangers, op mogelijke belangstelling.

Niets.

Hij loopt weer naar de Waag, gaat linksaf en rent helemaal langs de Geldersekade naar de woonboot die halverwege hem en de Bantammerbrug ligt. Hij ziet het bootje met zijn krachtige motor dat achter de woonboot ligt te wachten met de jonge man erin.

Hij roept: 'Pelle Baas!'

De jonge man zwaait naar hem, start de motor, en legt aan langs de kade achter de woonboot, zoals ze afgesproken hebben.

Daniel springt op de loopplank van de woonboot en rent door naar het bootje.

'*Let's go*,' zegt hij, achteromkijkend in de richting vanwaar hij vandaan is gekomen. Niets.

***

De boot van Pelle Baas is een klassieke houten sloep, krap vier meter lang, met glanzend gepoetst hout en koper. Erachter hangt een Mariner F40-motor, de cilinders nu alle drie opengetrokken. Ze schieten rechts van de Schreierstoren onder de Prins Hendrikkade door, via de Oostertoegang tot ze op het brede IJ komen.

Hij kijkt naar de fitte, sportieve jonge man, het gezicht rood van opwinding.

Vanochtend heeft Daniel hem aan de telefoon verteld dat hij op zoek was naar een snelle boot en een slimme schipper met goede kennis van het grachtenstelsel van Amsterdam.

'Dan ben je aan het goede adres,' had Pelle Baas gezegd. 'Zolang we niets illegaals doen.'

'En de snelheidslimiet op de grachten overschrijden?' had Daniel gevraagd.

'Dat zal wel lukken,' had hij met een lach in zijn stem gezegd. 'Wat wil je doen?'

Daniel had gezegd dat hij alleen maar wilde zorgen dat hij niet gevolgd kon worden. 'Ik vertel je niet wie me zou kunnen volgen, maar wat ik je wel kan vertellen is dat ik de laatste vijf jaar geen wetten van welk land dan ook heb overtreden en dat ook niet zal doen zolang jij bij me bent. Ik wil jou en de boot de hele dag huren. Ik zal je betalen wat je vraagt, contant. En ik wil dat je de naam van de boot bedekt.'

'Driehonderd euro, en je vertelt me het hele verhaal.'

En toen hadden ze de deal gesloten en afgesproken dat Pelle Baas bij de Geldersekade op hem zou wachten. Zo lang als nodig was.

'Dank je wel!' roept Daniel nu boven het gedreun van de motor uit.

'Graag gedaan.'

Daniel kijkt om in de verwachting dat er iemand achter hen aan komt.

Er is alleen een lange rondvaartboot die langzaam achter hen langs vaart, een paar mensen zwaaien.

'Ik denk dat je veilig bent,' zegt Baas.

'Goed gedaan,' zegt Daniel. 'Je kunt me ergens op de Prinsengracht afzetten. Er is geen haast bij.' Al voelt hij wel haast, de drang om weg te komen.

Baas duwt de gashendel terug en ze minderen vaart.

Daniel pakt zijn portemonnee en geeft de jonge man de bankbiljetten.

'Dank je. Maar je bent me nog wel het hele verhaal schuldig.'

'Ik kan je vertellen dat ik probeer een beetje meer vrijheid in mijn land te brengen. Ik sta aan de kant van de *good guys*. En de *bad guys* willen me tegenhouden.'

'Cool! Waar kom je vandaan?'

Hij wil zeggen dat hij uit een land komt waar de achternaam van deze jonge man een beladen woord is. Hij schudt zijn hoofd en zegt alleen: 'Afrika. Het is beter als ik je niet meer vertel.'

***

Daniel loopt door de straatjes van de Jordaan en denkt na over paranoia.

Hij kent het. Dertig jaar geleden heeft hij eraan geleden, toen de KGB en de Stasi hem voor het eerst van het ANC hadden gehuurd om hem in Parijs in te zetten. Hij was alleen, onervaren, in een stad en land en cultuur die hij niet kende. Zijn enige contact met hen was de ingewikkelde communicatie van krijttekens op brievenbussen en clandestiene, nerveuze ontmoetingen met vreemden in cafés, en enveloppen met gecodeerde boodschappen die in kranten overhandigd werden. Spionage in het tijdperk van vóór de mobiele technologie en internet.

De verschrikkelijke eenzaamheid, want elke vorm van menselijk, persoonlijk contact was verboden. En de angst om ontmaskerd te worden die onophoudelijk aan je knaagde, dat verwachte gebonk op de deur na middernacht, de schok van een loeiende sirene, de scherpe, belangstellende blik van een politieagent. Dan voel je overal onzichtbare ogen op je gericht, je ziet spoken en gevaar waar het niet bestaat, je vertrouwt niemand. Constante angst en stress, tot je beseft dat je op breken staat; je moet anders gaan denken, óf je moet greep krijgen op de werkelijkheid, óf je wordt gek.

En nu is het er weer. Hij voelt het aan de druk op zijn borst, het gebonk van zijn hart, de achtervolgingswaan.

Hij loopt verder, haalt diep adem en dwingt zijn hoofd om nuchter te denken. Hij zoekt naar kalmte, naar objectiviteit, om bij de feiten te blijven:

Niemand heeft hem gevolgd nadat hij bij de Zuid-Afrikaanse ambassade onderzoek had gedaan. Want niemand weet dat hij in Parijs is.

Olivier Chérain heeft in zijn dronkenschap vergeten de oven uit te zetten.

Ditmir is een wapenhandelaar die dik wil verdienen aan Barnabas de Swazi. Ditmir heeft als voorzorgsmaatregel twee handlangers gestuurd om hem in eerste instantie te volgen en te fouilleren. Standaardprocedure bij een nieuwe klant.

Ditmir heeft hem daarna niet laten volgen. Want hij was gerustgesteld over het risiconiveau.

De schim van de Rus achter het raam was zijn verbeelding, een vijfenvijftigjarige, getraumatiseerde voormalige *hitman* die na iets meer dan een week van hoogspanning en stress weer terug is waar hij lang geleden was. Eenzaam. Paranoïde. De Russen zijn goed, maar zo goed nou ook weer niet.

En om zichzelf dat te bewijzen loopt hij nog veertig minuten door, zodat hij zeker weet dat niemand hem volgt.

***

'Ik kan vanmiddag na vijven leveren,' had Ditmir gezegd nadat ze het in die *man cave* van hem eens waren geworden over de prijs. 'Hoe wil je het aanpakken?'

Daniel had dat de vorige dag onderweg al bedacht. Hij zei: 'We houden het simpel. Ik wil dat je een vierpersoonstent koopt bij een van de grote kampeerwinkels. Eentje die geleverd wordt in een stevige canvas zak. Ik wil dat je de tentstokken en de haringen eruit haalt. Wikkel het geweer en de munitie in de tent en doe die terug in de zak. Ik ben om kwart over vijf bij het Nationaal Monument op de Dam. Dan geef ik jou de cash en jij geeft mij de tent.'

De Albanees had lang nagedacht voordat hij knikte. 'Je bent slim. Maar je weet dat we je ter plekke vermoorden als je ons belazert.'

'En jij weet dat ik je weet te vinden en dat ik je vermoord als het geweer niet is wat ik besteld heb.'

De handlangers moesten lachen. Ditmir ook.

'Oké. We zien elkaar om kwart over vijf.'

***

Om halfvijf telt hij de euro's uit op zijn hotelbed, wikkelt ze in een T-shirt en stopt ze in de rugzak van Lonnie May. Hij verplaatst de rest van het geld naar zijn koffer, samen met de pistolen. Hij checkt uit bij het hotel, de rugzak over zijn schouder, en sjouwt zijn koffer naar de Leidsegracht, waar hij de vorige avond een parkeerplaats heeft gevonden.

Achter in de kofferbak van de Peugeot ligt de rest van de kampeeruitrusting die hij gistermiddag heeft gekocht. Een slaapzak, een luchtbed, een zaklantaarn, een gasstelletje, een pan, een bord, bestek, een Zeiss-20x60-verrekijker, een kampeerstoel en een klaptafeltje. Met een zeiltje eroverheen. Bijna vol. Net genoeg plaats voor de tentzak.

Hij zet de koffer op de passagiersplek, doet de auto op slot en loopt naar de Dam. Dat kost hem zestien minuten.

De zon staat nog hoog, het wordt pas tegen half negen donker. Het is warm, de lucht is helder, met lange, spierwitte condensstrepen van vliegtuigen van en naar Schiphol die een netwerk door het blauw trekken.

Lonnie is hier weggevlogen. Op zijn laatste reis.

Hij haalt langzaam adem, kijkt overal naar, naar de mensen, allemaal onderweg, lopend, fietsend; hij wil vrij en kalm en ontspannen zijn, waakzaam, het tegenovergestelde van paranoïde.

Hij is even voor vijven op de Dam, een fossiel tussen de jonge toeristen om het Nationale Monument heen. Hij luistert naar de talen die ze spreken terwijl ze selfies maken en in schaarse zomerkleren voor elkaar paraderen. Hij kijkt naar de zuil van het monument, een vinger die naar de hemel wijst ter nagedachtenis aan de slachtoffers van de Tweede Wereldoorlog. Hij vraagt zich af hoeveel van die jongeren weten wat voor offers er gebracht zijn, wat een verschrikkelijke tol de oorlog geëist heeft.

Hij denkt terug aan zijn eigen veldslagen. Hij was even oud als veel van die jongeren toen hij vijanden van de vrienden van het ANC moest elimineren, een deel van de schaduwkant van de Koude Oorlog. Voor die slachtoffers zal nooit een monument gebouwd worden.

Kon hij maar weer zó zijn, nadat hij destijds de angst en paranoia had overwonnen. Zo meedogenloos.

Om kwart over vijf ziet hij ze aankomen. De twee groenteboeren, sikkel-Laurel en kaalkop-Hardy. Ze lopen voor Hotel Krasnapolsky langs. Sikkel, de woordvoerder en leider van het komische duo, draagt de tentzak op zijn schouder. Achteloos. De twee makkelijk vervangbaren, denkt hij. Ditmir heeft hen gestuurd.

Ze zien hem. Hij blijft met zijn rug tegen de muur van het monument staan tot ze bij hem zijn. Dan doet hij de rugzak af, maakt hem open en pakt het T-shirt met het geld. Dat geeft hij aan de andere. Hardy. De man maakt de stof van het T-shirt net voldoende open om zeker te weten dat het geld erin zit. Ongegeneerd. Hij telt het niet. Hij knikt naar Sikkel.

Sikkel geeft hem de tentzak. Daniel voelt het gewicht. Hij is zwaar genoeg. Hij trekt de flap van de zak open. De loop van de CheyTac is zichtbaar.

Ze knikken naar elkaar.

De groenteboeren draaien zich om en lopen weg.

Daniel hangt de tentzak over zijn schouder en laveert tussen de mensenmassa's door in de richting van de Peugeot.

Het gaat te makkelijk, zegt de stem in zijn achterhoofd.

Het gaat te makkelijk.

66

Woensdag 30 augustus. Bennie Griessel. Bellville.

Op weg naar huis ziet Bennie Griessel het licht. De ultieme waarheid.

Het komt door de drankzucht. Hij weet dat drie uur slaap het smachten heeft ontketend. Plus de lange dag en de worsteling met de ingewikkelde legpuzzel van de Menzi Dikela-zaak. Uitputting zoekt stimulans, verdoving, ontsnapping, en drank hielp daar altijd bij. Daarom voelt hij dit nu, zijn zenuwuiteinden zijn op zoek naar de tinteling van bedwelming.

Hij schrikt ervan, zoals altijd. Want hij ziet de gevolgen voor zich, stuk voor stuk, na de eerste Jack Daniel's.

En door de drankzucht en de angst beseft hij opeens waarom hij als een berg tegen zondag opziet.

Zondag moet hij Alexa om haar hand vragen.

En als ze nee zegt, zal hij naar de fles willen vluchten. Om troost te vinden. Om te ontsnappen aan de vernedering.

Want het doet er niet toe hoe ze het hem duidelijk zal proberen te maken, hoe ze de klap zal proberen te verzachten, een 'nee' zal betekenen dat hij niet goed genoeg is. Hij is geen trouwmateriaal en zij ziet geen kans om die weg in te slaan samen met een getraumatiseerde, rehabiliterende, vaak teruggevallen alcoholist, algehele loser en politiekapiteintje. Bovendien zal het hun verhouding voor eeuwig beschadigen. Het zal het breekbare vertrouwen knakken.

En dan gaat hij zuipen. Dat wordt zijn uur der waarheid, zijn drank-Armageddon.

Zondag. Zonder twijfel.

Hij rijdt een beetje harder zodat hij zo snel mogelijk thuis is.

***

Ze heeft curry gemaakt. De geur in de keuken is vol heerlijke beloften. Hij kust haar en houdt haar even dicht tegen zich aan. Dan reddert ze als een kloek om hem heen. 'Je zult wel doodmoe zijn. Je hebt helemaal niet geslapen. Kom, Bennie, ik heb hele lekkere *butter chicken* gemaakt. Zal ik een Coke Zero voor je inschenken?'

Ze eten.

Er is iets mis met de curry. Hij is een beetje bitter. Ze heeft er misschien te veel kurkuma in gedaan.

'Smaakt het wel? Het is volgens mij niet goed,' zegt ze.

'Het is heel lekker.' Hij kijkt naar haar, naar haar zorgzame gezicht, naar haar verweerde schoonheid. Hij voelt diepe emotie – de liefde die in hem zit, en de veiligheid die hij hier bij haar ervaart. Hier.

Vier dagen voordat hij haar moet vragen.

Vier dagen voor Armageddon.

67

Donderdag 31 augustus.

Drie dagen voordat hij de president van zijn geboorteland moet doodschieten wordt Daniel tegen de ochtend wakker van de vogels in het houten huisje op Camping le Grillon in de Belgische Ardennen, aan de oever van de smalle Ourthe.

Hij pakt eerst de mobiele telefoon, activeert de Proton-app en kijkt of er een mail van Vula is.

Die is er niet.

Hij stuurt er zelf een:

From: inhlanhla@protonmail.com
Subject: voorraden gekocht
To: vula@protonmail.com

Beste Vula,
De geneesmiddelenhandelaar die je had aangeraden was interessant, en de transactie uiteindelijk succesvol.
Ben op de terugweg.
Met vriendelijke groet,
Dr. Inhlanhla

Hij staat op en schuift de gordijnen open. Zijn huisje staat aan de rivier en het uitzicht is mooi. Toen hij hier gisteravond aankwam was het donker. Het is rustig, want het hoogseizoen is elf dagen geleden afgelopen. Hij heeft gereserveerd via zijn mobiele telefoon, toen hij aan het tanken was in Maastricht. Doelbewust een overnachtingsplaats gekozen in dit dichtbeboste gebied om de geweerschoten te dempen.

Hij kijkt naar het bos aan de overkant van de rivier. Het is nog steeds zoals hij het zich herinnert van de keer dat hij hier met de motorfiets langskwam. Je kunt erin verdwijnen.

Hij smacht naar koffie, hij wist niet dat de keuken van het restaurant van Camping Le Grillon pas om 12.00 uur open zou gaan. Zolang zal hij het moeten uithouden.

Zijn eerste prioriteit is een verblijfplaats in Parijs. Hij wil niet met de grote tentzak een hotel binnenstappen, en het is gewoon te gevaarlijk om hem in een auto achter te laten, open en bloot op straat geparkeerd in Parijs. Hij wil zijn naam niet nog een keer in een hotelregister hebben, heeft geen zin meer in de aandacht, onzekerheid en het ongemak van het 'mijn creditcard is gestolen'-verhaal. Hij zoekt een appartement voor korte termijn, vanaf vanavond tot zondag. Dat hij contant kan betalen. Hij vindt er een op de website Paris Attitude, een appartement met één slaapkamer op de vijfde verdieping van een gebouw aan de Boulevard Morland. Het kost hem veertig minuten om de reservering in orde te maken en de mails te beantwoorden. Hij zal de huur contant bij een bank moeten gaan betalen, op weg naar Parijs.

Hij wast zich, kleedt zich aan, doet de gordijnen dicht en test nog eens of de deur wel op slot zit. Dan ritst hij de tentzak open, haalt de tent eruit en rolt hem open op de vloer van de kleine woonkamer.

De kolf van de CheyTac is ingeklapt, de telescoop is los, de munitie zit in doosjes en de schoonmaakset in een zakje van zeildoek. Hij streelt met zijn vingertoppen over het slanke vakmanschap van het geweer, de wisselende texturen van het donkergrijze metaal. Dit is een kunstwerk, denkt hij. Zoals alle wapens waar hij mee gewerkt heeft. Hij legt het geweer op tafel en begint aan het voorbereidende ritueel.

De geur van geweerolie maakt herinneringen los, smeermiddel voor zijn verroeste geheugen. Aan zijn opleiding tientallen jaren geleden, aan de uitgestrekte schietbaanvlaktes en de intensieve sluipschuttersopleiding, aan wiskundige afstandstabellen en verstijfde, koude uren verscholen in Oost-Duitse bossen. Hij laat de herinneringen toe terwijl hij het geweer schoonmaakt en elk onderdeel leert kennen.

***

Hij wikkelt het geweer in de tentzak en bergt die in zijn auto. Levert de sleutel van het huisje bij de receptie in en rijdt weg. Hij heeft aan de hand van Google Earth een gebied uitgekozen. Hij rijdt over de N89 in de richting van Samrée, zoekt een brandgang boven op de berg, slaat rechts af en parkeert de Peugeot diep tussen de bomen.

Hij bekijkt het pad dat het bos in slingert. Geen verse sporen.

Het is er stil en verlaten, alleen de zachte wind door de bladeren en onzichtbaar dierenleven dat roept.

Hij haalt de tentzak uit de auto, hangt hem over zijn schouder en loopt het bos in.

***

Als Griessel en Cupido even voor zevenen – uitgerust en klaar voor de dag – op kantoor aankomen, vinden ze daar de mail van Flif Davids.

Kappies!
Zie in de bijlage de belgeschiedenis, de whatsappjes en de sms'en van opa.
PS – We hebben niet echt de jackpot gewonnen. Maar ja, ik ben geen rechercheur.
PPS – Bedank niet alleen mij, bedank ook Cellebrite. Fantastische technologie!

Philip van Wyk en zijn IMC hebben onlangs de Israëlische Cellebrite-programmatuur aangekocht om telefoons te decoderen. Ze zijn er heel erg blij mee en schamen zich niet om dat te erkennen.

De twee rechercheurs bekijken de mappen die in de bijlagen zitten. In het belregister staan drie kolommen voor inkomende oproepen; het nummer, de tijd van de oproep en de duur van het gesprek. Er is ook een pagina met gebelde nummers, onder dezelfde drie koppen. Dikela gebruikte de telefoon niet intensief. Er zijn maar een paar telefoontjes, de meeste van zijn dochter de afgelopen week.

Er zijn ook maar weinig berichten. Een paar aan vrienden om een afspraak voor eten of een borrel te maken of te bevestigen, bevestigingen van banktransacties, een paar korte gesprekken met zijn dochter waarin hij voornamelijk schrijft dat hij haar mist.

'No smoking gun,' zegt Cupido.

Griessel staat op. 'En het is te... ik weet niet, het is weinig, Vaughn. Het is te... We hebben hier een man met een geheime kamer in zijn tuinhuisje en zijn sms'jes zijn zo...'

'Onschuldig?'

'En zo... Ik weet niet, het voelt niet goed. Kom, we gaan met Flif praten.'

Ze vinden hem in zijn werkkamer, bezig met zijn ontbijt van chocopops.

'Niet echt een *breakfast for champions*,' zegt Cupido.

'Maar het is lekker. En ik ben dun, kappie. Ik kan eten wat ik wil.'

Cupido verwerkt dat antwoord achterdochtig. Wie weet er dat hij op dieet is? Wie heeft zijn mond voorbijgepraat?

Griessel vertelt Flif wat hun probleem is met de mappen die hij heeft gemaild.

'Ja, ik ben het met jullie eens. Ik gok dat die opa nog een andere telefoon had,' zegt Flif.

'Waarom denk je dat?' vraagt Griessel.

'Kappie, computergeeks houden van Android, omdat ze daar op allerlei manieren mee kunnen rommelen. Maar die ouwe heeft een iPhone? Dat geeft me een ongemakkelijk gevoel om mee te beginnen. Reden nummertje twee, hij was daar in dat geheime kamertje van hem met zijn apenstreken bezig; ik bedoel, wat moet je met een geheim kamertje als je geen apenstreken kunt uithalen? En jullie weten, waar je apenstreken vindt, is de kans ook altijd groot dat je wegwerpfoons gaat vinden...'

'Niet altijd,' zegt Griessel.

'Nee, oké. Er zijn heel veel ontzettend stomme criminelen hierzo. Maar we hebben het hier over een geek, een superslimme man, een gast die vroeger voor de inlichtingendienst werkte. En nog iets. Achter die werkbank in zijn geheime kamertje zat een adapter met zes *two-pin slots*. En toen wij daar kwamen was alleen die Ubiquiti Security Gateway ingeplugd. Dat vind ik een beetje vreemd. Je verspilt niet zo'n goede adapter, want je hebt er altijd te weinig.'

'Daar bewijs je niets mee,' zegt Cupido.

'Als ze die computers hebben meegenomen, zullen ze die andere telefoons ook hebben gepakt,' zegt Griessel.

'Mogelijk,' zegt Flif voordat hij nog een hap chocopops neemt.

'Het probleem is alleen,' zegt Griessel, 'dat we de mensen in zijn belgeschiedenis niet kunnen bellen, want niemand weet nog dat hij dood is.'

'En we kunnen geen twee nul vijf krijgen want we hebben geen docket,' zegt Cupido.

'Patstelling,' zegt Flif.

'Tussen wal en schip,' zegt Vaughn Cupido.

'Puinhoop,' zegt Bennie Griessel.

Ze lopen terug naar hun kantoor. In de gang treffen ze Vusi Ndabeni. 'Hebben jullie het gehoord?' vraagt hij.

'Wat?'

'De kolonel is al vanaf zeven uur bij De Kameel. De ochtendbriefing is geannuleerd.'

***

Drie maanden geleden had Daniel Darret het bericht in de *Sud Ouest* met veel belangstelling gelezen. Over de Britse SAS-sluipschutter die in Mosoel, in Irak, een IS-terrorist van een afstand van twee komma vier kilometer had doodgeschoten. Met de door Amerika gefabriceerde CheyTac M200. De kogel had wel drie seconden nodig om de afstand af te leggen voordat hij door de keel van de vijand scheurde.

Het geweer is tot drie komma twee kilometer nauwkeurig. Er passen zeven van die lange patronen, kaliber 408, in het magazijn.

Hij had zijn hoofd geschud over de vooruitgang van de wapentechnologie. In de jaren tachtig gebruikte hij de Russische Dragoenov, zeven komma zes twee, nauwkeurig tot op achthonderd meter. Je moest een bijzonder goede schutter zijn om over langere afstanden een goede groepering te schieten.

Nu ligt hij op de bosgrond, op een bed van rottende eiken- en beukenbladeren, met de CheyTac voor zich. Hij stelt hem in op duizend meter; hij lost dertien schoten voordat hij tevreden is, voordat hij door de Zeiss-verrekijker kan zien dat de groepering op die afstand binnen de tien centimeter blijft.

Zoveel makkelijker dan vroeger. En hij ervaart na al die jaren nog steeds de diepe bevrediging, het gevoel dat dit zijn natuurlijke toestand is, het wapen als een verlengstuk van zijn lichaam. Dit is iets wat hij kán.

Hij herinnert zich hoe ze hem ontdekten, op de stoffige schietbaan in Kazachstan, de Russische schietinstructeur wilde zijn telescoop niet geloven en liep de vierhonderd meter naar Tobela's doelwit om te controleren of het echt zo was. En hing een nieuw doelwit op, en zei: doe het nog eens.

En dat had hij gedaan. Hij had het herhaald op steeds langere afstanden, zonder zelf een idee te hebben hoe het kwam dat hij dit kon, hoe het kwam dat hij dit talent vertoonde.

Toen hadden ze hem uit de Umkhonto-opleiding gehaald en naar Oost-Duitsland gestuurd.

Hij herinnert zich de hand van Jevgeni Federovitsj Dragoenov op zijn schouder, de hand van de legendarische, bescheiden Russische wapenontwerper. Hij had hem leren kennen in Oost-Duitsland toen hij en de andere studenten van de Stasi-scherpschuttersopleiding moesten helpen een experimenteel Snajperskaja Vintovka Dragoenova-geweer te testen.

Kameraad Dragoenov was gefascineerd door de zwarte leerling met de onmogelijke groeperingen, zelfs bij een zijwind van zeventien kilometer per uur en het zwakke licht van een zwaarbewolkte winterdag. De bonkige, bejaarde Rus had iets in zijn moedertaal gezegd, met zijn arbeidershanden zijn bril met het zware montuur omhooggeduwd en toen de Xhosa bij zijn schouder gepakt alsof hij zeker wilde weten dat hij echt was.

Hij denkt aan dit alles terwijl hij het geweer voorzichtig in de tent rolt, in de zak doet, over zijn schouder hangt en terug begint te lopen naar de Peugeot.

68

Donderdag tien over halftien.

Kolonel Mbali Kaleni komt hen halen, Bennie en Vaughn, Vusi, Mooiwillem en ome Frankie, en vraagt of ze naar haar kantoor willen komen.

De Bloem is vanochtend helemaal verwelkt, denkt Cupido. Een verlept boeket. Zo heeft hij haar nog nooit gezien. Hij heeft voor het eerst sinds hij haar kent oprecht diep medelijden met haar. Ze is gesmoord, geblust en verslagen.

Ze vraagt hun te gaan zitten, doet de deur dicht en neemt plaats achter haar bureau.

'Even na elf uur gisteravond werd ik gebeld door professor Phil Pagel,' zegt ze met een begrafenisstem. 'Hij vertelde dat hij de resultaten van de bloedtests van het particuliere laboratorium binnen had. Er is geen enkele aanwijzing van verdovende middelen in Menzi's bloed gevonden. Er is geen spoor van enige substantie in zijn maaginhoud die gebruikt kan zijn om dergelijke middelen in iets van eten of drinken te camoufleren. De professor heeft gisteren aan het eind van de middag ook een uitvoerige sectie verricht en heel lang gezocht naar bewijzen van afweerwonden, of symptomen van een overdosis insuline. Die waren er niet. Hij vertelde me dat hij absoluut geen reden had om te geloven dat Menzi's dood iets anders was dan zelfmoord. Dit komt overeen met het bewijs dat Gerber heeft verzameld over de bloedspatten en de kruitsporen. Dus ik heb een grote vergissing gemaakt. Ik heb mijn gezond verstand laten vertroebelen door een persoonlijke relatie, en ik heb jullie allemaal meegesleept in deze dwaasheid, waarvoor ik me onvoorwaardelijk verontschuldig. Mijn gedrag was absoluut onacceptabel...'

'Kolonel,' zegt Bennie Griessel, 'ik denk niet...'

'Nee, Bennie, alsjeblieft. Laat me uitpraten. Ik heb de hele ochtend bij de brigadier doorgebracht. Ik heb hem alles verteld en ik heb hem mijn ontslag aangeboden. Hij weigert dit te aanvaarden, maar ik heb hem gevraagd er nog eens over na te denken. Ik heb hem verzekerd dat jullie betrokkenheid bij de zaak op mijn bevel was, en dat geen van jullie verantwoordelijk gehouden mag worden voor de ernstige inbreuk op procedures en protocol. Hij was het met me eens dat dat inderdaad het geval is. Ik zal het juiste docket openen, met de aanduiding dat het zelfmoord was, en ik zal het onmiddellijk hierna naar de chef van bureau Mowbray brengen. Ik zal hem vertellen dat ik het volledig zal begrijpen als hij een formele klacht tegen me wil indienen. Ik heb al telefonisch mijn excuses aangeboden aan professor Pagel dat ik hem erbij betrokken heb. Ik zal ook persoonlijk mijn verontschuldigingen aanbieden aan Forensisch. Dat is alles, dank jullie wel. Ga alsjeblieft verder met jullie andere zaken.'

'Kolonel, mag ik nu iets zeggen?' vraagt Griessel.

'Bennie, er valt niets meer te zeggen. Alsjeblieft.'

Hij wil zeggen dat ze hen – en zichzelf – te goeder trouw bij de zaak betrokken heeft. Ze hoeft zich niet schuldig te voelen. Hij zou hetzelfde hebben gedaan. Maar ze klinkt smekend. Hij zegt niets.

Ze staat op. 'Ik heb nog veel te doen.'

***

Cupido loopt samen met Griessel de gang in. Ze kijken Mbali Kaleni na als ze naar de trap loopt. Zodra ze weg is, zegt Vaughn: 'Benna, we kunnen deze zaak niet loslaten.'

Griessel knikt afwezig.

'Het zijn die maaifoedies van de staatskaping, Benna. Ik weet niet hoe ze het gedaan hebben, maar zij zijn het. Ik bedoel, de ontbrekende kogelhuls, het geheime kamertje, de vervalste zelfmoordbrief, de geheimzinnige vingerafdrukken, de X5 met de valse nummerborden, drie officieel uitziende mannen die bij hem op bezoek komen. Zij zijn het. *Monkey business* van de SSA is het. Dat Okapi-mes en die biltong, het blijft maar door mijn kop malen, wat je ook zegt. Ik ga die mensen niet nog een keer met "zelfmoord" weg laten komen.'

Bennie blijft staan. 'Dat gaat Mbali niet goed vinden.'

'Mbali hoeft het niet te weten. Tot we iets hebben. Als we niks vinden, niks aan het handje...'

'Er is niets meer te vinden, Vaughn.'

'We moeten een manier vinden om die afdrukken te verwerken, Benna. We moeten terug naar het huis van die umadala. We moeten de tijd nemen. Jij moet daar gaan staan en dan moet je dat ding doen wat je altijd doet. En dan knoop ik alles aan elkaar. Ik heb het gevoel dat we iets over het hoofd gezien hebben. En je kent mijn intuïtie... Nog één poging. Alsjeblieft.'

'Vaughn, ik...'

'Kom op, partner. We kunnen het toch op z'n minst proberen.'

'Vaughn, we vliegen eruit. Ik kan Alexa zondag niet vragen om met me te trouwen als ik geen baan heb. Dat is gewoon niet... dat kan niet.'

Cupido zucht. 'Oké dan. Dat was ik even vergeten.'

'Als we meer hadden...'

'Het is oké, Benna. Dan doe ik deze wel alleen.'

'Je laat het er niet bij zitten?'

'Hoe dan, Benna? Hoe dan als dat Donovan-gozertje met van die twijfeloogjes naar me loert? Ik kan hem niet in de ogen kijken en zeggen, nee, wij zijn niet corrupt. Je kent toch die uitdrukking "het enige wat nodig is om het kwaad te laten overwinnen is dat goede mensen niets doen". Als ik niks doe, ben ik ook zo goed als gekaapt. Misschien sta ik niet op de loonlijst van de drie dikke Indiërs, maar toch gekaapt. Ik ga ooit aan Donovan z'n mama vragen om met me te trouwen. Niet vandaag, niet dit jaar, maar *some day*. Geïnspireerd door jouw idiote huwelijksmoed. En dan wil ik dat Donovan kan zeggen dat zijn stiefpapa niet niks deed. Dat hij opkwam voor wat goed is. Dat hij zijn carrière op het spel heeft gezet. Dat hij de geest van de Valken eer heeft aangedaan. Ook al werk ik tegen die tijd als beveiliger in winkelcentrum Brackenfell.'

'Fok,' zegt Griessel.

'Fok wat?'

Bennie Griessel loopt een stukje de gang in en blijft staan.

'Fok wat, Benna?'

Griessel denkt na, worstelt met zichzelf, komt hoofdschuddend terug. 'Fok, Vaughn, je kunt maar beter voor mij ook een baantje als beveiliger vinden als ze ons ontslaan.'

'Doe je mee?'

'Ik doe mee.'

'*I love you*, man.'

***

Daniel Darret betaalt de huur voor het Parijse appartement bij een bank in Reims. Als hij het betalingsbewijs mailt, ziet hij een boodschap van Vula.

From: vula@protonmail.com
Subject: voorraden gekocht
To: inhlanhla@protonmail.com

Waarde dr. Inhlanhla,
We zijn blij dat u de voorraden hebt. Laat ons weten wanneer u veilig in Parijs bent.
Vula

Is dat alles? Geen nieuws over de activiteiten van de president zondag? Het is al over twee dagen, want vandaag is afgeschreven, voorbij. Hij heeft minstens twee dagen nodig vanaf het moment dat hij een tijdsschema heeft gekregen om de omgeving te verkennen, om een plek te zoeken waar hij met het geweer kan gaan liggen, toegangen, vluchtroutes.

Hij vraagt zich af wie er aan de andere kant van de e-mail zit, welke van Lonnie Mays bejaarde oud-strijderkameraden. Weten ze wat ze doen?

Daniel schrijft terug:

Beste Vula,
Ik maak me zorgen over de tijd die beschikbaar is om voorbereidingen te treffen voor de operatie. Het is een complexe procedure en zorgvuldige planning is vereist. Verschaf alsjeblieft zo snel mogelijk alle beschikbare informatie.
Hoogachtend,
Dr. Inhlanhla

Hij wacht een halfuur. Geen antwoord.

Dan gaat hij op pad over landweggetjes en door kleine dorpjes, om de A4 en mogelijke politieaanwezigheid te vermijden.

***

Het is mogelijk dat Mbali al bij Forensisch is geweest en de zaak bevroren heeft. Daarom moet Griessel dikke Arnold van Forensisch bellen om te vragen of hij meedoet met de nieuwe samenzwering. Want Cupido zegt: 'Mij vinden ze een praatjesmaker. Ze vinden jou veel aardiger, Benna.'

En míj vinden ze een zuipschuit, vermoedt Griessel, maar hij belt en vraagt: 'Arnold, is Mbali al bij jullie geweest?'

'Nog niet. Wat wil ze hier komen doen?'

Griessel zegt dat hun chef haar excuses wil komen aanbieden en de hele zaak stop wil zetten.

'Waarom? We beginnen er net lol in te krijgen. Dat grondmonster van jullie...'

'Ja?'

'Interessant. Het zijn niet echt standaardresultaten.'

'Hoe bedoel je?'

'We hebben nog nooit zoiets gezien. Het is... Oké, laat ik niet vergeten dat ik met een Valk praat, dus ik zal het heel eenvoudig houden...'

'Jaja...'

'Oké, hier komt het verhaal: je weet toch dat de grondmonsters die we normaal krijgen afkomstig zijn van voetsporen en autobanden, dat soort dingen...'

'Ja.'

'En voetsporen en autobanden lopen over asfaltwegen en onverharde wegen, of misschien een geploegd stuk land of een omgespit perkje. Dan blijkt uit de tests dat je aarde hebt, en zaden en stuifmeel, misschien kunstmest, vogelpoep, motorolie, alle gewone bovengrondse mogelijkheden...'

'Ja?'

'En onze tests zijn meestal vergelijkend, twee verschillende monsters. Om te bewijzen dat een verdachte op een specifieke plek is geweest, of dat het monster overeenkomt met aarde die aan de schoenen van een slachtoffer zat. Je weet wel...'

'Ja.' Hij zal geduldig moeten zijn, want Arnold wil eerst een beetje indruk maken, zoals altijd.

'In dit geval hebben we niets om het mee te vergelijken. We moeten het analyseren en proberen te zeggen waar het vandaan komt. We moeten er een gooi naar doen op grond van drie dingen: sediment, kleur en structuur. Kun je me nog volgen?'

'Ja.' Griessel heeft hen vaak voor de rechtbank horen getuigen, dus hij weet het meeste van wat Arnold zegt al. Maar het is beter om hem te laten uitpraten, want Bennie wil hem om een grote gunst vragen.

'De kleur vonden we vanaf het begin al vreemd. Ongewoon. We hebben het monster onder de microscoop gelegd en toen hebben we een dichtheidstest gedaan, in een dichtheidsgradiëntbuis, zoals wij dat noemen. Zo'n dichtheidstest scheidt de verschillende lagen en geeft je een grondprofiel. En toen hebben we de spectrometer erbij gehaald om de mineralen te vinden. En om kort te gaan, die combinatie van kleur en textuur en profiel en mineraalsamenstelling hebben we nog nooit gezien in onze gewone tests. We denken dat het uit een mijn komt of zoiets.'

69

'Een mijn?'

'Klopt.'

'Er zijn hier geen mijnen in de buurt, toch?'

'Dat hebben we gecheckt. Er zijn een heleboel afgravingen. Graniet, zandsteen, bouwsteen... Je hebt van die kleigroeven voor bakstenen, bouwzandgroeven, kalkgroeven, er zijn figuren die zware metalen uit de duinen bij Saldanha en Dwarskersbos halen. Maar dit monster past niet bij afgravingen. De samenstelling en herkomst zijn beslist van dieper onder de grond. Ik kan je het wetenschappelijke fundament voor onze argumenten geven...'

'Nee, ik geloof je. Dus dit brengt ons niets verder?'

'Kijk, de jongens van de PCSI, de elite Provinsiale Misdaadtoneelondersoekeenheid, die zijn over het algemeen bovengemiddeld geniaal. Dat is algemeen bekend. Wíj weten dat, júllie weten dat...'

'Natuurlijk.'

'... maar zelfs wij, Bennie, weten niet álles. Moeilijk te geloven, raar maar waar. Als jij zegt dat Mbali deze zaak komt stopzetten, zullen jullie zelf met die data naar een geoloog moeten. Er zit een figuur bij de uni van Stellenbosch. Ene professor Ian Ford. Als iemand erachter kan komen wat hier aan de hand is, is hij het.'

'Dank je, Arnold. Stuur die data maar alvast. En alsjeblieft, zeg niets tegen niemand. Vooral niet tegen Mbali. Zij weet niet dat Vaughn en ik verdergaan met de zaak...'

'Dat gaat je een hoop kosten, Bennie, voor niks gaat de zon op...'

'Ik weet het, we zijn jullie veel verschuldigd. En ik wil je eigenlijk om nóg een gunst vragen...'

'Aha. Vroeg me al af waarom je zo *nice* tegen me was.'

'De vingerafdrukken,' zegt Griessel. 'De afdrukken op het schrijfblok. Eh... ik hoop dat je begrijpt wat ik nu ga zeggen. We hebben reden om aan te nemen dat dit verband houdt met de zaak van die uitsmijters. Weet je nog, dat docket waar we zo'n maand geleden mee bezig waren?'

Arnold blijft een hele tijd stil terwijl hij alles verwerkt. Griessel wacht geduldig.

'Ik geloof dat ik begrijp wat je zegt, Bennie.' Zijn toon is nu voorzichtig, ernstig.

'Er kunnen gevolgen zijn, Arnold. Als er ook maar enigszins resultaten zijn. En als de resultaten zijn wat wij denken dat ze zullen zijn. Als ze de toegang tot het bevolkingsregister natrekken. Jullie moeten goed nadenken. We begrijpen het als jullie het niet willen doen.'

'Ik denk niet dat ze in staat zijn om dat systeem na te trekken. Hoe dan ook, Binnenlandse Zaken is een puinhoop, Bennie. Er is zo'n gigantische chaos in die database, in alle systemen van Binnenlandse Zaken, een verzoek van ons zal gewoon in het zwarte gat verdwijnen.'

'Weet je het zeker? Jullie kunnen altijd zeggen dat het óns verzoek was. Onze fout, wij hebben die dockets door elkaar gehaald.'

'Nee, het is oké. Maar vandaag gaat niet meer lukken. Als ik nu om prioriteit vraag, gaan die figuren hier lont ruiken.'

'Wanneer het maar kan, Arnold. We zullen het heel erg op prijs stellen.'

'Zó heel erg dat we een uitnodiging voor de Grote Bruiloft kunnen verwachten?'

'Ik moet haar eerst nog vragen, Arnold.'

'Hoe kan ze nou nee zeggen tegen een schattig Valkje zoals jij?'

***

Binnen een halfuur verandert alles voor Daniel Darret.

Eerst is hij ontspannen, want Parijs is nog maar veertig kilometer. Hij weet dat hij de middagspits zal moeten trotseren, maar hij is er bijna, de tocht met de verdachte lading is vrijwel achter de rug. Maar dan, op de D934 vlak voor Disneyland Parijs, staat een wegblokkade. Nationale Politie en soldaten, een lange file auto's voor hem, iedereen moet bij het controlepunt stoppen.

Eerst vloekt hij hardop over de route die hij heeft gekozen. Hij had het kunnen weten. Hij had de A1 moeten nemen.

Dan gaat hij de mogelijkheden na.

Rechtsomkeert maken zal veel aandacht trekken – van het soort dat hij niet kan gebruiken. Kalmte is de enige uitweg; zijn rol spelen en er het beste van hopen. Hij haalt de papieren van de auto uit het dashboardkastje, houdt zijn Namibische paspoort klaar, repeteert zijn verhaal over waar hij is geweest en wat hij doet. Hij concentreert zich op zijn houding – wees vriendelijk, een beetje onderdanig, een beetje de verdwaalde Afrikaan in Europa.

Hij denkt aan de achterbak. De tent met het geweer erin ligt helemaal onderop.

Zullen ze hem alles laten uitpakken? Openrollen?

Als hij dichtbij genoeg is, ziet hij dat de soldaten sommige auto's doorzoeken.

Hij haalt adem. Langzaam in, langzaam uit.

Tot hij aan de beurt is. Hij probeert een Afrikaans accent in zijn spraak te laten sluipen; hij groet en laat zijn papieren zien.

'Je spreekt goed Frans,' zegt de politieagent die zijn paspoort bekijkt. Naast hem staat een gewapende soldaat. En in de buurt nog vier, waakzaam.

'Merci. Daarom hebben ze me hierheen gestuurd,' zegt Daniel.

'Met welk doel, meneer?' vraagt de politieagent en hij kijkt eerst voorin en dan achterin, in de achterbak.

'Ik breng de natuurreservaten en wildparken van Namibië – de beste ter wereld – onder de aandacht van Franse touroperators.'

'Aha. En wat ligt daar achterin?'

'Kampeerspullen. Kijkt u maar gerust...' Hij geeft de sleutel aan.

'Waarom kampeerspullen?'

'Ik ben in de Ardennen geweest. Ik moet ervoor zorgen dat onze voorzieningen vergelijkbaar zijn met de beste in Europa...'

De politieagent neemt de sleutel aan en geeft hem aan de soldaat om de achterklep open te doen.

Daniel dwingt zich om niet in de achteruitkijkspiegel te kijken, maar gewoon geduldig te blijven zitten en in de verte te staren, nu de politieagent naar de volgende auto is gelopen.

'Meneer, kunt u even uitstappen alstublieft?' vraagt de soldaat.

'Natuurlijk,' zegt hij terwijl zijn maag ineenkrimpt. Eindigt het hier, bij Disneyland Parijs? Hij, de Mickey Mouse van de sluipmoordenaars? Hij stapt uit en loopt om de auto heen.

De soldaat staat bij de open achterbak en wijst met zijn geweer naar de inhoud. 'Kunt u die voor ons openmaken?'

Het geweer wijst in de richting van de opgerolde slaapzak.

Daniel pakt hem, maakt het koordje waarmee de hoes vastzit los en rolt hem uit op het asfalt.

De soldaat knikt. 'En die?'

Hij voelt de spanning, zijn hartslag versnelt. Hij haalt nog een canvas zak tevoorschijn. Het is de kampeerstoel. Hij maakt de zak open, schuift de opgevouwen stoel eruit en zet hem tegen de Peugeot.

'En die?'

Het is de doos met kook- en eetgerei. Hij haalt hem eruit en zet hem op het asfalt, doet de flappen open en begint uit te pakken.

'Laat maar. U kunt alles weer terugstoppen, dank u wel, meneer.'

Hij zet de doos opgelucht terug en begint de slaapzak weer op te rollen.

'Nee, meneer, doet u dat thuis maar. Daar hebben we geen tijd voor.'

'Sorry,' zegt hij en hij gooit alles haastig in de achterbak.

'Kan ik de klep dichtdoen?'

'Ja, ja, meneer, u kunt gaan.'

Hij bedankt, groet, stapt in, start en rijdt weg. Pas een kilometer verderop kijkt hij in de achteruitkijkspiegel, maar hij ziet geen militair voertuig achter hem aan komen. Hij zucht diep en lang. Hij kijkt naar zijn handen. Ze beven niet.

Niet slecht voor een ouwe spion van middelbare leeftijd. Hij heeft het goed gedaan.

Hij moet gaan tanken, cola kopen voor de suiker en de plotselinge dorst, en even uitrusten, op adem komen. Hij stopt bij de Total Access even buiten het centrum van Lagny-sur-Marne.

En daar ontdekt hij de microchip.

Het is gewoon voorbestemd, zal hij later denken. Dat het hier gebeurt. Bij het uitstappen, dat het noodlot samenzweert en de geluksgodin voor de tweede keer binnen een halfuur naar hem glimlacht.

Hij doet het portier open, zwaait zijn benen naar buiten, en bij die beweging krast de zoom van zijn spijkerbroek langs zijn enkel. Hij beseft dat het niet de eerste keer is vandaag dat er daar iets langs zijn huid schuurt, alleen is het nu harder, scherper. Hij voelt aan de broekspijp met het idee dat hij een nietje van het etiket heeft laten zitten toen hij hem in Arcachon zo snel in zijn tas propte. Zijn vingers zoeken oppervlakkig... en dan voelt hij het, het vreemde voorwerp, een plat blokje, een klein plaatje. Hij rommelt eraan, ziet het niet goed, en slaat uiteindelijk de zoom om.

Daar zit het, niet langer dan twee centimeter, matzwart.

Hij haalt het eraf en ziet de kleine puntjes waardoor het aan de stof is blijven kleven, en de gouden glitters van vier elektronische contactpuntjes.

Hij weet vrijwel onmiddellijk hoe het ding daar gekomen is.

De groenteboer. Sikkel. De wc van het Pancake House, waar hij gefouilleerd werd op afluisterapparatuur, en waar elk kledingstuk grondig werd betast. Terwijl Daniel zich uit verlegenheid over zijn naaktheid had omgedraaid.

Laurel en Hardy. Misschien toch niet zo dom en vervangbaar als hij had gedacht.

Nu weet hij waarom ze hem niet volgden. Want hij heeft het sterke vermoeden dat dit stukje technologie een gps-tracker is.

Hij zet zijn telefoon aan en googelt 'small gps tracking device'. Hij vindt al snel iets wat veel weg heeft van de chip die hij in zijn hand heeft – een CATS-i, de kleinste in zijn soort. *De combinatie van gps, RF en gsm-technologie in één apparaatje biedt gegarandeerd de beste kans om uw 'getrackte' voorwerp terug te vinden, ongeacht de locatie,* volgens de website.

De aanwezigheid van een RF-baken maakt accurate plaatsbepaling mogelijk, ook in gebouwen, en een nieuwe gsm-locatietechnologie biedt bijna even grote nauwkeurigheid als gps bij in kaart gebrachte gebieden. De gsm-technologie is gebaseerd op een gsm-simchip in plaats van een gsm-simkaart...

Dit ding ziet er een beetje anders uit, wat zelfgemaakter en grover, maar het is zeker hetzelfde.

Ze weten precies waar hij is geweest. En waar hij nú is.

70

Daniels eerste reactie is zich van de chip te ontdoen, hem op straat te gooien.

Hij onderdrukt die impuls en draait de chip langzaam tussen zijn vingers. Ten slotte stapt hij uit de auto en doet de chip in zijn zak.

Hij gooit de tank van de Peugeot vol, wanhopig op zoek naar antwoorden. Waarom willen Ditmir en zijn mensen weten waar hij is? Omdat ze Daniel er nog steeds van verdenken dat hij een of andere vorm van wetshandhaving vertegenwoordigt? En ze voorzorgsmaatregelen willen nemen, voorbereid willen zijn voor het geval er wordt opgetreden? Misschien verdwijnen?

Dat blijft de sterkste, eenvoudigste verklaring. Ditmir is een internationale wapenhandelaar op de zwarte markt, onderdeel van een uitgebreid georganiseerd crimineel netwerk, en heeft veel te verliezen. Wantrouwig. Waakzaam. Sluw.

Of heeft het te maken met de schim van de Rus die hij achter het raam zag? Of niét zag.

Hij betaalt voor de benzine, koopt frisdrank, loopt terug naar de auto en stapt in.

Hij blijft even zitten.

Pas op voor paranoia. Vooral nu, na de spanning van de blokkade, de schrik van de chip.

Hij blijft nog even zitten en overweegt zijn opties. Hij stapt weer uit, loopt naar de kassier en vraagt of er een goed hotel in de buurt is.

***

Cupido en Griessel bekijken de microscoopfoto's en onderzoekstabellen van het grondmonster die Forensisch heeft gestuurd. Ze begrijpen er niets van.

Vaughn belt het nummer van professor Ian Ford bij de faculteit

Geologie van de Universiteit Stellenbosch, dat ze van Arnold gekregen hebben. De telefoon gaat lang over.

'*No answer*,' zegt Cupido.

Griessel kijkt op zijn horloge. Het is na vijven. 'Ze zijn al naar huis. We zullen het morgen moeten proberen.'

'Heb jij de sleutels van die umadala z'n huis nog, partner?'

'Ja.'

'Benna, volgens mij moeten we nu naar het huis van Menzi Dikela. Voordat Mbali de sleutels terugvraagt. En we nemen verlof op. Morgen en het hele weekend. Om te doen wat we kunnen. Mbali zal onder de omstandigheden geen nee kunnen zeggen.'

Hij zit er helemaal in, hij kan het nu niet loslaten. 'Oké.'

Ze vullen de verlofformulieren in, leggen die op het bureau van de kolonel en stappen dan ieder in hun eigen auto zodat Griessel niet weer terug hoeft te rijden naar Bellville.

Onderweg probeert Bennie te analyseren waarom hij niet zo enthousiast is over Cupido's laatste grote poging.

Het is niet dat hij niet wil helpen om de corrupte SSA'ers te ontmaskeren voor wat ze zijn. Het is niet vanwege de pathologische en forensische bewijzen dat het zelfmoord was. Het is gedeeltelijk omdat hij bang is voor de gevolgen, voor zijn carrière en zijn baanzekerheid.

Maar vooral komt het door het gevoel dat hij had. Daar in dat huis. Het gevoel van een... tragedie.

Hij schudt het van zich af. Met voorgevoel kom je ook niet verder. Hij moet kijken naar de feiten, zoals Cupido zegt. De vraagstukken, de dingen die niet kloppen.

Hij belt Alexa om te zeggen dat hij vanavond niet mee kan naar de AA. Hij moet werken.

***

Daniel Darret rijdt naar Hôtel Restaurant Le Quincangrogne aan de Marne, veertig kilometer van Parijs. Hij parkeert en loopt naar de receptie, met de microchip in zijn zak.

Hij zegt tegen de jonge man die dienst heeft dat hij hier met iemand heeft afgesproken voor het eten. 'Ik ga daar zitten,' zegt hij en hij wijst naar buiten, waar het terras door de grote glazen deuren te zien is. Aan het water. Tafels en stoelen, een paar loungebanken.

De jonge man glimlacht instemmend en Daniel loopt naar buiten. Hij gaat op de driezitsbank zitten, leunt ontspannen achterover en kijkt naar de keurige grasvelden en het koele water van de rivier.

Hij steekt zijn hand in zijn broekzak, haalt de microchip eruit en drukt hem onder het kussen van de bank, met de haakjes naar boven zodat hij aan de stof vast komt te zitten.

Hij blijft nog tien minuten zitten. Dan staat hij op en loopt naar de receptie om te zeggen dat zijn afspraak zo te zien niet op komt dagen.

Hij zoekt ergens vlak buiten het dorp een plek waar hij kan stoppen om de tent uit te rollen, zodat hij kan controleren of daar niet ook een opsporingschip in zit.

***

Cupido en Griessel kammen het hele huis van Menzi Dikela uit. Langzaam en grondig. Ze beginnen bij de garage, daarna de voorkamer, de keuken, de slaapkamers en als allerlaatste de studeerkamer.

Even voor zevenen wordt Griessel gebeld door Kaleni. Ze zegt dat ze de verlofformulieren heeft ondertekend. Ze begrijpt dat ze even rust nodig hebben. Hij bedankt haar. Even later belt ze Cupido met dezelfde boodschap.

'Nu voel ik me schuldig,' zegt Griessel.

'Slikken of stikken,' zegt Cupido.

Pas in de keuken vraagt Cupido: 'Benna, waarom heb je ja gezegd? Dat je meedoet aan het onderzoek. Waarom neem je het risico? Uitgerekend nu?'

Cupido wacht geduldig tot het antwoord komt, want Griessel weegt eerst zijn woorden. Ten slotte zegt hij: 'Weet je nog, vorig jaar december, toen ik dronken in een cel op bureau Caledonplein lag? Toen we bezig waren met de moord op Ernst Richter?'

'*Yebo*, yes. De baas van Alibi dot co dot za. *We nailed the bastard*.'

'Klopt. Toen heb jij je carrière op het spel gezet. Je hebt mij beschermd, je hebt gelogen om mijn reet te redden.'

'Nee, Benna, ik heb je gedekt, maar Mbali houdt te veel van jou. Ze zou razend zijn geweest, maar ze zou me niet ontslagen hebben.'

'Misschien. Maar dat is niet het enige...'

'*Shoot*. Alleen niet met je pistool.'

'Toen ik... Vroeger, in de oude situatie... Toen ging het er ruig aan toe. Er waren veel dingen die... Ik was te bang om iets te zeggen, om iets te doen. En mijn enige verontschuldiging was dat ik pasgetrouwd was, Anna was zwanger, ze werkte niet. Ik was bang, Vaughn, in die tijd was ik bang dat ik mijn werk kwijt zou raken. En je weet hoe het systeem werkte. Als je eenmaal gebrandmerkt was... En dat zit me nog steeds dwars. Dat ik niet het lef heb gehad om...'

'Partner, je moet niet...'

'Nee, wacht, Vaughn, er is nog iets. Jij. Jij komt uit Mitchells Plain. Je hebt je kapotgewerkt om kapitein te worden. Onder zware omstandigheden. Eerst was je niet wit genoeg, nu ben je niet zwart genoeg. Je hebt de kans gehad om smeergeld aan te nemen, meer dan eens. Maar dat heb je niet gedaan, want je was... je bent te trots op de Valken, op wat we doen. Ik weet wat dat voor jou betekent. Dus als jij bereid bent om al die jaren en al die trots op het spel te zetten, dan is jou steunen wel het minste wat ik kan doen.'

Ondanks zijn bravoure voelt Cupido zich nooit op zijn gemak bij al te veel emoties. Daarom zegt hij nu: '*Soppy*, partner. Je wordt soppy op je ouwe dag. Ouderdom is een bitch.'

Maar Griessel kan zien dat zijn collega blij is met wat hij heeft gezegd.

***

Daniel heeft naast de weg alle kleren die hij gisteren aanhad tijdens de fouillering door de groenteboer grondig doorzocht. Er waren niet nog meer sensoren. Ook niet in de tent, de doosjes munitie of de schoonmaakset.

Toen is hij doorgereden naar Parijs. Met zijn blik in de achteruitkijkspiegel.

Hij heeft eerst het geweer naar het appartement gebracht, nadat hij de sleutels in ontvangst had genomen en had geluisterd naar de uitleg van de vrouw over hoe het fornuis, de wasmachine en de wifi werkten.

De rest van de kampeerspullen heeft hij in de auto gelaten. Alleen zijn koffer heeft hij meegenomen. Hij heeft gedoucht, schone kleren aangetrokken en is naar de Rue des Rosiers gelopen om te gaan eten bij L'As du Fallafel, een van zijn favoriete restaurantjes in de stad.

Nog steeds vreet de twijfel aan hem. Over de Rus achter het raam.

Het raam van Ditmir. Over de motieven van de Albanees om opsporingsapparatuur op hem te planten.

Want als de Rus daar was, hoe wist hij dan dat Daniel naar Ditmir toe zou gaan?

Dat is wat hem het meeste dwarszit.

Het kan alleen maar betekenen dat een van Lonnies handlangers hen heeft verraden.

Kan hij de e-mails vertrouwen?

***

Pas in de studeerkamer vinden de rechercheurs iets van belang. Als ze alle boeken in de boekenkast hebben uitgeschud en weer teruggezet, en op het allerlaatst naar de papieren in het kastje onder het raam kijken, het kastje waar Flif Davids de netwerkkabels zag.

Ze verdelen de papieren; de kentekenregistratie van de auto, de betalingsbewijzen van gemeentebelastingen, de eigendomsakte van het huis, de oude hypotheek en korte- en langetermijnverzekeringspolissen. Ze lezen ze allemaal zorgvuldig.

Als ze klaar zijn en bijna alles weer hebben opgeruimd, liggen op het bureau vier documenten die een verhaal vertellen.

En Griessel en Cupido vinden het geen aangenaam verhaal.

71

Vrijdag 1 september.

Daniel wordt even na zeven uur wakker van het verkeerslawaai in de Voie Georges-Pompidou, en merkt dat hij redelijk goed heeft geslapen. Voor het eerst sinds Lonnie May als een engel des doods in Bordeaux opdook.

Doordat hij zo moe was van het worstelen met de vragen. En uiteindelijk heeft besloten alles te negeren en aan het werk te gaan. Dat is zijn enige uitweg.

Hij kijkt allereerst of er mail is. Op een nieuwe telefoon, want gisteren heeft hij onderweg naar het appartement de vorige op de stoep kapotgetrapt en in een vuilnisbak gegooid.

Gisteravond was er geen nieuws van Vula. Nu ook niet.

Hij zet koffie met het filterapparaat in het appartement en drinkt die op het balkonnetje dat uitkijkt op de smalle achtertuin van het huis. Het is koel en bewolkt, alsof de herfst deze datum voor een verandering respecteert. Hij leest het nieuws uit zijn geboorteland. Er is een bericht over de president die in Frankrijk is aangekomen. Hij is hier, in dezelfde stad, vandaag. Alles is erop gericht dat hun paden elkaar kruisen.

Daniel voelt het ineenkrimpen van zijn maag. De spanning. De twijfel.

Hij leest de berichten over vuile streken en vermoedellijke corruptie bij de belastingdienst, de nieuwe beschuldigingen over de tentakels van de Indiase zakenlui bij de nationale spoorwegen. Daar probeert hij motivering uit te putten.

In de hotels is hij de afgelopen week elke ochtend verwend met een ontbijt. Daarom maakt hij dat nu ook voor zichzelf met de spullen die hij gisteravond bij de Franprix in de Rue Jules-Cousin heeft gekocht: spek en eieren, kaas en geroosterde baguette waar de boter in wegsmelt, en sinaasappelsap. Nog een koffie toe.

Pas als hij heeft afgewassen, kijkt hij weer op zijn telefoon. Hij ziet het bericht en voelt tegelijkertijd beklemming en opluchting:

From: vula@protonmail.com
Subject: We hebben nieuws
To: inhlanhla@protonmail.com

Beste dr. Inhlanhla,
We kunnen bevestigen dat uw doelwit zich in de residentie van de Zuid-Afrikaanse ambassadeur in de Rue Cimarosa zal bevinden op zondagmiddag van 16.00 tot 18.00 uur. Vandaar zal hij doorreizen naar Hotel Raphael, Avenue Kléber 17. We hebben betrouwbare informatie dat dit zal geschieden tussen 18.00 en 18.30 uur. Hij zal in het hotel blijven tot het tijd is om naar de luchthaven te vertrekken.
Succes,
Vula

***

Griessel stapt die vrijdagochtend pas na acht uur op de fiets om zijn 'vrije dag' zo goed mogelijk te benutten. Het spitsverkeer op de steile weg van Kloofnek is druk, maar dan slaat hij uit gewoonte links af, langs de helling van de Tafelberg.

Hij overdenkt de mogelijkheden van wat ze gisteravond hebben ontdekt.

Het zijn niet meer dan mogelijkheden. Potentieel een nieuwe theorie. Magertjes, maar aanwezig. Cupido floot zacht tussen zijn tanden toen hij naar de papieren keek die naast elkaar op Menzi Dikela's bureau lagen als hoofdstukken van een verhaal. Griessel zweeg; hij was nog niet bereid om erover te praten. Cupido had zijn commentaar beperkt tot het treurige fluiten. Ze beseften alle twee de implicaties, en de voordelen van het er gewoon bij te laten zitten: zolang je er niet over praat, bestaat het nog niet echt.

Bennie had ten slotte de bewijsstukken op een stapeltje gelegd en in zijn moordtas gedaan.

'We kunnen beter wachten op de vingerafdrukken,' waren de berustende afscheidswoorden van Cupido voor ze naar huis reden. Want de vingerafdrukken op het schrijfblok – waar de bladzij voor de zelfmoordbrief uit gescheurd is – zullen het nieuwe vermoeden bevestigen. Of hun theorie helemaal weerleggen.

Hij hoopt op het laatste.

Zijn telefoon gaat als hij net voorbij het kabelbaanstation is. Hij remt en neemt op. Het is Cupido. Hij zegt dat ze om elf uur een afspraak hebben met de geologieprofessor in Stellenbosch. De forensische grondmonsterverslagen en -foto's zijn al opgestuurd.

Griessel zegt dat hij er zal zijn.

'Benna, bel je me als je iets van Forensisch hoort?' zegt Cupido, nog steeds op de gedempte toon van gisteravond.

'Meteen.'

Hij trapt hard door de laatste bochten van de kronkelweg tegen de Duivelspiek op en blijft dan staan uithijgen bij het Koningsblokhuis, dat meer dan tweehonderd jaar oud is. Hij heeft maanden geleden op internet de geschiedenis van dat gebouw opgezocht omdat het vaak zijn keer- en rustpunt is. De Britten hebben het gebouwd als uitkijkpunt dat zowel Tafelbaai als Valsbaai overziet. Na de Engelse inval in 1795. Zodat nooit meer een vreemde macht diezelfde makkelijke overwinning zou kunnen behalen.

Bennie kijkt uit over de kristalheldere dag, het koufront is allang geweken, en de Kaap strekt zich uit tot aan Helderberg in de opkomende zon.

Zo'n mooie plek, denkt hij. En zo'n lange geschiedenis van conflict en verraad en hebzucht.

Wanneer zal het ophouden?

***

Daniel koopt een zwarte hoody in een van de vele sportwinkels bij Les Halles, dankbaar dat het koelere weer het dragen ervan mogelijk maakt. Het blijft een van de beste manieren om je gezicht voor camera's te verbergen.

Hij neemt de A-lijn van de RER naar station Charles de Gaulle-Étoile, komt vlak bij de Arc de Triomphe op de Champs-Élysées naar boven en steekt de boulevards over naar de Avenue Kléber. Hij zet de capuchon op en trekt hem ver naar beneden. Hij heeft zich met de kaartenapp van zijn telefoon voorbereid en weet waar het Raphael is, het mooie, bijna honderd jaar oude art-decohotel waar mensen als Katharine Hepburn en Marlon Brando vaak overnacht hebben.

En nu die gangsterpresident van zijn geboorteland.

Hij loopt aan de overkant van de brede straat langs het gebouw. Hij ziet dat er een speciale toegangsbaan voor auto's is vlak voor het hotel. Als de president met een auto wordt afgezet, heeft Daniel letterlijk maar twintig of dertig seconden om het vizier van de telescoop op hem te richten en het schot af te vuren. Op een bewegend doelwit, waarschijnlijk. Maar als hij een goede schuilplaats kan vinden, heeft hij genoeg tijd om van tevoren de afstandstabellen en de wind te berekenen.

De technische aspecten zullen makkelijk zijn. Hij heeft wel onder moeilijkere omstandigheden geopereerd, vroeger. Met succes.

De emotionele kant is het grote struikelblok.

Hij weet niet of hij de trekker zal kunnen overhalen als het bekende hoofd van de man die hij zo lang heeft bewonderd de kijker vult.

Hij moet eerst maar eens gaan kijken bij de ambassadeurswoning, de alternatieve hinderlaagplek, waar de president in de auto zal stappen.

***

Het kantoor van professor Ian Ford ligt vol stenen, net als de gangen van het Geologiegebouw op de Stellenbosch-campus.

Het is een lange, ascetische man met een woeste grijze baard en een sterk Australisch accent. Hij zegt tegen Griessel en Cupido dat dit nieuw voor hem is. 'Nooit eerder de eer gehad met Soggies te praten,' zegt hij glimlachend. 'Zo noemen wij Aussies onze eigen Special Operations Group van de politie. Dat is denk ik min of meer het equivalent van de Valken.'

'Maar lang niet zo goed,' zegt Cupido.

'Vast niet,' zegt de professor.

Hij nodigt hen uit om te gaan zitten en zegt dat hij alles heeft bekeken; het is een heel interessant geval. Maar mag hij eerst een paar vragen stellen?

'*Sure*,' zegt Cupido.

'Waar komt dit monster vandaan?'

'Waarschijnlijk van een voetafdruk, op de vloer van een plaats delict.'

'Binnen? Buiten?'

'Binnen, in een huis.'

'Oké. Werd er geboord bij het huis, of in de buurt?'

'Wat voor soort boren?' vraagt Griessel.

'Boren naar water. Weet u wel, een boorgat...'

'Niet dat we weten...'

'En wanneer denkt u dat de voetafdruk is gemaakt? Welke dag?'

'Dinsdag. Hoezo, prof?'

'Een ogenblik alstublieft...' Ford draait zich naar zijn computer, gaat in de weer met de muis en het toetsenbord, en bekijkt iets wat ze niet kunnen zien. Dan zet hij zijn ellebogen op tafel:

'Goed. Sta me toe dit uit te leggen, zeg maar... Hoe gaat die prachtige uitdrukking die jullie hebben ook weer, over hoe je een olifant op moet eten?'

'Hapje voor hapje,' zegt Cupido.

'Dat is hem, *mate*. Ten eerste hebben we de textuur van het monster...' Hij schuift een paar microscoopfoto's die hij heeft geprint dichterbij. 'Kijk hier. Dit zijn schilfers met een heel duidelijke vorm. Geen korrels, geen normale splinters. Dat is typerend voor de vorm die ontstaat bij boren. In jullie forensische rapport wordt het correct geïdentificeerd als kalksteen, een normale laag onder dit deel van de Westelijke Kaap. Maar kijk nu naar de kleur. Blauwachtig grijs, typisch voor de niet blootliggende kalksteenmassa van De Hoek, die zo opvallend van uiterlijk is. Vooral onderaards. Bovendien wordt er geregeld geboord in deze laag, want als hij doorbroken wordt, blijkt hij vaak water te bevatten. Het andere interessante aspect is dat de kalksteenschilfers vermengd zijn met kleinere hoeveelheden van diverse andere steensoorten die vaak worden aangetroffen, wat ook weer een aanwijzing is voor een boorgat dat door de verschillende lagen heen is gegaan. En dan is er nog het volledig ontbreken van de zandkorrels die dichter bij de kust te vinden zijn. En, ten slotte, dit spul blijft alleen aan je schoenen plakken als het tamelijk nat is. Ik zal dit niet voor een rechtbank verklaren, maar als u me een Jack Irish-momentje toestaat, zou ik willen zeggen...'

'Jack wie, prof?' vraagt Cupido.

'Jack Irish? Het personage uit de boeken van de geweldige, helaas overleden, Australische misdaadschrijver Peter Temple?'

Ze schudden alleen hun hoofd. 'We lezen geen *crime fiction*, prof,' zegt Cupido. 'Die boeken zijn gewoon te... *airy-fairy*.'

'Goed,' zegt de professor, een beetje beledigd.

'Wat wilde u zeggen, professor?' vraagt Griessel.

'Kijk, het is maar een deductie, gebaseerd op de monsteranalyse, en op wat jullie me net hebben verteld. Ik kan het mis hebben, maar ik denk dat deze man door het afval rond een boorgat is gelopen op het moment dat het geboord werd, of vlak daarna, minder dan twee uur voordat hij die voetafdruk achterliet.'

'Hoezo?' vraagt Cupido.

'Het afval moet nat geweest zijn om aan de zool van een schoen te blijven plakken. En ik denk niet dat het veel langer dan een uur nodig heeft om te drogen, misschien anderhalf uur. Ik vroeg op welke dag het gebeurde, zodat ik kon kijken of het toen regende. Regen zou natuurlijk een verschil maken voor de vochtigheid en plakkerigheid van het monster. Maar het heeft alleen woensdag geregend, na bijna een week zonder neerslag. Dus...'

'Die Johnnie Irish zou trots op u zijn geweest,' zegt Cupido.

'Jack,' zegt Ford met een brede glimlach. 'Jack Irish. En ik denk het eigenlijk ook.'

72

Daniel herkent de ambassadeurswoning in de Rue Cimarosa meteen, want de Zuid-Afrikaanse vlag hangt daar, slap in het zachte, koele briesje.

De camera die prominent boven de voordeur is aangebracht is het enige teken van beveiliging. Omdat de president in het land is, had Daniel meer verwacht, misschien een kleine politieaanwezigheid. Maar er is niets. Alleen dranghekken voor de woning, om parkeerruimte te reserveren, en voor de Argentijnse ambassade recht aan de overkant, waarschijnlijk permanent, voor dienstauto's.

Hij herinnert zich de informatie van de jonge dramaturge in de gele jurk, dat de president vandaag in Versailles is. En morgen de hele dag in vergadering op de ambassade, een paar kilometer hiervandaan. Is dat waarom er nu geen camera's of bewaking zijn?

Het doet er niet echt toe. Deze straat biedt geen mogelijkheden. Hij is te smal, de aangrenzende gebouwen zijn te laag om een goed uitkijkpunt en een goede schiethoek te bieden, tenzij hij bereid is zichzelf bloot te stellen op een van de daken. In de Argentijnse ambassade zullen bovendien geheim agenten aanwezig zijn, en een systeem dat de Rue Cimarosa in de gaten houdt.

Daarom trekt hij de capuchon nog wat lager en loopt gewoon door. Even vraagt hij zich af hoe het er daarbinnen uitziet, in het huis van de ambassadeur. Is het een gezellige plek waar zijn landgenoten kunnen komen babbelen, waar soms de inheemse talen te horen zijn, waar druk over politiek wordt gepraat? Zijn er schilderijen en foto's van Zuid-Afrika om het verlangen te stillen?

***

Griessel vraagt professor Ian Ford of het mogelijk is om aan de hand van de grondmonsteranalyse te zeggen waar het boorgat gegraven is.

'Ik dacht wel dat u dat zou vragen. Het antwoord is waarschijnlijk niet wat u wilt horen...' zegt hij en hij pakt een grote cilinder die achter hem op een kast staat, rolt die open en legt hem plat op het bureau. Het is een kaart van het Zuid-Afrikaanse Schiereiland en de aangrenzende gebieden. Ford wijst een gebied aan dat zich uitstrekt van de Westkust tot aan Malmesbury. 'Die kalksteenmassa van De Hoek strekt zich uit over een groot onderaards gebied en komt ongeveer hier boven de grond...' Zijn vinger prikt bij Riebeek-Kasteel. 'Dus ik zou zeggen dat het boren hoogstwaarschijnlijk plaats heeft gevonden ten zuidwesten van dit punt. Mogelijk in dít gebied...' Hij wijst naar een gebied tussen Moorreesburg en Durbanville. 'Maar ik begrijp dat u daar niet veel aan hebt. Het is een groot gebied...'

'Ja,' zegt Griessel. Want hij is maar alleen met Cupido, ze hebben geen andere hulp en ze hebben alleen vandaag, zaterdag en zondag nog, voordat ze weer aan hun eigenlijke werk moeten. Het is een heel groot gebied.

'En dat is niet uw enige probleem. Volgens schattingen van het Wereld Natuur Fonds worden in de Westelijke Kaap dagelijks ergens tussen de vijftig en honderd boorgaten gemaakt, vanwege de droogte. Dat zijn potentieel zo'n tweeënzeventigduizend boorgaten in de laatste anderhalf jaar, waar ik als geoloog erg van schrik als ik denk aan het grondwaterpeil. Vanochtend heb ik ook even gekeken naar de verschillende boorbedrijven die hun diensten nu aanbieden, en ik heb er negenentwintig gevonden. Misschien zijn er nog meer, familiebedrijfjes... Maar u zult erachter moeten zien te komen wie dinsdag in dit gebied aan het boren was, en dan hoeft u waarschijnlijk maar zo'n honderd verschillende boorplekken te onderzoeken. Dat hoeft geen probleem te zijn, toch? Ik ga ervan uit dat u de mankracht hebt om die allemaal af te gaan.'

***

De enige plek waar een sluipmoordenaar zich schuil kan houden als hij de president wil beschieten op het moment dat hij voor Hotel Raphael uit een auto stapt, is maar een blok van de Arc de Triomphe verwijderd. Aan het eind van de brede straat, schuin aan de overkant, staat een gebouw dat gerestaureerd wordt: Avenue Kléber 6.

Er zijn daar steigers, ramen die schuilgaan achter doeken, ladders die naar boven leiden. De bouwplaats is op de stoep afgezet met een omheining van metalen platen en ijzeren rasters van anderhalve meter hoog, met een stalen hek om binnen te komen. Dat zal zondag vast gesloten zijn. Maar als Daniel door het hek of over de omheining heen kan komen – geen onoverkomelijk probleem – zal het makkelijk zijn om een uitkijkpunt helemaal boven te vinden.

Hij mag alleen niet gezien worden.

Zondag zal het terrein verlaten zijn. Misschien alleen een opzichter. Die met een paar duizend euro overgehaald kan worden de andere kant uit te kijken, als het niet anders kan.

Het wordt een schot van zo'n honderdtwintig meter. Geen lange afstand voor de CheyTac. Een makkelijke taak als het traject schoon en zonder obstakels zou zijn.

Maar dat is het niet. Net als bij alle avenues in Parijs staan er bomen aan weerskanten van de straat. Vooral iepen. Die in deze tijd van het jaar vol in blad staan. En ze zijn hoog genoeg om zijn zicht te belemmeren en de baan van de kogel te beïnvloeden.

Daniel is bij Hotel Raphael. Hij loopt naar de treden voor de ingang, blijft even staan en kijkt omhoog naar het dak van het gebouw op nummer 6. Hij schat het traject op het oog.

Te veel takken en bladeren.

Hij loopt de treden op tot vlak voor de deur.

Van hieraf zou hij een schoon schootsveld hebben.

Dat betekent dat hij twee, drie seconden heeft om te mikken en te schieten. Terwijl de president de twee stappen zet tussen de laatste tree en de deur.

Weinig tijd. Heel weinig tijd.

Hij loopt weer naar beneden en steekt de straat over.

Hij moet onderzoeken hoe hij op de bouwplaats kan komen.

***

Op het parkeerterrein van de Universiteit van Stellenbosch, onder grote, kale eiken, zitten de twee rechercheurs in Cupido's auto. Ze zijn diep in gesprek en merken nauwelijks dat er in de heldere zon van het eind van de winter stromen studenten langs hen lopen om te gaan lunchen.

Ze hebben de negenentwintig boorbedrijven onderling verdeeld, volgens de lijst die de professor hun gegeven heeft.

En nu bespreken ze de uitdagingen van de zoektocht. Elke onderneming beschikt misschien over vier of meer boormachines en boormachinisten, en aan ieder van die machinisten moet de vraag gesteld worden: heb jij tussen afgelopen zaterdag en dinsdag een gat geboord in de buurt van een huis of een boerderij of zo waar een zwarte X5 stond?

De kans bestaat dat de mensen de auto helemaal niet gezien hebben, maar het is de enige informatie die ze hebben. Het zal niet helpen om te vragen of ze bij een overheidsgebouw hebben gewerkt, want de mensen van de SSA staan erom bekend dat ze dekmantelbedrijfjes en trusts en valse persoonsgegevens gebruiken – alles in naam van de staatsveiligheid – om transacties te sluiten en gebouwen te huren of te kopen.

Het ligt het meest voor de hand dat ze zich eerst concentreren op boorgaten die ten noorden van Dunoon geslagen zijn, want daar is de X5 het laatst gezien, rijdend in de richting van Malmesbury. Nog steeds heel veel werk voor twee mensen binnen een tijdsbestek van tweeënhalve dag.

'Ik moet optreden vanavond,' zegt Griessel. 'Met de band.'

'Maakt niet uit, de meeste van die company's gaan de telefoon toch niet opnemen buiten *office hours*. Morgen ook niet, ben ik bang. Je kent de Kaap. Mensen werken niet graag op zaterdag.'

Ze spreken af dat ze allebei vanuit huis gaan werken, en de ander laten weten zodra er nieuws is. En dat ze tegen zes uur die middag weer telefonisch krijgsoverleg voeren. Cupido zal Mavis, de receptioniste van de Valken, vragen om alle mogelijke inkomende telefoontjes naar hun mobiele telefoons door te schakelen, of hun nummer door te geven.

'Het is een slag in de lucht, Benna,' zegt Cupido. 'Maar we moeten het gewoon proberen.' En dan, met een scheve grijns als Griessel uitstapt: 'Wie had dat ooit gedacht, partner, dat ons docket afhankelijk zou zijn van rocky science.'

***

Daniel gaat eerst naar binnen bij de EXKi Kléber, een biologisch afhaalrestaurant, recht naast de bouwplaats, want hij ziet dat sommige van de arbeiders in hun lichtgevend oranje werkjassen daar frisdrank kopen.

Hij trekt de capuchon naar beneden en vraagt een van hen of er misschien werk is op de bouwplaats.

De man bekijkt hem van top tot teen en glimlacht dan vriendelijk. 'Gewoon arbeiderswerk? Er is een wachtlijst, vriend.'

'Zou het helpen als ik bij de voorman langsging?' Want hij wil dolgraag door het hek zien te komen om de indeling en de constructie te zien.

'Die verwijst je toch naar de website. Daar zetten ze hun vacatures op. Maar ik kan je zo vertellen, als je geen gespecialiseerde vakman bent, kun je het wel vergeten.'

Daniel kijkt naar de werkjas. Daar staat het logo van Dumez Île-de-France op, het bouwbedrijf dat de restauratie doet. Maar verder ziet de jas eruit als de gewone soort die je bij de juiste werkkledingzaak kunt kopen. Hij bekijkt de broek en de schoenen van de man, de gele helm.

Hij bedankt hem en gaat naar buiten.

Hij loopt langzaam om de bouwplaats heen, bestudeert het elektrische hek, de rasteromheining, het metaalplaten gedeelte. Hij ziet het blauw met witte teken dat op de omheining is aangebracht, met het icoontje van een camera en de woorden SITE SOUS VIDÉO SURVEILLANCE. Zijn ogen zoeken de camera's. Hij ziet er maar een, vooraan bij het hek, aan de avenue – een draaihek met een kleine intercom en een elektronische kaartlezer.

Pas als hij aan de andere kant is, aan de kant van de Arc de Triomphe, ziet hij de beste plek om over de omheining te komen.

Hij zal heel schaamteloos – en snel – moeten handelen. En er het beste van hopen.

Het grootste probleem is dat de enige ingang ook de enige uitgang zal zijn.

***

Tegen vieren begint Bennie Griessel te vermoeden dat de vingerafdrukken niets gaan opleveren, want Arnold heeft nog steeds niet gebeld. Dat zou heel goed nieuws zijn. Dat zou betekenen dat het de afdrukken van een geheim agent van de SSA zijn. Dat zou betekenen dat hun zorgen over de ontdekking van gisteravond voor niets waren.

Tegen vijf uur is hij doodziek van de twee refreintjes die hij aan een stuk door herhaalt.

Het eerste is: 'Hallo, u spreekt met kapitein Bennie Griessel van de Valken, het team Ernstige Delicten van de politie. Ik wil graag al uw boormachinisten spreken die tussen zondag en dinsdag in de West-Kaap geboord hebben. Nee, ik kan helaas niet vertellen waar het onderzoek over gaat, maar het betreft een ernstig delict. Ja, ze kunnen me op elk moment terugbellen. Ik kan u het nummer geven, maar u kunt het ook in het telefoonboek of op internet opzoeken als u wilt controleren of ik ben wie ik zeg dat ik ben.'

Het tweede, als de boormachinisten beginnen terug te bellen, is: 'We hebben forensische informatie ontvangen waaruit we opmaken dat de plaats van een delict in verband kan worden gebracht met een boorgat dat zondag, maandag of dinsdag geboord is. We vermoeden dat er ook een zwarte BMW X5 ter plaatse was. Kunt u ons helpen?'

Tegen zessen is hij klaar met zijn deel van de lijst boormaatschappijen. Nu kan hij alleen maar wachten en hopen dat een boormachinist iets heeft gezien en hem terugbelt. Hij belt Cupido om te horen of zijn collega nieuws heeft.

'Bijna klaar met mijn portie, maar niks nieuws, partner.'

Tegen zevenen staat Griessel op het podium samen met de andere leden van Roest; hij verliest zich een poos lang in het genot van de muziek en de duidelijke waardering van het publiek.

Tegen achten, als ze pauze houden, ziet hij dat Arnold heeft gebeld. Hij belt meteen terug.

Arnold zegt: 'Jip, we hebben een hit gevonden in het bevolkingsregister.'

Hij geeft Griessel de naam.

Bennie belt Cupido en zegt: 'Het is waar we al bang voor waren.'

73

Zaterdag 2 september.

Bennie heeft niet goed geslapen, want hij heeft liggen woelen en tobben over het nieuws van de vingerafdrukken, en de ongemakkelijke implicaties ervan.

Cupido en hij hebben gisteravond afgesproken: Bennie moet Mbali bellen en zeggen dat ze willen komen praten. En dan moet Griessel ook degene zijn die bekent dat ze hun onderzoek hebben voortgezet, tegen haar bevelen in. Want volgens Vaughn zal ze niet over Griessel 'heen vallen als een *ton of bricks*, ze vindt jou veel liever, partner'. Hij weet dat de honingkwast soms het favoriete manipulatiewapen van zijn collega is.

Mbali zal ontploffen. Dat weet hij zeker. Ze zal over alles ontploffen.

Hij belt haar even na achten om tenminste te voorkomen dat ze nog bozer wordt omdat ze wakker wordt gebeld.

'Kunnen we u spreken, kolonel?'

Ze zwijgt secondenlang. 'Ik dacht dat jullie vrij hadden genomen, Bennie.' Haar stem klinkt stug, alsof ze weet dat er iets broeit.

'Kolonel, er is iets naar voren gekomen.'

Weer een stilte. 'Kom naar kantoor. Over een uur.'

***

Gisteravond heeft Daniel Darret een mail naar Vula gestuurd. Hij heeft geschreven dat de aanbevolen operatiekamer niet volmaakt is, maar dat hij ermee uit de voeten kan.

Vanochtend hebben ze geantwoord:

Dat is heel goed nieuws. Ga uw gang. U bent in onze gedachten.

Wanneer hij het appartement uit komt met de rugzak die Lonnie hem heeft gegeven – met een groot deel van het overgebleven geld en een pistool erin – controleert hij twee uur lang of hij niet achtervolgd wordt. Hij gebruikt al zijn weer bovengekomen kennis, eerst in de straten en steegjes van de Marais, dan in de metro, en uiteindelijk in de wijk Château Rouge in de schaduw van de Sacré-Coeur waar het bleke gezicht van een mogelijke Russische agent makkelijker herkenbaar zal zijn.

Geen spoor van een achtervolging. Voor het eerst voelt hij zich ontspannen, de onzekerheid en paranoia zijn helemaal onder controle.

In de Gare du Nord doet hij de rugzak in een kluisje. En als de winkels in de stad opengaan, downloadt hij in een internetcafé in de buurt van het station het logo van het bouwbedrijf Dumez Île-de-France. Hij vraagt de jongen die er werkt of hij het in kleur voor hem wil printen.

Hij houdt een taxi aan en gaat op zoek naar een kantoorartikelenwinkel in de buurt van het Quartier de l'Horloge, waar hij het logo in een plastic badge laat zetten.

Even ten oosten van metrostation Bastille, in het elfde arrondissement, vindt hij een winkel die werkkleding verkoopt. Daar vindt hij de oranje jas, stevige hoge schoenen, een blauwe werkmansbroek, werkhandschoenen en een helm.

Hij loopt terug naar het appartement, waar hij alles opbergt wat in de grote winkeltas zat. Daarna rijdt hij met de Peugeot naar de Avenue Kléber.

Hij heeft gisteren gezien dat de enige mogelijke parkeerplek om de bouwplaats in de gaten te houden voor of net voorbij het EXKI-restaurant is. Hij moet zeven keer geduldig om het blok heen rijden voordat hij een geschikte plek vindt waar hij kan blijven staan, om in de zij- en achteruitkijkspiegeltjes het perceel te bekijken.

Hij zit daar drie uur lang, tot zijn nek stijf is en zijn lichaam onprettig aanvoelt.

Hij heeft genoeg gezien om te weten dat wat hij van plan is, niet makkelijk zal zijn. Maar ook niet onmogelijk.

Hij voelt de vage spanning van het afwachten – tot de slotfase – weer in zijn lichaam sluipen.

Morgen zal dat nog erger zijn.

Hij wordt oud.

***

Mbali Kaleni ontploft niet.

Bennie vertelt haar alleen van de vingerafdrukken. Niet van de boorgatmogelijkheid. Cupido en hij hebben bedacht dat dat misschien nog niet nodig is.

De kolonel hoort hem aan, luistert naar de redenen waarom ze haar bevelen in de wind hebben geslagen, en naar wat ze clandestien hebben gedaan om de afdrukken door het bevolkingsregister te halen. En het bezoek aan het huis eergisteravond.

Ze vertrekt geen spier. Geen protest, geen verontwaardiging, geen terechtwijzing. Ze kijkt niet eens naar de papieren die Cupido op haar bureau uitstalt terwijl Bennie praat. Het is alsof ze nog verder in elkaar krimpt in haar grote bureaustoel onder het fotopanorama met het gat in het midden.

Daardoor voelen de rechercheurs zich nog schuldiger en ongemakkelijker.

Als Griessel klaar is, zegt ze: 'Ik ga met jullie mee.' Ze doet de la van haar bureau open, haalt er iets uit en steekt het in haar zak.

De rit naar Parklands, voorbij Table View, duurt meer dan een halfuur. Mbali zit achterin. Ze zegt maar één keer iets, wanneer ze de N7 verlaten. 'Ik wil graag dat jij het woord doet,' zegt ze tegen Cupido.

'Ja, kolonel.'

Bij het wooncomplex Olive Park in de Folkestonestraat moet Kaleni iemand bellen zodat het hek opengedaan kan worden. Het is een heel kort gesprek; de kolonel spreekt kortaf in het Xhosa.

Thandi Dikela doet haar voordeur open. Ze kunnen aan de angst in haar ogen zien dat ze weet waarom ze hier zijn, al zegt ze veel te enthousiast: 'Zeg dat jullie ze te pakken hebben.'

***

Griessel heeft de papieren in zijn moordtas mee naar binnen genomen. Als ze in haar open woonkamer om de salontafel zitten knipt hij de tas open en haalt ze tevoorschijn. Hij houdt ze eerst op schoot.

Ze kijkt naar de papieren en schudt zenuwachtig haar hoofd. De bos lange, dunne vlechtjes siddert.

'Thandi,' zegt Cupido, 'het moet vreselijk voor je zijn geweest om je vader zo te vinden, dinsdagmiddag. We kunnen het ons voorstellen, je moet in shock zijn geweest, en heel erg verdrietig en zo. In die toestand doen mensen dingen waar ze later spijt van hebben. Dus we willen zeggen dat we het begrijpen. We begrijpen het helemaal. Maar vandaag moet je heel erg eerlijk tegen ons zijn.'

Griessel kan horen dat zijn collega heel hard probeert om meelevend te klinken, zeker vanwege Kaleni.

'Ik bén helemaal eerlijk geweest,' zegt ze en ze zit doodstil, alsof de spanning haar verlamt. Ze kijkt niet naar Cupido, alleen naar Kaleni.

'We denken dat je dinsdag een foutje hebt gemaakt. Je bent vergeten het schrijfblok af te vegen. Het schrijfblok in zijn bureaula, waar je de bladzij uit hebt gescheurd voor de zelfmoordbrief.'

'Dat heb ik niet gedaan,' zegt ze zonder overtuiging, niet meer dan een instinctieve reflex van ontkenning.

'We hebben je vingerafdrukken op het schrijfblok gevonden,' zegt Cupido.

'Nee, nee,' zegt Thandi, 'ik moet het een andere keer hebben aangeraakt.'

'Dat denken we niet. We hebben ook een gedeeltelijke afdruk die overeenkomt met de jouwe op de zelfmoordbrief zelf. Die heb je gemist toen je de brief en de pen schoonveegde, nadat je je vaders handschrift had vervalst.'

'Dat heb ik niet gedaan,' zegt ze steeds harder. 'Mbali, jij kent me. Zeg tegen ze dat ik het niet heb gedaan. Waarom zou ik dat doen?'

Kaleni kijkt zwijgend naar haar, dodelijk vermoeid.

'Daar komen we zo aan toe,' zegt Cupido en hij knikt naar Bennie.

Griessel legt het eerste document op de salontafel. 'Dit is je vaders testament. Het is gemaakt in april vorig jaar. Het geeft aan dat je moeder het huis in de Nuttallstraat en de investeringen die hij had in de Allan Gray Company erft.'

Ze staart alleen maar naar het testament.

Bennie legt de volgende drie documenten een voor een op de tafel.

'Maar hij heeft wel voor je gezorgd,' zegt Cupido. 'Hij heeft drie levensverzekeringen afgesloten. Een voor Cebisa Jali, die voor hem schoonmaakte en voor wie hij de studie betaalde. En deze twee voor jou, als enige begunstigde. Je zou in totaal vierenhalf miljoen rand hebben gekregen...'

Thandi begint te huilen. 'Dat heb ik nooit geweten. Ik zweer dat ik dat nooit geweten heb. Mbali, alsjeblieft, je moet me geloven. Dat heb ik nooit geweten...'

Kaleni haalt een paar tissues uit haar zak; die heeft ze uit haar bureaula gehaald vlak voordat ze wegreden. Ze staat op en geeft ze aan Thandi. De vrouw kijkt haar smekend aan. Mbali blijft geduldig staan wachten tot Thandi de zakdoekjes aanpakt, dan draait ze zich om en gaat weer zitten.

'Het probleem,' zegt Cupido, 'is dat deze polissen alle drie zijn opgemaakt kort nadat je vader zijn testament heeft opgesteld. Dat betekent dat ze nog maar zestien maanden oud zijn, en alle drie hebben ze een zelfmoordclausule van twee jaar, naast een aanvechtbaarheidsclausule. Dus ze worden niet uitgekeerd. We denken dat je dat wist...'

'Nee, nee, nee, jullie hebben het helemaal mis, jullie maken een hele grote fout...'

'Thandi,' zegt Cupido, 'we hebben dit eerder meegemaakt. Er zijn heel veel mensen die een terminale ziekte hebben en dan voor hun familie willen zorgen voordat ze zich van het leven beroven, maar ze lezen de kleine...'

'Nee!' De uitroep van wanhoop en verdriet klinkt hard en schril in de kamer. Alsof ze breekt, tot ze schokkend en snikkend in elkaar zakt, haar hoofd in haar handen, de vlechten voor haar gezicht. 'Je kent me, Mbali...' weet ze tussen de snikken door uit te brengen. 'Jij kent me het beste van iedereen...'

Ze laten haar huilen. De minuten tikken voorbij. Eindelijk kalmeert ze een beetje.

'Wij denken,' gaat Cupido verder, 'dat jij hoopte dat we al snel de slechte vervalsing van zijn handschrift zouden zien. En dat we je zouden geloven als je zei dat iemand hem had vermoord en de zelfmoord had geënsceneerd. Het probleem is alleen dat er absoluut geen bewijs is dat hij geënsceneerd was. Helemaal niets.'

'Ze hebben hem vermoord.'

'Alles wijst erop dat hij zelfmoord heeft gepleegd. Het spijt me, maar dat zijn de feiten. Heb jij de kogelhuls meegenomen, Thandi?'

Ze komt weer van achter haar vlechten tevoorschijn. Haar stem is nu sterker, alsof ze hen met haar wilskracht wil overtuigen. 'Nee! Ze hebben hem vermoord. Ik wéét dat ze dat hebben gedaan.'

'Thandi, hij heeft zichzelf vermoord,' zegt Mbali, nu voor het eerst, heel emotioneel.

'Nee,' zegt Thandi. Ze maakt een gebaar met haar handen, frustratie en wanhoop. 'Dat heeft hij niet gedaan!'

'We begrijpen...'

'Helemaal niet. Jullie weten helemaal niets. Jullie...' Tot ieders verbazing springt ze overeind en stormt met gebalde vuisten naar het raam als iemand die ontploft. Ze draait zich om. 'Ik heb het gedaan,' zegt ze. 'Ik heb het briefje vervalst. Ik heb het gedaan. Het was verschrikkelijk, het was zo verschrikkelijk. Jullie zullen nooit weten hoe moeilijk het was. Maar ik heb het gedaan.'

'Hayi, Thandi,' zegt Kaleni.

'Nee, jullie begrijpen het niet...'

'Help ons dan.'

'Ja. Ik zal jullie de waarheid vertellen.'

'Dat zou ik echt heel erg op prijs stellen,' zegt Kaleni.

Thandi komt voor hen staan. 'De waarheid is dat ik helemaal niets heb meegenomen, ik heb geen kogelhuls gezien. Ja, ik heb die brief vervalst. Ik heb hem geschreven. Ik heb hem op de tafel gelegd, daar, vlak naast mijn dode vader. Dat moment zal ik nooit vergeten. Nóóit. Ik heb het papier en de pen afgeveegd. Ik trilde. Maar ik heb het gedaan, want ik wilde dat jullie het zouden onderzoeken als een moord. Want dat was het. Ze hebben hem vermoord. Ik liep dat huis binnen, die keuken binnen, en ik zag hem. Zoals hij daar zat. Dat is niet normaal. Mensen vallen als ze zichzelf doodschieten. Ze hebben hem zo overeind gezet. Ze hebben hem vermoord en toen hebben ze het gedaan. Het zijn walgelijke, slechte mensen.'

'Wie?' vraagt Bennie Griessel.

'En waarom?' vraagt Cupido, veel sceptischer.

'Dat zal ik jullie vertellen,' zegt Thandi. 'Ik zal jullie alles vertellen.'

74

Thandi vertelt dat ze haar vader vorige week zaterdag had gebeld, precies zoals ze de eerste keer had verteld.

Ze kon horen dat hij gedeprimeerd was. Verdrietig. Zoals hij indertijd ook was toen zijn oud-kameraden hem zo hadden aangevallen en hadden geprobeerd hem verdacht te maken vanwege zijn ondertekening van de verklaring tegen corruptie en staatskaping. Toen had ze hem gevraagd wat er aan de hand was. Hij zei, nee, er is niets. Ze had gevraagd wat hij aan het doen was, en hij zei dat hij in zijn moestuin rommelde. Hij was compost aan het inwerken. En toen was hij van onderwerp veranderd en had gevraagd of ze al een vriend had. En hoe het met haar moeder ging. Hoe het met haar werk ging. Maar ze kon steeds horen dat hij niet zijn oude zelf was.

En toen, aan het eind van het gesprek, had hij vanuit het niets gezegd, als hem iets overkwam, dan moest ze Mbali Kaleni bellen. Hij vertrouwde Mbali.

Daar schrok ze van, ze was diep geschokt. Ze vroeg hem waarom hij dat zei. Wat was er aan de hand? Hij kon horen hoe bang ze was. Hij probeerde zich ervan af te maken door te zeggen dat het maar een grapje was. Keer op keer protesteerde ze dat hij tegen haar loog. Hij zei dat het hem speet, het was een flauwe grap, hij wilde zien of ze nog van hem hield. Ze was boos op hem geworden en had gezegd dat hij haar dat niet kon aandoen.

Na het telefoontje was ze gaan nadenken. Ze had de gedeprimeerde toon en de verwijzing naar Mbali gecombineerd en was ervan overtuigd geraakt dat er iets mis was. Toen had ze nog een keer gebeld. Ze moesten maar in de belgeschiedenis in haar telefoon kijken, dan zouden ze zien dat het allemaal waar was.

Tijdens dat gesprek had hij een beetje beter geklonken, en had hij verteld dat het kwam door de waterrantsoenering. Hoe moest hij nu zijn groente telen als hij niet eens een regenton te pakken kon krijgen? Als ze hem wilde helpen was dat iets wat ze kon doen. Ergens een regenton vandaan halen.

'Ik was niet overtuigd,' zegt ze. 'Het bleef me dwarszitten. Dus ben ik in mijn auto gestapt en naar zijn huis gereden...'

'Dat was zaterdagmiddag?' vraagt Cupido.

'Ja.'

'Ga alsjeblieft verder,' zegt hij.

Toen haar vader de deur opendeed, leek hij een gebroken man, en ze wist dat het goed was dat ze gekomen was. Maar toen hij haar omhelsde en zich aan haar vastklampte als een drenkeling, besefte ze dat er iets heel ingrijpends was gebeurd.

Menzi Dikela was daar in de deuropening al in huilen uitgebarsten.

'Weet je hoe het is om te zien hoe je vader, die geweldige, sterke man, die held, instort en huilt? Weet je hoe dat is? Daar ga je een beetje van dood, híér.' Thandi drukt haar vinger tegen haar hart en begint zelf weer te huilen. 'En je gaat nog meer dood als hij je afschuwelijke, afschuwelijke dingen vertelt.'

Ze worstelt om haar zelfbeheersing terug te krijgen en vertelt dan dat ze op de bank waren gaan zitten en dat zij haar vaders handen vast had gehouden. Hij had gezegd: 'Ze komen me vermoorden, Thandi. Ze hebben Lonnie vermoord en nu gaan ze mij vermoorden. Heel binnenkort.'

Ze ziet dat ze haar willen vragen wie Lonnie is, maar dat ze haar niet willen onderbreken. Ze vertelt dat Lonnie May een van haar vaders oudste kameraden was, een van zijn beste vrienden. Ze werkten samen onder het nieuwe bestel, eerst bij de Geheime Dienst, later bij de SSA, voordat ze met pensioen gingen. Ze heeft Lonnie goed gekend. Zo'n aardige man, altijd ondeugend, altijd met iets bezig, zijn bijnaam was Ubu, de afkorting van ububhibhi. Het Stokstaartje.

'Hoe is Lonnie May gestorven?' vraagt Griessel.

'Op het vliegveld, vorige week vrijdag. De officiële versie is dat hij aan een hartaanval is overleden. Maar mijn vader zei dat ze hem hebben vermoord. Ze hebben hem door de Russen laten vermoorden...'

'De Russen?' vraagt Cupido nu sceptisch. 'Dat meen je niet.'

Zij staart hem verkrampt aan. Er loopt weer een traan over haar wang en haar stem begeeft het bijna. Ze loopt langzaam terug naar de stoel en gaat weer zitten.

'Mijn vader zei dat het een soort blinde gerechtigheid was. Omdat Lonnie het waarschijnlijk verdiende, en hij, mijn vader, het nog meer verdiende. Omdat ze moordenaars waren. Ze hadden een man vermoord. Een goede man. Vader van een gezin. In een trein, in augustus. Mijn vader heeft een man vermoord.'

'In de Rovos Rail?' vraagt Cupido verbluft.

'Ja. De Rovos Rail. En ze hebben hem vermoord om iets nog ergers te voorkomen.'

De tranen stromen en haar lichaam schokt onbeheersbaar.

Mbali Kaleni staat op uit haar stoel en legt haar hand op Thandi Dikela's schouder. 'Ik leef met je mee,' zegt ze.

Thandi knikt alleen maar tussen de snikken door.

'Misschien moet ik even thee voor ons maken,' zegt Kaleni.

***

Ze drinken hun thee zwijgend, de twee rechercheurs alleen uit beleefdheid, want ze hadden liever gehad dat er geen onderbreking was. Ze wachten geduldig tot Thandi klaar is om verder te vertellen.

Nadat twee jaar geleden het rapport van de Ombudsman over staatskaping naar de media was gelekt, zegt ze, was haar vader lid geworden van de groep van zestien prominente oud-strijders die tijdens een persconferentie een beroep op de president en zijn trawanten hadden gedaan om af te treden.

De reactie was snel en fel. Ze zijn door het corrupte netwerk van kabinetsleden, partijleden, veiligheidsbureaus en zelfs de politie getreiterd, geïsoleerd, beschuldigd, bedreigd, verdreven en belasterd. Het was voor Menzi en de andere vijftien een heel zware tijd.

Maar er kwam iets positiefs uit voort. Ze kregen steun van andere oud-kameraden die ontnuchterd waren en diep bezorgd over het klimaat van kleptocratie – en de verwoestende invloed ervan op het visioen van Mandela. Systematisch, in de loop van bijna een jaar, ontstond er een geheime organisatie. MK43. Drieënveertig voormalige leden van Umkhonto we Sizwe. Sommigen waren oud-ministers uit het kabinet van Mbeki, een paar zaten nog altijd in het parlement. De meesten waren gewoon veteranen, afgetreden na een heel leven dienstbaar te zijn geweest.

Ze gingen op zoek naar mogelijke uitwegen om het verval van hun land en hun strijd te keren. Uiteindelijk beseften ze dat er maar één oplossing was.

Menzi Dikela en Lonnie May waren allebei nauw betrokken bij het plan. De drieënveertig troffen maandenlang voorbereidingen. Ze hadden geheime ontmoetingen en vergaderingen, soms op vreemde plaatsen: obscure particuliere wildreservaten, een klein vakantieoord in de Sederbergen, een afgelegen, derderangshotel aan de Wildekust. Nooit alle drieënveertig tegelijk, altijd in kleinere organisatiecomités. Menzi Dikela regelde en beheerde hun geheime communicatie digitaal. Ze creëerden onder meer valse identiteiten, met de daarbij behorende papieren, vooral om te ontkomen aan het wakend oog van de SSA. Want het risico was zo groot dat ze ontdekt zouden worden. En dat zou zeker hun dood tot gevolg hebben.

Met alle spanning van de geheimhouding, en van de doodsdreiging als ze verraden zouden worden, besloten Menzi en Lonnie een cruciale strategische vergadering te combineren met een korte, luxe vakantie. Een kleine verwennerij na al die stress, nu de plannen feitelijk op de rit stonden. Ze moesten sowieso naar Pretoria, en de Rovostrein was iets ongewoons, iets wat de SSA niet in de gaten zou houden. Bovendien zou het makkelijk zijn om in de afzondering van hun coupé de laatste voorbereidingen te bespreken.

Maar toen maakten ze een fout.

'Mijn vader zag een man in de restauratiewagen van de trein die hem bekend voorkwam, maar hij kon hem niet plaatsen. Omdat de man jong was, en samen reisde met een of andere oude dame, beschouwde papa hem niet als een gevaar. Hij vertelde dat Lonnie en hij een paar glazen wijn dronken en voor het eerst in maanden ontspannen waren, en niet zo waakzaam als ze hadden moeten zijn. Ze liepen samen naar hun coupés, mijn vader ging de zijne binnen en Lonnie bleef in de deuropening staan. Ze praatten, en ze waren ervan overtuigd dat er niemand anders was, want ze waren de enigen in het gangpad geweest. Ze werden onvoorzichtig, heel even maar. Ze praatten over hun grote oplossing voor het probleem van de staatskaping, en toen keek mijn vader opzij en zag de man uit de restauratiewagen achter Lonnie staan luisteren. En hij zag dat de man hen had gehoord, aan de uitdrukking op zijn gezicht. De man stelde zich voor en deed of hij niets had gehoord. Hij zei dat hij Johnson heette en dat hij hen beiden een paar jaar geleden had ontmoet toen hij nog bij de VIP

Beveiligingsdienst van de politie zat, en bodyguard was van de minister van Veiligheid. Hij wilde hen alleen even komen begroeten. En hij vroeg hoe het met hen ging. Maar het was een ongemakkelijk gesprek, zei mijn vader. Want ondanks zijn pogingen om nonchalant over te komen was het duidelijk dat Johnson hen had gehoord.

Johnson ging weg en mijn vader en Lonnie moesten heel snel een besluit nemen. Niet alleen de operatie stond op het spel, maar ook het leven van alle drieënveertig kameraden. Hun léven. Hun álles. Dus pakte papa zijn mes, zijn biltongmes, het was het enige wapen dat ze bij zich hadden. En ze liepen achter Johnson aan, zagen hem zijn coupé in gaan en de deur dichtdoen. Ze wisten niet of hij hem op slot had gedaan. Dus bleven ze buiten staan. Er kwamen andere passagiers uit de restauratiewagen, dus deden ze of ze wegliepen. En toen gingen ze terug en probeerden de deur; hij was open. Johnson stond met zijn rug naar de deur en was druk in gesprek aan de telefoon, hij bracht verslag uit van wat hij had gehoord. Toen beseften ze dat ze snel moesten handelen, en mijn vader stak hem met het mes. Hij zei dat hij in paniek was, dat hij wanhopig was, hij... Hij...' Ze snikt weer en verbergt haar gezicht.

'Wil je even pauzeren?' vraagt Kaleni.

Ze schudt haar hoofd. 'Hij stak hem zo hard hij kon. Het lemmet brak af en Lonnie deed de deur dicht en sprong ook boven op Johnson.'

***

Thandi vertelt dat Johnson op het bed viel, met Menzi en Lonnie boven op hem. Ze wisten niet dat die ene steek in zijn achterhoofd dodelijk was geweest, ze wilden er zeker van zijn, ze waren klaar voor een gevecht, om hem te wurgen als het nodig zou zijn. Maar dat was het niet. Johnson lag daar alleen maar, doodstil. Menzi was als eerste bij zinnen gekomen en had gecontroleerd of het telefoongesprek dat Johnson aan het voeren was geweest wel beëindigd was.

Toen stonden ze op. De twee oude mannen trilden, ze waren in shock, overweldigd door het plotselinge geweld en het dodelijke gevolg. Johnsons telefoon ging over. Menzi trok koortsachtig de batterij eruit. Hij stopte de telefoon en de batterij in de zak van Johnsons jasje. Lonnie deed de deur op slot. Toen gingen ze op het bed zitten, naast het lijk. Langzaam bedaarden ze weer en bespraken fluisterend hun situatie. Maakten een plan. Ze zouden later, waar het spoor afboog van de N1 en de kans dat het lichaam gevonden zou worden aanzienlijk kleiner was, Johnson uit de trein gooien. Intussen zou Lonnie achterblijven, want ze moesten zorgen dat de deur vanbinnen op slot zat.

Menzi gooide het heft van zijn Okapi naar buiten. Hij had een laptop op het nachtkastje zien staan. Die heeft hij meegenomen, zodat hij kon zien of Johnson op de een of andere manier bij de SSA betrokken was. Want je wist het tenslotte maar nooit, misschien zat hij daar met een bedoeling.

In de vroege ochtenduren hebben ze met veel moeite het lijk het raam uit gekregen. Want Johnson was niet bepaald klein.

Toen hebben ze het bed weer opgemaakt en zijn koffer er diep onder geschoven.

'Ze zaten de rest van de reis in doodsangst, want ze wisten niet hoeveel informatie Johnson de mensen die hij had gebeld had gegeven. Ze waren in paniek toen ze aankwamen, want inmiddels wisten de mensen van Rovos dat Johnson verdwenen was. Maar er gebeurde niets. En mijn vader dacht dat ze er goed vanaf waren gekomen... totdat Lonnie werd vermoord.'

Ze haalt diep adem, alsof er een grote last van haar schouders gevallen is.

'Thandi, hoe wist je vader zo zeker dat Lonnie May is vermoord?' vraagt Griessel. 'Dat het niet gewoon een hartaanval was, door alle stress?'

'Omdat ze het hem hebben verteld.'

'Wie?'

'Een man die Zungu heet. Een grote man, zei mijn vader. Heel groot. Een heel gevaarlijke man. Die kwam vrijdagavond naar mijn vaders huis. Met twee andere mannen. Allemaal van de SSA. Ze vertelden hem dat ze Lonnie hadden laten vermoorden. Met een Russische drug. En dat ze iets onvoorstelbaar verschrikkelijks met hem zouden doen als hij ze niet alles vertelde.'

75

Menzi Dikela heeft hun niets verteld. Hij heeft alles ontkend. En zij zeiden, denk erover na, denk er heel goed over na, want ze komen terug.

Mbali vraagt haar wat voor complot het was waar haar vader bij betrokken was.

Ze zegt dat ze dat niet kan vertellen.

Omdat ze het niet weet?

Nee, omdat haar vader heeft gezegd dat ze zeker ook vermoord zal worden als ze het aan iemand vertelt.

'Maar hij zei dat je mij kon vertrouwen,' zegt Mbali Kaleni.

'Hij zei dat ik met díé informatie niemand kon vertrouwen. Ik heb het gezworen, ik heb het hem beloofd. Ik ga hem nu niet verraden.'

'Dus je hebt de zelfmoordbrief vervalst omdat je ons wilde laten geloven dat het moord was?' vraagt Cupido. 'Zodat we die figuren zouden pakken?'

'Ja. Omdat ik wéét dat het moord was. Ik denk dat mijn vader ze heeft verteld wat ze wilden weten toen ze terugkwamen. En toen hebben ze hem vermoord. Met een of ander Russisch vergif. Mijn vader heeft me verteld dat de Russen middelen hebben die geen sporen achterlaten in het lichaam. Dat is de reden dat Lonnies dood voor een hartaanval werd aangezien.'

'Maar je hebt echt geen huls meegenomen?'

'Ik zweer het.'

'En je wist niets van de levensverzekeringen?'

'Ik wist van de verzekeringen, omdat mijn vader het heeft verteld toen hij zijn testament maakte. Maar ik wist niet dat ze niet zouden uitbetalen als het zelfmoord was. Daar wist ik niets van.'

***

Ze rijden terug naar kantoor. Mbali Kaleni zit weer achterin. Als ze van de N7 afslaan, zegt ze: 'Ik weet niet wat ik moet doen.'

Ze weten niet wat ze tegen haar moeten zeggen.

'Ik ben niet objectief. Ik kan niet vertrouwen op mijn eigen oordeel,' zegt ze.

Nog steeds geven Griessel en Cupido geen antwoord.

'Ze heeft een plaats delict verstoord. En de rechtsgang gehinderd,' zegt Mbali. 'Of we haar motieven nu geloven of niet.'

'Kolonel,' zegt Cupido, 'een goede advocaat zou pleiten dat ze enorm gestrest was. Die staatskapinglui hebben zoveel geld gestolen. Ik denk niet dat we nog meer zouden moeten verspillen aan een zaak waarin een vrouw een zelfmoordbriefje heeft geschreven voor een vader die waarschijnlijk zelfmoord heeft gepleegd.'

'Je gelooft de Russische vergiftheorie niet?' vraagt Mbali.

'Nee, kolonel.'

'Ik ook niet,' zegt Griessel. 'Omdat prof Pagel iets zou hebben gevonden. Hij is ongelooflijk slim.'

'Dus we doen niets?'

'Er is niets wat we kunnen doen. Voorlopig,' zegt Cupido, het laatste woord met nadruk. En hij kijkt naar Griessel.

Bennie snapt het. Vaughn wil niet dat hij iets over het boorgat zegt.

'Volgens mij is er iets wat jullie me niet vertellen,' zegt Mbali.

'Als we iets anders vinden, kolonel, vertellen we het,' zegt Griessel.

Cupido ziet in de achteruitkijkspiegel hoe de kolonel haar armen voor haar borst kruist. Dat betekent dat ze niet tevreden is.

Maar ze zegt niets.

***

Griessel haalt de ring uit de bureaula, die hij altijd op slot houdt.

Hij doet het doosje open en kijkt naar de inhoud.

Morgenavond moet hij Alexa vragen. En deze ring aan haar laten zien. Hij lijkt nu zo klein, zo goedkoop.

Meer kon hij zich niet veroorloven.

Hij stopt hem in zijn zak en loopt naar buiten.

Cupido hoort hem in de gang voorbijkomen. 'Wacht even Benna, ik loop met je mee,' zegt hij. Vraagt dan: 'Hoe was de gig gisteravond?'

Griessel zegt dat het lekker ging totdat hij Arnold terugbelde.

Daarna had hij moeite zich te concentreren.

In de parkeerkelder zegt Vaughn met gedempte stem: 'Partner, we gaan kijken of dat boorgatgedoe iets oplevert. *Let the universe show the way.*'

'Oké.'

Als hij in zijn auto stapt, vraagt Griessel zich af wat ze gaan doen als het iets oplevert. Wat kunnen ze feitelijk doen?

De hele weg terug naar huis over de helling van Leeukop vraagt hij zich af waar hij de ring vanavond zal verstoppen. Want het laatste wat hij wil is dat ze hem vóór morgen ontdekt. Hij weet nog niet zeker of hij de moed zal hebben om haar te vragen. Hij voelt een beklemming diep vanbinnen. Het is als een ultimatum voor alles in zijn leven. Het afdwingen van een definitieve deadline. Erop of eronder.

Kan hij het niet beter laten zitten?

***

Daniel staat op de Pont de la Tournelle terwijl de zon achter de Notre-Dame zakt, de westelijke horizon rood als bloed.

Zijn prooi is ergens in deze stad. Misschien op een gezellige cocktailparty, lachend en pratend met leden van de Franse regering, landgenoten en ambassadepersoneel. De laatste zonsondergang van de president, zijn laatste avond. Want morgen wordt hij door een oude kameraad afgemaakt.

In naam van de Struggle.

Hij heeft bijna al zijn voorbereidingen afgehandeld. Hij heeft de weersvoorspelling bestudeerd, zodat hij weet hoe hard het morgenmiddag zal waaien en uit welke richting. Hij heeft zo goed mogelijk de afstand gemeten. Hij heeft vanmiddag een lichte aluminium ladder en een verzameling schoonmaakmiddelen gekocht.

Vanavond gaat hij eten in het BigLove Caffé, in de Rue Debelleyme. Dat leek hem wel wat toen hij er vanochtend langskwam, met al die hammen en worsten in de etalage. Gezellig en vriendelijk en informeel. Dat is wat hij vanavond nodig heeft. Tussen mensen verkeren die lachen en praten en vrolijk zijn.

Misschien is het zijn laatste avondmaal.

En daarna gaat hij het geweer nog een keer schoonmaken.

Hij blijft op de brug staan tot de zon verdwijnt.

76

Zondag 3 september.

Het uur U.

Voor Bennie Griessel.

En voor Daniel Darret.

Daniel is die ochtend al voor vieren wakker. Het vooruitzicht van wat hij moet gaan doen is de motor achter zijn slapeloosheid.

Hij moet de aandrang onderdrukken om op te staan en langs de Seine te gaan wandelen. Dat was wat hij vroeger deed in de uren voor een operatie. Lopen om kalm te worden, zijn hoofd leeg te maken, zich te concentreren. Hoofd gebogen, kilometer na kilometer. Om de sluipmoord in de context van een oorlog te zien, als onderdeel van de Struggle. Om een soort woede op te bouwen, maar vooral om zijn plan te visualiseren, elke stap, elk mogelijk risico. Alles wat er verkeerd kan gaan, met een strategie daarvoor. En ten slotte zijn ontsnappingsroutes.

Maar nu staat hij niet op, want hij weet dat er een lange dag voor hem ligt en hij is niet meer de jonge man van ruim dertig jaar geleden. Hij moet zijn krachten sparen.

Daarom laat hij nu alleen alles voor zijn geestesoog passeren: de voorbereiding, het lopen met de ladder en het geweer, over de omheining, de tijdelijke trappen van de steigers op, het kiezen van het beste uitkijkpunt. Het wachten. Het aanleggen, het volgen van de president wanneer hij uit de auto stapt, tussen het gebladerte door, wachten, wachten, geduldig wachten, tot dat moment, de twee schone meters tussen de laatste trede en de voordeur van het hotel, twee seconden, misschien drie, als de oude man niet zo snel meer is. Om de trekker over te halen. Dan het wegkomen. Dezelfde route; er is maar één route in en één route uit.

Steeds opnieuw speelt hij het in zijn hoofd af, tot hij het gedruis van het verkeer hoort, Parijs dat ontwaakt, en hij eindelijk opstaat om koffie te zetten.

***

Donovan komt hen wakker maken.

Het voelt voor Cupido nog steeds ongemakkelijk. Als hij op een zondagochtend naast Desiree Coetzee in bed ligt en het kind komt binnen. Het is elk weekend zo, het kind loopt al vroeg te zeuren alsof hij nog steeds jaloers is vanwege de aandacht van zijn moeder voor hem. Of het liefst zijn echte vader daar wil hebben. Of gewoon hem daar niet wil hebben.

Nu is het: 'Mammie, gaan we pannenkoekjes bakken?' En Desiree kreunt, want ze wil nog slapen, en Cupido zegt niets, maar ligt daar gewoon naar Donovan te kijken. En vraagt zich af wat hij nog meer kan doen om de situatie wat te normaliseren.

'Ja, liefje.'

'Dan moet je opstaan, mammie.'

'Mammie komt eraan. Ga maar vast de spullen klaarzetten.'

Donovan treuzelt nog wat, maar loopt dan eindelijk weg.

Desiree schuift haar mooie, warme lichaam onder de winterdekens tegen Cupido aan en kust hem in zijn hals. 'Nog even een beetje knuffelen met mijn vriendje...'

Hij schuift zijn arm zo dat die achter haar rug komt en drukt haar tegen zich aan.

'Dat is lekker, hè?' zegt ze.

'Heel lekker.'

'Jij bent lekker.'

'Jij bent nog lekkerder.'

'Jij bent de lekkerste.'

'Absoluut waar.'

Ze giechelt. Zoent hem weer achter zijn oor.

'Blijf maar liggen. Ik ga wel pannenkoekjes bakken,' zegt hij. 'Beetje bonden met Donnie.'

'Jij kan geen pannenkoekjes bakken, van je leven niet.'

'Hoe moeilijk kan het zijn?'

Hij staat op en loopt naar de badkamer om te plassen. En om zich stiekem te wegen op Desirees weegschaal.

Hij is een kilo kwijt. Hij pompt met zijn vuist. Kleine overwinning op zichzelf.

***

Op zondag luisteren ze naar muziek, Alexa Barnard en Bennie Griessel.

Hij gaat eerst voor haar de kranten en vers brood kopen. Wanneer hij terugkomt zal ze een cd met Aretha Franklin, Shirley Bassey, Joan Baez of Janis Joplin hebben opgezet.

Nu, in de kou van de vroege lente, zal hij de haard weer aansteken en zorgen dat die stevig brandt.

Ze zullen in de keuken brood roosteren, koffie voor hem, rooibos-chai voor haar. Kaas, kaasschaaf, jam en boter pakken, de tafel dekken.

Ze zullen eten terwijl zij een voor een de kranten pakt, hem soms stukjes en beetjes voorleest – vooral wanneer zijn naam of de Valken worden genoemd – maar hij wil niet echt weten van alle moord en doodslag en politieke toestanden en staatskaping. Hij wil alleen van deze warmte genieten.

Ze zal misschien meezingen met de muziek in de voorkamer, met haar fluwelen stem. Haar lievelingsrefreinen met volle overgave. Dan glimlacht hij tevreden, want ze is zo verrekte goed.

'Ik heb echt zin in vanavond,' zegt ze als ze de laatste krant dichtslaat.

'Ik ook,' liegt Bennie Griessel.

Hij heeft de ring in de zak van zijn jasje laten zitten. Het eerste wat hij heeft gedaan vanochtend was aan het jasje in de kast voelen om er zeker van te zijn dat het ding er nog was.

God.

Het uur U.

***

From: vula@protonmail.com
Subject: Klaar?
To: inhlanhla@protonmail.com

Beste dr. Inhlanhla,
Bevestig aub dat u gereed bent.
Vula

De mail komt even voor negenen.

Hij schrijft terug: *Ja. Gereed.*

Hun communicatie is nu veel minder speels. De spanning is bij hen waarschijnlijk even ondragelijk. Hij voelt zich er beter door.

Tot na tienen probeert hij te ontspannen in het appartement. Dan houdt hij het niet meer uit. Hij loopt naar de rivier en volgt de rechteroever, langzaam. Doelbewust langzaam. Hij kijkt naar de mensen, de wandelaars en joggers en fietsers, de zitters, de rokers, de vissers, het scheepvaartverkeer.

Maar zijn hoofd gaat steeds weer terug. Naar die twee of drie seconden tussen de stoeptreden en de hoteldeur.

***

Het telefoontje komt om 16.09 uur.

Griessel is met Alexa in de Pick n Pay in het Waterfront. Ze loopt met haar lijstje door de gangpaden. Hij duwt het karretje. Ze koopt alles wat ze nodig heeft om de komende week 's avonds voor hem te koken: broccolisoep met kip, spaghetti bolognese, vissticks, erwtjes, aardappelpuree en de curry voor vrijdag. Niets voor donderdag, want dan gaan ze naar de AA, alleen een kant-en-klare magnetronmaaltijd van Woolies om achteraf op te warmen.

Bij de schappen met pasta gaat zijn telefoon.

Hij kent het nummer niet. 'Bennie,' antwoordt hij.

'Ik ben op zoek naar dat kapiteintje van de Valken,' zegt de ruwe mannenstem, met het accent van Namakwaland.

'Dat ben ik. Bennie Griessel.'

'Herman hier. Van Swartland Drilling. Jullie zoeken die plek met die zwarte X5.' Een mededeling.

'Dat klopt.'

'Ja, kijk, we hebben van de week geboord hierzo voorbij Clanwilliam, daar was geen bereik, dus ik zie het bericht nu pas.'

'Dat snap ik.'

Alexa komt aanlopen met een pak spaghetti. Griessel staat midden in het gangpad, zijn aandacht volledig op het telefoontje gericht.

'Nou kijk, we hebben dinsdagavond laat afgerond daarzo voorbij Philadelphia, op de oude weg naar Malmesbury. Zo'n stukkie boerenland of in elk geval een flinke lap grond, moeilijk te zeggen, ik vertrouwde het niet, begrijp me goed, het is niet racistisch bedoeld of zo, maar ik vertrouwde het niet. Ik bedoel, als het nou gewoon een man was die eruitzag of hij boer was, maar ze zijn met z'n drieën, van die stugge kerels, die eigenlijk niet willen praten, snap je?'

'Ik snap het.'

'Zwarte kerels.'

'Ja.'

'En die BMW. Zwarte BMW. Nou, volgens mij zou jij het ook niet hebben vertrouwd. Het zag er daarzo niet al te best uit, niet goed onderhouden, er gebeurt daar eigenlijk niets. Maar die joekel van een auto, en die drie stugge kerels, we mochten geeneens een keteltje water koken in hun keuken. De hele dag binnen, dan rijden ze weg, dan zijn ze weer terug in het huis, gordijnen dicht. Jij zou het ook voor geen meter hebben vertrouwd. Vast van die overvallers van geldtransporten, heb ik gelijk, nou, zeg eens op, heb ik gelijk?'

77

Als Griessel belt, vraagt Cupido hem: 'Ga je mee, partner?'

'Ja.'

Een korte stilte onderstreept Cupido's verbazing. Maar dan: 'Laten we een stel van die staatskaping-modderfokkers pakken,' zegt hij, harder dan nodig is, zodat Bennie beseft dat het kind, Donovan, waarschijnlijk in de buurt is. Het is Vaughns drijfveer voor deze stap.

Ze spreken af om elkaar voor de kerk in Philadelphia te treffen, en daarvandaan samen verder te rijden. Zo rond vijf uur.

***

We kunnen bevestigen dat uw doelwit zich in de residentie van de Zuid-Afrikaanse ambassadeur aan de Rue Cimarosa zal bevinden op zondagmiddag van 16.00 tot 18.00 uur. Vandaar zal hij doorreizen naar Hotel Raphael, Avenue Kléber 17. We hebben betrouwbare informatie dat dit zal geschieden tussen 18.00 en 18.30 uur. Hij zal in het hotel blijven tot het tijd is om naar de luchthaven te vertrekken.

Daniel heeft de inhoud van die mail uit zijn hoofd geleerd, want timing is een van de belangrijkste factoren voor zijn succes. Als hij te vroeg gaat, dan loopt hij het gevaar dat een opzichter op zijn ronde hem ontdekt. Als hij te laat gaat, dan zal hij zich te veel haasten, beoordelingsfouten maken. Of hij loopt zijn prooi helemaal mis.

Daarom heeft hij ingepakt en opgeruimd, alles voorbereid, en om vier uur een douche genomen. Nu trekt hij zijn werkkleren aan. Brengt eerst zijn koffer naar de Peugeot. Dan gaat hij de tent met het geweer erin halen.

Even voor halfvijf rijdt hij naar de Éléphant Bleu aan de Avenue de la Porte de Clichy, een benzinestation en wasstraat onder de ringweg rond Parijs.

Hij zal alles uit de auto halen en de bekleding en de matten grondig stofzuigen. Hij zal het interieur zorgvuldig reinigen met zijn schoonmaakmiddelen. Hij wil voor zover mogelijk DNA-sporen en vingerafdrukken verwijderen.

Dan zal hij de kampeeruitrusting, de ladder en de tentzak met het geweer weer inladen. Hij zal de werkhandschoenen aantrekken, om geen nieuwe vingerafdrukken achter te laten. En wegrijden.

Naar de Avenue Kléber.

***

Als Griessel bij de kerk arriveert, leunt Cupido tegen de neus van zijn auto, met zijn armen over elkaar. Hij heeft zijn winterjas aan, de lange tot over de knieën, die tijdens het lopen om hem heen wappert waardoor hij er een beetje uitziet als Batman. Hij weet dat hij er in die jas indrukwekkend uitziet. 'De Valk in Winterkleed' noemt hij de outfit.

Griessel stapt uit en loopt naar zijn collega. Hij stelt de vraag waar hij het afgelopen uur niet echt een antwoord op kon vinden: 'Waarom zijn we hier, Vaughn?'

'*Well*, Benna,' zegt Cupido en hij maakt zich los van de motorkap, 'we zijn kapiteins van de Valken. Elite wetshandhavers. Dus we gaan de wet eens een beetje handhaven. Op een heel erg elitaire manier. Het gaat om gestolen waar. We hebben redenen aan te nemen dat ze het computerequipment van Menzi Dikela hebben meegenomen, vanaf een plaats delict nog wel. En ze zullen zeggen dat ze overheidsambtenaren zijn, en dan zeggen we dat is cool, cats, maar waar was jullie huiszoekingsbevel? We hebben verstoring van een plaats delict. We hebben belemmering van de rechtsgang. We hebben met een voertuig op de nationale en provinciale wegen rijden met valse nummerplaten. En pappie, er is heel ernstig bewijs dat ze collectief en individueel een stel klootzakken zijn. *Shall I go on*?'

'En onze strategie?'

'Partner, ik weet en jij weet dat we geen deuk in een pakje boter kunnen slaan met wat we hebben. Maar ik heb genoeg van die *arseholes* gezien om te weten dat ze zich onaantastbaar voelen, ze zijn arrogant en ze denken dat ze boven de wet staan. Dus ik dacht zo, we gaan ze afzeiken. Ik ga je de Big V laten zien die je altijd al had willen zien. Ik ga ze uitdagen, ik ga ze pesten en sarren. Ik ga die klootzakken overklootzakken. En dan, als ze reageren - en reken maar dat ze gaan reageren – dan ga ik ze arresteren voor poging tot geweld tegen een lid van de Valken. En dan zien we wel waar het schip strandt. Misschien schakelen we de media in, maken we heisa, een kras in het blazoen van de staatskapingbrigade. Want wij zijn de good guys, en wij hebben niks uitgehaald. Meer smaken heb ik niet, en als je nu tegen me zegt, Vaughnie, je bent niet goed bij je hoofd, kom, we gaan naar huis, dan zal deze rechtbank je motie ernstig in overweging nemen.'

'Vaughnie?'

Cupido glimlacht. 'Gebruik het of niet. Was maar een ideetje. Om de wereld te laten zien dat ik ook zelfkritiek heb, nederig kan zijn.'

'De media, zodat Donovan van Desiree kan lezen dat zijn aanstaande stiefpa de staatskaping een slag heeft toegebracht.'

'Zoiets.'

Griessel kijkt naar de korenvelden verderop. Hij schudt zijn hoofd alsof hij niet kan geloven wat hij gaat zeggen: 'Kom, Vaughnie. Kom, we gaan onze collectieve en individuele carrières te grabbel gooien.'

'*That's my boy*,' zegt Cupido.

En dan, met een zwaaiende wijsvinger in de richting van Griessel: 'Je moet niet denken dat ik niet weet waarom je klaar bent voor carrièrezelfmoord. Je zoekt een excuus. Bangerik Bennie, de *reluctant bridegroom*.'

***

Om 17.23 uur rijden ze het land van de boerderij op.

Er staat een verweerd naambordje, bijna onleesbaar. KLEINGELUK.

Er loopt een slecht onderhouden weggetje langs verlaten weiden. Draadhekken die slaphangen en her en der kapot zijn, een windpomp die vier bladen kwijt is. Tot bij de boerderij, een treurig bouwsel met een zinken dak uit de jaren zestig.

De X5 staat daar, onder een afdak. Nog met de valse nummerborden.

De afgesloten pijp van het boorgat, de modder van De Hoek-kalksteen en ander boorgruis dat in het opgedroogde stroompje tussen het huis en de BMW ligt.

'Ik neem de voordeur, jij neemt de achterdeur?' vraagt Cupido als ze een paar meter van het gebouw blijven staan.

'Oké,' zegt Griessel.

Hij trekt zijn Z88-dienstpistool uit de leren holster aan zijn riem. Hij stapt uit en begint te rennen, met zijn blik op de ramen van het huis. Als de zwarte X5 hier staat, zijn ze binnen.

Cupido houdt zijn Glock in zijn hand en loopt naar de voordeur.

Griessel verdwijnt om de hoek.

***

Om 17.26 uur vindt Daniel Darret gelukkig een parkeerplaats in de Rue Lauriston.

Dat betekent dat hij tien minuten te vroeg is, maar hij kan de tijd gebruiken om zijn mail nog een keer te checken. Hij trekt zijn handschoenen uit om de toetsen te bedienen.

Er is geen nieuws van Vula. Dat duidt erop dat er geen verandering is in het schema van de president.

Hij zet de telefoon uit en verwijdert de simkaart. Hij veegt ze allebei schoon met een lap met schoonmaakmiddel. Dan trekt hij zijn handschoenen weer aan, stapt uit, loopt naar een afvalbak en gooit alles erin. Hij gaat terug naar de Peugeot, zet de laatste telefoon aan en doet die in de borstzak van zijn werkjas.

Dan gaat hij zitten wachten tot het klokje op het dashboard 17.40 uur aangeeft.

***

Cupido moet vier keer hard op de voordeur bonken.

'Ga weg,' roept uiteindelijk een diepe, autoritaire stem van binnen.

'Ik ben kapitein Vaughn Cupido van de Valken. Ik onderzoek een moord en draag u op de deur te openen.' Hij staat naast de deur, zijn pistool voor zich.

'*Fuck off.*'

'Dan zal ik de deur moeten intrappen, meneer.'

Gevloek van binnen, de deur gaat open. Cupido gaat voor de deuropening staan en richt het pistool op het hoofd van de man.

Hij is gigantisch. Bijna twee meter, en dik, zijn buik hangt over zijn broek, het dure lichtblauwe overhemd wijkt zodat zijn navel zichtbaar is. Het gezicht een en al hoon en minachting.

Een man die Zungu heette. Een grote man, zei mijn vader. Heel groot. Een heel gevaarlijke man.

'Hallo Zungu, *you sexy thing, you*,' zegt Cupido.

'Fuck off,' zegt Zungu maar hij lijkt verbaasd dat Vaughn zijn naam kent.

Cupido drukt zijn pistool in de omvangrijke buik en dringt het huis binnen. 'Dat gaat niet gebeuren, boterbabbelaar.'

Zungu trekt zich terug, maar dan komt de spuugspattende woedende uitroep: 'Wie denk je wel dat je bent, godverdomme?'

'Ben je stom of ben je doof? Ik zei dat ik kapitein Vaughn Cupido van de Valken ben.'

Zungu staat met zijn rug tegen de muur van het halletje. Hij schreeuwt: 'Ik ben de tweede man bij de Staatsveiligheidsdienst. Ik draag je op het wapen nú neer te leggen. Je belemmert officiële overheidszaken.'

'Het kan me niet schelen of je de tweede toverfee bent, dikke modderfokker. Waar zijn je twee vriendjes? Zeg dat ze hier moeten komen, met hun handen op hun hoofd.'

Er klinkt een stem links van Cupido: 'Leg dat wapen neer, idioot, of ik schiet je kop eraf.'

Cupido kijkt. Er staat nog een agent, pistool in de hand, op Cupido gericht. Het is een atletische man, in tegenstelling tot zijn gezette collega.

***

Daniel steekt het pistool tussen zijn riem, onder zijn werkjas. Hij laat de sleutels in het contact zitten, loopt naar de kofferbak en maakt die open.

Hij zet zijn gele helm op. Hij heeft de tentzak aan de ladder vastgemaakt, zodat hij die als een eenheid kan dragen. Hij trekt het pakket uit de auto, legt het op zijn schouder, duwt de klep dicht en begint te lopen. Hij laat de Peugeot doelbewust open, misschien heeft hij geluk en wordt de auto snel gestolen. Hij loopt in de richting van de Arc de Triomphe.

Op de hoek van de Rue de Presbourg slaat hij rechts af.

Zijn hart raast in zijn borst.

Het grootste risico is nu, hier, wanneer hij weer rechtsaf moet, de

Avenue Kléber in. Het is maar tien meter voordat hij bij de plaatstalen omheining is, waar die aansluit op de muur van het gebouw dat gerestaureerd wordt. De enige plek waar de bewakingscamera's niet kijken. De enige plek waar hij de ladder neer kan zetten en eroverheen kan klimmen.

Als hij dan gezien wordt, als iemand alarm slaat, is alles voorbij.

Hij gaat de hoek om.

Er staan jongeren nietsvermoedend tegen de omheining geleund.

78

Cupido laat de Glock zakken, en dan slaat Zungu hem tegen zijn oor, een verschrikkelijke beuk waar zijn hoofd van suist, waardoor hij achteruit wankelt, helemaal buiten zinnen, en alle frustratie en woede en weerzin in hem vrijkomen, zodat hij zich losmaakt van de muur, zijn pistool als een knuppel die hij doelbewust zwaait. Hij raakt Zungu onder zijn oog, de huid scheurt en het bloed spat. Maar de enorme man verroert zich nauwelijks. Hij grijpt naar Cupido met zijn grote handen, zijn ogen staan wild. Hij is lomp en traag. Vaughn stapt weg van de aanval en schopt Zungu zo hard hij kan tussen zijn benen. De man maakt een verbazend hoog geluid en slaat tegen de grond, een indrukwekkend proces voor iemand van zijn omvang.

De sportieve, atletische man schreeuwt iets als waarschuwing, zijn pistool volgt Cupido. Vaughn duikt op Zungu en wurmt zijn linkerarm rond de nek van de grote man.

Er davert een schot door de kleine ruimte; een kogel slaat in de muur. Cupido rolt onder Zungu om hem als schild te gebruiken. Hij wurgt hem met zijn linkerarm en richt met zijn rechterarm de Glock op Sportief. Hij ziet dat de man jonger is, gefocust, vurig.

'Jullie modderfokkers zijn week en traag,' zegt Vaughn. 'Leg nu je wapen neer, of ik schiet deze klootzak voor zijn stomme kop.'

'Ik maak je af,' zegt Sportief doodernstig. Hij komt dichterbij om hem beter onder schot te krijgen.

***

'Jullie hebben hier niets te zoeken,' zegt Daniel. 'Ga ergens anders spelen.' Hij hoopt dat de werkkleren, het logo op zijn borst en het gezag in zijn stem de jongeren zal laten gehoorzamen.

Ze kijken hem uitdagend aan. Maar ze zijn zich bewust van zijn lengte.

Een van hen schiet een sigaret over de omheining. 'Kom,' zegt hij tegen de anderen.

Ze drentelen weg, kijken weer naar hem.

Een van hen zegt zacht: '*Va te faire enculer*.'

Hij laat het gaan, hij heeft geen tijd te verliezen.

Hij kijkt hen na tot ze om de hoek verdwijnen.

Hij maakt de tent los van de ladder, bekijkt zijn omgeving nog een keer.

Nu of nooit.

Hij zet de ladder tegen de omheining, klimt naar boven en laat de tent aan de andere kant zakken. Voorzichtig. Hij wil de telescoop niet beschadigen.

Daarna springt hij over de omheining. Reikt naar de ladder en trekt die naar zich toe. Legt hem plat op de betonnen vloer.

Hij bukt zich en probeert zijn ademhaling en hartslag onder controle te krijgen terwijl hij zijn oren spitst, wacht of iemand alarm slaat.

***

Griessel heeft de installatie naast de achterdeur gezien – de satellietschotel en de kabels die door een raam naar een kamer in het huis leiden.

De achterdeur was niet op slot. Hij trof de derde SSA-agent, degene met het fraai gestileerde sikje, in de keuken, bezig drie bekers koffie te maken, met zijn rug naar de buitendeur. Bennie probeerde die zachtjes te openen, zijn Z88 in de aanslag, maar de deur klemde en kraakte en Sikje keek verbaasd om.

En op dat moment klonk het gebulder van elders in het huis: 'Wie denk je wel dat je bent, godverdomme?'

Griessel richtte het pistool op Sikje, zijn vinger tegen zijn lippen.

De man stak langzaam zijn handen omhoog.

Griessel trok de boeien uit zijn jaszak.

Het doosje met de ring viel eruit.

Ze keken er allebei naar.

'Ik ben de tweede man bij de Staatsveiligheidsdienst,' hoorden ze nog een uitroep van voor in het huis. 'Ik draag je op het wapen nú neer te leggen. Je belemmert officiële overheidszaken.'

Griessel drukte het pistool tegen het achterhoofd van de man. 'Hou je handen achter je rug. Je staat onder arrest.'

Sikje gehoorzaamde en stak zijn handen naar achteren. Om zijn evenwicht te bewaren verzette hij zijn voeten. En trapte op het doosje van de ring.

'Fok,' zei Bennie. Hij stond tegen de man aan, hield hem met zijn schouder uit evenwicht en boeide eerst de linkerpols, daarna de rechter. Hij bukte zich om het doosje op te rapen. Het was beschadigd, maar de ring zat er nog ongeschonden in.

Het is een voorteken, dacht hij.

Toen trok hij de man grof en hardhandig mee naar de voorkamer.

Binnen klonk een schot.

***

Daniel wacht. Twee minuten. Drie.

Geen geroep, geen alarm.

Hij gaat rechtop staan, pakt de tent en zwaait hem op zijn schouder.

De opzichter is aan de andere kant van de steiger, bij het zwaaihek van de ingang naar de bouwplaats. Het verkeer rond de Arc de Triomphe dreunt, maar Daniel wil ervoor zorgen dat zijn zware schoenen geen lawaai maken op de metalen treden. En hij zal snel moeten zijn. Hij ligt achter op schema.

Hij neemt de trappen met twee treden tegelijk. Steeds hoger. Elke keer dat hij een platform hoger is, kijkt hij in de richting van de bouwkeet. Hij zoekt elk nieuw oppervlak af naar een camera.

Hij blijft doorklimmen tot hij boven is, op het dak. Instinctief kijkt hij in de richting van Hotel Raphael.

Hij zal de noordelijke hoek moeten gebruiken en achter de borstwering moeten schuilen, een bakstenen muurtje van krap dertig centimeter hoog. Anders is hij te kwetsbaar, te zichtbaar. Maar het traject van daaraf naar de ingang van het hotel is misschien niet volmaakt.

***

Griessel duwt de man voor zich uit en ziet de anderen in de beperkte ruimte van het halletje. Een sportieve man met zijn vuurwapen op Cupido gericht, zijn collega half verborgen onder een enorme kolos.

Zungu, dat moet de grote, gevaarlijke Zungu zijn.

Hij hoeft niets te zeggen, richt alleen maar op de sportieve man. Die zucht en laat zijn pistool zakken.

Sportief zegt: 'Jullie belemmeren een heel erg belangrijke operatie van de Staatsveiligheidsdienst. Jullie gaan creperen in de gevangenis...'

'Nee,' zegt de dikke die boven op Cupido ligt, 'ik ga ze vermoorden. Langzaam.'

'Je bent me nu al langzaam aan het vermoorden met je fokking gewicht,' zegt Cupido terwijl hij zich onder Zungu uit wurmt.

'Leg je wapen op de grond,' zegt Griessel tegen Sportief.

Sportief gehoorzaamt en zegt dan: 'Ik zeg het nog één keer. We zijn hoge agenten van de SSA. We zijn betrokken bij een vitale nationale veiligheidsoperatie. Dit is een kritiek moment in die operatie. Als jullie ons niet ogenblikkelijk vrijlaten, saboteren jullie die volledig. Dat is hoogverraad, waarvoor jullie naar de gevangenis zullen gaan. Mijn jasje ligt in de slaapkamer, mijn ID-kaart zit in de binnenzak. Voordat jullie verdergaan, verzoek ik jullie te gaan kijken. Nú.' Zijn stem is dringend, bijna smekend.

Cupido doet de boeien om Zungu's polsen en komt dan overeind. Hij houdt zijn Glock op de dikke man gericht: 'Je staat onder arrest voor geweldpleging tegen een politieagent en voor het rijden in een motorvoertuig met een vals nummerbord. Dat verschaft ons voldoende aanleiding om dit pand te doorzoeken.'

'Zoeken naar wat?' vraagt Sportief.

'Gestolen goederen,' zegt Cupido. 'De computers van Menzi Dikela, bijvoorbeeld. En als we die vinden, hebben we bewijs voor moord. Dus hou op met die bullshit over hoogverraad.'

Daarop zijn alle drie de SSA-agenten stil.

Tot Sportief zegt: 'Hier hebben we geen tijd voor.'

En Zungu: 'Er was geen moord. Menzi heeft zichzelf doodgeschoten. De fucking verrader.'

***

Zes uur.

Daniel ligt op het dak, achter de borstwering, verrekijker voor zijn ogen.

De CheyTac ligt naast hem, uit het zicht. Het is te gevaarlijk om die nu op te stellen op de borstwering, want er staan gebouwen aan de overkant die een verdieping hoger zijn. Het zijn kantoren en het is zondag, maar hij kan niet het risico lopen dat hij met het geweer wordt gespot.

Hij zal moeten wachten tot hij de presidentiële auto ziet, wanneer die vanuit het zuiden de Avenue Kléber in rijdt.

Hij visualiseert zijn bewegingen – het neerleggen van de verrekijker, het pakken van de CheyTac, het plaatsen van de twee stabiliseringspootjes. Het aanleggen, het wachten op het schot. De zachte druk van de trekker. Met handen die nu een beetje beven.

Dan opstaan, het geweer daar laten liggen, naar de trap lopen, naar beneden rennen, de ladder overeind zetten, over de omheining klimmen. Het jasje, de helm en de mobiel weggooien. De metro in.

De seconden treuzelen, de tijd staat stil.

79

Zungu's gezicht ziet er niet best uit. Het bloed blijft over zijn wang en zijn kin stromen. Het druipt op de lichtblauwe stof van het dure overhemd. Hij zit rechtop in het halletje, zijn handen achter zich geboeid. 'Menzi zat recht voor ons en schoot zichzelf dood,' zegt hij.

'Waarom?' wil Griessel weten.

'Hoe laat is het?' vraagt Sportief.

'Waarom heeft Menzi zichzelf doodgeschoten?'

'Hoe laat is het godverdomme? Zeg het nu!'

'Zeven minuten over zes.'

'Jezus. Luister goed. Jullie zijn bezig maanden werk te verknallen. Jullie zijn bezig opzettelijk een operatie te saboteren die moet voorkomen dat een moordaanslag...'

'Vertel het niet,' zegt Zungu.

'We hebben geen keus. We hebben geen tijd.'

'Waarom heeft Menzi zelfmoord gepleegd?' vraagt Griessel weer.

'Omdat hij een dochter heeft,' zegt Zungu.

'Jullie hebben hem met zijn dochter bedreigd?'

'Zoiets.'

'Wat hebben jullie tegen hem gezegd?' vraagt Cupido. 'Wat zeg je tegen een man over zijn dochter waardoor hij zichzelf overhoop wil schieten? Smeerlap. Stuk stront.'

Zungu snuift alleen bloed op in zijn neus.

'We moesten de samenzweringsgeheimen van hem loskrijgen,' zegt Sportief verdedigend. 'Maar alsjeblieft, we moeten dit heel snel oplossen.'

'De geheimen die Johnson Johnson in de trein opving?' vraagt Cupido.

De drie agenten kijken elkaar aan, maar verbergen hun verbazing goed.

'Ja,' zegt Sportief.

'Waar ging het over? We laten jullie niet gaan, tenzij jullie het ons vertellen.'

'We hebben geen tijd meer,' zegt Sportief tegen Zungu, de grote man is kennelijk de leider van dit driemanschap. 'Vertel het hem. Ze weten de helft toch al. Je moet het hem nú vertellen. We hebben geen seconde te verliezen.'

De druk, de urgentie, de strijd tussen frustratie en noodzaak verdringen elkaar achter Zungu's gezicht zodat het lijkt of het opzwelt.

'Jezus, chef, alsjeblieft!' roept Sportief. 'Vertel het ze. Nú!'

***

Zungu praat in korte, blaffende zinnetjes, cryptisch, een opsomming, bloed en speeksel spattend, driftig en haastig, en vooral met minachting voor hen, en voor de samenzweerders. Terwijl de sportieve agent om de haverklap 'Schiet op, schiet op' zegt.

Zungu zegt dat Johnson Johnson in de trein hoorde dat de verrader Lonnie May en iemand anders samenzwoeren om de achtbare, de edele president van dit land, de held van de Struggle en de lieveling van de natie, te laten vermoorden. In koelen bloede. En Johnson had nog de tijd om een deel van die informatie aan zijn collega bij de VIP Beveiligingsdienst door te geven voordat hij op schokkende wijze werd vermoord. Het probleem was dat Johnson voor zijn dood niet de naam van de tweede man had genoemd. De VIP Beveiligingsdienst nam contact op met de SSA, en de SSA is Lonnie May gaan zoeken. En vond hem vrij eenvoudig. In zijn huis in Rondebosch, een dag later, toen Lonnie na de treinrit thuiskwam. En toen begon het achtervolgen, het afluisteren. Ze hebben bij hem thuis ingebroken, het huis helemaal doorzocht. Afluisterapparatuur geplaatst. Dat leverde niets op, want Lonnie was slim. En voorzichtig. Hij gebruikte nooit zijn geregistreerde mobiel of zijn laptop voor iets wat hem ergens mee in verband zou kunnen brengen.

Ze hadden hem kunnen arresteren en ondervragen maar dan zou de ander – en de SSA wist dat er nog een ander moest zijn – maatregelen kunnen treffen om hun intriges te verhullen of te vernietigen.

Toen kwam 22 augustus, de dag waarop Lonnie May zijn eerste fout maakte.

Een telefoontje naar een reisagent om een vlucht naar Londen te boeken. Met een vals paspoort. Lonnie stond buiten, op zijn achterterras. Hij gebruikte zijn wegwerpmobiel, maar hij was nog net binnen gehoorsafstand van een SSA-microfoon.

Ze hebben de creditcardgegevens van de vliegmaatschappij gekregen, en hun goede vrienden de Russische SVR om hulp gevraagd. Want de Russen hebben mensen zitten in Engeland en Europa, de macht, de mankracht en de technologie en de wil om Lonnie in Londen te achtervolgen, en op die manier een dierbare vriend van Poetin te beschermen.

De SVR volgde Lonnie tot in Frankrijk, in Bordeaux, en ze identificeerden een zwarte Afrikaan met de naam Daniel Darret als de man die hij daar ging opzoeken. Darret is een schimmige figuur met een valse naam, een man zonder vrienden of geschiedenis. Ongetwijfeld een huurmoordenaar, een agent met een opleiding, want hij heeft op een gegeven moment de SVR-agenten tijdelijk overrompeld. Ze volgden het spoor van Darret tot aan een kapitein in een Franse havenstad, en toen was hij opeens verdwenen. Lonnie ook. Maar toen wisten de SSA en de SVR vrij zeker: de president zou tijdens zijn bezoek aan Frankrijk het doelwit zijn. Het bezoek afzeggen of de Fransen extra bescherming vragen zou vernederend zijn voor een staatshoofd van zijn kaliber.

De Russen kwamen Lonnie weer op het spoor, via beeldmateriaal van Schiphol, en ze konden hem volgen tot waar hij in een KLM-toestel stapte. Toen Lonnie in Kaapstad arriveerde, was het plan om hem met een middel in te spuiten. Een middel dat ze van hun 'goede vrienden' hadden gekregen, een middel waardoor Lonnie in elkaar moest zakken. De SSA had een ambulance klaarstaan. Agenten die zich voordeden als ambulancepersoneel. Ze wilden hem meenemen voor ondervraging, want de tijd begon te dringen, er was haast bij. Maar toen begaf Lonnies hart het. Misschien een bloedpropje na de lange vlucht, misschien was de dosis van het middel te groot voor de oude man.

De redding voor de SSA was de telefoon in Lonnies jaszak, waarmee één oproep was gemaakt, een paar minuten nadat het vliegtuig was geland.

Dat nummer leidde hen naar een adres. De Nuttallstraat in Observatory. Het huis van de verrader Menzi Dikela.

Vrijdag gingen ze naar hem toe. Zeiden tegen hem dat ze alles wisten. Doorzochten zijn huis op zoek naar de mobiel, naar bewijzen. Ze konden niets vinden. En Menzi bleef alles ontkennen.

Zungu was er zelf bij. Hij zag dat Menzi Dikela onder grote druk stond. Menzi had bijna het breekpunt bereikt. Kwestie van tijd. Maar dan was er nog een keer het risico van een onverhoopte hartaanval. Dus trokken ze zich terug. Tijdelijk. Om alles te bespreken met de directeur-generaal van de SSA zelf. Terwijl een team Menzi's huis in de gaten hield. En de directeur-generaal zei, rustig aan. We hebben Menzi. We hebben een begin, een hefboom. We hebben een paar dagen speelruimte. We willen een grote slag slaan, we willen het hele nest blootleggen. Menzi is nu een kat in het nauw, hij zal rare sprongen maken. Laten we hem een paar dagen goed in het oog houden. Laten we bedenken hoe we deze dingen het beste kunnen benutten.

Menzi's dochter was die middag bij hem op bezoek. Daar kwam het idee vandaan. Daar hadden ze Menzi's achilleshiel gevonden. Dinsdagochtend hebben ze toegeslagen. Met foto's van Thandi, op haar werk, bij haar huis. In haar huis. Menzi was geschokt. Toen vertelden ze wat ze met haar zouden doen.

Toen praatte Menzi. Hij vertelde hun alles: van Daniel Darret, de huurmoordenaar, van het mailcontact, van de mobiels die Darret zou gebruiken, en toen ze alles in het tuinhuisje vonden, wisten ze zeker dat Menzi alles had verteld, en zeiden ze tegen hem: je kunt zelfmoord plegen of je kunt kijken hoe we Thandi voor je ogen komen straffen.

Menzi koos voor de nobele uitweg. Voor hun ogen. Indrukwekkend om te zien.

'Waarom heb je die huls meegenomen, stuk onbenul?' vraagt Cupido.

'Die hebben we niet meegenomen. Ik ontdekte hem in de zak van mijn jasje. Dat was puur toeval. Hij moet daarin zijn gevlogen.'

'En toen?'

De SVR, zegt Zungu, had goede banden met Ditmir, een Amsterdamse wapenhandelaar waar Darret een geweer moest gaan kopen. Ze hebben een team agenten gestuurd, en een sensor op Darret geplaatst. Die heeft hij ontdekt, maar ze hadden nog steeds de telefoonnummers die Menzi had gegeven. Ze konden elke beweging van hem volgen. Daardoor weten ze nu dat die man, die moordenaar, dat gevaar voor de Zuid-Afrikaanse president en de democratie nu op dit moment op een dak in Parijs ligt, klaar om op onze president te schieten. De Russen hebben een man op een gebouw er recht tegenover, die hem op dit moment kan zien. Dit is allemaal te volgen vanuit de commandokamer, hier achter in het huis.

En dat is de operatie waar ze nu mee bezig zijn. Ze hebben een val gezet, ze zullen Darret pakken. De Russen staan klaar. De lijfwachten van de president staan klaar. Ze wachten nu allemaal tot Zungu het teken geeft dat de president van de ambassadeurswoning naar het hotel kan rijden. Timing is van kardinaal belang. De Russen moeten Darret neerschieten vlak voordat de president bij het hotel aankomt. Zodat er duidelijke bewijzen zijn van de samenzwering en de kwade opzet. Zodat de wereld en de bevolking van Zuid-Afrika het kunnen zien.

Cupido fronst. 'Wat moet de bevolking van Zuid-Afrika zien?' vraagt hij. 'Dat deze corrupte, gekaapte president bijna was doodgeschoten? *What the fuck, dude*?'

'O, nee,' zegt Zungu, 'onze president is niet corrupt of gekaapt. Dat is nepnieuws, flagrante leugens die verspreid zijn door White Monopoly Capital. Het Zuid-Afrikaanse volk zal zien dat de vicepresident deel uitmaakte van de samenzwering. De vicepresident is de man die gekaapt is, die onder één hoedje speelt met White Monopoly Capital. De vicepresident is de leider van de samenzwering...'

'Bullshit,' zegt Cupido. 'De vicepresident is zo ongeveer de enige eerlijke man die er nog over is in de regering.'

'Nee, we zullen hem ontmaskeren. Hij is de man achter Menzi Dikela en zijn makkers. Hij zit achter de moordaanslag. Omdat hij weet dat hij de verkiezingen in december niet kan winnen...'

'Fuck,' zegt Cupido, 'jullie gaan de vicepresident erin luizen.'

'Nee, vriend. Hij is schuldig. Het volk zal beseffen dat onze president nog een termijn moet aanblijven, koste wat kost. Om dit land stabiel te houden, om de vijanden van de Struggle weg te vagen. Daarom moet je ons nú vrijlaten. Om ons te helpen Zuid-Afrika te redden.'

***

De spanning in Daniel Darrets lijf bereikt zijn kookpunt om 18.30 uur als er nog altijd geen teken is van de presidentiële auto.

Hij trekt tegen zijn zin zijn handschoenen uit, haalt zijn telefoon uit zijn zak en kijkt of er mail is.

Niets.

Hij typt koortsachtig een boodschap aan Vula. *Is er nieuws? Is hij verlaat?*

Hij kijkt elke dertig seconden of er een antwoord is. Hij weet dat hij hier nu al te lang is, iemand gaat de ladder daarbeneden, of hem hier op het dak zien.

Maar deze president staat erom bekend dat hij altijd te laat is.

Hij zal moeten wachten. Hij zal gewoon moeten wachten.

80

'Moet je horen, wij willen Zuid-Afrika even graag redden als wie dan ook, maar ik geloof je niet. Kun je dit allemaal bewijzen?' vraagt Cupido heel oprecht en vol medeleven.

'Ja. Breng me naar de commandokamer,' zegt Sportief, en hij gaat de gang in.

'Benna, ik ben zo terug,' zegt Cupido. Hij volgt Sportief.

Griessel houdt zijn wapen op Zungu en Sikje gericht. Ze wachten.

Griessels telefoon gaat. Hij haalt hem met zijn linkerhand uit zijn binnenzak.

Alexa. Hij weet waarom ze belt. Het is al halfzeven.

'Alexa, ik bel je straks terug...' zegt hij zonder zijn ogen van de twee agenten af te halen.

'Bennie, het spijt me zo, ik weet dat je aan het werk bent. Maar ik wil alleen maar weten, ga je het halen? Ik zie er zo naar uit...'

Er klinkt veel hoop in haar stem. Vermoedt ze iets? Heeft ze de ring in zijn jaszak zien zitten? Ze komt nooit aan zijn kleren.

'Ik... Ik hoop... Ik ben er op tijd.'

'Dank je, lieveling, zie je zo...'

***

De 'commandokamer' is een van de slaapkamers van de boerderij, ingericht met twee lange tafels tegen de muur waarop vier computers, nog twee schermen en een paar mobiels te vinden zijn. Er slingeren kabels als dikke slangen het raam uit.

'Daar, kijk dan, daar is hij...' Sportief wijst naar een beeldscherm. Je ziet het korrelige beeld van een dak van een Europees gebouw, de kleine gestalte van iemand die daar ligt.

'Dat kan iedereen zijn, dude. Waar is je bewijs?'

'Daar, kijk dan naar het scherm. Hij heeft net een mail gestuurd.

Kijk, er staat "Is er nieuws? Is hij verlaat?" Dat is hem; hij maakt zich zorgen. Je moet ons nu vrijlaten!'

'Niet genoeg bewijs.'

'Wat verwacht je van me?'

'Waar zijn die mobiele nummers? Die die man gebruikte.'

'Daar, die lijst. De doorgestreepte nummers zijn de telefoons die hij al heeft gebruikt.'

'Dus deze gebruikt hij nu?'

'Hoezo?'

Cupido haalt zijn mobiel uit zijn zak. 'Laten we hem even bellen.'

'Nee! Ben je gek geworden?'

'Wacht even, laten we gewoon kijken of de man op dat beeldscherm de telefoon opneemt. Dan weet ik zeker dat ik onze achtenswaardige president en het hele land red, en dat je me niet in de zeik neemt.'

'Dat kun je niet doen, je kunt niet...' Sportief ziet hoe Cupido het nummer belt. Hij stormt naar voren, naar een van de toetsenborden. Hij wringt en draait zijn lichaam om zijn geboeide handen van achter zijn rug naast zijn heup te krijgen, en drukt dan koortsachtig een toets in, en nog een.

Terwijl het een eeuwigheid duurt voordat de internationale oproep in Cupido's oor overgaat.

'Ik heb de Russen geactiveerd, fucking idioot, imbeciel,' zegt Sportief. 'Ze gaan hem nu onmíddellijk doodschieten.'

***

De telefoon zoemt in Daniel Darrets hand. Hij ziet dat het een Zuid-Afrikaans nummer is en zijn hart slaat een slag over. Het is nieuws, de president is verlaat, of hij komt niet meer. 'Vula?' zegt hij.

'Je kent me niet, brother. Ik ben Vaughn Cupido. Ik sta aan je kant. Het is een val, ga daar als de sodemieter weg. Nu!'

Hij hoort een andere stem die op de achtergrond schreeuwt: 'Imbeciel, imbeciel...'

Hij kijkt op, onmiddellijk op onraad gespitst, en ziet een figuurtje aan de overkant op het kantoorgebouw verschijnen. Hij ziet de bewegingen, de actie, herkent het, een scherpschutter die een geweer aanlegt.

De tijd staat stil.

Hij laat de telefoon vallen, grijpt de CheyTac, wil hem richten. Hij beseft dat hij te laat is, de schutter aan de overkant heeft een voorsprong. Hij rolt achter de borstwering. Het schot slaat achter hem in de dakpannen.

Hij rolt en rolt door op zijn rechterzij, springt overeind, rent naar achteren, naar de trap, zwenkt naar links, rechts. Nog een schot. De kogel rukt aan de mouw van zijn werkjas en slaat in het metaal van de trap. Dan is hij bij de trap, springt, hij moet uit het zicht komen. Hij springt een heel stel treden af, raakt de leuning, geen adem, scherpe pijn in zijn ribben, zijn gele helm klettert de trap af.

Hij hoort voetstappen op de trap, van beneden. Hij gaat rechtop zitten, trekt de handschoenen uit, rukt het pistool uit zijn riem en komt overeind. Hij kijkt door de smalle kier tussen de trappen die naar beneden spiralen. Het zijn er twee.

Hij wacht, gehurkt, paraat.

De eerste verschijnt, ziet Daniel en richt een kort machinegeweer.

Daniel schiet hem in de borst. De man valt achterover, glijdt door en ligt dan stil.

De tweede kruipt weg. Alleen een hand met een pistool die om de hoek van de trap verschijnt. Een schot in het wildeweg, raakt de steigers achter hem.

Daniel gaat staan, richt zijn eigen vuurwapen, wacht, zijn adem jaagt, zijn ribbenkast doet pijn, de drang in hem om hier weg te komen is bijna overweldigend.

Hij wacht. De hand verschijnt weer.

Daniel mikt, schiet. Rode bloedwaas, het pistool klettert op de trap. Daniel stormt naar beneden. Vindt de man die daar ligt en vloekend zijn kapotte hand vasthoudt.

Daniel geeft hem een schop tegen zijn nek en rent dan de trappen af, met bonkende werkschoenen. Nog een, nog een en dan is hij bijna beneden en pakt met zijn linkerhand de steigerpaal zodat hij zijn vaart kan gebruiken om zich in de richting van de omheining en de ladder te zwaaien.

En dan is daar die kolos van een man, in volle vaart onderweg naar de trap. Ze raken elkaar, twee grote lijven die botsen. Daniel valt op het beton, wil zich omdraaien, het pistool schiet uit zijn hand. Hij krabbelt overeind.

Dit is de grote Russische beer over wie Mamadou Ali het had, de man van wie het linkeroor vervormd is door dik littekenweefsel, alsof er een stuk is afgebeten. De man die hij voor het appartement van Élodie Lecompte heeft gezien, en toen weer achter het raam van Ditmir in Amsterdam. Beer komt ook overeind, tilt een kort stomp wapen op van de grond. Daniel herkent het, een RMB-93, een riotgun, geliefd onder Russische commando's, zes twaalf kaliber kogels in het magazijn. Gewoonlijk geladen met dubbel nul hagel, een schot op deze afstand zal Daniels hart uitrukken.

Daniel duikt naar het middel van de Beer en raakt hem met zijn schouder. Hard. Het schot davert in de smalle ruimte tussen de steiger en de metalen omheining, de hagel klingelt en kraakt boven hen. Ze vallen. Daniel heeft zijn handen om het wapen, hij draait en trekt met al zijn krachten om het uit de handen van de man te wringen.

Beer is sterk, hij klauwt, haalt uit met zijn knie, raakt Daniel tegen zijn pijnlijke ribben. Zijn greep verslapt, hij grijpt opnieuw, Beer schopt weer, de pijn is scherp. Daniel rukt zijn hoofd naar boven en raakt de Rus tegen zijn neus, kraakbeen breekt. Ze loeien nu allebei, brullen, worstelen om het bezit van het wapen. Hij probeert weer een zweepslag met zijn hoofd. De Rus ziet het aankomen, hij mist.

Beer duwt en stoot en rolt heen en weer om Daniel af te schudden. Elke keer met meer succes.

Daniel weet dat de Rus jonger is. Groter, sterker. Op een gegeven moment zal hij het wapen losrukken. En schieten.

Daarom vecht hij verbeten, probeert de acties van de man met alle kracht die hij in zich heeft te neutraliseren, maar Daniels aandacht en vinger zoeken naar de trekker, hij vindt hem, zijn vinger over die van de Rus, en haalt hem over. De schoten schallen, de een na de ander, de hagel slaat in Daniels linkerschouder en in de rechterschouder van de Rus. Daniel weet dat het zijn enige kans is, blijft de trekker overhalen, telt de schoten tot de laatste in zijn inmiddels verdoofde oren klinkt. Dan laat hij de man los, duwt hem met geweld weg, beseft dat zijn schouder bloedt, gebruikt zijn vaart om overeind te komen. Hij ziet het pistool liggen, net te ver. De ladder is dichterbij, de aluminium ladder die hij daar heeft laten liggen. Hij pakt hem op. Beer staat op, bloed over zijn gezicht, bloed op zijn schouder, hij laat het geweer vallen. Hij komt aanstormen. Daniel stoot de punt van de ladder in het gezicht van de man. De Rus draait zich om. Grijpt met zijn enorme handen de ladder vast. Daniel schopt hem met verschrikkelijk geweld, de stalen punten van zijn werkschoenen beuken tegen de knie van de man.

Beer bulkt, zijn been zwikt. Daniel stoot de ladder weer naar voren, de Rus verliest zijn evenwicht en valt achterover.

Daniel laat de ladder los, rent de vijf treden naar zijn pistool, pakt het op en draait zich om. De Rus heeft de ladder van zich af gegooid, wil opstaan, maar zijn knie houdt hem niet.

'Deze is voor Élodie Lecompte,' zegt Daniel en hij schiet hem tussen de ogen.

Hij steekt het pistool tussen zijn riem. Hij zet de ladder tegen de omheining en klimt naar boven.

Aan de andere kant staan mensen, gewone burgers, met grote ogen en verschrikte gezichten vanwege de oorlog daarachter.

Daniel springt over de omheining.

Hij rent.

De sirenes komen steeds dichterbij. Hij rent over straat, bereidt zich voor op het schot van de scherpschutter daarboven, die gaat hem nu in zijn rug raken, de tien meter dat hij onbeschut is. Hij zwenkt tussen de mensen door, als hij de ingang van het metrostation maar haalt, als hij daar maar naar beneden kan. Hij wurmt zijn jas uit, gooit hem op de grond, hij is er bijna, hij is er bijna.

Epiloog

81

Griessel wil wachten tot na het hoofdgerecht.

Ze zitten binnen, naast het gezellige haardvuur. Ze drinken bruiswater, eten een voorgerecht van gesmoord wildebeest met orecchiette, wilde paddenstoelen, kappertjes en Parmezaanse kaas.

'Bennie, dit is hemels,' zegt Alexa, 'wat een verrukkelijke avond.'

'Daar ben ik blij om,' zegt hij.

'Zware dag gehad, lieve topspeurder van me?' vraagt ze. 'Ik kan zien dat iets je dwarszit...'

Dan weet hij dat hij niet zal kunnen wachten. Want hij kan de avond niet bederven met zijn zorgen en zenuwen, en hij kan hier niet tegen haar gaan zitten liegen.

Hij haalt diep adem. 'Alexa,' zegt hij, 'je bent de liefde van mijn leven...'

'Bennie...' Hij ziet dat ze nu al tranen in haar ogen krijgt.

'Alsjeblieft, je moet me even laten uitpraten.' Hij reikt over de tafel naar haar hand.

Haar gezicht staat bezorgd. Ze houdt Bennies hand stijf vast.

'Vaughn en ik hebben vandaag de Staatsveiligheidsdienst aangepakt. We hebben een operatie van ze laten mislukken, omdat we geloofden dat we dat moesten doen. Want het zijn een stel corrupte klootzakken. We hebben drie van hun agenten bij een boerderij achtergelaten, vastgebonden aan de portierhendels van een BMW X5. We hopen dat ze vanavond verrekken van de kou. Als ik morgenochtend op mijn werk kom, zullen ze me ontslaan. Daar ben ik vast van overtuigd. Want Vaughn heeft een foto gemaakt van de drie die zo aan de BMW hangen. Die heeft hij naar de kranten gestuurd, zodat hij aan het zoontje van zijn vriendin kan bewijzen dat hij niet corrupt is. En zodat Mbali Kaleni een foto heeft voor de lege plek op haar muur. Ik heb tegen hem gezegd dat ik honderd procent achter hem sta. Alexa, ik vind wel een andere baan. Er zijn kansen in de particuliere sector. Ik beloof je nu, ik vind een andere baan...'

'Bennie,' zegt ze en ze knijpt in zijn hand. 'Je weet toch wel...'

'Wacht, Alexa, ik ben nog niet klaar. Ik beloof je dat ik werk zal vinden. Het punt is...' Nu moet hij zich gewoon weer de speech voor de geest halen die Vaughn Cupido had bedacht. 'Je bent de liefde van mijn leven, en ik wil altijd bij je blijven...'

Hij steekt zijn hand in zijn zak, haalt het doosje eruit. Hij heeft het met een stukje plakband uit zijn moordtas proberen te repareren.

Hij laat Alexa's hand los, doet het doosje open. Het ringetje ligt daar, sprankelend in het zachte licht van restaurant Overture.

'Ik zal me heel erg vereerd voelen als je met me wilt trouwen, Alexa.' En dan, omdat het doosje scheef en de ring klein is, en haar gezicht langzaamaan smelt, en hij weet wat zij gaat zeggen, want dit is zijn droom, dit is zoals hij het gedroomd heeft, voegt hij eraan toe: 'Alsjeblieft.'

De tranen rollen over haar wangen. Ze neemt Bennies hand weer in de hare en vertederend lief zegt ze: 'Ja, Bennie, ja...'

***

Daniel Darret loopt de werkplaats binnen. Le génie zit aan zijn werkbank, krom en met alle aandacht voor een prachtige oude stoel.

'*Bonjour monsieur*,' zegt Daniel.

De oude man begroet hem niet, kijkt alleen naar het verband op zijn schouder dat onder de mouw van zijn T-shirt uitsteekt.

Dan wijst hij met de beitel naar de plek waar planken en schaafsel en zaagsel opgehoopt liggen. En hij zegt: '*Vite, vite.*'

Lefèvre laat zijn hoofd weer zakken om zich op zijn werk te concentreren.

Daniel glimlacht en gaat de bezem halen.

Dan ziet hij de boerentafel. Monsieur heeft de laatste afwerking voor hem gedaan.

En hij is mooi geworden.

Dankwoord

Prooi had nooit geschreven kunnen worden zonder de raad, ondersteuning, ruimhartigheid, kennis, tijd, inzicht, verbeelding, vriendschap en liefde van een groot aantal fantastische mensen. De fouten en tekortkomingen (en dichterlijke vrijheden!) in dit boek komen allemaal op mijn conto. De rest is dankzij hun onbaatzuchtigheid. Heel veel dank aan:

Mijn agent Isobel Dixon, redacteur Etienne Bloemhof en Hester Carstens van NB-Uitgewers. Ik voel me ongelooflijk bevoorrecht om met jullie te kunnen samenwerken.

Commissaire Divisionnaire Jean Paul Faivre en Commandant Brigitte Volle van de Franse Nationale Politie in Bordeaux. Jean Paul, heel veel dank dat we het feest voor je pensionering mochten bijwonen. Dit bewees weer eens dat misdaadbestrijders een internationale broeder- en zusterschap vormen. Bennie en Vaughn zouden zich daar helemaal thuis hebben gevoeld.

Mijn dierbare vrienden Henry Lefèvre, Stephanie en Stephane Doublait uit Bordeaux. Bedankt, Henry, dat ik de namen van jou en Sandrine mocht lenen, en voor je ongelooflijke hulp, ondersteuning en enthousiasme, en voor ons 'huis' in Bordeaux. Stephanie, bedankt dat je de grote leemtes in mijn kennis van het Frans hebt aangevuld, en me de geschiedenis van Bordeaux hebt verteld. Stephane Doublait, veel dank voor de comfortabele schrijfstoel zodat ik daar kon blijven werken.

De geweldige misdaadfictiecollega en journalist Olivier Truc, en *Le Monde*-journalist Jacques Follorou, voor veel inzicht in de wereld van de Franse geheime dienst.

Kerneels Breytenbach, die me heeft voorgesteld aan de legendarische diplomaat wijlen Leo Conradie, en zijn vrouw Renée. Renée, bedankt voor de gastvrijheid en grote hulp van jou en Leo. Het was een voorrecht om hem te leren kennen, al was het maar voor heel even. Je blijft in onze gedachten.

Joy Strydom, Brenda Vos en al die aardige mensen van Rovos Rail, voor de onvergetelijke rit tussen Kaapstad en Pretoria, en de eindeloze vragen die jullie hebben beantwoord. Jullie (en de meest luxueuze trein van de wereld) zijn ongelooflijk.

Catherine du Toit die mijn Frans zo secuur heeft gecorrigeerd, Schalk Joubert (de basgitaarheld van mij én Bennie), mijn buurman en anesthesist dr. Johann Steytler, geoloog prof. Ian Buick, en zijne excellentie monsieur Christophe Farnaud, Franse ambassadeur, voor het verhaal over de kuikens. De formidabele en briljante monsieur Dominique de Villepin voor zijn inzichten in de internationale politiek. Dank, Ronnie Kasrils, voor je vriendschap en inzichten. Je blijft een inspiratie. Ook het personeel van de Zuid-Afrikaanse ambassade in Parijs, vooral Marion Caill.

De eenheid voor Ernstige Delicten van de Valken in Bellville, en kapitein Elmarie Myburgh van de psychologische researcheenheid van de SAPD en patholoog dr. Hestelle Nel.

Laura Seegers en al mijn andere vertalers, buitenlandse redacteuren en uitgevers, die ieder op hun eigen manier een bijdrage aan mijn boeken leveren, evenals al de proeflezers, voor hun arendsogen.

Heel veel dank ook voor jullie eindeloze liefde, geduld en ondersteuning, Marianne Vorster, Lida Meyer, Johan Meyer, Mart-Marié Serfontein, Marette Vorster, Hannes Vorster en Bekker Vorster.

Dank ook aan al die mensen van wie de namen tussen aantekeningen, digitale notities en afgebroken telefoontjes verloren zijn geraakt.

Verklarende woordenlijst

Ayoba - Cool, oké

Ewe - (Xhosa) Ja

Hayi - (Xhosa) Nee

Isithunzi - (Xhosa) Waardigheid, aanzien

Jirre en Jissis - Bastaardvloeken: Jezus

Maaifoedie - Schurk

Moerse - (slang) heel erg

Sesotho - Een van de elf officiële talen van Zuid-Afrika. Het wordt voornamelijk in de provincie Vrijstaat en Lesotho gesproken.

Sisi - Aanspreekvorm voor (zwarte) vrouw

Staatskaping - Verregaande corruptie op regeringsniveau waardoor bedrijven en andere omkopers het regeringsbeleid (mede)bepalen. Leenvertaling uit het Engels (state capture). In het Nederlands wordt ook wel het woord 'staatsinkapseling' gebruikt waar het gaat om de beruchte Indiase broers, de Gupta's.

Struggle - Verzet tegen de Apartheid

Tik – Metamphetamine, crystal meth

Umadala - (Xhosa) Veteraan, oudere

uBaba - (Zoeloe) Vader

Umkhonto we Sizwe - (afgekort MK) Speer van de natie, gewapende, militaire vleugel van het ANC. Opgericht in 1960. In 1994 is de MK opgenomen in het Zuid-Afrikaanse leger.

Umlabalaba - Bordspel dat in Zuid-Afrika en Botswana wordt gespeeld

Umzingheli - (Zoeloe) Jager

Ushukela daddy - (Zoeloe) Suikeroom

Yebo - (Zoeloe) Ja